발해풍의 청원

박찬순은 1946년 경북 영주에서 태어나 연세대학교 영문학과와 서울대학교 신문대학원을 졸업했다. 2006년 조선일보 신춘문예에 소설 「가리봉 양꼬치」가 당선되어 등단했으며, 현재 서울여자대학교 영문학과 교수로 재직 중이다.

박찬순 소설집
발해풍의 정원

초판 1쇄 발행 2009년 12월 31일
초판 2쇄 발행 2010년 2월 3일

지은이 박찬순
펴낸이 홍정선 김수영
펴낸곳 (주)문학과지성사
등록번호 제10-918호(1993. 12. 16)
주소 121-840 서울 마포구 서교동 395-2
전화 02)338-7224
팩스 02)323-4180(편집), 02)338-7221(영업)
전자우편 moonji@moonji.com
홈페이지 www.moonji.com

발해풍의 정원

박찬순 소설집

문학과지성사
2009

차
례

발해풍의 정원

알 수 없는 일이 벌어지고 있다. 나는 내 귀를 의심한다. 서울 집에서는 가스보일러가 윙—소리를 내며 돌아갈 때마다 주머니의 돈이 타들어가는 소리로 들렸다. 또 주방에서 더운물을 쓰는군, 하면서 아내에게 못마땅한 눈길을 보내곤 했다. 하지만 이곳에 온 뒤로는 보일러 소리가 사뭇 다르게 들린다. 곧 정지될 보일러여서일까. 연구실에서의 고된 밤샘 작업과 숱한 좌절의 시간들이 각각 음표를 달고 보일러 돌아가는 소리에 함께 참여하고 있는 듯하다.

이 소리는 단순한 기계음이 아니라 내 인생의 순간순간들이 엉기고 맺혀 부르짖는 음악이다. 불이 물을 끌어안고 내는 옹골찬 소리는 내 귀에서 한참 팽팽한 긴장감으로 흐르다가 파도가 몇 번씩이나 뒤집히는 듯한 격정으로, 다시 가슴을 에는 그리움으로 바뀌어간다. 팽팽한 소리에서는 이를 악물고 첼라로 밸브를 끝까지 돌리던 내 몸의 완강한 힘이 느껴지고, 격정적인 대목에서는 부실 시공으로 겪었던 폭발 사고 때의 아픔이 지금도 살아나 내 몸을 으스러뜨릴 듯하다. 보일러를 껴안고 뒹굴던 청년 시절 내 몸의 진한 땀 냄새가 지금도 훅 코를 스친다.

한없이 부드러운 소리는 갸름하면서도 야무진 손 하나를 눈앞에 그려낸다. 체온이 40도를 오르내리는 열병을 앓고 있을 때 나를 온돌방에 누이고 이마에 차가운 물수건을 바꿔 올리며 미음을 떠먹이던 손. 내 머리에 나보이식 터번을 매어주려고 뒷목과 귓불을 어루만지던 손. 알맞게 따스한 그녀의 손이 지금 내 얼굴에 와 닿는 것만 같다. 그리하여 그 소리는 때로 그녀, 알료나와 함께했던 시간들을 목이 쉬도록 부르는 내 가슴속 외침이 된다.

오늘 새벽, 바닥에 불 아이 들어와요, 하는 말에 덜컹 가슴이 내려앉았다. 그럴 때면 수십 년 보일러에 의지해 밥 먹고 산 티가 저절로 났다. 그 말이 얼마나 무서운 말인지 나는 안다. '아이'에 강세가 들어가 있었다. 타슈켄트의 허름한 호텔방으로 걸려온 전화 속 고려인 여자 목소리는 서툴고도 몹시 다급했다. 알료나 이래로 대여섯번째 바뀌었다는 온돌 체험방의 안내인이다. 잠이 확 달아난 나는 비상 걸린 내무반의 병사처럼 단숨에 벌떡 몸을 일으키면서 전화통에다 대고 소리쳤다. 에러코드가 뭐라고 떴어요? 내 말을 못 알아들은 여자는 네, 네? 하더니 계속 같은 소리를 되풀이했다.

"이것이 한 시간 넘어 돌았슴다. 온기 기별 없어. 온수 잘 나와."

알료나라면 이런 경우 필터 청소만 하면 문제가 해결된다는 것쯤은 알고 있었을 텐데.

"알았어요. 금세 갈 테니까 리모컨 전원을 끄고 기다려요."

나는 어둠 속에서 소파 위에 걸쳐두었던 티셔츠를 뒤집어쓰고 그 위에 감색 유니폼 점퍼를 꿰기 시작했다. 외풍이 얼마나 센지 유리창을 덮은 커튼이 바르르 떨렸다. 라디에이터에는 초저녁에 잠시 매지근하게 난방이 들어왔을 뿐 새벽이 되자 기별도 없었다. 점퍼 양쪽 팔뚝 부분에 달린 주머니에 첼라와 드라이버를 꽂았다. 첼리스트는 첼로를 껴안고 살지만 보일러 엔지니어는 첼라를 끼고 산다. 첼로와 첼라. 발음은 조금 다르지만 둘 다 음악 소리와 관련이 있다. 불과 물이 서로를 끌어안고 돌아가면서 내는 묘한 소리는 엔지니어만이 해독해낸다. 이곳에 온 뒤로 바닥에 온기를 가져다주는 보일러 소리가 자꾸만 음악 소리로 들려왔다. 내 몸의 한 자락과 닿아 있는 것 같은 녀석. 녀석이 윙 하고 정상적인 소리를 내지 않을 때면, 무엇보다도 먼저 나는 전정가위 비슷하게 생긴 이 공구를 끼고 달려간다. 첼라가 없으면 배관을 분해하거나 밸브를 조일 수가 없다.

보일러 뚜껑을 열고 부품을 하나하나 자세히 뜯어보았다. 모두들 잘 있었지? 나는 속으로 내 살붙이 같은 부품들과 인사를 나누었다. 육안으로 쓱 훑어보아도 나는 보일러의 몸 상태를 알 수 있다. 점화플러그, 삼방밸브, 자동급수밸브를 손으로 쓰다듬어보았다. 첼라로 밸브를 조여보았다. 더 이상 조여지지 않았다. 느슨해지거나 틀어진 것 하나 없이 처음의 촉감 그대로 탱글탱글했다. 버너가 가동되면 물을 껴안아 데워주는 두 대의 스테인리스 열교환기도 누수된 흔적 없이 탄탄하고 늠름해 보였다. 보일러가 멈춘 김에 차이하나 카레야의 문을 닫아버릴까, 잠시라도 생각했던 것이 머쓱해졌다. 하루에도 몇 번씩 문을 닫을까 말까 마음이 오락가락했다.

그래도 이번에 오자마자 나는 보일러의 건강진단을 정밀하게 했다. 문을 닫는 날이 오더라도 그때까지 보일러는 힘차게 돌아야 한다. 이 한국식 찻집 안에 마련된 온돌 체험방은 보일러가 없으면 냉골이 된다. 널찍한 온돌방은 언제나 따스한 온기를 품고 손님을 맞을 준비가 돼 있어야 한다. 도착하던 날, 연소가스 측정기로 배기가스 유해성분도 측정하고, 디지털 마노미터로 가스압도 재어보았다. 수치는 모두 정상이었다. 사실 이 보일러는 텔레비전이나 자동차, 또는 다른 지역에 설치된 동료들보다도 아주 열악한 환경에서 살고 있다. 가스압은 시시때때로 달라지고, 온갖 화학물질로 오염된 물에는 석회질이 많아 배관이 잘 막히며, 전압도 불안정한 타슈켄트의 구시가지에 놓여 있다. 리모컨에 에러코드 '01E'가 떠 있었다. 비등. 물이 끓어오른다는 뜻이다. 난방필터가 막힌 게 틀림없어 보였다.

"가동은 되는데 바닥에 불이 들어오지 않는 건 물이 순환되지 않고 보일러 안에서만 끓기 때문이에요. 난방필터에 이물질이 끼어서."

나는 안내인에게 에러코드를 설명해주고 나서 보일러 뚜껑을 열고 배수밸브의 흰색 손잡이를 왼쪽으로 돌렸다. 보일러 내부의 뜨거운 물이 쏟아져나왔다.

"배수밸브 바로 밑에 난방필터 보이죠? 거기 손잡이 고정핀을 왼쪽으로 빼고 아래로 당겨보세요."

내가 시키는 대로 안내인은 따라 했다. 그물처럼 생긴 필터가 빠져나왔다.

"필터를 수돗물에 깨끗이 씻어서 다시 제자리에 넣으세요."

안내인은 물에 잘 씻은 필터를 제자리에 꽂고 첼라로 손잡이 고정핀도 끼웠다.

"자, 이제 가동하기 전에 또 뭘 해야 되죠?"

들어온 지 얼마 안 된 안내인은 아직 보일러의 기본 원리도 모르는 듯했다.

"우리가 필터 청소 하느라 뭘 다 뺐죠?"

그제야 알아들었는지 그녀는 재빨리 급수밸브를 열어 보일러에 물을 다시 채웠다. 안내인을 앞세우고 온돌 체험방으로 들어갔다. 리모컨의 전원을 켜고 온도를 26도로 맞추었다. 윙 하고 녀석이 돌아가는 소리가 들렸다. 불기가 들어온 것도 아니지만 보일러 도는 소리에 벌써 훈기가 느껴졌다.

순환펌프 소리도, 송풍기의 사이클도 정상이었다. 보일러는 몸이 아프면 이상한 소리를 낸다. 실험실에서 하도 많이 들어보아서 나는 소리만 듣고도 어디가 아픈지 훤히 알 수 있다. 송풍기에서 띠끌 띠끌하는 이격음이 들리면 몸이 성치 않다는 신호다. 또 송풍기의 사이클이 너무 가쁘거나 느려도 문제가 있다. 지금 같아서는 아직 10년은 너끈히 차이하나 카레야를 끌고 갈 힘이 느껴졌다. 저렇게 싱싱한 보일러를 멈춰 서게 할 수는 없다.

현판이며 겉모습을 훑어보려고 밖으로 나갈 채비를 한다. 문을 닫든 누구에게 넘기든 차이하나의 마지막 모습을 사진이라도 찍어두고 싶다. 오후에 누가 보러 오겠다고 했다. 차이하나의 상태를 전체적으로 점검해야겠다는 생각이 든다. 오리털 점퍼에 두툼한 털모자를 쓰고 나선다. 키릴 문자로 된 차이하나 카레야 현판 앞에 서본다. 정말 타슈켄트에 온 실감이 난다. 조금 떨어진 곳에 모스크의 푸른색 돔 지붕이 솟아 있고 그 밑으로 나지막한 집들이 마치 공원의 산책자들처럼 나무들 사이에 얌전하게 들어서 있다. 역사가 묻어나는 마드레사 뒤로 현대식 건물이 들어서고 있는 곳.

나는 이 도시로 다시 돌아왔다. 내 손으로 보일러를 놓고 현판을 걸었던 차이하나 카레야를 직접 정리하지 않으면 안 되었다. 차이하나를 둘러싼 자작나무 가지마다 얼음꽃이 열렸다. 주위의 거대한 사막과 평원이 만들어내는 드문 풍경이다.

"김본, 온돌 체험방에 왜 그리 목을 매는 거요? 지금 본사가 쓰러질 판인데."

사장의 말에 나는 속으로 뜨끔했다. 그 말을 듣자 곧 내 눈앞에 알료나의 모습이 그려졌기 때문이었다. 하지만 알료나는 이제 이곳에 없다. 차이하나 카레야를 정리하는 것 이상으로 그녀의 행방을 찾는 것이 나의 소임이 된 것 같은 기분이다. 사장은 마음속으로 차이하나의 문을 닫는 시점을 째깍째깍 카운트다운하고 있었다. 그는 내가 사사로운 감상에 치우쳐 마케팅 본부장으로서 객관적인 판단을 못 내리고 있다고 생각했다.

어차피 문을 닫을 거라면 내 손으로 마무리 짓는 게 낫겠다 싶었다. 그렇지만 막상 타슈켄트에 돌아오자 나는 문을 닫기 보다는 어떻게든 살려내고 싶었다. 그래서 며칠 전 동네 마을회관 마할라에서 설명회를 했더니 다행히도 누군가가 관심을 보인 것이다. 하필이면 이런 날 보일러에 문제가 생기다니. 나는 면도도 하지 못하고 달려나올 수밖에 없었다.

카메라 뷰 파인더에 눈을 대자, 10여 년 전 현판을 걸던 날 직원들과 함께 손이 부르트도록 박수를 치던 알료나의 모습이 눈앞에 보이는 듯하다. 깃과 치마 가장자리에 흰색의 화살촉 무늬가 수놓인 푸른색의 원피스를 입고 머리에 납작한 황금색 추비체이카를 쓴 알료나.

언젠가 고장 났던 보일러가 수리 뒤에 다시 윙 소리를 내며 돌아가자 그녀는 보일러 위에다 두 손으로 마트료시카를 올려놓았다. 두 손으로 고이 받쳐서 인형을 들어 보일러 위에 올리고는 치렁치렁하게 넓은 소매를 활짝 펼쳐서 옆으로 내렸다가 다시 앞으로 모아 합장을 하는 몸짓은 보일러의 건강을 위해 기도하는 자세였다. 그 몸짓은 마치 날갯짓을 하는 한 마리 푸른 새처럼 보였다. 그 깃털에서 이 세상 어디에서도 찾을 수 없는 어수룩함과 풋풋함이 느껴졌다. 어쩌다 돌과 돌을 부딪치는 장난 끝에 기적처럼 불을 발견하고, 그 불씨를 잃을까 안절부절못하는 원시의 소녀처럼. 그러나 그녀는 이제 여기에 없다. 나는 그녀의 아픔을 모르는 체하고 매정하게 떠났다. 그러고는 오래도록 잊어버렸다. 그 뒤로 우리 보일러는 수많은 사람들의 등을 따뜻하게 덥혀주었고, 나의 삶도 한동안은 따뜻했었다. 빠른 승진에, 사내에서 만난 여자와 결혼해 두 아이의 아비가 되는 행운도 얻었다. 하지만 나는 그녀가 누운 자리가 얼마나 따뜻한지는 궁금해하지 않았다. 지나치게 영특한 사람들이 자기들도 모르는 복잡한 게임으로 우리 시대를 뒤흔들어 다시 빙하기를 초래하기 전까지는. 내가 아는 어떤 시기보다도 더 추운 지금에 와서야 나는 그녀를 생각한다.

잠시 밖에 서 있었을 뿐인데 이가 덜덜 떨린다. 텔레비전에서는 몇 년 만에 닥친 혹한이라고 했다. 현판은 글자가 비바람에 조금 퇴색한 것 말고는 아무 문제가 없어 보인다. 그 앞에 서서 안내인에게 셔터를 눌러달라고 부탁한다. 유리로 된 현관문을 열고 다시 홀로 들어온다. 뎅그렁하는 소리와 함께 작은 마트료시카 세 개가 서로 부딪치며 눈앞에서 춤을 춘다. 붉은 입술에 노란 스카프를 쓰고 뺨에 연지를 찍은 건강한 새색시 모

양의 러시아 목각 인형. 알료나가 풍경처럼 달아놓은, 크기가
서로 다른 인형들이다. 그녀는 내게 인형을 쥐어주면서 말했다.

"우치쩰 김, 이제 자꾸 행운이 올 거구마. 열면 나오고 또 나
오는 이 인형처럼."

그녀가 있다면 다산과 풍요의 마트료시카를 하나 더 선물 받
고 싶다. 그때 평직원이었던 나를 그녀는 선생님이라는 뜻의 러
시아어로 불렀다. 회사가 문을 닫고 나면 앞으로 어떻게 살아가
야 할지 막막한 지금이야말로 내게는 마트료시카가 절실히 필
요하다. 양파처럼 한 개의 인형을 열면 그 속에 점점 작아지는
인형 다섯 개가 차례로 든 것 말고, 열어도 열어도 끝없이 나오
는 것으로.

시장 가까이에 있는 차이하나 카레야에는 아침부터 손님들로
북적인다. 안내인이 손님들에게 차와 음식을 갖다주느라 분주
하게 홀을 오간다. 알료나처럼 우즈베크 전통 옷을 입지 않고
검은색 면바지에 흰 블라우스를 입었다.

"겨우 러시아어 배우고 나니까 이제 독립했다고 우즈베크어
를 쓰라한다꾸마."

알료나는 입을 앙다물고는 옆으로 쭉 늘였다. 뭔가 억울하다
는 표정이었다. 말이 통하지 않아 일을 할 수 없는 이들은 다시
연해주로 돌아갔다고 했다.

신발을 벗어 신장에 넣고 마룻바닥에 올라가 낮은 테이블 앞
에 앉아 차를 마시는 방식은 내가 처음 만들어놓은 그대로다.

먼지가 푸석거리는 두꺼운 양탄자와 삐걱거리는 플라스틱 탁자며 의자들을 들어내고 온수 파이프를 깔고 온돌용 마루를 놓은 것이 벌써 10여 년 전이라니. 천장 한구석에 거미줄이 있기는 하지만 직원들이 직접 페인트칠을 한 벽도 아직은 비교적 깨끗하다. 기둥에는 알료나가 구해온 붉은 벨벳 천에 노란 꽃무늬를 수놓은 우즈베크 식 족자가 걸려 있고 몇 군데 벽감의 선반에는 머리를 여러 갈래로 길게 땋은 우즈베크 인형과 포도 무늬 청자 매병이 나란히 놓여 있다. 청자는 모조품이지만 도자기를 아는 친구를 데리고 인사동을 헤집으면서 구한 작품이다. 다시 윙 하고 보일러 소리가 들린다. 조금 떨어져서 듣자니까 가늘고도 여린 멜로디가 끊어질 듯 끊어질 듯 이어져, 아련한 환상처럼 여겨지는 지난날로 나를 이끈다. 그녀와 나 사이에 놓인 길고도 강한 인연의 줄을 따라서.

어느 날 저녁 차이하나의 보일러가 가동이 안 된다는 연락을 받은 것은 내가 퇴근을 하고 숙소로 돌아온 뒤였다. 알료나의 목소리는 와들와들 떨리고 있었다.

"보, 보일러에서 쿠, 쿵쿵 타, 타탕거리는 소리가 나서 빨리 죽였스꾸마. 무, 무서워요."

가족의 치명적인 사고나 중병의 선고 같은 소식을 전할 때의 목소리 같았다. 허구한 날 기름진 양고기와 샤슬릭으로 속이 더부룩하던 나는 그날만은 밥과 김치 생각이 간절해서 쌀을 막 씻으려고 하던 중이었다. AS 담당 엔지니어는 마침 사마르칸트 아파트 건설 현장에 나가고 없었다. 저녁 10시까지는 문을 열어둬야 하기 때문에 나라도 당장 달려가야만 했다. 그녀는 눈을 동그랗게 뜨고 점점 식어오는 방바닥에 손을 대보면서 안절부절못하고 있었다. 나는 그런 소리가 날 때 쉽게 대처할 수 있는 방법을 가르쳐주지 않은 것을 후회했다. 그동안 보일러에 전혀 말썽이 없었던 탓도 있었다.

"보일러를 켰을 때 이상하게 쿵쿵거리는 소리가 나면 공기가 남아 있다는 뜻이야. 그래서 연소가 안 되는 거지."

나는 보일러 뚜껑을 열고 밑에 있는 에어밸브를 가리켰다. 그러고는 황동으로 된 배관의 레버를 올리라고 했다. 하지만 그녀는 기계를 만지는 게 두려운지 머뭇거렸다. 고객에게는 말로만 설명해서는 안 된다. 직접 자기 손으로 해보도록 권하는 것만이 사용법을 확실하게 가르치는 최선의 방법이다. 나는 그녀의 손을 잡아 레버에 갖다댔다. 알료나의 손가락이 레버를 올리자 물과 함께 뽀글뽀글 기포가 빠져나왔다. 두 손이 겹쳐지자 손이 따스해오는 것을 느꼈지만 맹세코 알료나의 손을 잡고 어떻게 해볼 생각은 없었다.

공기를 다 뺀 뒤에 리모컨의 숫자를 26도로 맞추라고 했다. 윙 하고 보일러 돌아가는 소리가 나야 하는데 연소램프에 빨간 불만 깜빡거렸다. 긴장한 것은 그녀만이 아니었다. 나도 조금은 당황했다. 나는 턱을 괴고 서서 연소램프에 불이 깜빡거릴 때는 무슨 문제가 있다는 신호였더라, 하고 차근차근 생각해보았다.

엔지니어로 일하다 마케팅 부서로 옮기고 나서부터 어느새 보일러의 상태에 대해 조금씩 무디어졌던 것이다. 다행히도 잠시 뒤에 나는 아, 알았다, 하며 웃음 띤 얼굴로 말했다.

"이거 아무것도 아냐. 보충수가 부족해서 그래. 이 밸브를 열면 보조탱크에 물이 저절로 차게 돼."

나는 알료나에게 수도관과 연결된 배관의 밸브를 돌리라고 했다. 첼라를 든 가느다란 그녀의 손가락이 조심조심 밸브를 열었다. 물 나오는 소리가 들리지 않았다. 간밤에 기온이 너무 떨어져서 수도관이 얼어붙은 모양이었다. 내가 말하기도 전에 그녀는 이미 헤어드라이어를 가지러 갔다. 꽁꽁 얼어붙은 수도관 연결부위에 더운 바람을 쏘이는 그녀의 손길이 애타게 까딱거렸다. 잠시 후 탱크에 졸졸 물이 차는 소리가 들렸다. 그녀는 방 안으로 돌아가 리모콘의 전원 버튼을 눌렀다. 윙 하고 보일러 돌아가는 소리가 들렸다. 겁에 질렸던 알료나의 얼굴이 조금 풀어진 듯했다.

나는 방으로 가서 보료 옆에 꿇어앉아서는 두 손을 보료 밑에 넣고 한참을 기다렸다. 그녀도 옆에 와서 앉아 두 손을 보료 밑에 넣었다. 머리에는 노랑과 파랑, 자주색의 술이 달린 황금색의 납작한 모자를 쓰고 있었다. 푸른색 바탕에 흰색 꽃무늬가 수놓인 벨벳 원피스는 소매가 넓어 앉아 있을 땐 바닥에까지 닿았다. 알료나는 온돌 체험방에서 한복을 입고 싶어 했지만 나는 우즈베크 전통 옷을 고집했다. 그것은 수출회사가 채택하는 현지화 전략의 하나였다. 그녀가 준비해온 우즈베크 전통 옷은 오랜 세월 러시아의 영향을 받은 탓인지 이슬람 문화권의 옷처럼 보이지 않았다. 그럴 때의 그녀는 딱히 어느 곳이라고는 이름 붙일 수 없는 신비한 나라에서 온 소녀 같았다. 긴장된 숨소리만 쌕쌕 들리더니 알료나가 입을 열었다.

"아바이 구들 놓으실 때 아부지가 따라다녔스꾸마. 아바이가 아궁이에 불을 때시면 아부지가 방에 들어가 바닥을 어루만지면서 불기가 오기를 기다렸스꾸마. 그때 아바이랑 아부지가 뭐라고 서로 물어봤을까?"

나는 무슨 소리인지 모르겠다는 듯 의아스런 얼굴로 그녀의 얼굴을 바라보기만 했다.

"갔슴두?" "왔스꾸마."

보료 밑에 손을 넣고 있자 할아버지 생각이 난 모양이었다. 아바이가 함경도 어느 지방에서는 할아버지를 뜻한다는 것을 알료나 덕분에 알게 되었다. 불기가 '갔슴두,' '왔스꾸마' 라는 말로 신호를 주고받는 함경도 부자 구들장이의 모습이 떠올라 나는 키득키득 터지려는 웃음을 간신히 참았다. 그녀가 워낙 숙연한 표정을 지어서였다. 이런 정도야 고장 축에도 끼는 게 아니어서 긴장할 것도 없었다.

그런데 알료나와 같이 바닥에 손을 대고 있자 왠지 가슴이 두근두근했다. 둘이서 그렇게 바닥에 꿇어앉아 있는 모습은 마치 보일러가 잘 돌아가라고 비는 우리만의 의식처럼 보였다. 가스

보일러를 처음 내 손으로 개발해 안양의 5층짜리 복지 아파트에 시공을 해준 다음 사장과 집 주인 여자와 함께 방바닥에 손을 대고 있던 때와 비슷한 기분이었다. 그때는 정말 기도하는 심정이었다. 벌써 20여 년 전의 일이다. 보일러의 성능도 약한 데다 가스압도 낮고 흐름이 고르지 못할 때였다. 한겨울에 시멘트 골조로 된 아파트에 처음 불을 넣는 것이어서, 한 시간쯤 지나서야 바닥에 온기가 돌았다. 사장과 나는 서로 말없이 부둥켜안았고 여주인은 '고맙습니다'를 연발했다.

그녀와 함께 보료 밑에 손을 넣고 온기가 느껴지기를 기다린 지 겨우 5분쯤 지났을까. 바닥이 따스해져왔다. 손바닥에 전해오는 온기를 느끼면서 굳었던 그녀의 얼굴에 화색이 돌았다. 욕실에 가서 샤워기를 틀자 온수도 정상대로 쏟아졌다. 연장통을 챙기려고 다시 보일러실로 돌아와보니 그녀가 치렁치렁한 푸른색 원피스 소매를 치켜 올려 보일러 위에 뭔가를 올리고 있었다. 마트료시카였다. 인형을 올린 다음 그녀는 넓은 소매를 활짝 옆으로 펴서 내리더니 두 손을 앞으로 모았다. 얼핏 커다란 푸른색 새 한 마리가 날갯짓을 하는 동작처럼 보였다. 그러더니 이마를 보일러에 대고는 한참 동안 서 있었다. 기척이 없어 옆으로 가서 살펴보았더니 흐느끼는 소리가 들렸다. 나는 얼른 그녀를 보일러에서 떼어냈다. 그녀는 그대로 내 품에 안겼다. 왜 그래, 알료나? 물어도 대답 없이 그녀는 서럽게 울어댔다. 그렇게 내 품에 안겨 울던 그녀는 한참만에야 고개를 들고 말했다.

"영 가는 줄 알았스꾸마."

"누가, 내가? 파견된 지 얼마나 됐다고."

그녀는 말없이 턱으로 보일러를 가리키며 더욱 더 큰 소리로 울었다. 나는 어이가 없었다. 그녀는 눈가에 눈물이 그렁그렁한 채로 말을 이었다.

"엄만 신통방통한 애 덕에 식구들 굶지 않게 되었다고 그랬스꾸마. 동생들도 학교 보내게 됐스꾸마. 이게 멈춰서면 제가 회사 못 다닐까봐 얼마나 속을 태우는데."

"다시 목화밭에 나가면 되잖아. 이제 보니 소녀 가장이었군."

알료나는 내 말에 배시시 웃음을 지었다. 입은 웃어도 눈엔 여전히 눈물이 글썽거렸다. 내가 아니라 보일러가 영영 가버릴까봐 마음을 졸이는 그녀를 보며 나는 둔기에 맞은 듯 머리가 멍해졌다. 나는 그제야 깨달았다. 보일러가 세상에서 환영받기 시작하면서 도리어 나는 그것과 점점 거리가 멀어지고 있었다는 사실을.

보일러에 대한 처음의 그 열정은 차츰 시들해져갔다. 배기가스 속의 잠열을 이용해 열 효율을 30퍼센트 이상 높이는 콘덴싱 제품을 개발했을 때의 기쁨도 오랜 과거처럼 아득하게만 느껴졌다. 동코일로 되어 있던 열 교환기를 스테인리스로 바꾸어 열 효율과 내구성을 높였을 때의 벅찬 감격도 무덤덤해진 지 오래였다. 반면에 타슈켄트에서 시작된 가스보일러 열풍은 이웃나라 카자흐스탄의 수도 아스타나를 넘어 러시아 모스크바에까지 번져갔다.

그날 차이하나에 마지막 손님이 가고 난 뒤 나는 온돌 체험방에서 처음으로 그녀를 안았다. 20여 년 전 안양의 복지 아파트에서 처음 가스보일러를 가동하던 날만큼이나 나는 뜨거운 마음이었다. 그것은 알료나가 내게 되찾아준 선물이었다. 나는 그것을 알료나에게 그대로 돌려주고 싶었다. 다른 이유는 아무것도 없었다. 그것만은 자신 있게 말할 수 있다. 내가 젊은 날 밤을 지새우며 껴안고 뒹굴었던 녀석을 그렇게 아끼는 사람을 나는 본 적이 없었다. 그러자 보일러를 사이에 두고 알료나와 나는 그 누구도 끼어들 수 없을 만큼 밀착되어 있다고 느꼈다. 다만 지금까지도 자신이 서지 않는 한 가지는 그 순간 내가 정말 그녀를 언제까지나 사랑할 마음으로 끌어안은 것일까 하는 점이다. 혹시라도 그녀를 계속 넘보다가 가장 적절한 기회를 붙잡은 것은 아니었을까.

온돌 체험방 보료 위에 앉아 앉은뱅이책상 위에 다이어리를 펼친다. 내 꿈의 잔해들이 빼곡히 들어 있는 그것은 이번 금융위기로 폭삭 삭아버려 먼지가 푸르르 날 것처럼 보인다.

"조금만 기다려봐. 좋은 일이 생길 거야."

오른손에 다이어리를 쥐고 흔들면서 알료나 앞에서 호기를 부리던 내 모습이 보인다. 노란 테이프로 표시된 페이지를 연다. 하동 칠불사 아자방(亞字房)의 내부 사진 밑에 쓰여 있는 글씨들.

원적외선 방사 광물 채취 → 세라믹 바닥재 개발

아자방 사진을 찍고 나서 생각나는 대로 끄적인 뒤 칠불사 경내에서 사장과 나눈 대화가 아직도 귓가에 쟁쟁하다.

"담공선사는 무슨 바닥재를 썼길래, 한 번 땐 구들의 불기가 49일을 갔다는 거지?"

"운모가 섞인 돌판이었죠. 거기다 구들을 아(亞) 자 형으로 놓아 불기를 오래 잡아둘 수 있었어요. 그 웅장한 정방형 굴뚝 보셨죠? 아궁이도 장정이 땔감을 지게에 지고 들어가도 될 만큼 컸다는데요."

"운모가 섞인 돌에서 인체에 이로운 원적외선이 나온다……"

"네, 주로 화성암 속에 들어 있는 운모나 석영, 장석과 같은 광물질에서 방사된다고 알려져 있죠."

아 자의 내부는 낮고 주변은 45센티쯤 높이 설계된 아자방에서 높은 부분에 앉아 참선하던 스님들의 모습. 그러나 신라의 담공선사가 놓은 아자방의 구들은 여수순천사건 때 공비토벌작전 중에 소실되어버리고 지금 것은 1980년에 새로 놓은 구들이라 했다.

"글쎄, 요즘은 한 번 군불을 때면 한 일주일쯤 갈래나,"

말끝을 흐리던 공양보살. 한 번 군불을 때면 온기가 49일을 갔다는 구들장과 고래의 모양에 몰두해 있던 사장의 모습이 찍힌 사진도 있다. 그러나 나는 그보다도 아자방에 앉아 있는 김수로 왕의 일곱 왕자의 모습을 그려보던 기억이 더 생생하다.

그들이 모두 득도할 수 있었던 이유가 이 특별한 아자형 구들에 있었던 것은 아닐까. 그리하여 화개장터를 굽어보는 지리산 자락 하동의 절 이름까지 칠불사로 불리게 되었고 말이다. 칠불사를 다녀온 이후로 다이어리에는 연해주 광산 얘기가 자주 언급되어 있다.

"연해주 남부 아촘, 파르티잔스키 지방 광산 개발에 지분 참여 타진."

타슈켄트에 근무하던 몇 년 동안 여름만 되면 알료나와 함께 우수리스크를 찾은 것도 휴가도 즐길 겸 원적외선이 나오는 광물질에 관한 정보를 얻기 위해서였다. 알료나 아버지의 고향이라는 연해주를 자주 찾을수록 더욱 영글어가는 듯하던 나의 꿈. 한 번은 알료나와 함께 우수리스크 고려인 문화의 날 공연을 보던 기억이 난다. 오랜만에 한복을 입고 서툰 발음으로 한국 동요를 부르고 태권도 시범을 보여주던 고려인 청소년들. 당의를 입고 족두리를 쓴 채 어설픈 부채춤과 장구춤을 추던 처녀들. 문화관에 둘러앉아 어른들에게서 큰절하는 법을 배우던 어린이들. 그러나 막상 공연이 끝나고 뒤풀이에서는 러시아 노래를 목청 높여 합창하던 고려인들. 그 노래를 함께 따라 부르다가 나를 힐끗 돌아보더니 내 손을 꼭 잡던 알료나.

그녀와 함께 연해주의 숲 속에서 길고 달콤한 키스를 나눌 때면 알 수 없는 자신감으로 가슴이 팽팽해지곤 했다. 내가 무엇이든 할 수 없으랴, 하는. 거기에는 원적외선을 듬뿍 내뿜는 광석이 무진장으로 매장돼 있다는 연해주 광산에 대한 믿음이 뒷받침되어 있었다. 알료나와 연해주에서 휴가를 보낼 때 숲 속의 방갈로에서 잠을 잔 것도 산 밑에 파묻혔으리라 생각되는 원적외선 방사 광물을 몸으로 느껴보기 위해서였다. 나는 그녀의 몸속으로 깊이 들어가는 것을 원적외선이 방사되는 광물 속으로 들어가는 것처럼 여기기도 했다.

한 번 불을 때면 한 달 하고도 열아흐레나 온기를 잡아두는 구들. 그런 구들이 될 광석을 찾는 것은 회사와 나의 꿈이자 알료나의 희망이기도 했다. 그러나 그녀도 사라지고 또다시 금융위기를 맞으면서 우리의 꿈도 사라졌다. 알료나는 지금 어디에도 없다. 보일러를 아무리 가동해도 그녀는 없다. 다만 나는 온돌 체험방 문을 처음 열던 날 내 눈에 새겨진 그녀의 모습을 떠올릴 뿐이다. 한국인의 얼굴에 무어라 말할 수 없는 이국풍이 서린 묘한 분위기를.

"앗살람 말레이꿈(당신에게 평화를). 신발을 벗어 신장에 넣고 들어오세요."

푸른색의 실크 드레스에 납작한 황금색 모자를 쓴 알료나가 왼손을 가슴에 대고 우즈베크어로 공손히 인사하며 손님들을 맞았다. 과수원집 처녀처럼 뺨이 발그스레해진 그녀가 허리 굽혀 인사할 때는 어깨선이 곱게 흘렀다. 어깨에서 팔로 알맞게 비스듬히 내려오는 그 선을 보면서 나는 한복이 잘 어울릴 체형이라고 생각했다. 겉으론 여리고 공손하기만 한 여자가 일손이 맵고 몸까지 민첩하다는 것은 나로서는 이해하기 힘든 일이었다. 같은 또래 서울의 젊은이들과 자꾸만 비교가 되었다. 이국 땅에 내팽개쳐진 이가 살아남기 위해 몸에 익혀야 했던 절제의 결과가 아니었을까 싶어 애잔한 마음이 들었다. 남의 땅에서 항상 주눅 들어 살다 보니 나이에 비해 너무 빨리 철이 들어버린 것 같기도 했다. 하지만 그날만은 알료나도 즐겁고 유쾌한 마음뿐인 듯했다. 장화를 벗고 널찍한 홀로 들어선 손님들은 모두들 눈이 휘둥그레졌다. 고려인 아가씨의 따스한 미소에 젖어 홀로 들어서면 낡고 거추장스런 식탁과 의자가 치워지고 마루가 깔린 휜한 바닥에 나무로 만든 나지막한 상이 놓여 있었다. 놀란 눈으로 둘러보는 손님들에게 알료나는 우즈베크어로 차분하게 설명했다. 나는 전혀 알아듣지 못했지만 몇 년 먼저 파견되었던 직원이 함경도 말로 통역해서 우리를 웃겼다.

"훨씬 환해졌습지? 라디에이터 없애고 바닥에 온수 배관 했지비. 그 모든 게 왕왕 돌아가는 가스보일러 덕분이꾸마."

온돌식 난방을 소개하는 알료나는 그렇게 신이 날 수가 없었다. 벽에 붙여 설치하는 라디에이터만 알고 있던 우즈베키스탄 사람들에게는 낯설고도 신기한 경험이었다. 신발을 벗고 들어서면 발바닥에 전해오는 온기에 다들 입꼬리가 올라갔다.

때는 1월이어서 밖은 매섭고 건조한 겨울바람이 불고 이따금씩 눈보라도 쳤지만 차이하나에 들어서면 금세 몸이 풀어졌다. 손님들은 외투를 벗어 옷걸이에 걸고 나지막한 상 앞에 앉았다.

온돌 체험방이 차려진 차이하나는 타슈켄트 서부 구시가지에 있는 초르수 바자르 뒤쪽 시냇가에 있었다. 그날도 눈보라 끝에 혹한이 닥쳐 차이하나를 둘러싸고 있는 자작나무 숲에 얼음꽃이 열린 날이었다. 창가 자리에 앉으면 시냇물이 보였다. 나는 창가에 앉아 빙화가 핀 시냇가의 자작나무를 내다보기도 하고 가끔 알료나가 손님을 상대하는 모습을 곁눈질하기도 했다.

알료나는 손님 곁에 다소곳이 다가가 메뉴판을 펼치고 조곤조곤 설명했다. 어떤 음식이든 알료나가 권하면 몇 배는 더 맛있을 것처럼 느껴졌다. 메뉴에는 볶음밥과 비슷한 쁠롭, 피자 빵만큼이나 크고 둥근 리뾰쉬까, 꼬치 요리인 샤슬릭, 만두 비슷한 뻴메니 등 몇 가지 음식만 올라 있었다. 목화 농장 주인은 메뉴판을 보다가 알료나를 쳐다보다 되풀이하더니 기름을 듬뿍 넣어 볶은 쁠롭을 시켰다. 알렉산더가 전쟁 중에 허약해진 병사들의 건강을 위해 특별히 고안했다는 기름 볶음밥이었다. 그는 식사는 하는 둥 마는 둥 하면서 포크를 든 채 알료나를 쳐다보고 있는 시간이 많았다.

먼 길을 다녀온 무역상들은 푸짐하게 나오는 양 갈비찜인 카잔카보프를 자주 찾았다. 어떻게 요리를 하는지 노린내가 전혀 나지 않아 나처럼 토종 입맛을 가진 사람도 아무 거리낌 없이 먹을 수 있었다. 주방 안쪽 우즈베크 남자 요리사들은 주문 받은 요리를 만드느라 홀 쪽을 흘깃거릴 겨를도 없어 보였다. 다른 차이하나에서는 홀에서 손님을 맞는 이가 터번을 쓴 중년의 건장한 남자들이었다. 그들은 차를 따르면서 넉살좋게 손님들 사이에 끼어들어 스스럼없이 대화를 나누고 우스갯소리로 분위기를 돋우곤 했다. 손님들도 외국 여행객을 빼놓고는 여자라고는 찾기 힘들었다. 철저히 남성들의 사교 클럽이었다. 하지만 차이하나 카레야만은 예외였다. 알료나가 그 역할을 맡게 된 거였다. 나는 어떻게 해서 알료나가 그런 허락을 받아냈는지 그 당시에는 알지 못했다. 알료나가 마할라에 힘을 써줄 마을 유지인 우즈베크 남자를 만나러 간다는 얘기를 듣고서 그저 잘 되기만을 바랐다.

10여 년 전 처음 현지인 직원을 채용하려고 면접을 볼 때였다. 어떤 응시생에게 보일러의 효용성을 피부로 느끼게 해줄 방법이 없겠느냐고 물었다.

"차이하나라고 전통 찻집이 있는데, 거기다 온돌방을 만들면……"

가무잡잡하고 화장기 없는 시골 처녀 얼굴이지만 눈이 크고 어딘가 이국적인 분위기가 풍기는 응시생이었다. 전문대학을 졸업한 고려인 아가씨는 밭에서 목화를 따본 이력 외에 요즘 말하는 두드러진 스펙이라고는 없었다. 우즈베크어와 문화에도 정통하면서 한국어를 잘 하는 통역 겸 직원을 뽑는다는 신문광고에 고려인 외에도 우즈베크 인들까지 몰려와 지원자가 수십 명이나 되었다. 대부분이 한국어 자격시험에 합격한 4년제 대학 졸업자들이었다. 그녀의 대답은 어제까지도 목화를 땄다는 타슈켄트 고려인 처녀의 입에서 나온 것이라고는 도저히 생각할 수 없는 것이었다. 나뿐만 아니라 다른 면접관들도 의아스런 표정으로 바라보자 알료나가 그 의문을 풀어주었다.

"저희 아바이, 아니 할아버지가 연해주에서 구들장을 하다가 오셨슴다. 그때 교포들 집은 거의 아바이, 아니 할아버지께서 구들을 놓으셨지요."

반은 러시아, 반은 우즈베크 여자가 다 된 카레이스키의 등에 구들 유전자가 박혀 있다는 생각이 드는 순간이었다. 구들 난방을 경험해본 적이 없는 사람의 머리에서는 나올 수 없는 말이었다.

그때 얼핏 내 머릿속을 스치는 영상들이 있었다. 함경북도 회령에 살던 알료나의 조부모가 일제 강점기에 가난을 견디다 못해 연해주로 봇짐을 싸서 떠나던 모습이며 새로 찾은 고향 우수리스크에서 땅 일구며 정붙이고 살다가 어느 날 느닷없이 강제로 화물 열차에 짐짝처럼 실려 맨몸으로 우즈베키스탄에 떨어지는 광경이었다. 시베리아를 통과하는 오랜 여정 끝에 실의에 빠져 실성하거나 병마에 시달리다 숨져버린 이들의 모습도 겹쳐 보였다. 구덩이를 파고 갈대로 덮어 잠자리를 만들고, 이웃 도시에 나가 동냥으로 그해 겨울을 난 이들. 마음의 생채기가 아물 사이도 없이 얼굴이 까맣게 타도록 황무지를 일구어 밀이며 보리를 심어나가던 억척스러운 동포들의 주름진 얼굴들도. 그중에는 타슈켄트 근교 교포 마을에서 집집마다 다니며 구들을 놓아주던 알료나 할아버지의 두툼하고 바지런한 손도 끼어 있었다.

그녀의 말투에서 함경도 사투리가 조금 거슬리긴 했다. 한글을 새로 익히고 자격시험에도 통과했지만 긴장을 놓으면 어른들에게서 배운 함경도 말이 툭툭 튀어나오는 모양이었다. 말끝마다 '스꾸마'를 붙이는 그녀의 말투가 처음엔 귀에 거슬렸다. 하지만 자세히 들어보자 '스꾸마'를 말할 때는 짧고 빠르게 저음으로 처리해서 도리어 애교스럽게 들렸다. 나는 표준말이 아직 익숙하지 않은 그녀를 나무랄 생각이 없었다. 그 사투리는 어쩌면 내가 들어가야 하는 또 다른 세계일지도 모른다는 생각에서였다.

온돌 체험방을 나와 홀로 들어선다. 남자들이 몇 군데 무리지어 앉아서 차를 마시고 있다. 한결같이 검은색의 추비체이카를 썼다. 납작한 사각형의 모자는 정수리 부분에 평화를 상징하는 비둘기 깃털 무늬가 아라베스크풍으로 새겨져 있고, 가장자리에는 아치 모양이 연달아 수 놓여 있다. 쓰기가 번거로운 터번은 이제 나이든 어른들 사이에서나 가끔 볼 수 있을 뿐이다. 모자도, 터번도 한여름에 때로 섭씨 45도씩이나 올라가는 뜨거운 햇볕을 가리기 위해 쓰는 거라고 하지만 이곳 남자들은 머리에 뭐든 쓰지 않고는 외출을 하지 않는 듯하다.

겉에 걸쳤던 헐렁한 두루마기 같은 차반은 대부분 벗어서 옷걸이에 걸어두었다. 따뜻한 온돌 바닥에 앉으니 저절로 외투를 벗고 싶어질 것이다. 신발장에는 손님들이 벗어놓은 장화가 나란히 놓여 있다. 흑차를 마셔가며 허겁지겁 양 갈비찜을 먹는 남자도 보인다. 대목을 보느라 점심시간을 놓친 모양이다. 무슨 소리인지 내가 통 알아듣지 못할 이야기들로 홀 안이 왁자지껄 소란하다. 올 가을 면화 값에 대한 전망을 하는 걸까, 강물을 목화밭으로 보내느라 호수로 들어가는 수로를 막아버려 점점 말라가는 아랄 해를 걱정하는 걸까. 우즈베크어를 모르니 내 마음대로 추측만 할 뿐이다. 한국풍의 차이하나는 그러니까 알료나의 머리에서 나온 것이었다. 나는 어린 여자가 서슴없이 내뱉는 말에 솔깃해 벌써 10여 년 전에 일을 저질렀고 지금까지는 별 탈 없이 지속되어왔다. 어느 날 갑자기 두번째 금융위기가 닥치기 전까지는.

"애들 학원 끊어야 될까. 회사에 별일 없는 거지?"

떠나던 날 아침 어깨 너머로 들려오는 아내의 말에 나는 아무 대답도 하지 못하고 아파트 현관문을 나왔다. 환율이 무섭게 치솟고 있어 회사는 은행과 계약한 괴이한 파생 상품 때문에 도산의 길로 가는 중이었다. 달러 가격이 약정 범위 내에서 움직이면 은행이 높은 가격으로 달러를 사줘서 기업은 차익을 볼 수 있었다. 하지만 상한선을 돌파하면 계약 금액의 두세 배에 달하는 달러를 사서 낮은 가격에 은행에 팔아야 했다. 900원 정도 하던 환율이 갑자기 금융위기로 1,500원을 넘어버렸다. 흑자도산. 세상에선 이렇게 불렀다.

안내인이 사모바르를 가져와 차를 따른다. 윙 하고 보일러 돌아가는 소리가 들린다. 날씨가 춥긴 추운 모양이다. 윙 소리가 날 때마다 사각사각 옷자락 스치는 소리와 함께 알료나가 내 앞에 나타날 것만 같다. 하지만 보일러가 아무리 돌아도 알료나는 없다. 거무스레한 빛을 띠는 흑차를 내려다본다.

"알맞게 우려졌스게꾸마. 빨리 마십쇼. 흑차 드시면 열이 내린다꾸마."

바로 옆에서 알료나의 목소리가 귓가에 들려온다. 다른 직원들 앞에서는 또박또박 책에서 배운 서울말을 쓰다가도 내 앞에만 오면 함경도 말을 마음놓고 쓰던 그녀. 내가 재미있어하자 점점 더 원본에 가깝게 나오던 함경도 사투리. 아니 사투리가 아니라 함경도 말.

그녀의 팔이 내 윗몸을 일으켜 받치고는 찻잔을 내 입에 갖다 댄다. 나는 열에 들떠 정신이 반쯤 나간 상태에서 겨우 입술만 적신다. 40도로 치솟는 고열에다 이가 덜덜덜 맞부딪치듯 떨리고 근육이 갈래갈래 욱신거린다. 나는 사경을 헤매고 있다. 머리가 깨질 듯한 두통에다 구토가 일고 머리카락 한 올까지도 새록새록 아프다. 의사도 말라리아인지 황열병인지 하면서 고개를 갸웃거린다. 밥은 물론 물도 삼킬 수 없다. 알료나는 벽에다 베개를 세우고 나를 기대게 한 뒤 입에다 뭔가를 떠 넣는다. 윽하고 구토가 일어 삼킨 것을 토해낸다.

"토해내도 곡기가 들어가야 하꾸마."

그녀는 그렇게 말하며 다시 내 입을 벌리고 뭔가를 억지로 떠넣는다. 요 밑의 장판 바닥도 뜨겁고 내 몸도 불덩이다. 알료나는 내 이마에 연신 차가운 물수건을 갈아대기 바쁘다.

사실은 열병으로 몸이 펄펄 끓어오르기 전날 밤의 일부터 기억하는 게 순서이다. 아프리카 여행에서 돌아와 밤늦게 여자 친구를 집까지 데려다주고 막 돌아서는 길에 느닷없이 골목에서 불쑥 나타난 검은 주먹들. 턱과 복부를 수없이 가격당하고는 정신을 잃고 쓰러질 때 귓가에 들리던 여자 친구와 사내들의 악다구니. 이튿날 새벽, 다급한 러시아말이 들리는 가운데 응급실에서 정신이 들던 일. 상처를 겨우 수습하고 잠을 자려는데 밤부터 치솟기 시작하던 열. 수십 번 검사를 하느라 팔에 촘촘히 찍히던 바늘 자국. 그까짓 것 하고 대수롭지 않게 여겼지만 쉽게 놓아주지 않고 본격적으로 나를 공략하기 시작하던 열병. 대사관 파티에서 만난 금발의 러시아 여자 친구는 단 한 번 문병을 왔을 뿐 소식이 끊겼고, 차도가 전혀 없자 지사장과 직원들의 입에서 본국 귀환 얘기가 나오던 때.

"뜨거운 온돌방에서 몸 구리하면 나을지도 모르꾸마. 아차, 몸 지지면."

들어온 지 얼마 되지 않은 마당에 당돌하게 끼어들던 신입사원 알료나. 다들 말없이 고개를 끄덕인다.

"하긴 병원에서도 차도가 없을 바엔 온돌방으로 옮기는 것도 방법이지. 환자가 워낙 한기에 떠니까."

지사장의 한마디에 나는 그날 오후 곧바로 온돌 체험방으로 옮겨지고 알료나의 말대로 절절 끓는 방바닥에 몸을 지진다. 자연스럽게 내 간호사가 된 알료나. 반 의식 상태에서 희미하게 감지되던 알료나의 어머니와 누군가의 방문. 그렇게 한 달을 앓고 난 뒤 어느 날 새벽엔가 내 이마를 짚는 여자의 손에서 전기처럼 오던 짜릿함. 나를 일으키는 여자의 품에 안길 때 난생 처음 어떤 황홀감이 느껴지고 서서히 내리던 열. 별다른 치료법이라고는 기억에 없다. 단지 무슨 차와 미음과 뜨거운 온돌방과 차가운 물수건밖에는. 어떤 치료를 했느냐고 물어도 그저 이렇게만 대답하던 그녀.

"나도 모르꾸마. 어머니가 달여주는 차를 먹였스꾸마. 이 나라엔 효과가 좋은 꽃이나 풀이 영 많아서……"

그때까지 그저 순박한 시골 아가씨로 보였던 알료나는 점점 새로운 모습으로 내 눈에 각인되었다. 그녀는 몸을 뜨거운 구들방에 지지기만 해도 병이 개운하게 낫는다는 것을 몸으로 알고 있는 듯했다. 나는 마치 어머니 배 속 같은 안온한 온돌방에서 열병을 이겨낸 셈이었다.

그녀는 어디로 갔을까. 몇 년 전 그녀는 갑자기 사라졌다. 온돌 체험방으로 인연을 맺은 우즈베크 남자와는 헤어졌다는 소식을 현지 직원 편에 들은 적이 있었다. 몇몇 아는 고려인들에게 수소문해보았지만 타슈켄트 어디에서도 그녀의 자취는 찾을 수 없었다. 이곳에 오는 길에 협회에서 주선한 연해주 콕사로프카 발해 유적 답사에 따라간 것도 그 가까이에 있는 그녀 할아버지의 고향 우수리스크를 둘러보기 위해서였다. 타슈켄트를 떠났다면 가족과 함께 연해주로 돌아갔을 것이 거의 확실해보였다. 회사에는 바닥재 개발을 위한 광산 정보도 얻고 구들 유적지에서 보일러 마케팅 아이디어도 생각해보겠다고 둘러댔다. 그러나 알료나 없는 연해주에서 나의 흥미를 자아내는 것이라고는 아무것도 없었다.

그 드넓은 성터에서 나는 도망치고 싶었다. 아무것도 없는 황량한 벌판에 커다랗게 타원형으로 나 있는 콕사로프카 평지 성터. 그것은 크기조차 헤아릴 길 없는 내 안의 크나큰 공허를 상기시켰다. 제2의 금융위기라는 어마어마한 쓰나미가 몰려오고 있었고, 그것이 휩쓸고 지나가면 우리 삶의 터전도 곧 폐허가 될 것이었다. 둘레가 거의 2킬로나 되었다는 평지성이 오로지 몇 군데의 구들 터로 쪼그라들었듯이. 넓은 벌판에 남은 것은 단지 구들 자리에 무더기로 박혀 있는 크고 작은 돌멩이뿐이었다.

"구들은 구운 돌이라는 뜻의 순수한 우리말이라는 건 알고 계시죠? 이렇게 由자 또는 曲자 꼴로 된 구들은 곧 발해가 고구려의 후예가 세운……"

진 교수의 구들 얘기는 내 귀에 그저 게으른 학자의 후렴구로만 들렸다. 그래서 어쨌단 말인가. 입으로만 떠드는 학자들보다는 이미 온돌용 보일러를 전 세계에 수출하는 우리 같은 제조업체가 실은 구들 문화의 전도사였다. 정부나 학자들은 항상 민초들보다 뒷북이었다. 나는 못마땅한 듯 구들 터에서 시선을 돌려 벌판을 바라보았다.

그때 홀연 환영처럼 푸드득 하는 소리와 함께 한 마리 푸른 새가 보였다. 자세히 뜯어보자 새는 어느새 옷깃과 치마 가장자리에 흰색의 화살깃 무늬가 수놓인 푸른색의 우즈베크 전통 옷을 입고 납작한 황금색 모자를 쓴 여자로 바뀌었다. 그녀는 타슈켄트 온돌 체험방의 초대 안내인 알료나였다. 며칠 전 내가 우수리스크에서 그토록 찾아 헤매었던 그녀를 갑자기 이곳에서 보게 되다니. 눈을 의심한 나는 손으로 두 눈을 비벼보았다. 연해주의 러시아 처녀도, 우즈베키스탄이나 북한 아가씨도 아니었다. 카레이스키, 오알료나가 분명했다. 하지만 그녀의 몸 전체는 자신이 태어나고 자란 우즈베키스탄과 할아버지의 고향 연해주, 그리고 조상의 땅인 북한 회령, 그 모두의 분위기가 어우러져 묘한 조화를 이루고 있었다. 나는 그것을 무어라 표현할 길이 없었다. 내가 그녀를 잊지 못하고 있다면 바로 그 이국적인 이미지 때문일 것이었다. 타슈켄트의 차이하나에서 사모바르를 들고 조용히 차를 따르던 때의 모습 그대로였다. 하지만 알료나는 내가 잡으려 손을 내밀면 푸른 날개를 펼치면서 날아가버리고, 손을 거두면 다시 날아오기를 되풀이하면서 나의 애를 태웠다. 그런 그녀의 모습은 며칠 전 연해주에서 교포가 가장 많이 살고 있다는 우수리스크를 헤매고 다니던 때를 다시금

상기시켰다.

어디에도 알료나의 흔적은 없었다. 넓은 초원지대에 전봇대가 띄엄띄엄 서 있는 옆으로 나지막한 집들이 수십여 채 나란히 줄지어 선 마을이 있었다. 붉은 지붕 색깔 탓에 동네는 금세 눈에 확 들어왔다. 마을 앞에는 좌우로 천하대장군과 지하여장군이 서 있었고 집집마다 청국장 띄우는 냄새가 진동했다. 한국으로 수출할 통로를 찾았는지 손바닥만 하게 메주를 빚어 건조대에 올리는 할머니의 손길에는 신바람이 들어 있었다. 이름을 붙여놓지 않아도 고려인 마을임을 알 수 있었다.

타슈켄트에서 최근에 돌아온 사람들 중에 알료나네 가족을 아는 사람들이 있었다. 하지만 그들도 알료나의 행방은 모른다고 했다. 마을회관에서 요 근래 우즈베키스탄에서 돌아온 사람들의 명단을 훑어보았지만 거기에도 알료나 가족의 이름은 없었다. 고려인 마을을 나와 우수리스크에서 규모도 가장 크고 없는 게 없다는 중국시장으로 갔다. 알록달록한 파라솔이 서 있고 그 아래 매대에 울긋불긋한 과일이 수북이 쌓여 있는 청과 시장 쪽으로 발길을 돌렸다. 토마토를 진열하고 있는 중년 여자를 보자 가슴이 뛰었다. 얼굴 생김새가 완연한 카레이스키였다. 오 알료나를 아느냐고 묻자 그런 이름은 생전 처음 듣는다고 했다.

"아버지는 오게오르기, 어머니는 김이밀리아인데, 우즈베키스탄에서 살다가 돌아왔어요."

부모 이름까지 대보았지만 아무런 소득이 없기는 마찬가지였다. 우수리스크 중국시장에서 과일 가게 몇 군데만 들러보면 자신의 집안과 금세 연결이 될 거라고 하던 알료나의 말은 어떻게 된 것일까. 그때 이미 중앙아시아로 함께 쫓겨났던 그녀의 친척들은 대부분 우수리스크로 되돌아왔다고 했다. 몇 년 전부터 중국의 조선족이 들어와 시장을 장악하기 시작했다고는 하지만 그동안 이렇게 판도가 바뀌어버린 것일까. 오랫동안 시장을 지켜왔을 법한 주류 도매점, 훈제 정육과 생선, 소시지를 파는 가게를 찾아가 러시아어로 된 쪽지를 보여주었지만 결과는 똑같았다. 물건을 진열하던 러시아 남자는 어깨를 으쓱하더니 맞은편에 줄지어 늘어서 있는 컨테이너 박스를 가리켰다. 가전제품 같은 공산품과 옷 등 수입 상품들을 파는 가게들이었다. 금발의 젊은 러시아 여인들이 컨테이너 박스 주변을 기웃거렸다. 컨테이너 상가를 돌면서 오알료나와 그의 부모 이름을 대봤지만 역시 아는 사람은 없었다. 나는 허전한 마음을 안고 발길을 돌려 일행이 먼저 가 있는 콕사로프카로 가기 위해 버스에 올라탔었다.

"구들 터에서 나온 이 적갈색 토기를 보시죠. 전형적인 고구려 양식인 띠 고리 손잡이가 달린 병 모양의 토기인데요. 여기 치마 입은 처녀들이 손에 손을 잡고 돌아가며 춤추는 문양은 발해의 문화가……"

진 교수의 목소리가 점점 더 높아졌다. 나는 뒷걸음으로 일행에게서 슬며시 벗어나 담배를 피우러 나오는 척하면서 성터에서 빠져나왔다. 진 교수에게서 멀어지면 멀어질수록 알료나는 마치 붉은 토기 속의 여인처럼 강강술래를 하는 자세로 푸른 날개를 펼친 채 자꾸만 내 앞으로 다가왔다. 나는 키 작은 나무들이 몇 그루 있는 작은 동산으로 올라가서는 나무 밑 흙바닥에 털썩 주저앉았다. 알료나도 따라와 내 곁에 앉았는지는 알 수 없었다.

애당초 역사 유적지를 찾아다니는 일에 나는 별 관심이 없었다. 연해주라고 하자 저절로 구미가 당긴 것은 내 안에 깊숙이 자리 잡고 있는 그녀에 대한 마음의 짐 때문인지도 몰랐다. 온돌 유적을 활용해 보일러 마케팅을 해보라는 당국의 처방은 약발이 떨어진 지 오래였다. 이런 유적이 발견된 것이 처음도 아니었다. 단지 이번에는 블라디보스토크에서도 북쪽 해안으로 몇백 킬로나 떨어진 콕사로프카에서 발견되었다는 점이 특이하긴 했다. 이것은 발해의 국경이 그동안 알고 있었던 것보다 훨씬 더 위쪽인 연해주 중북부까지 뻗어 있었다는 사실을 입증해주는 증거였다.

하지만 나는 그런 데는 아무런 흥미도 없었다. 이미 수백, 수천 년 전에 망한 나라가 자기네 땅이라고 우겨대는 것이 얼마나 황당한 짓인지 나는 누구보다도 잘 알았다. 그런 짓을 또다시 하는 종족이 있다면 팔레스타인과 같은 화약고를 지구에 또 하나 만드는 격이었다.

중요한 것은 중국이나 일본, 서양에도 없는 발해의 구들문화를 계승한 덕분인지 우리 같은 중소기업이 연해주 우수리스크에서도, 중앙아시아 타슈켄트에서도, 심지어 최근에는 모스크바와 런던, 도쿄에서도 라디에이터를 치우고 바닥에 온수 배관을 하고 가스보일러를 설치해주고 있다는 사실이었다. 열교환기의 진화 덕분에 만들 수 있었던 순간온수기도 미국과 유럽에서 주문이 쏟아져 들어왔다. 이제 온돌 난방은 금발의 서양인들에게도 터번 쓴 아랍인들에게도 집 안에서 구두를 벗도록 명령했고, 그 청결함과 쾌적함이 그들의 생활 속에 스며들고 있었다.

다이어리를 가지러 다시 온돌 체험방으로 돌아간다. 서울에서도 보기 힘든 매끈하고 노르스름한 장판 바닥이 오늘 따라 유난히 빛이 나 보이고 나비 무늬가 새겨진 문갑과 사방 탁자도 맵시가 달라 보인다. 침대가 없는 널찍한 온돌방은 누군가 반가운 손님이 오기를 기다리는 듯하다. 아무런 무늬가 없는 백자달 항아리도 문갑 위에 가만히 앉아 손님을 기다리는 모습이다.

오른쪽 구석에 서 있는 사방 탁자로 눈길이 간다. 맨 아래에 양쪽으로 열도록 된 문이 있고 거기에 옛날식 걸쇠가 걸려 있다. 무심코 다가가 걸쇠를 빼고 문을 열어본다. 왼쪽에는 비단 주머니에 든 윷과 둘둘 말아둔 말판이 들어 있고 오른쪽에는 말라붙은 붓과 벼루, 그리고 먹을 머금은 화선지가 수북이 쌓여 있다. 화선지 옆에는 흰색과 주황색, 붉은색으로 된 면과 실크 스카프가 개켜서 나란히 놓여 있다. 나는 돌연 푸른 새가 날아와 내 머리에 터번을 감아주는 모습을 본다.

한국의 설날 직원들과 함께 이 방에다 담요를 깔고 윷놀이를 하고 난 뒤에 그녀는 꼭 내 머리에 터번을 감곤 했다. 얼마나 꼼꼼하게 다져가며 스카프를 감는지 나는 그녀가 터번을 감는 게 아니라 알을 낳고 새끼를 키울 새 둥지를 짓고 있다는 생각 이 들었다. 언젠가 광릉 숲에서 짚과 침으로 다져져 단단하고 영글게 지어진 작은 새 둥지와 그 안에 담겨져 있던 알들을 본 기억이 났다.

"어릴 때 영 순했는 매다. 뒷머리가 너무 납작해서 모양이 잘 안 나온다. 이런 머리는 터번 짓는 기술이 더 필요하겠구마."

터번을 감을 때마다 내 납작한 뒤통수를 나무라던 그녀였다. '터번을 감는다' 대신 '터번을 짓는다'고 하는 표현도 그녀에게 서 처음 들은 낯설고도 새로운 말이었다. 실은 그 말이 더 정확 한 것 같았다. 그저 감는 게 아니라 두상을 보고 거기에 맞게 부풀머리를 넣으면서 감아가는 일은 뭔가를 지어내는 일과 흡 사할 터였다. 나는 내 납작한 뒤통수를 타박하는 그녀의 말을 들을 때마다 반론을 제기했었다.

"나보이식으로 한다면서. 나보이도 내가 보니까 앞뒤가 납작 한 게 얌전한 한국 선비 두상이던데 뭘."

터번을 쓴 모습이 세상에서 제일 멋진 사람은 나보이라는 것 은 알료나만의 주장이었다. 그녀가 왜 몇백 년 전의 우즈베크 시인이라는 나보이의 터번 맨 모습에 집착하는지는 도저히 알 수가 없었다. 어쨌거나 터번 쓴 내 모습이 적어도 나보이 다음 으로는 멋져 보일 거라는 욕심에 나는 그녀의 손에 내 머리를 맡겼다. 알료나는 언제나 나보이 이야기만 나오면 목소리가 들뜨곤 했다. 그런 남자라면 서로 문화가 달라도 주저 없이 사랑할 만큼 나보이를 흠모하는 것이 완연했다. 덕분에 나도 그의 초상화며 영화를 자주 보았다. 또 그의 탄생 5백 몇십 주년이었던가 기념 공연을 나보이 극장에서 그녀와 함께 보기도 했다. 공연에 앞서 나보이의 일대기를 다룬 영화가 상영되었다. 흰색의 터번 밑에 살짝 가려진 반듯한 이마와 맑은 눈, 그리고 예리한 눈썹에서는 지성미가, 살며시 다문 입과 탐스럽게 자란 하얀 턱수염에서는 온화함이 넘쳤다. 하지만 무엇보다도 나는 흰색 터번을 쓰고 스승 앞에 앉아 시를 배우던 소년 나보이의 모습에 반했다. 터번을 쓴 모습이 그렇게 눈부실 수 있다는 것을 나는 처음 알았다. 그 모습은 나도 한 번 터번을 써보고 싶도록 만들었다. 그래서 나는 나보이식 터번 감기 연습을 하는 알료나를 위해 기꺼이 온돌 체험방에서 머리를 내밀어 모델이 되어주곤 했다.

먼저 그녀는 주황색 면 스카프를 반으로 접어 삼각형으로 만든 다음 내 이마에서부터 귀를 거쳐 목덜미에서 묶는다. 그런 다음 능숙한 솜씨로 기다란 흰색 스카프를 뱅뱅 꼬아 주황색 천이 씌워진 내 머리를 돌려 감아간다. 멋쟁이 터번의 포인트는 뱅뱅 꼬아놓은 스카프를 약간 비스듬하게 감아가는 것이다. 처음엔 오른쪽으로 약간 기울여서 감고, 두번째는 왼쪽으로 살짝 기울이고, 세번째는 다시 오른쪽으로 기울여 감는다. 내 납작한 뒤통수를 커버하느라 그녀는 스카프의 일부를 접어서 부풀머리를 만드는 것 같았다. 겉으로 자꾸만 삐져나오는 머리를 스카프 안으로 밀어 넣느라 꼼지락거리며 내 목덜미와 귓불을 간질이던 그녀의 거슬거슬한 손가락. 어린 나이지만 목화 따는 일에 시달려 손은 조금 거칠었다. 마지막으로, 무늬가 놓인 긴 실크 스카프를 꼬아서 똬리를 틀듯 머리를 감아간다. 조금이라도 느슨해질세라 그녀는 스카프를 돌리다 말고 자꾸만 잡아당긴다. 스카프를 잡아당기는 당찬 손길에 끌려 내 머리는 까딱까딱한다. 그 느낌이 그다지 싫지 않다. 그녀가 뒷거울을 보여준다. 납작한 내 뒤통수가 알맞게 동글동글해 보인다. 그것이 알료나만의 터번 감기 방식이었다. 아니, 감는 게 아니라 그녀의 말대로 머리에 하나의 둥지를 짓는 거였다. 터번을 다 짓고 나면 나는 기다렸다는 듯이 그녀를 안았다. 그녀의 정성스런 손으로 지어진 터번을 머리에 쓴 채 그녀를 벗기는 것을 나는 제일 좋아했다. 내가 특별한 사람이 된 듯한 느낌이었다. 그래서 터번을 쓰는 일은 마치 그 일의 전주곡처럼 느껴졌다.

터번 짓는 연습을 하고 나서 그녀는 보료 위에 앉아 뜨개질이나 바느질을 하기도 했다. 하지만 그녀가 터번 짓기 다음으로 가장 즐긴 것은 먹을 갈고 붓글씨를 쓰는 일이었다. 손님이 뜸할 때면 그녀는 내가 인사동에서 사온 청자 연적으로 물을 뿌리며 벼루에다 먹을 갈았다. 먹이 충분히 갈리면 앉은뱅이책상 위에 융을 깔고 화선지를 올린 다음 한쪽을 서진으로 고정시킨 뒤

붓글씨를 써내려갔다. 달필은 아니었지만 정성이 들어 있던 글씨들. 화선지 뭉치를 펴본다. 하지만 줄을 잘 맞추지 못해 세로로 쓰인 것은 삐뚤삐뚤하다. '입춘대길(立春大吉),' '가화만사성(家和萬事成).' 그녀의 할아버지나 아버지가 대문이나 벽에 붙이기 위해 자주 썼을 법한 글귀가 차례로 나온다. 맨 마지막에 나온 글귀는 뜻밖에도 한글로 쓴 '발해풍정원'이다. 알료나가 이 글귀를 쓰던 날 묘한 기분이 들었던 기억이 난다. 만주에서도, 연해주에서도 쉽게 찾아볼 길 없는 글귀가 우즈베키스탄 타슈켄트의 한 차이하나에서 고려인 처녀의 손으로 서툴게나마 재현되고 있었다. 온돌 체험방에서 무엇을 보여줄 것인가에 대해서는 알료나와 따로 의논하지 않았다. 그녀가 선택한 것이 뜨개질과 바느질, 공기놀이, 윷놀이, 붓글씨 쓰기여서 더 이상 간섭할 필요도 없었다. 문득 알료나와 함께 그녀의 아버지가 어릴 때 살았다는 교포 마을에 갔던 기억이 난다.

그곳에는 우리가 잊어가는 고향집이 옛 모습 그대로 살아 있었다. 사립문을 열고 마당에 들어서자 가지가 휘도록 새하얀 열매가 매달린 백살구 나무가 먼저 눈에 들어왔다. 마당에서는 널따란 평상이 내게 손짓했다.

"나도 어릴 때 여름 저녁이면 마당에 모깃불을 피워놓고 평상 위에서 어머니가 끓여주는 칼국수를 먹었지."

내 말을 듣자 알료나가 갑자기 고향 사람을 만난 듯이 반색하며 쳐다보던 기억이 난다. 가난해도 불편한 줄 모르던 때였다.

마당 한쪽에 자리 잡은 절구와 떡판, 디딜방아는 민속촌의 것처럼 전시용이 아니라 자주 사용하는지 떡가루가 허옇게 묻어 있고, 고추색이 벌겋게 배었다. 그때 내 머릿속에서는 이것이 바로 발해풍의 정원이 아니겠는가 하는 생각이 들었다. 열심히 가꾼 들에 풍년이 들어 살림살이는 넉넉하고 이웃과도 화목하게 지내고, 추수가 끝난 들판에서는 춤과 노래가 이어지고……

부엌으로 들어가자 부뚜막에 걸린 가마솥에서 김이 푹푹 피어올랐고 아궁이 앞에 불이 활활 잘 피도록 바람을 넣어주는 풀무가 놓여 있었다. 할머니가 '풍구'라고 부르던, 손으로 돌려 바람을 만드는 일종의 풍차였다. 큰북처럼 생긴 통에 넓은 깃이 여러 개 달린 바퀴가 달려 있고, 손잡이로 그 바퀴를 돌리면 바람이 일었다. 언젠가 '우리의 소리를 찾아서' 라는 라디오 프로그램에서 시골 할머니가 부르는 '풀무소리'를 들려주었는데 어쩐지 옛 여인네들의 외로움과 한이 담겨 있다는 생각에 가슴이 짠해왔었다.

"우리 집 나그네는 풍기 불러 가는데 이내 몸 외로워 빨래질이나 하는구나."

정확하지는 않지만 대충 그런 가사였는데 '풍기 분다'는 말은 함경도에서는 풀무가 하는 일 그대로 '바람피우러 간다'는 말로 통하는 모양이었다. 이제는 옛날 풍속 전시회에나 가야 만날 수 있고, 어쩌다 가보는 국립 관현악단의 연주회에서 「풀무소리 주제에 의한 관현악곡」이라는 곡명으로나 겨우 그 이름이 남아 있는 농기구였다. 아궁이에 때는 장작불은 가마솥을 끓게 하고 더워진 연기와 불기는 안방 구들 고래로 퍼져나갈 것이었다.

알료나의 할아버지가 놓았다는 구들 모양을 상상해보았다. 아궁이를 조금 지나면 불이 다시 빨려 나오는 것을 막기 위해 높게 만든 부넹기가 있을 것이다. 불기는 이 부넹기를 넘어 고래로 빨려 들어간다. 그때 내 머릿속에서는 졸지에 남의 나라 땅에 떨어진 이들이 오랜 세월 동안 추운 겨울을 살아남았던 것은 오로지 구들 덕이 아니었을까 하는 생각이 스쳤다.

"그러니까 구들 밑은 부넹기까지 이렇게 가파르게 올라가다가 깊이 판 구들 개자리가 이어지지. 불기가 그곳에 머물러 맴돌면서 천천히 고래로 퍼져나가라는 뜻이야. 그 위가 바로 아랫목이지. 그런 다음 나지막한 고래가 쭉 계속돼. 그러다 굴뚝 가까이 가면 한 번 더 깊은 지대 굴뚝개자리가 나와. 역시 연기를 좀더 오래 잡아두고 속도를 조절하면서 내보내려는 거지. 또 굴뚝 바로 앞에는 조금 높은 지대인 바람막이가 있어서 연기의 역류를 막고 불기를 오래도록 저장해둘 수가 있었어."

처음 입사했을 때 사장은 보일러 회사 직원이라면 바닥 난방의 원리를 꿰고 있어야 한다며 구들 모양을 귀가 닳도록 얘기해주었다. 아마도 구들이란 과학을 갖고 있으면서도 온수 배관을 이용한 바닥 난방 특허를 외국인에게 빼앗긴 것에 대한 아쉬움 때문이었을 것이다. 덕분에 나는 매년 신입사원 연수 때 PPT를 사용하지 않고 보드에다 손으로 그림을 쓱쓱 그려가며 구들을 설명할 수 있다. 내가 사장에게 시간만 나면 원적외선이 나오는 바닥재 개발을 촉구한 것도 구들난방을 또다시 누구에겐가 빼앗길까 두려워서였다. 원적외선 바닥재는 점점 거세지고 있는 친환경이나 에너지 절감이라는 시대적인 바람을 타고 전 세계로 뻗어갈 수 있는 산업이라고 나는 믿어 의심치 않았다.

사랑방으로 쓴다는 건넌방으로 가보았다. 그런데 거기에는 예전이면 반드시 놓여 있어야 할 앉은뱅이책상과 벼루나 붓을 볼 수 없었다. 남의 나라 땅에서 살면서 한가롭게 먹을 갈 시간은 도저히 없었을 카레이스키들. 사랑방에 벼루가 없네, 하면서 나는 알료나를 돌아보았다. 그녀는 머뭇거리며 말했다. 자기 집에서도 붓글씨 쓰기는 아버지 대에서 처음 시작되었고 새해나 입춘 때가 아니면 먹은 갈지 않았다고.

나는 혹시나 하는 마음에서 알료나에게 발해풍정원이 무슨 뜻인 줄 아느냐고 물어보았다.

"바쁜 한자여서, 아차, 어려운 한자여서 물어보았는데 아버지가 아무 뜻풀이 없이 발음만 말해주셨스꾸마. 무슨 뜻인지는 나도 모르꾸마."

알료나는 그게 뭐 중요한 거냐는 듯 지나가는 말로 흘릴 뿐이었다.

"누가 쓴 건지두 모르꾸마. 그저 아바이 때부터 내려오는 족자라고만 들었스꾸마."

"그래도 누군간 썼으니까 남아 있는 거겠지."

내가 은근히 족자의 내력을 더듬고 싶어 하자 알료나는 그저 몇 마디를 덧붙여주었다. 아버지는 이사를 가더라도 그 족자에 흠이 갈세라 가장 먼저 챙겼고, 이삿짐을 푸는 즉시 그것을 마루 정면 벽에 꼭 걸어두었는데 몇 년 전 마지막 이사 때 그만 없어졌노라고. 알료나는 그 말을 하면서 한숨을 폭 쉬었다.

"이젠 뭐, 아부지 상새나서 물어볼 데도 없고…… 한자는 가물가물한 게 생각도 잘 안 나꾸마."

그때 나는 내가 한 발 늦어버린 것을 알았다. 알료나의 아버지가 살아 있었던 몇 년 전에만 왔어도 좋았을 것을. 나는 알료나의 붓글씨를 보는 순간 족자 속의 필체와 그 글귀를 남긴 누군가의 모습을 유추해보고 싶었다. 부유하는 이방인이었던 누군가가 어느 날 붓을 들어 그 글귀를 써야만 했던 날의 사정을.

오래전 현지에 세울 공장 터를 둘러보려고 옌지[延吉] 시내를 돌아다닐 때 그저 심심풀이로 동료들과 '발해'라는 상호를 찾는 내기를 한 적이 있었다. 양꼬치구이며 노래방에 발마사지 비용까지 걸린 내기였다. 그러나 상가가 급격히 늘어나고 있는 시내에서 '발해'라는 글자가 들어 있는 간판은 좀체 찾을 수가 없었다. 그러다 옌지 과학기술대 조선족 교수와 함께 일주일을 돌아다닌 끝에 어느 후미진 골목에서 결국 찾아내긴 했다. 때가 꼬질꼬질하게 긴 자그마한 흰색 세로 간판에 가느다랗게 힘없는 글씨체로 쓴 '발해치과(渤海齒科)'란 간판이었다. 그런데 발해풍 정원이라니.

엔지를 떠나올 무렵 발해라는 말이 완전히 잊힌 건 아니냐고 물었더니 교수가 나를 달래듯 말해주었다. 몇 년 전 흑룡강성 무단강〔牧丹江〕 상류 징보호〔鏡泊湖〕 옆에 발해풍의 정원을 꾸미고 연날리기, 널뛰기, 풍물놀이 등 민속놀이를 보여주고 있다고.

"거기 가면 발해풍정원(渤海風庭園)이라고 크게 현판을 써붙여놓았으니 눈에 한껏 넣고 가시지요."

내가 찾는 것이 최근에 관광용으로 만들어놓은 그런 현대식 현판이 아님을 잘 알면서도 교수는 반은 농담조로 말했었다. 그때 내가 보고 싶었던 그 글자, 민초들의 삶에 아직도 살아 있는 '발해'라는 글자를 우즈베키스탄에 와서 만나게 될 줄은 상상도 못했었다.

차이하나에서 알료나가 빠뜨리지 않는 또 한 가지는 보료 밑으로 손을 넣어보라고 손님들에게 권하는 일이었다. 보료 밑 방바닥의 따끈따끈함을 손으로 직접 느끼게 해주기 위해서였다. 보료 밑에 손을 넣어본 사람들이 신기해하며 눈을 크게 뜨면 알료나의 얼굴도 불을 켠 것처럼 환해졌다.

알료나에 대한 상념에 빠져 지사로 돌아가는 것도 잊고 있을 때 딩동, 휴대폰에 메시지 오는 소리가 들린다.

"우즈베크인 투자자 저녁 6시 차이하나 카레야로 방문 약속. 김 본부장님과 상담을 원함."

지사 직원이 보낸 메시지에 나는 보료에서 일어난다. 큰 기대는 하지 않지만 반드시 나와 이야기하겠다니 은근히 긴장이 된다. 내가 우즈베크 사업가를 설득할 수 있을지 의문이다. 그저 담담하게 만나볼 것이다. 그녀가 써놓은 글귀 중에서 '발해 풍정원'을 들어 글자가 쓰인 곳이 접히지 않도록 조심조심 세로로 세 번 접은 뒤 다시 세 번 접는다. 접은 화선지를 다이어리에 끼운다. 화선지가 다이어리보다 커서 비죽이 튀어나온다. 사무실로 가기 위해 서둘러 차이하나를 나선다. 투자자에게 보여줄 보일러 사용법 책자며 초창기 계약서들을 찾아야 한다. 시내 중심가에 있는 사무실로 가는 택시 안에서 알료나와 함께 거닐었던 거리와 시장을 보자 다시 그녀의 음성이 들려온다.

"이제 겨우 러시아말 배우고 나니까 우즈벡어를 쓰라한다꾸마."

먼 데 허공을 보면서 힘없이 내뱉던 알료나의 말에서는 조국을 떠나 어디에도 뿌리내리기 힘든 영원한 이방인의 신산한 삶이 그대로 묻어났다. 회사 일이 잘 된다면 언젠가는 알료나를 한국으로 데려갈 방도를 찾으리라고 오지랖 넓게 의욕을 낸 적도 있었다. 그런 내 마음의 한 자락을 알료나가 단단히 붙잡고 있었을지도 몰랐다. 작년에 타슈켄트로 부임하는 직원에게 그녀를 찾아봐 달라고 부탁했었다. 직원은 몇 달 만에 소식을 알려주었다. 알료나가 우즈베크 남자와 헤어진 뒤 타슈켄트에 머물 수가 없어 어디론가 떠났다는 얘기였다.

알료나는 그의 네번째 아내였다. 결혼식을 앞두고 나를 바라보던 그녀의 눈빛을 나는 아직도 생생히 기억한다. 자신이 원하

는 결혼이 아님을 말하고 싶어 하던 그 눈빛을. 그렇게 느낀 것
은 내 쪽의 바람이었을까. 만약 내 짐작이 맞았다면 알료나의
그 눈빛은 솔직히 나의 허세에서 비롯되었다고 해도 지나친 말
이 아니다. 딱 부러지게 밝히진 않았어도 나는 툭하면 언젠가
그녀를 한국으로 데려갈 것 같은 암시를 했었다. 이를테면 이런
식이었다.

"내가 뭐 알료나 하나 서울로 못 데려가겠어? 한국어나 열심
히 익혀둬."

택시는 단층집들이 늘어선 주택가 옆을 지나간다. 가스관이
겉에 노출된 채로 집과 집 사이를 지나가고 있다. 겉으로 노출
되었다고 해도 가스관이 지나가는 마을은 그나마 살기 괜찮은
곳이다. 집과 집을 이어주는 배관 사이에 몰래 관을 심어 가스
를 훔쳐 쓰는 이들도 있었다.

"인프라가 깔려 있어야 물건을 팔아먹지, 이 사람아. 십 년을
기다렸어도 맨 그 모양이잖아."

사장이 나를 몰아세운 데도 일리는 있다. 그렇지만 우리 경
험으로 미루어보면 개발 바람이 불고 소득이 조금 올라가자마
자 일반 주택가에 가스관이 깔리기 시작했다. 사장이 자꾸만
부정적인 전망을 내놓을 때마다 나는 속으로 혼자 중얼거렸다.

"알지도 못하면서. 나라가 생긴 모양을 한번 보라지. 몸을 앞
으로 잔뜩 숙이고 오른발로 골대에 막 공을 차 넣으려는 축구선
수의 포즈인데."

택시는 이빠드롬 시장 옆을 지나고 있다. 차창 밖에 알료나가 서서 손을 흔들고 있는 것이 보인다. 창문을 내려본다. 알록달록한 꽃무늬 원피스를 입은 젊은 여자다. 내가 이빠드롬 시장에서 사준 옷감과 비슷하다. 옷감을 사줄 때면 입이 귀에까지 걸리던 모습도 잊혀지지 않는다. 아직도 집에서 손수 옷을 만들어 입는다는 말에 나는 좀더 자주 옷감을 사주고 싶은 충동을 느꼈다. 제조업이 아직 활발하지 못해 국내에서 만 원밖에 하지 않는 한국산 티셔츠가 수입되어 10만 숨(원)에 팔리는 나라였다. 저런 꽃무늬 옷을 입은 알료나와 교외로 나가 당나귀 타고 가는 원주민도 보고 알료나가 일했다는 넓은 목화밭도 보았다.

"쪼꼬말 때는 목화 방학이 싫었스꾸마. 굳이 따로 방학을 만들지 않아도 목화밭에서 살았스꾸마. 목화솜에 코가 백혀서 숨막히는 꿈도 자주 꿨스꾸마."

그 말을 할 때 알료나는 얼굴을 찡그리며 몸을 떨었다. 끝도 보이지 않는 광활한 목화밭을 누비면서 발은 퉁퉁 붓고 허리가 꼬부라질 때까지 목화를 따는 알료나가 눈앞에 그려진다. 단 몇 숨의 노임을 벌기 위해서다. 시장 구경 다니고 새로운 걸 하고 싶어 하는 꿈 많은 처녀가 목화밭에 갇혀 있는 광경이라니.

"목화 한 송이에 씨가 몇 개나 들어 있는지 암두?"

내가 고개를 젓자 알료나는 짐짓 대단한 걸 알고 있기라도 한 듯 나를 은근히 무시하는 투로 말했다.

"그봅소. 서울사람 그것도 모름두? 송이마다 다르지. 내가 본 건 조그마한 방 네 개에 일곱 개씩 해서 모두 스물여덟 개나 들었스꾸마."

목화를 따다가 지루해지면 고랑에 철퍼덕 주저앉아 치마 위에 목화송이를 놓고 안을 들여다보는 어린 알료나의 모습이 눈앞에 보인다. 휴대폰도 게임기도 구경하지 못했던 아이.

"배고플 땐 곁에 사람 모르게 목화 다래도 많이 뜯어먹었스꾸마."

간식인 양 몰래 따먹던 달짝지근한 목화 다래의 맛이 그리운지 입술을 핥던 천진스런 알료나가 당장에라도 눈앞에 나타날 것만 같다. 고려인 상인들이 많은 꾸일류 바자르에 가면 더욱 알 수 없는 함경도 말을 쓰던 알료나.

"녹디질금이랑 드비, 달걀, 썩장 줍소. 햇갱기 나왔슴두? 저기 누가 싸움둥?"

썩장이라고 하는 청국장과 햇감자를 장바구니에 담다 말고 알료나를 유심히 살펴보면서 하던 가게 주인의 말도 나로서는 무슨 말인지 알아들을 수가 없었다.

"알료나, 요새 마이 축했다."

길가 어디서나 볼 수 있는 좌판에서 단물이 철철 흐르는 잘 익은 과육을 베어 물면서 나는 이따금씩 터질 듯 탱탱한 알료나의 몸도 힐긋거렸다. 하지만 나는 서울 본사로 출장을 나가면 딴 사람이 되었다는 것을 고백하지 않을 수 없다. 서울에 도착한 날부터 알료나는 먼 대륙에 있는 이방인이었고 본사에는 입사 동기생이 기다리고 있었다. 알료나와는 사뭇 다른 세련된 서울 여자였다. 때와 장소에 맞춰 옷을 바꿔 입고, 향수를 갈아 쓸 줄 아는. 나는 타슈켄트에서 알료나와 지냈던 것과 똑같이 달콤한 서울 생활을 즐기고는 다시 알료나가 있는 차이하나 카레야로 돌아갔다. 그런 내 자신이 낯설게 느껴진 적도 몇 번 있었지만 어느덧 그것이 마치 나의 능력인 것처럼 당연하게 여겨졌다. 서울 출장을 다녀온 뒤 한 번은 알료나가 두 손으로 내 팔짱을 끼고는 남방셔츠 소매에 코를 대고 킁킁거렸다.

"아, 서울 냄새. 향긋하기도 하고, 새콤하기도 하고."

"그럴 리가. 서울은 사방이 공사장이라 얼마나 먼지가 많은데. 차들은 시커먼 매연을 뿜어대고."

이렇게 둘러대며 고비를 넘겼지만 나는 마치 내 이중생활을 들킨 것처럼 얼굴이 화끈거렸다.

"혹시……"

"혹시 무엄두? 말하십쇼. 괜찮습다."

알료나는 소매에서 코를 떼고 나를 쳐다보며 말했다.

"아, 별 거 아냐. 혹시 나보이 극장에서 무슨 좋은 공연 있냐구."

"글쎄, 아참, 조금 있으면 나보이 탄생 기념 공연 있스꾸마."

아무것도 눈치 채지 못한 그녀는 내 말에 곧이곧대로 답할 뿐이었다. 솔직하게 내 사정을 털어놓으려고 말문을 열었다가 나는 그만 얼렁뚱땅 넘기고 말았다. 서울의 그녀도 타슈켄트의 알료나도 나는 잃고 싶지 않았다. 그것이 젊은 날의 치기였는지 아니면 젊음의 특권이었는지는 아직도 모른다. 다만 나는 순간에 충실했다고밖에는 말할 수 없다. 알료나는 다시 두 팔로 내 팔짱을 끼고 껑충껑충 뛰면서 말했다.

"빨리 차이하나로 가요. 또 터번 지어주꾸마."

알료나가 내 머리에 터번을 짓기 시작하면 또 한 번 알료나를 안을 수 있는 기회가 온다는 것을 뜻했다.

알료나와 시장통을 거닐던 생각에 빠져 있는 사이에 택시는 어느덧 시내 중심가에 있는 지사 사무실에 도착한다. 사무실로 들어온 나는 책상 서랍을 뒤져 처음 계약 당시의 서류들을 찾아본다. 벌써 10년 전 일이어서 어떤 조건으로 마할라와 계약을 했는지 기억이 가물가물하다. 계약서를 보아야만 투자자에게 정확한 조건을 얘기해줄 수 있을 텐데. 아무도 차이하나 카레야를 남에게 넘길 것이라고는 생각지 못했던지 계약서를 잘 챙겨두지 않았나 보다. 책상마다 뒤져도 관련 서류는 나오지 않는다. 서랍과 캐비닛을 한참 동안 뒤지던 나는 거의 포기 상태에 이르러 사무실 가운데 있는 소파에 벌렁 누워버린다. 눈을 감자 꿈인지 환상인지, 나는 금세 석 달 전 답사했던 콕사로프카 평지 산성에 가 있다. 발해의 구들 터가 있던 그 자리로.

홍콩 어느 대학에서 동북아 역사를 전공하는 장 교수의 강연이 막 시작되었나 보다.

"발해국은 태평성세를 누린다."

장 교수의 말이 나는 의아하다. 누군가 또 위서를 쓰고 있는 건 아닐까. 나는 조상의 행적을 미화하느라 전설과 사실을 구별하지 못하고 목청만 높이는 이들에게 항상 연민을 느낀다. 나도 모르게 옆 사람에게 손을 내밀어 들고 있는 강의 자료를 거의 빼앗다시피해서 살펴본다. 공용어였던 한자 말고 발해에는 수이자(殊異字)라는 특수문자가 있었는데, 그중 수십 개의 문자를 번역한 내용이다. 기와와 벽돌에 새겨진 ⊃, ⊃⊂, ₩, ⊠, ▦, Ч, ∴ 같은 기호를 찍은 사진이 나와 있다. 유물에 찍힌 또렷한 고고학적 증거다.

"밭을 경작해서 얻는 수확으로 백성들은 생활이 넉넉하다. 예의 바른 백성들은 서로 사이좋게 지내며 가정에 화기가 넘친다. 철을 녹여 무기와 공구, 가정용구를 만든다. 백성들은 부처와 주역을 믿고 또 하늘과 땅, 산과 강 등 대자연을 믿는다."

빈부 차별 없이 발해의 모든 백성들은 구들이 놓인 집에서 살았다는 기록을 어느 책에선가 읽은 적이 있었다. 갑자기 비옥하지도 못한 땅에서 억척스레 철제 농기구를 두드려 만들고 허리가 휘어지도록 농사일을 하는 발해인의 모습이 평지 성터 안에 또렷이 드러나는 듯하다. 윤택한 생활 속에 서로 예의를 지키면서 오순도순 살아가는 미쁜 발해인들. 붉은 토기 속 치마 입은 여인들이 춤추는 모습도 수이자 해독문의 발해인 생활상과 크게 거리가 있어 보이지 않는다. 풍년이 든 들녘에서 달밤에 발해의 여인들이 둥글게 손잡고 노래하며 춤을 추지 않았을까. 그렇게 풍년이 든 들판에서 노래하며 춤추는 모습이 곧 발해풍의 정원 모습이 아니었을까.

장 교수가 암호 같은 기호와 도형 들을 어떻게 해독해냈다는 것인지 나로서는 도무지 모를 일이다. 그것은 내가 굳이 캐내거나 알아야 될 필요도 없다. 나의 뇌리 속에 박혀 좀체 떠나지 않는 것은 오로지 알료나네 그 빛바랜 족자의 글귀다. 수이자가 제대로 해독되었다면 오랜 세월 이국땅을 떠돌며 나라 없는 백성으로 살았던 알료나의 할아버지와 아버지가 '渤海風庭園'이라는 글귀가 쓰인 다 헤진 족자를 왜 신주단지처럼 모셨는지 어렴풋이 짐작이 갈 듯하다. 나는 다시 온돌 체험방에서 '발해풍정원'이라는 붓글씨를 쓰던 알료나를 떠올린다. 그녀에게서 풍기던 알 수 없는 이국적인 향기에 이끌려 몽롱해지던 그때로 돌아간다. 그녀를 다른 남자에게로 떠나보내야만 했던 때의 아픈 기억 속으로. 그러나 나는 아픔을 달래기보다는 무릎을 꿇고 앉아 누군가에게 고백하고 있다.

"제가 두 달간 서울 출장을 다녀온 직후였죠. 저도 한방 맞은 것처럼 어안이 벙벙했어요. 알료나가 저만을 염두에 두고 있는 줄로 생각했거든요. 상대는 이 동네 유지랬어요. 차이하나를 온돌 체험방으로 바꾸는 데 많은 도움을 준 사람이래요. 카레이스키 아가씨가 부유한 우즈베크 남자의 네번째 아내가 된다는 게 저랑 무슨 상관이 있다고 그러세요. 그 남자도 원래 일부다처를 좋아하는 사람 아니래요. 병사한 형의 두 아내를 맡는 바람에 갑자기 아내가 셋으로 늘어난 거죠.

지아비를 여읜 여자를 아내로 삼는 걸 크게 비난하지 않는 사회예요. 여성의 복지 차원에서요. 칭송까지 하지야 않지만요. 저도 걱정 많이 했어요. 과연……"

별안간 내 고백을 듣던 이가 심장을 뚫을 듯 송곳처럼 날카로운 말투로 쏘아붙인다.

"걱정은 무슨, 당신 왜 못 본 체했어? 알료나의 그 애절한 눈빛을. 일부러 피했잖아. 비겁하게."

나는 두려움에 떨며 대답도 하지 못한다.

"알료나는 진정으로 알아들었던 거야. 당신이 농담조로 허투루 던진 말들을."

"하지만 법적으로 문제가 되는 건 아니잖아요."

상대의 고함 소리는 하도 커서 천장에 부딪힌 뒤 메아리로 쩌렁쩌렁 울린다.

"버, 법적으로만 무, 문제가 안 되면 다아마야야야야야야……"

아아, 식은땀을 흘리면서 잠에서 깬 나는 황급하게 일어나 사방을 둘러본다. 아무도 없다. 내게 으름장을 놓던 이도 보이지 않는다. 정면에 거울이 보인다. 거울 속에도 나 말고는 아무도 없다. 그 위에 걸린 벽시계가 5시 5분을 가리키고 있다. 계약 관련 서류를 찾지 못한 채 빈손으로 허겁지겁 택시를 타고 구시가지에 있는 차이하나 카레야로 향한다. 차이하나를 누군가에게 넘기는 일이 여의치 않다면 어쩐다? 알료나를 찾아 둘이서 함께 온돌 체험방을 지키면서 타슈켄트에서 살 수도 있지 않을까 하는 생각이 슬며시 고개를 내민다. 차창 밖으로 눈을 돌리자 알료나와 만날 때면 언제나 약속 장소로 잡던 나보이 극장이 보인다. 여름이면 극장 앞 분수대에서 그녀를 기다리곤 했었다. 알료나의 목소리가 들려온다.

"타슈켄트에서 길 잃으면 나보이만 찾으면 되꾸마. 나보이 거리에 공원, 기념관, 도서관, 공장, 별난 데 다 그 이름이 붙었스꾸마. 시인에다 훌륭한 정치가였스꾸마."

나는 관심도 없는데 그녀는 흥분해서 떠들어댄다.

"유명한 말도 남겼스꾸마, 뭐더라. 친밀감은 음, 가장 큰 음, 축복, 반감은 최악의 아, 아니다, 젤 무서운 저주, 그 비슷한 말이었스꾸마."

오른쪽 뒷머리로 저절로 손이 간다. 내 머리에 터번을 지어주던 알료나의 손길이 손에 잡힐 듯하다. 하지만 나는 그녀의 말에 의문을 품는다. 예술가이면서 동시에 좋은 정치가가 된다는 게 가능한 일일까. 지혜롭고 어진 사람이 나라 일을 맡는다면 모든 것이 정상적으로 잘 굴러가서 금융위기처럼 터무니없는 일은 터지지 않을까. 성현의 경고에도 사람들은 왜 여전히 온갖 이념으로 나뉘어 반목을 계속하는 것인가. 아무리 생각해도 내게는 모든 것이 무망한 것으로만 보인다.

나는 아무것도 믿지 않기로 작정한다. 그 무엇도 소망하지 않으리라. 나는 오로지 너무 눈이 부셔 가슴이 아픈, 어떤 것들만 믿기로 한다. 마트료시카를 보일러 위에 올리고 널따란 소매를 활짝 폈다가 합장하던 한 마리의 푸른 새. 언제 전염될지 모르는 무서운 열병 환자에게 다가와 차가운 수건을 갈아주고 미음을 떠먹이던 손. 그리고 세상에서 반목을 없애기 위해 스승 앞에 앉아 시를 배우던 하얀 터번 쓴 소년 나보이, '갔음두?' '왔스꾸마' 하며 신호를 주고받던 함경도 출신 부자 구들장이, 어디에도 뿌리내리지 못하고 떠돌다 붓을 들어 절절한 심정을 한 줄의 글귀에 담아내던 어느 외로운 이방인의 영혼. 그렇다. 우리가 할 일은 그것뿐이다. 향기로운 피곤이 조수처럼 몰려올 때까지 땀 흘려 일하고, 나머지 시간에는 시를 배우고…… 그 밖에 나는 아무것도 모른다. 다만 혼돈 속을 헤맬 뿐.

차라리 나는 아직도 불을 찾지 못해 먹을거리를 날것 그대로 먹던 북경원인 이전의 시대로 돌아가고 싶다. 그리하여 알료나와 나는 어쩌다 불을 발견한 원시의 아낙과 지아비가 되어 해변에서 주워온 자갈을 깔고 불에 달군 넙적한 돌멩이를 얹어 물고기를 익혀 먹는다. 아니면 둘 다 발해 시대쯤 태어나 알료나 할아버지를 도와 '갔습두,' '왔스꾸마' 신호를 보내며 구들을 놓고 부뚜막에 솥을 걸어 밥을 해먹고, 그 연기와 불길로 방바닥도 데우고…… 사냥을 나가 들짐승에게 목숨의 위협을 받는 일은 있겠지만 키코KIKO니 환헤지니 하는 것처럼 너무나 복잡해서 도저히 이해할 길 없는 괴상망측한 게임에 휘둘리는 일은 없으리라.

　나는 달랑 알료나의 붓글씨 '발해풍정원'이 끼어 있는 다이어리만을 들고 차이하나 카레야에 도착한다. 홀에는 손님들이 20여 명 앉아서 차를 마시고 있다. 나는 온돌 체험방에 자개상을 펴고 그 위에 다이어리를 올려놓는다. 삐뚤어지게 쓰인 글자 발해풍정원이 담긴 화선지는 다이어리에 끼인 채 조금 튀어나와 있다. 나는 감색 양복 차림으로 보료에 앉아 그가 오기를 기다린다. 유리문에 뎅그렁 딩동, 마트료시카가 서로 부딪치는 소리와 함께 홀 안이 갑자기 웅성거리기 시작한다. 손님들이 일어나 우즈베크어로 반갑게 맞이하는 것으로 보아 동네 유지라도 들어온 모양이다. 아마도 투자자일 가능성이 높다.

　나는 홀로 나가지 않고 방문 앞에 서서 기다린다. 우리 측이 초조하게 보일 필요는 없다. 차이하나 카레야의 온돌 시스템은 글로벌 스탠더드가 된 지 오래다. 그가 어떤 차림으로 나를 만나러 올지 궁금해진다. 우즈베크 전통 옷차림일까, 양복 차림일까. 격식을 차리느라 머리에 터번까지 쓰고 올까, 비둘기 깃털 무늬가 아라베스크풍으로 수놓이고 가장자리에 작은 아치가 새겨진 사각형의 납작한 모자를 쓰고 올까. 안내인이 뭐라고 말하면서 손님을 방으로 데려오는 소리가 들린다. 나는 문을 연다. 회색의 두루마기 같은 겉옷에 허리에다 황금색 띠를 매고 머리에는 흰색 터번을 쓴 우즈베크 남자가 침착한 표정으로 서 있다. 띠에 푸른색 꽃무늬가 찍혀 있는 것이 눈에 띈다.

　남자가 나보다 낮은 홀 바닥에 서 있어 터번 속의 정수리 부분이 훤히 드러난다. 터번 밑에 쓴 주황색 천에는 흰색의 비둘기 깃털 무늬가 아라베스크 풍으로 수놓여 있다. 터번과 허리띠와 주황색 천의 색깔이 어우러져 활기차고도 신비스런 분위기를 내는 중년의 우즈베크 사나이. 나는 그 터번을 보자 금세 알아챈다. 그것은 그녀만의 터번 짓기 방식이다. 납작한 뒤통수를 부풀머리로 만들어주는 알료나식 터번 짓기. 하지만 나는 냉정을 잃지 않고 차분해지려고 애를 쓴다. 온돌 바닥이어서 장화를 벗고 회색 양말 차림으로 들어온 모습이 어쩐지 낯설지가 않다. 자신들만의 방식을 잠시 뒤로하고 차이하나 카레야로 마실 나온 이웃처럼 보인다. 나는 엷은 미소를 띠며 한마디 아는 우즈베크어로 인사한다.

"앗살람 말레이꿈."

남자는 서툴지만 정중한 우리말로 받는다.

"알령하심니까?"

남자의 입에서 나온 인사말에 나는 놀라 눈을 크게 뜨며 그의 얼굴을 바라본다. 그는 왼손을 가슴에 대고는 오른손을 내민다. 나도 왼손을 가슴에 올리고 그와 악수를 나눈다. 정중하게 그를 자개상 앞으로 안내한다. 이곳은 내가 알료나에게 머리를 내밀고 터번이 지어질 때까지 기다리던 곳이다. 터번을 쓴 채로 그녀를 벗기던 방. 내 품에 안긴 알료나의 숨소리가 들려올 것만 같은 방.

남자는 몇 번씩 자세를 고쳐가며 방석 위에 책상다리를 하고

앉는다. 어디서 양반 다리를 배운 사람 같다. 윗목의 갈색 문갑
에는 백자 한 점이 놓이고, 구석에는 조금 더 짙은 갈색의 사방
탁자가 서 있다. 그러고는 작은 자개상과 아랫목의 보료밖에 다
른 것은 아무것도 없다. 노르스름한 장판이 깔리고 따스한 기운
이 감도는 온돌방은 널찍하게 비어 있다. 지금도 나는 믿는다.
바닥을 넓게 치워둔 온돌방도, 백자의 여백도 누군가를 품에 들
이기 위한 거라고. 누군가는 그 백자의 결 위에다 마음속으로
시를 짓는다면 더욱 좋을 터였다. 나는 오른손에 명함을 들고
왼손으로 오른손의 손목 부위를 잡고서 그의 앞으로 내민다. 남
자는 내 명함을 받아 상 위에 놓더니 자기 명함을 두 손으로 내
민다. 우즈유로무역회사 대표라는 영어 직함이 눈에 띈다. 안내
인이 식혜와 유과를 상에 올린 뒤 조금 떨어진 곳에 앉는다. 그
녀는 통역을 위해 노트 테이킹할 준비를 한다. 의례적인 인사말
을 나눈 뒤 우리는 본론으로 들어간다.

"저 잘 알고 있습니다. 여기 와서 판매고 많이 올랐습니다.
들었습니다. 온돌 체험방 문 닫으신다. 감당하셔야 되지 않습니
까. 그만큼 경비."

서툰 통역이지만 예상외로 말에 날카로움이 들어 있어 나는
당황한다. 사실 대답할 말이 없다.

"지당한 말씀이십니다. 헌데 아시다시피 해외에서 불어닥친
경제 위기로 본사가 지금 몹시 어렵습니다. 저희들이 다시 지원
할 수 있을 때까지만 차이하나 카레야를 맡아줄 투자자를 찾고

있을 뿐이죠."

통역이 끝나자 남자는 나를 쳐다보며 고갯짓으로 안내인을 가리킨다. 굳이 합석시킬 필요가 있느냐는 눈치다. 내 눈짓을 알아차린 안내인이 방을 나갈 때까지 우리는 잠시 침묵에 들어간다. 이른 새벽부터 학원을 다니고 차 안에서 테이프를 들으면서 익힌 얼라이브 잉글리시를 요긴하게 쓸 기회다. 영어로 해볼 테면 해보자고 기다리고 있는데 그의 영어는 예상외로 점잖고, 발음이며 억양 모두 들을 만하다.

"You should not worry about the Chaihana Korea. Let me take care of it. One thing I want to tell you is……"

차이하나 카레야는 자기에게 맡기라면서 따로 무슨 할 말이 있다는 것인지 나는 고개를 좀더 앞으로 내밀고 그의 다음 말을 기다린다. 무슨 까다로운 조건을 달까봐 신경이 곤두선다.

"우치찔 김, 대신 부탁이 있소. 카레이스키 아내를 찾아주시오. 아내가 집을 나가면서 남긴 한마디가 아직도 잊히지 않아요. '사랑은 하나뿐'이라고 했죠. 제가 아내를 넷이나 둔 것 때문에 상처를 받은 것 같아요. 하지만 그건 오해예요. 두 명은 형의……"

"부인의 성함이……"

"오알료나요. 온돌 체험방 덕분에 인연을 맺었지요. 그때 보료 밑에 손을 넣어보라는 그 사람 말을 따라 하다가 그만 그 온기에 취해서……"

나는 당황한 표정을 들키지 않기 위해 식혜 잔을 들어올리며 그에게도 권한다. 이럴 때 식혜를 마시는 것 말고 달리 할 수 있는 일은 없다. 어쩌면 온돌 체험방 허가를 맡는 과정에서부터 그는 알료나에게 매료되었는지도 모른다는 생각이 얼핏 뇌리를 스친다. 그렇다면 그 모든 특혜가 두 사람의 관계 덕분이었다는 말일까. 식혜를 마시는 동안 곰곰이 생각하지만 나는 할 말을 찾지 못한다. 그렇다 해도 이제 와서 무슨 상관이란 말인가. 그는 적어도 자기 감정에 충실했고 떳떳하게 행동한 사람이다. 침묵을 견디기 어려워 나는 공연히 헛기침을 하고 말을 더듬는다.

"그, 그런데 부인의 치, 친정 가족은 어떻게 지내는지 아시나요?"

"지금은 연락이 끊겨서요. 저와 혼인할 때가 장모님이 중환을 앓을 때였어요. 병원에 입원시켜 낫게 하려고 제 딴엔 애를 썼지만 곧 세상을 떠나셨죠."

"그랬군요. 처가에 큰 배려를 하신 듯한데 정말 부인께서 오해를……"

나는 말끝을 흐리고 만다. '사실 오해한 사람은 당신인지도 모른다'라고 말하고 싶은 것을 나는 억제한다. 무어라 할 말을 찾지 못해 계면쩍어하면서 나는 겨우 용기를 내어 다이어리 속의 화선지를 편다.

"차이하나 카레야의 현판은 이 글씨로 바꾸시지요. 이번에 와서 우연히 부인께서 이곳에 근무할 때 쓰신 붓글씨를 찾아냈습니다."

식혜와 유과를 한쪽으로 밀어놓고 화선지를 상 위에 올린다. 세로로 들쑥날쑥, 그러나 힘주어 한 자 한 자 써내려간 글귀. '발해 풍정원'

"차이하나 카레야의 또 다른 이름입니다."

내 말에 남자는 화선지 위의 글씨를 찬찬히 음미한다. 글씨를 어루만지는 눈길이 점점 깊어가는 것이 느껴진다. 남자는 음, 하고 탄식 어린 숨을 내뱉는다. 먹을 잔뜩 머금은 알료나의 붓이 깊이를 알 수 없는 데까지 고요를 끌고 내려가 발해풍정원을 한 자 한 자 써내려간다. 연습 부족이어서 아직 서툰 알료나의 글씨는 삐뚤빼뚤하다. 내 눈앞에서는 그녀의 글씨가 큰길로 확대되어 사방으로 뻗어간다. 그 길 위에 서서히 뭔가가 고물거리며 형체를 드러낸다. 할아버지, 아버지가 가슴에 간직했던 족자 속 발해풍의 정원을 찾아 동생들과 함께 헤매고 있을 그녀의 모습이. 지금 막 '발'자에서 ㅂ의 한 귀퉁이를 돌고 있을 듯한 알료나와 그 아우들.

이제야 나는 보일러가 들려주는 음악에서 천둥의 소리를 듣는다. 전에도 그랬지만 이번에도 구제받을 대상은 그녀가 아니라 바로 나라고 일러주는 소리를. 나는 항상 내 자신을 그녀에게 뭔가를 주는 사람으로 착각해왔다. 도리어 내가 그녀에게서 계속 무언가를 받고 있었다는 것을 이제는 안다. 나는 계속 착각하는 인간이다. 진실 앞에 요리조리 피하고 숨어버리는 인간,

비겁자. 추하고 두렵지만 인정하지 않을 수 없는 내 모습을 나는 기어코 보고 만다. 가슴이 점점 무겁게 내려앉는다. 폐허가 된 구들 터에 솥을 걸고 둘이서 밭을 매면서 모든 것을 다시 시작할 수도 있을 텐데, 그녀는 내 곁에 없다. 그녀의 발길이 어디쯤에 멈추어 설지 나는 알지 못한다. 붉은 발해 토기에 그려진 처녀들처럼 알료나가 친구들과 손잡고 둥글게 돌며 춤출 날이 언제쯤 올지, 그녀가 푸드덕푸드덕 푸른 날개를 펼치고 키릴 문자 대신 자신의 필체로 바뀐 새 현판 발해풍정원 앞에 날아와 앉게 될 날이 언제가 될지도. 그때가 되면 우리는 굵은 땀을 흘려 향기로운 피곤을 맞이하고, 나머지 시간엔 시를 배우고⋯⋯ 어쩌면 오늘처럼 차이하나를 둘러싼 자작나무에 얼음꽃이 열린 그런 날일지도 모른다.

해가 떨어지면서 실내 온도가 내려갔는지 윙 하고 돌아가는 보일러의 다부진 소리가 들린다. 그렇지만 아무리 보일러가 돌아도 알료나는 여기 없다. 보일러가 데워준 널찍한 온돌방이 기다리고 있는데. 나는 오직 그 소리에 위로받을 뿐이다. 불은 물을 북돋우고 물은 불을 껴안고 함께 돌아간다. 상극이 만나 서로 다독이고 치켜세우며 가장 큰 힘을 낼 때 나는 음악 소리. 차이하나 카레야, 아니 발해풍정원의 심장.

가리봉

이런 날이 이렇게 빨리 올 줄은 몰랐다. 나는 푸르스름한 양념장에 재어둔 양고기 조각을 꼬치에 꿰면서 이게 꿈은 아닐까 하고 오른손 엄지와 검지로 왼 손등을 힘껏 꼬집어보았다. 통증이 느껴지는 것이 분명 꿈은 아니었다. 일이 잘 풀리려고 그러는지 주인은 지방에 볼일을 보러 떠났고, 오늘은 가게가 쉬는 날이었다. 황갈색으로 구워진 향긋한 양꼬치를 입에 넣고 씹는 순간 그 신비한 양념 맛에 탄성을 지를 분희의 한국 친구들 얼굴이 떠올랐다. 길 건너 스무 집쯤 떨어진 대륙(大陸)다방에서 일하는 분희가 언제쯤 친구들을 데려오려나 하고 나는 가게 문을 열고 내다보았다.

마주 오는 차 두 대가 겨우 길을 비켜갈 정도로 좁은 구로공단 가리봉 오거리 시장 통엔 연길양육점(延吉羊肉店), 금란반점(今丹飯店), 연변구육관(延邊狗肉館) 등 한자로 쓰인 허름한 간판이 즐비하고, 어디선가 진한 향료 냄새가 혹 풍겼다. 앞에서 보면 작고 나지막한 옛날 집들이 피곤에 찌든 어깨를 서로 기댄 채 겨우 체면치레를 하고 서 있고 뒤쪽으로 돌아가면 버려진 냉장고며 싱크대, 녹슨 철사 뭉치 등 온갖 쓰레기더미를 그러안고 있는 동네였다. 언제 주저앉을지 모를 만큼 폭삭 삭아버린 것처럼 보이는 거리는 간판에서 언뜻언뜻 보이는 붉은색으로 인해 겨우 기운을 찾는 듯이 보였다. 이따금씩 머리를 박박 깎거나 스포츠형으로 바싹 치고 짙은 눈썹에 몸집이 건장해 보이는 사내들 몇이 중국말을 주고받으면서 지나갔다. 여름철엔 그런 사내들 팔뚝에 뱀이나 호박 모양의 문신이 새겨진 것을 쉽게 볼 수 있었다. 그것이 뱀파와 호박파를 뜻한다는 것은 나중에야 알았다. 교포들은 이들 얘기가 나올 때면 입을 비죽거리면서 빈정댔다.

"체불 임금 해결사는 무슨, 지들이나 날강도질 말라디."

내가 처음 일하러 왔을 때 헤이룽장성〔黑龍江省〕 출신의 주인은 혹시라도 식당에 그런 남자 손님이 들어왔다 하면 비위를 거스르지 말고 해달라는 대로 다 들어주라고 당부했다. 조금이라도 기분을 언짢게 했다가는, 하더니 손을 펴서 자기 목을 치는 흉내를 냈다. 나는 그 말이 시장에서 쫓겨난다는 뜻이겠거니 하고 알아들었다.

말이 시장이지 교포 한 명이 어느 집 쪽방에 들어왔다 하면 금세 소문이 날만큼 좁은 곳이 이 바닥이었다. 닝안반점〔寧安飯店〕에서 막 일하기 시작했을 무렵, 팔뚝에 뱀 문신을 새긴 사내가 거리에서 나를 보고는 대뜸 라오닝반점 2층 쪽방에 들었디? 하고 말을 걸어와 깜짝 놀랐다. 혹시 우리 집 족보까지 꿰고 있는 건 아닐까 의문이 들기도 했다. 시장 안에는 개고기집과 돼지고기집도 있었지만 양고기 전문점이 가장 많았고, 내가 일하는 식당은 '양꿰'으로 유명해서 한국 손님들도 자주 찾아왔다. 양고기 요리에는 갈비구이, 훠궈탕 등 여러 가지가 있지만 교포들에게는 양꿰이 제일 인기가 좋았다. 집 생각이 나서 양꿰 냄새를 맡으러, 마석에서 우리 가게를 찾아왔다는 교포 아저씨도 있었다.

중국에서는 양고기 조각을 쇠꼬챙이에 꿰어 구운 것을 양러우찬〔羊肉串〕이라고 부르지만 조선족 동네에선 양꿰으로 통했다. 양꿰이란 말이 발음하기 어려워서인지 한국에 와서 보니 양꼬치가 되어 있었다. 문을 열고 들어서면 좌석이 스무 석 정도 될까 말까 한 홀이 있고 출입문 위에는 실타래에 둘둘 말린 명태가 걸려 있었다. 아마도 개업식 날 고사 지낼 때 쓴 명태를 걸어둔 모양이었다. 명태가 노랗게 절은 걸 보면 개업한 지가 꽤 오래된 듯했다.

오른쪽 안으로 쑥 들어가 있는 주방은 벽면의 타일 사이에 검은 때가 눌러 박히고 주방 용기며 그릇들에는 모두 땟국이 졸졸 흘렀다. 퀴퀴하고 좁아터진 주방에서는 나와 또 다른 중국 교포

아주머니 한 분이 서로 몸을 부딪쳐가며 일하고 있었다. 오늘은 내가 이곳에서 3년 동안 일하면서 틈틈이 개발한 양고기 비밀 양념을 분희 친구들에게 맛보이는 날이었다. 한국 친구들이 양 꼬치를 맛있게 먹어준다면 내가 꿈꾸는 진짜 발해풍의 정원은 언젠가 이루어질 것이었다. 할아버지에게서 아버지로 대대로 내려오면서 온 가족이 가슴에 품고 살아가던 순한 고향 마을의 모습, 아마 한국인들도 이미 잊어버린 정원인지도 몰랐다.

"그 정원을 만들려면 먼저 값싼 양고기를 많이 팔아 돈을 벌어야 해. 한국 사람들이 좋아하는 양념장에 재어 노린내를 없애야 하는데."

먼저 떠난 어머니를 찾아 한국으로 나오기 전부터도 아버지는 늘 그렇게 말하곤 했다. 나는 이제 아버지의 소원 한 자락을 이루려 하고 있었다. 그 비밀 양념의 레시피는 내 머릿속에만 들어 있었다. 어쩌면 분희도 대충은 짐작하고 있을지도 모른다. 닝안의 부추밭 옆에서 함께 자란 그녀와 나는 어릴 때부터 부추 꽃 반지를 만들어 나눠 끼며 짝꿍이 되기로 약속한 사이였다.

분희는 가리봉 시장통에 있는 조그마한 지하 다방에서 일했다. 요즘 서울의 커피숍에선 거의 다 사라졌다는데 대륙다방엔 아직도 칸막이가 있었고, 그것도 유난히 높았다. 손님도 거의 없어 파리 날리는 다방은 벽에 곰팡이가 피고 천장 아래로 녹슨 수도관이 지나가고 있는데다 하도 눅눅해서 잠시라도 앉았다가는 뼛속까지 축축하게 젖어들 것 같았다. 조명도 촉수 낮은 백

열등을 달아놓아 더욱 후덥지근하게 느껴졌고 늙은이도 주름살 없이 팽팽해 보일 정도로 어둠침침했다.

한 가지 마음에 드는 것은 음악이었다. 흘러간 노래이긴 해도 한국의 유행가를 틀어주고 있어서 가게가 쉬는 날이면 나는 음악을 들으러 가끔 들르곤 했다. 손님이 없을 때면 내가 좋아하는 중국 동포 가수 추이지엔[崔健]의 록 음악을 신청해서 들었다.

내 18번은 천안문 광장 시위 때 군중들 사이에 불려지면서 더욱 유명해진 「일무소유(一無所有)」였다. 그의 록이 유달리 흐벅진 느낌이 드는 것은 서양 악기인 트럼펫과 전자 오르간, 색소폰에다 얼후와 대금, 거문고 같은 동양 악기를 혼합해서 쓰기 때문이라고 하는 기사를 어디선가 읽은 적이 있었다. 가사도 마음에 들었다. *발아래 땅이 움직이고, 주위에 저 물은 흐르고 있는데/넌 줄곧 비웃었지, 내가 가진 것이 없다고.* 내 귀엔 악기의 음색까지 구별돼서 들리진 않았지만 뭔가 꽉 찬 느낌이었고, 거침없이 외치는 힘찬 목소리는 마음속 깊은 곳까지 후련하게 뚫어주는 듯했다.

내가 다방으로 찾아갈 때마다 분희는 카운터에 없었다. 몇 번 헛기침 하는 소리를 듣고서야 그녀는 손님 좌석에서 화들짝 놀라는 기색으로 튀어나왔다. 그러고는 어색한 표정을 애써 감추려는 듯 카운터로 황급히 달려나오며 뭐 마실래? 커피 줄까? 음악 들을래? 하며 부산을 떨었다. 그때 분희가 있던 자리에서는 스포츠 머리에 다부지게 생긴 중년 사내가 고개를 삐죽이 내밀고 웬 불청객이냐 하는 듯이 못마땅한 얼굴로 나를 노려보기도 했다. 뭔가 일을 꾸미느라 패거리로 몰려드는 단골이 있지 않은 한 도저히 유지될 것 같지 않은 다방이었다. 동포를 보호해준다고 다가와서는 도리어 뜯어먹고 사는 호박파나 뱀파의 아지트는 아닐까 의심이 들었지만 나는 분희를 믿고 싶었다.

"월급도 꼬박꼬박 나오고 가끔 팁 같은 것도 있으니까 이만한 데도 업서야."

경기도 안산의 자동차 부품 공장에서 일하다가 온 분희는 지금 일자리에 비교적 만족한다는 표정으로 말했다. 한국에 와서 괜찮다고 느낄 만한 일자리를 갖는다는 게 얼마나 어려운 일인지 잘 알고 있던 터여서 우리는 월급만 괜찮다면 자잘한 불만에 대해선 서로 입을 다물었다. 어머니도 어딘가에서 그런 후한 대우에 아들까지 잊고 아무런 소식을 안 보내고 있는지 알 수 없었다. 그래도 나를 생각하는 마음만 변하지 않는다면 그런 건 아무래도 좋았다. 어머니도 분희도 그까짓 돈 몇 푼에 나를 버리고 넘어갈 사람들이 아님을 나는 잘 알고 있었다.

분희는 내가 하는 일에 언제나 자상하게 관심을 보이면서 나를 치켜세우곤 했다. 내가 여러 가지 향료를 바꿔가면서 양고기 양념을 실험할 때마다 양념장을 손가락으로 찍어 맛을 보고는, 이번엔 샹차이 즙이 들어갔네, 이번엔 월계수 잎을 넣었구먼, 하며 족집게처럼 향료를 집어냈고, 둘이 누우면 팔도 못 뻗는 어두컴컴한 쪽방에서 몸을 섞을 때도 가끔 내 젖꼭지를 만지작거리면서 우리 파야, 이번엔 또 뭘 갖고서 양고기 노린내 없애는 공작 했누, 하고 꼬치꼬치 캐묻곤 했다. 지난 일요일에 마지막으로 양념장을 실험하고 나서 양꼬치를 시식할 때는 고기를 씹으면서 호들갑을 떨었다.

"드디어 우리 파야 덕분에시리 한국 사람들 진짜 양고기 째지게 좋아……"

그러다 사래가 걸린 분희는 최고라고 엄지손가락을 추켜올리고는 아예 노트에다 향료 이름을 받아 적겠다고 나섰다. 그렇지만 나는 마지막으로 들어간 푸른색 향료만은 비밀이라며 순순히 밝히지 않았다.

"파야, 우리 파야, 우리끼리도 비밀이 있누? 파야 혼자만 부자 되려고 그러디?"

분희가 내 가슴을 파고들며 졸라대도 나는 입을 꼭 다물었다. 내가 3년이나 고심해서 개발한 것을 단숨에 쉽게 알려줄 수는 없었다. 물론 분희에게야 털어놓지 못할 비밀이 없었지만 나는 실제 양꼬치 맛으로 내 실력을 보여주고 싶었다. 내 마음을 안다면 분희도 이해할 거라고 나는 믿었다. 그런데도 분희는 못내 섭섭한 모양이었다.

"파야, 우리 파야, 이젠 나도 못 믿는구나. 파야, 마지막 양념만……"

"파야가 맛으로 보여준다니까, 기다려."

내가 맛으로 보여준다고 해도 자꾸만 졸라대는 분희가 조금
은 이상했지만 그저 자기도 한번 내 레시피를 따라해보고 싶은
거려니 하고 예사롭게 여겼다. 그녀가 내게서 양고기 양념 레시
피에 대한 정보를 집요하게 알아내려고 하는 다른 이유가 있다
고는 단 한 번도 의심해본 적이 없었다. 나는 그저 분희가 뭔가
를 채근할 때 나를 '파야, 우리 파야' 하고 부르면 그 소리가 듣
기 좋을 뿐이었다. 내 이름 '임파'에서 분희가 '파'자만 따서 부
르면 나는 소동파라도 된 것처럼 기분이 우쭐해졌다. 평생 유배
생활에 시달렸던 소동파, 소식(蘇軾)을 생각하면 아버지를 떠
올리지 않을 수 없었다. 일제강점기 때 목수 일자리를 찾아 만
주로 온 할아버지 때문에 헤이룽장성 닝안시에서 태어난 아버
지는 가끔 먼 산을 바라보면서 소식의 시를 읊곤 했다.

"내 본시 집 없거늘 또 어디로 간단 말이냐(我本無家更安往)."

3년 전 한국에 와서 가리봉동을 샅샅이 찾아 헤맨 뒤 마지막
으로 시립 보라매병원 무연고자 시신 안치소에 들어섰을 때도
내 머릿속에선 아버지가 읊어대던 그 시구가 떠올랐다. 당신이
입에 자주 담던 그 시구 때문이었을까. 아버지는 그곳에도 없었
다. 원래 집이 없는 사람이라면 비록 관속이라고 해도 한곳에
정착하지는 못하는 모양이었다. 머리카락이 쭈뼛 서는 것을 꾹
참고 수십 구의 시신 얼굴을 하나하나 확인하면서 나는 고개를
저었다. 아버지는 아직 꿈을 다 이루지 못했으니 이런 곳에 와
있을 리가 없다고. 게다가 온화했던 성품으로 미루어 이상한 범

죄 사건에 연루되어 희생되었을 가능성은 거의 없다는 생각이
들었다. 단지 갑작스런 심장마비나 뇌졸중으로 길에서 쓰러져
이런 곳에 왔을 수는 있다는 생각에 시신 안치소를 찾은 것뿐이
었다. 아버지는 어디에서나 잘 적응하고 살아갈 코즈모폴리턴
이었다.

"이쪽에도 저쪽에도 속하지 못하고 겉도는 우리 같은 떠돌이
를 흔히들 경계인이라고 말하지."

그러면서 아버지는 그런 이들이야말로 상대방의 아픔을 어루
만져줄 수 있고, 양쪽을 이어줄 수 있는 사람들이라고 덧붙였
다. 안정된 교원 자리를 버리고 한국에 온 것도 어머니를 찾고
나서 중국 동포와 한국인들 사이에서 뭔가 할 일을 찾기 위해서
였다.

닝안의 집으로 보낸 마지막 편지에서 아버지는 같은 교포들
을 위해 일하고 있다고만 얘기했었다. 실컷 일하고도 임금이 체
불되거나 떼어먹히는 경우가 많다더라, 하는 글귀 속에는 같은
교포를 도와주고 싶은 마음이 배어 있었다. 그때 내 머릿속에선
문득 아버지가 호박파나 뱀파와 한 패거리가 되었거나 아니면
중국 교포 돕기 운동이라도 하고 있는 건 아닐까 하는 생각도
들었다. 내가 달랑 3개월짜리 C-3 관광 비자로 들어와선 양꼬
치구이 비밀 양념을 개발한다고 깝죽대는 것도 그런 아버지의
생각을 물려받은 덕분이었다.

사실 나는 며칠 전 차이나 노래방의 장룽이 형처럼, 누가 신

고만 했다 하면 출입국사무소 직원에게 수갑이 채워져 당장 추방 당할 신세였다. 닝안에서 이웃에 살던 룽이 형은 브로커를 끼고 천만 원이나 들여 한국에 들어왔지만 본전을 챙기기는커녕 몇 달도 채 못 돼 중국으로 돌아가야만 되었다. 그 빚을 갚자면 형은 또다시 무슨 수를 써서라도 한국에 들어와야만 할 것이다. 중국에선 평생을 벌어도 그만 한 돈을 갚을 길이 없었다. 굵은 눈물방울을 떨어뜨리며 끌려가면서도 가리봉 시장통을 자꾸만 돌아보던 룽이 형의 모습에 나도 손등으로 계속 눈물을 훔쳤다. 나 역시 룽이 형처럼 언제든 붙잡히거나 불의의 사고로 죽어 경찰서 장부에 무연고 사망자로 기록되기 전엔 이 나라 어느 인명부에도 이름이 오를 리 없는 불법체류자였다. 막막한 가슴을 안고 돌아 나올 때 직원의 지나치게 친절한 말소리가 뒤통수를 때렸다.

"다른 병원에도 없대요? 그럼 무연고 행려자로 분류돼 매장됐을지도 모르죠."

그런 일은 상상조차 하지 않겠다며 나는 뒤도 돌아보지 않고 묵묵히 시신 안치소를 걸어 나왔다.

닝안시에서 조선어 교원을 하던 아버지는 어느 날 소학생이던 나를 징보호[鏡泊湖]로 데리고 갔다. 약 1만 년 전, 화산분출물이 무단장[牧丹江] 상류를 가로막아 생겨난 이 고산호수는 발해의 유적지인 상경용천부(上京龍泉府)가 있는 곳이었다. 아버지는 가는 길에 "발해성터에서 무엇을 해야 할꼬. 나라일 걱정에 하룻밤이 일 년 같구나." 하고 읊었다는 어느 독립운동가의 이야기를 해주었다. 중국이 발해 역사를 훔쳐가 무슨 일을 꾸미려 한다는 말도 했지만 나로선 도무지 모를 얘기였다. 나는 그저 난생 처음 보는 드넓은 호수에 놀라 눈이 휘둥그레질 뿐이었다. 호수 주변에는 올망졸망한 산봉우리와 괴상하게 생긴 바위산이 솟아 있고 그 사이로 폭포가 물보라를 일으키며 힘차게 쏟아지고 있어서 어린 마음에도 정말 세상에 이렇게 멋진 곳이 있을까 싶었다. 하지만 경치보다도 인상적이었던 것은 폭포촌(瀑布村)에 '발해풍정원'이라는 간판을 달고 세워진 조선족 민속촌이었다.

그곳에서는 조선족 춤과 씨름경기, 그네뛰기, 널뛰기 등을 보여주기도 하고 새납이며 장구와 꽹과리, 해금 등을 연주하기도 하면서 관광객을 맞고 있었다. 나는 새납이라고 불리는 관악기가 신기했다. 끝에 나팔이 달려 있어 음을 진폭해주는 모양이었다. 고음의 멜로디가 구슬프게 가슴을 파고들고 장구와 꽹과리 소리가 요란하게 울리는 가운데 색동저고리에 빨간 치마, 노랑 저고리에 남색 치마를 입은 두 소녀가 암팡지게 널을 뛰는 장면은 무엇보다 아름다웠다. 파란 하늘과 호수를 배경으로 두 소녀가 한 번씩 공중으로 올라갔다가 뛰어내리면서 무릎을 굽혀 다시 널판을 힘차게 구르는 모습이 마치 알록달록한 꽃송이 두 개가 하늘로 번갈아가며 튕겨 올랐다 반동으로 다시 내려오는 것처럼 보였다.

널뛰기하는 소녀들 모습에 넋을 잃고 있을 때 옆에서 구수한 냄새가 풍겨왔다. 양꼬치를 숯불에 굽는 냄새였다. 나는 아버지 손을 끌고 양꼬치구이대 앞으로 갔다. 고춧가루와 깨소금에다 즈란이라는 향료를 섞어 양고기를 찍어 먹었다. 즈란은 작은 코스모스 씨앗처럼 생긴 향료였다.

"양고기는 서북쪽 신장 위구르족 음식인데 유목민들 덕분에 정반대편에 사는 우리한테까지 전파된 거야."

나는 꼬치에 꿰어 구운 은행과 마늘을 까먹으면서 아버지의 이야기를 들었다. 그때 아버지의 표정은 사람들이 이리저리로 옮겨 다니고 이방인들과 섞여서 산다는 건 좋은 일이라고 말하고 있었다.

어릴 때 내가 양고기를 놓고 깨작거리고 있을 때면 아버지는 세계 어디든 가서 그 나라 사람들과 어울려 살려면 무슨 음식이든 먹을 줄 알아야 한다고 타일렀다. 게다가 쇠고기나 돼지고기는 성인병을 일으킬 수도 있지만 양고기는 맛이 쫀득하고 진하면서 비타민과 철분도 풍부하고 몸을 따뜻하게 보해준다고 했다. 어릴 때부터 늘 상에 오르던 음식이다 보니 이젠 하루라도 빠지면 서운할 정도로 양고기를 즐기게 되었다. 양꼬치에는 육질이 연한 고기를 써야 하기 때문에 우리 가게에서는 생후 1년 미만의 뉴질랜드산 램이나 1년 6개월 미만의 호게트를 썼다. 그렇지만 대부분의 식당에서는 양털도 깎고 식용으로도 쓰는 머튼을 썼다. 머튼은 다 자란 양이어서 육질이 몹시 질겨 양념장에 오랫동안 숙성시켜도 도무지 연해지질 않는다고 어머니는 늘 투덜대곤 했다.

아버지는 그때 위구르족 이야기를 하면서 중국 지도가 머릿속에 또렷하게 새겨지도록 묘사해주었다. 중국의 모습이 고양이 머리 모양을 닮아서 오른쪽 귀는 헤이룽장성, 왼쪽 귀는 신장성이라고 했다. 그리고 호랑이 모양의 조선 반도가 고양이 왼쪽 귀 밑을 떠받치고 있다는 것이었다. 조선 반도를 호랑이라고 부르면서 중국 대륙을 고양이라고 부르는 게 그땐 아무렇지도 않게 들렸지만 지금 생각해보면 비율로 따져볼 때 균형이 영 맞지 않는다. 그렇지만 세상 모든 것은 반드시 크기만으로 가치를 따질 수는 없는 법이다. 어떤 것은 크기가 손톱만 해도 엄청난 가치를 지닌 보물이 될 수도 있기 때문이다.

어릴 때 본 민속촌의 모습이 눈에 아른거려 한국에 나오기 몇 달 전에 다시 한 번 찾아가보았다. 그때는 한복 차림을 한 김희선, 이영애 등 한류 스타들의 모습과 윤도현인가 하는 가수가 기타를 치며 열창하는 모습이 화려하게 장식돼 있어서, 널뛰는 소녀들이나 그네 뛰는 처녀들의 모습도 무색해보이고 새납이라는 악기도 초라해보였다.

쇠꼬챙이에 네모난 양고기 조각들이 다섯 점씩 꿰어져서 쟁반에 수북이 쌓였다. 이번엔 양꼬치를 먹고 나서 식사용으로 쓸 국수와 만두를 만들 차례였다. 역시 나만이 그 비법을 알고 있는 파란 국수와 삼색 만두였다. 밀가루에 콩가루를 넉넉하게 섞어 서너 번 체에 쳐서 양푼에 담아놓고 하얀 항아리 속에 들어 있는 파란 가루를 꺼냈다. 살짝 찐 부추를 바싹 말려 곱게 빻은 가루였다. 가루를 물에 타서 녹을 때까지 잘 젓고, 밀가루에 파란 물을 부어가며 반죽을 했다. 양고기 양념에도 실은 부추 가루가 들어가지만 분희에게는 말하지 않았다. 반죽을 홍두깨로 밀어 얇게 늘인 뒤 가늘게 채 썰어 소쿠리에 살포시 널어놓았다. 그다음엔 당근과 노란색 피망을 갈아 체에 걸러 붉은 물과 노란 물을 만들었다. 부추 가루를 섞어 파란 물도 만들었다. 그렇게 해서 파란 국수와 삼색 만두피가 마련되었다. 오늘 분희 친구들의 밥상은 오색찬란한 색으로 물들 것이다. 물론 만두 속에는 부추 즙에 재어뒀던 양고기를 다져 넣을 것이다.

어릴 땐 아버지의 말이 무슨 뜻인지 몰랐지만 철이 들면서 한국 사람들이 양고기를 좋아하도록 만들 수 있다면 나도 세상에 도움이 될 거라는 생각이 들었다. 다른 것은 몰라도 양꼬치만은 좋아하도록 만들 자신이 있었다. 그러려면 먼저 양고기의 노린내를 없앨 방법을 찾아야만 했다.

어떻게 하면 양고기의 노린내를 없앨까 하는 고민은 아버지에 이어 어머니마저 찾을 길이 묘연해지면서부터 시작되었다. 3년 전 몇 군데 간병사협회며 종합병원을 찾아다녀봤지만 어머니는 종적을 찾을 수 없었다. 마지막으로 보낸 편지에는 서울의료원이라고 쓰여 있었고, 이보다 더 안전하고 보수도 후한 일자리는 없다고 쓰여 있었다. 1년만 더 고생해서 내 대학 등록금을 벌어

들어오겠다고 하던 어머니였다. 그 병원을 찾아가 동포 간병인들에게 물어보아도 조향이라는 이름은 들어보지 못했노라고 했다. 아마도 다른 병원으로 옮겨가는 환자를 따라갔거나 가정집으로 들어간 모양인데 그러면 전혀 찾을 길이 없노라고 귀띔해주는 이도 있었다. 힘없이 돌아서서 몇 발짝 뗐을 무렵 어떤 아주머니가 나로선 알 수 없는 야릇한 말을 혼자 중얼거리면서 끌끌 혀를 찼다.

"허기사 누운 서방 하나 잘 만나믄야 별 볼일 없이 싸돌아다니는 열 서방보다 훨 낫디."

그 당시에는 무슨 얘긴지 아리송했지만 여러 병원을 찾아다니면서 교포 간병인들 얘기를 듣다보니 짐작이 갔다. 장기 치료가 필요한 치매나 중풍 환자를 맡는다는 뜻이었다. 부인은 아예 손을 떼고 교포 간병사가 거의 임종까지 돌보는 경우도 있다고 했다. 그렇다 해도 어머니는 왜 연락을 끊어버린 것일까? 그날 아침 TV에서는 대림동 어느 여인숙 앞에서 가방에 든 채 발견된 시신은 지린성 출신 중국 교포인 것으로 밝혀졌다고 보도되었다. 나는 무슨 이유에서인지 어머니는 결코 그런 일을 당하지 않았으리라는 확신이 있었다.

아무튼 중국교포들은 이 나라 인명부에 기록이 없으니 주민으로서 보호받지 못하는 것만은 확실해 보였다. 나는 지하철 7호선을 타고 가산디지털단지 역에서 내려 가리봉동 쪽으로 향했다. 이곳은 지하철에다 시흥대로와 만나는 큰길이 시원스럽게 뚫리고 버스도 많아 교통만은 시내 어느 곳 못지않다.

가리봉동으로 들어가려면 전철에서 내려 육교를 건너야 했다. 그 육교는 쉽게 볼 수 없는 파란 육교였다. 육교 전체에 초록색 인조 카펫을 깔아놓아 계단을 오르내릴 때면 부드러운 감촉에 발길이 절로 가벼워졌다. 시내에 나갔다가 험한 일을 당한 날에도 나는 그 파란 육교만 밟으면 고향 모퉁이에라도 들어선 것처럼 마음이 훈훈해왔다. 그날도 나는 가리봉동 쪽으로 난 계단 꼭대기에 한참 앉아 있었다.

시월의 해가 서쪽 하늘을 붉게 물들이면서 고층 빌딩 꼭대기에 걸려 있었다. 몇 달을 찾아다닌 일이 헛수고로 드러나고 또다시 해가 떨어지는 모습을 보자 괜히 코끝이 찡해오면서 닝안의 부추밭 옆 고향집이 그리웠다. 하지만 이제는 내 고향이 닝안인지 서울인지 나도 헷갈렸다.

어머니와 아버지를 삼켜버린 동네였지만 나는 점점 가리봉동에 정이 들었다. 요즘에는 공단의 이름마저 디지털산업단지로 바뀌면서 시장 건너편에는 고층 건물들이 빽빽하게 들어서고 컴퓨터와 전자 부품 회사 들이 들어찼지만, 나는 가리봉동이란 이름이 훨씬 마음에 들었다. 손바닥만 하긴 해도 보증금 없이 월 10만원이면 몸을 편히 누일 수 있는 쪽방이 있고, 불법체류자임을 훤히 알면서도 교포들을 받아주는 가게 주인들이 있기 때문이었다. 무엇보다도 '가리봉'이라고 말할 때 울리는 소리에는 시골 누나처럼 등을 기대고 싶은 따사로움이 있었다. 그런 동네가 곧 개발되어 없어질 거라고 했다. 그러면 앞으로 들어오는 빈털터리 중국교포들은 어디에 둥지를 틀까 걱정되었다. 들어오는 길에 중국 식품점에 들러 간두부와 샹차이, 그리고 코우뻬이 술도 샀다. 기운이 너무 없어 영양 보충을 할 양으로 삭힌 오리알도 몇 개 달라고 했다.

쪽방을 열자 불이 켜져 있었다. 옆방 사람이 들어온 모양이었다. 작은 방을 또 나누어 벌집 같은 쪽방을 만들었기 때문에 천정에 걸린 전등 하나가 두 방을 밝히게 되어 있었다. 나는 흐릿한 불빛 아래 부엌이자 침실도 되고 분희가 오는 날엔 거실도 되는 쪽방에 앉아 작은 쟁반에다 술상을 차렸다. 얇은 간두부 위에 잘게 썬 샹차이와 오리알을 올리고선 돌돌 말아 입에 넣고 우적우적 씹으면서 코우뻬이를 마셨다. 고량주를 컵에 담아 파는 것을 코우뻬이라고 한다. 오리알로 혀가 짭짤해졌을 때 아삭아삭한 샹차이를 씹자 입안 가득 향기가 퍼졌다. 문득 한국 사람들은 왜 샹차이를 싫어할까 하는 궁금증이 일었다. 샹차이는 절에서는 옛날부터 스님들이 즐겨 먹던 미나리 비슷한 야채인데 한국 관광객들은 중국 식당에만 들어서면 '뿌야오[不要] 샹차이' 하고 외친다고 했다. 그러다 문득 부추 생각이 떠올랐다. 그렇다. 한국 사람들도 부추는 싫어하지 않는다. 부추로 김치도 담고, 만두 속도 만들고, 돼지고기와 섞어서 볶음도 하고, 계란찜에도 넣고, 데쳐서 나물로도 먹고…… 못하는 요리가 없다. 부추는 어떻게 해먹어도 맛있지만 나는 갈치조림을 할 때 넣어서 먹는 부추가 가장 맛이 있다. 갈치 맛과 고추, 마늘 양념이 배어든 부드럽고도 쫄깃한 부추만 골라 흰 쌀밥에 얹어 먹으면 금세 밥 한 그릇을 뚝딱 해치운다. 양쪽 사람들의 입맛에 다 들어맞는 야채가 있다면 단연 부추였다.

어릴 때 내가 밤에 오줌을 싸거나 넘어져서 무릎에 멍이 들면 어머니가 부추 즙을 내어 숟가락으로 떠먹였다. 그때마다 나는 고개를 저으면서 먹지 않겠다고 앙탈을 부리면서 도망다녔다. 그렇게 몇 번 부추 즙을 갖고 어머니와 소동을 부리고 나면 오줌 싸는 횟수도 줄어들고 무릎의 멍도 감쪽같이 없어졌다. 집 옆에 부추 농장이 있어서 나는 늘 시큰둥하게 바라보았지만 나중에 알고 보니 부추에는 장을 튼튼하게 하고 또 남자의 양기를 돋우어주는 효능이 들어 있었다. 절에서 스님 밥상에 자주 오르는 샹차이와는 달리 부추는 정력을 강하게 해주는 채소였다. 내가 부추 나물에 젓가락을 자주 대면 할머니는 아서라 그만, 하면서 내 소매를 끌어당겼다. 부추 나물을 너무 즐기면 일은 하지 않고 여자만 밝히게 되기 때문이라고 했다. 그래서인지 부추는 억울하게도 '게으름뱅이 풀'이라는 별명을 얻었다. 닝안의 부추 농장에서는 4월 말부터 한여름만 빼고 네다섯 번 수확을 했다. 나는 방과 후면 자주 밭에 가서 일을 거들고는 부추를 한 아름씩 얻어오곤 했다.

씨를 받기 위해 남겨둔 부추에선 긴 대궁이 올라오고 우산 모양의 꽃차례가 생기면서 여섯 개의 작은 꽃잎이 별 모양으로 피어났다. 아버지가 소동파의 시를 자주 흥얼거렸다면 나는 단연 한국 시인 박남준의 「흰 부추꽃으로」라는 시를 좋아해서 외우고 다녔다. 고등학교 때 아이들이 한류, 한류 하면서 이영애나 장동건 얼굴을 닮고 싶어 하자 선생님은 배우뿐 아니라 좋은 시도 있다면서 소개해주었다.

벌써 4, 5년 전이어서 시구는 거의 다 잊어버렸지만 무슨 '옹이 박힌 나무' 이야기가 있었고, 그런 나무를 아궁이에 넣으면 활활 잘 타오른다고 했다. 상처 받은 나무라서 그렇다고 시인은 썼다. 그런 나무는 사람으로 치자면 세상 살면서 등뼈가 꺾인 사람들이고 그런 이들이 한번 뭔가를 하면 무섭게 타오를 수 있다는 뜻이라고 선생님은 풀이해주었다. 내 뇌리에 박힌 것은 그 대목보다도 마지막 구절이었다. "타오르는 것들은 허공에 재를 남긴다/흰 재, 저 흰 재 부추밭에 뿌려야지/흰 부추꽃이 피어나면 목숨이 환해질까/흰 부추꽃 그 환한 환생." 내가 정확하게 기억하고 있는지는 모르지만 "흰 부추꽃이 피어나면 목숨이 환해질까"하는 대목에 가서 왠지 가슴이 먹먹해왔다.

그날 잠시 그 시를 생각하다가 얼핏 양고기를 부추 즙에 재어뒀다 구우면 어떨까 하는 생각이 떠올랐다. 물론 로즈마리나 월계수 잎, 타임, 키위, 배즙도 함께 쓰는 것이다. 양념의 배합을 궁리하던 나는 부모님을 찾느라 평생을 허비하기보다는 그분들이 하고 싶어 하던 일을 대신 하는 게 어떨까 하는 생각을 하게 되었다.

오후 5시가 지나자 홀에다 식탁을 차릴 시간이 되었다. 약속 시간은 7시. 앞으로 두 시간밖엔 남지 않았다. 7, 8명이 둘러앉을 수 있는 좌석에다 수저를 놓고 볶은 땅콩과 중국식 무절임인 짜샤이와 오이지무침을 차려놓았다. 양꼬치를 먹을 때 가장 중요한 양념인 즈란과 고춧가루, 깨소금을 하얀 접시에 나란히 담아 테이블마다 얹어놓았다. 먹기 직전에 섞어 먹기도 하고 입맛에 따라 양념을 골라서 찍어 먹도록 하기 위해서였다. 참숯불과 사각형의 양꼬치구이 불판은 손님이 자리에 다 앉은 다음 가져와야 한다.

식탁 준비는 끝났지만 아직 만찬장 분위기를 만들려면 멀었다. 나는 밤마다 쪽방에서 틈틈이 그려두었던 그림들을 꺼내와 식당 벽에다 붙였다. 알록달록한 한복을 입은 소녀들이 널뛰는 모습, 그네를 구른 뒤 댕기를 날리며 공중으로 날아오르는 모습을 담은 그림도 있었다. 물레방아가 돌아가고 그 옆에선 여인네들이 고추 방아를 찧는 풍경에다 북과 꽹과리, 새납을 불어대며 풍물놀이를 하는 그림도 있었다. 징보호의 파란 물결과 세찬 폭포 줄기와 발해성터를 그린 그림도 물론 준비했다. 내가 닝안에서 보았던 발해풍정원을 내 나름대로 그린 것이었다. 마지막으로 유리창 위 벽면에다가 검은색 사인펜으로 발해풍정원이란 글자를 한자로 써 붙였다. 이제 풍악이 있어야만 한다. 나는 주인집 딸에게 간곡하게 부탁해 빌려온 카세트 녹음기에다 얼마 전에 쫓겨간 장룽이 형한테 얻은 테이프를 넣었다. 추이지엔의

92

노래가 흘렀다.

*발아래 땅이 움직이고, 주위에 저 물은 흐르고 있는데/넌 줄
곧 비웃었지, 내가 가진 것이 없다고.*

분희의 한국 친구들이 들어오는 순간 이 노래를 들려줄 것이
다. 오늘 한국 친구들이 돌아갈 때까지 추이지엔이라는 중국 동
포 가수의 이름만 외우고 양꼬치 맛에 반해서 돌아가기만 한다
면 나로선 더 바랄 게 없었다. 분위기를 띄울 벽 장식이 끝나고
나서 홀 가운데 서서 둘러보았다. 아버지 어머니를 찾아 한국에
온 지 3년 만에 내가 이런 자리를 마련할 수 있다는 것이 정말
믿어지지 않았다.

11월은 해가 일찍 떨어져 날이 빨리 어두워졌다. 밖이 어두
워지자 유리창에 언뜻 내 모습이 비쳤다. 흰색의 주방장 모자를
쓰고 앞치마를 두른 나는 서울 가리봉동의 양꼬치 요리사였다.
한참 바라보자 요리사의 모습은 차츰 일자리를 찾아 무작정 서
울 거리를 헤매던 3년 전의 초췌한 모습으로 바뀌었다.

서울역 부근에 있는 노숙자 쉼터에는 네 평도 되지 않는 좁은
방안에 스무 명이 넘는 남자들이 빽빽이 들어차 서로 몸을 포개
며 누워 있었다. 돌아누울 수도 없을 만큼 비좁은 방이어서 몸
이 닿지 않을 수가 없는데도 조금 스치기라도 하면 서로를 쳐다
보는 눈빛이 금세 살인이라도 저지를 태세였다. 온몸을 웅크리
고 시체처럼 있다가 아침에 깨어나면 몸이 빳빳하게 굳어 있었
다. 이튿날 다시는 돌아가지 않으리라 결심했지만 일자리를 얻

을 때까지 비바람을 가려줄 만한 데는 그곳밖에 없었다. 역 광장 포장마차에서 추위를 잊으려고 소주를 몇 잔 마시고 들어갔다가 늙수그레한 아저씨한테 멱살이 잡히고 발길로 걷어차이는 수모를 당하기도 했다.

"머리에 피도 안 마른 녀석이 뭔 술이야?"

며칠 뒤 쉼터로 짙은 눈썹에 땅딸한 스포츠머리 사내 두 명이 찾아와 일할 사람을 찾았다. 다른 노숙자들 몇 명과 함께 나는 그 사내들을 따라 안양의 무슨 빌딩 건설 현장으로 갔다. 6개월 동안 등이 휘어지도록 벽돌을 나르고 끼니는 현장에 있는 식당에서 콩나물국과 단무지에 보리밥으로 때웠다. 일당 6만원을 꼬박꼬박 적립했다가 공사가 끝나는 6개월 뒤에 준다기에 나는 월급으로 달라고 애원했다. 꾹 참았다가 6개월 치를 한꺼번에 받으면 목돈도 되고 좋지 뭐, 하고 현장 소장은 내 등을 두드리며 두툼한 입술을 혀로 몇 번이나 핥았다. 등에 진 벽돌 무게에 눌려 발길이 떼어지지 않을 때면 6 곱하기 30 곱하기 6을 머릿속으로 곰곰이 계산해 보곤 다시 힘을 냈었다. 공사가 끝날 무렵에 나타난 말쑥한 본사 직원은 다짜고짜로 비자를 꺼내보라고 했다. 만료가 된 것을 알기에 머뭇거리면서 나는 안주머니에서 비자를 꺼냈다. 날짜를 확인한 직원은 눈을 부라리면서 내게 당장 피신하라고 호령했다.

"불법체류자 검거령이 내려 건설 현장마다 출입국 사무소 직원이 쫙 깔렸어. 여기에도 30분 뒤면 들이닥칠 거야."

나는 겁이 나서 6개월 치 임금을 한 푼도 받지 못한 채 그 길로 가리봉동 쪽방으로 숨어들었다. 이튿날 해가 진 뒤에야 나는 내 고향과 같은 이름의 가게를 찾아와 무조건 일하게 해달라고 졸랐다.

유리창엔 다시 주방장 모자를 쓴 요리사 모습이 나타났다. 그때와 비교하면 지금은 너무나 평화로웠다. 그림으로 써 붙이긴 했지만 어쨌든 나는 발해풍정원을 여기 꾸며놓았다. 할아버지와 아버지가 꿈꾸던 정원. 아무도 배고프지 않고 아무도 남의 나라에 얹혀산다는 쭈뼛거림 없이 당당하게 살 수 있는 곳. 거기에다 한국 사람들 입맛에 꼭 맞는 가리봉 양꼬치도 준비되어 있었다. 부모님 생각을 하면 가슴이 미어지지만 나를 믿고 가게를 맡기는 주인 아저씨와 또 내가 좋아하는 분희가 있어 가리봉동은 언제나 등을 부빌 수 있는 따스한 언덕이었다. 내 양꼬치로 해서 가리봉, 내 누나 같은 가리봉은 이제 유명해질 것이었다. 그러면 나는 닝안에서도 서울에서도 찾을 수 없는 발해풍의 정원을 만들 수 있을지도 몰랐다. 전화벨 소리가 울렸다. 분희였다. 네 사람이 더 온다고? 알았어. 양꼬치 더 꿰어놓을게. 빨리 와.

시간은 벌써 7시가 다 되어가고 있었다. 손님이 오기 전에 양꼬치를 더 준비해두려고 재빨리 주방으로 들어갔다. 푸른색의 양념장에 재어둔 각두기 모양의 양고기를 꼬치에 꿰기 시작했다. 양고기 특유의 노린내는 말끔히 사라지고 향내가 느껴졌다. 부추 즙과 월계수 잎, 키위, 로즈마리, 타임 등 여러 가지 향료가 들어갔지만 마지막으로 내가 밝힐 수 없는 양념도 있었다. 그건 분회에게도 말하지 않은 가리봉표 양꼬치의 비밀 양념이었다. 신장 위구르족의 것도 헤이룽장성의 것도 아니었다. 어디에도 속하지 못하는 떠돌이, 임파가 서울에 와서 개발한 가리봉만의 양념이었다. 아직도 그 말이 무엇을 뜻하는지 잘 모르긴 해도 아버지의 말대로라면 나는 떠돌이로서 할 수 있는 일을 한 가지는 해낸 셈이었다. 비밀을 가진 나는 부자가 된 것처럼 마음이 뿌듯해왔다. 연하고 신선한 새끼양고기를 꼬치에 꿰고 있자니 아까 들었던 노랫가락이 뇌리를 맴돌고 있었는지 입에서 흘러나왔다.

"너에게 내 꿈을 줄게./ 내 자유도 함께."

닝안을 떠나온 뒤로 내 입에서 저절로 노래가 나온 것은 오늘이 처음이었다. 한 소절 부를 때마다 양꼬치 한 개가 꿰어졌다. 다시 꼬치를 집어 고기를 꿰려고 할 때 출입문이 열리는 소리가 들렸다. 나는 손에 쇠꼬챙이를 든 채 분회의 친구들을 맞으러 홀로 나갔다. 얼른 카세트 플레이 버튼을 눌렀다. 노래의 전주가 나오는 순간 뜻밖에도 분회 여자 친구들은 보이지 않고 어깨가 떡 벌어진 웬 사내들 몇이 불쑥 들어왔다. 분회는 사내들 몸집에 가려져 얼굴도 잘 보이지 않았다. 꼬챙이를 든 손이 떨려왔다. 나는 꼬챙이를 손에 든 채 분회를 찾아 얼떨결에 사내들 사이로 끼어들었다. 다방에서 분회와 같이 있었던 그 사내도 끼어 있었다. 셋이서 날 에워쌌고 그중 한 명이 내 몸에다 뭔가를 불쑥 꽂으며 말했다.

"건방진 새끼, 누구 앞에서 쇠꼬챙이를 들고 휘둘러?"

나는 배를 쥐고 쓰러지면서 사내의 걷어붙인 팔에서 날름거리는 뱀의 혀를 보았다. 이제 내 몸은 그 칼의 감촉을 기억할 것이다. 배 속 깊숙이 꽂히던 예리하고 차가운 쇠붙이의 느낌을. 내 이름을 이 나라 인명부 어디엔가 등록되게끔 해준 고마운 쇠붙이였다. 눈앞이 흐려왔고 안 돼! 하고 분희가 외치는 소리가 들렸다. 괜찮아, 난 괜찮아, 하고 답해주고 싶었지만 말소리가 입 밖으로 나오지 않았다. 나는 갑자기 분희에게 마지막 비밀 양념 레시피를 가르쳐주지 않은 것이 마음에 걸렸다. 둘이 마지막 대화를 나누던 순간들이 섬광처럼 스쳐갔다.

"우리끼리도 비밀이 있누? 파야 혼자만 부자 되려고 그러디?"

"맛으로 보여준다니까, 기다려."

"파야, 우리 파야, 이젠 나도 못 믿는구나. 마지막 양념만……"

분희가 토라져서 입을 비죽거리며 내뱉던 말이 귓가를 뱅뱅 돌았다. 아니, 분희는 그런 걸 섭섭해할 아이가 아니었다. 뭔가가 잘못되지 않았다면. 내가 양꼬치 양념을 개발한다고 분희가 자랑스레 떠벌린 게 아닐까. 그래서 사내들은 분희를 시켜 그게 뭔지 알아내려고 했고. 내가 가진 게 있다면 오로지 그 비밀 양념의 레시피뿐이었다. 하지만 아무도 원망하지 않겠다. 애당초 이런 날이 너무 빨리 왔다. 내 자신도 믿을 수 없는 일을 너무

앞당겨 이룬 게 잘못이었다. 어쩌면 나는 「흰 부추 꽃으로」라는 시에 나오는 나무만큼 아직은 옹이가 덜 박힌 나무였다. 한 번쯤 활활 타오를 만큼 옹골차게 옹이가 생겼어야 하는 건데. 등뼈가 덜 꺾인 것일까. 하지만 내 몸이 흰 재가 되어 부추 밭에 뿌려지면 흰 부추 꽃이 피어나고 내 목숨도 환해질까. 어쨌든 분희만 마음이 변하지 않았다면 난 아무래도 좋았다. 그녀도 어머니도 결코 변치 않을 것이다. 분희의 울부짖는 소리 사이로 사내들이 내게 침을 뱉으며 쏘아대는 소리가 들렸다.

"어디서 굴러들어온 개뼉따귀가 장사판을 흔들려고 해?"

"양념 레시피는 왜 안 밝혀? 혼자서만 떼돈 벌겠다고?"

"주제를 모르는 건 지 껍데기하고 똑같구나야."

사내들의 빈정거림에 추이지엔의 노래가 오버랩되는 소리를 들으면서 나는 몽롱한 꿈속으로 빠져들었다.

손가락 철학자

무슨 빛이 이렇게 눈부시지, 하면서 나는 잠에서 깼다. 머리맡의 크리스털 강아지가 창문에서 들어오는 희미한 새벽빛을 반사하고 있었다. 설마 저 빛 때문에 그럴 리야, 하면서도 나는 부신 눈을 여전히 손등으로 비벼댔다. 고개를 왼쪽으로 갸웃하고 서 있는 강아지의 모습은 다정하게 무슨 말이라도 걸어올 듯이 보였다. 장이 파리에서 가져온 선물이었다. 휴대폰 줄로 쓰라면서 어젯밤 점퍼 안주머니에서 꺼내 내 손에 꼭 쥐어주었다. 팔면체로 된 크리스털 비즈를 낚싯줄에 꿰어 만든 강아지는 아이들 엄지만 한 크기였지만 귀와 다리, 꼬리와 입까지 제대로 갖추고 있었다.

"이래봬도 보헤미안 크리스털 파리 컬렉션에서 산 거예요."

장은 보헤미안 크리스털이란 말에 유난히 힘을 주었다. 밤늦게 호텔방 문을 열고 나가면서도, 유학생에겐 허리가 휠만 한 거금이었다고 너스레 떠는 것을 잊지 않았다.

베개 옆에 놓인 팸플릿을 집어 들었다. 표지에는 '동양으로부터의 영감'이라는 제목이 쓰여 있었다. 표지를 열자 얼굴은 없이 어느 장인의 커다란 두 손만 찍은 사진이 얼른 눈에 띄었다. 사진 오른쪽 귀퉁이에 'KM'이라는 서명이 이탤릭체로 찍혀 있고, 작품 밑에는 '빛을 증폭하는 손'이라는 설명이 붙어 있었다. 영문 글자가 혹시 강민의 이니셜이 아닐까 하는 생각이 머리를 스쳤다. 사진을 자세히 들여다보았다. 깊게 패인 주름에다 굵은 손마디하며 거친 살결은 누가 보아도 힘든 노동에 전 사람의 것이었다. 전체적으로 짤따란데다 왼쪽 엄지가 눈에 띄게 짧고 뭉툭한 것이 그의 손을 빼닮은 것 같았다. 하지만 그런 손 모양은 반드시 그만의 것이라고는 할 수 없었다. 혹시 다리를 절룩거린다면 또 몰라, 라고 생각하다가 나는 멈칫했다. 그것은 오래전의 일이었지만 언제까지라도 무디어지지 않을 저릿한 아픔과 닿아 있었다.

힘줄이 불거진 손등이 안쓰러워 팸플릿을 덮고 방 안쪽으로 돌아누웠다. 멋이라고는 도무지 찾아볼 수 없는 두껍고 동그란 벽시계가 5시 55분을 가리켰다. 수첩을 꺼내 시간별 일정을 확인해보았다. 수첩에는 매 시간 볼거리가 빼곡히 적혀 있었다. 시내 전체가 박물관이라는 프라하로 들어가는 날이었다. 오늘 하루는 잠시도 딴전을 부릴 수 없을 만큼 일정이 빡빡했다. 식당에서 여행객들과 다시 만나기 전까지 지금이 TC에게는 가장 여유 있는 시간이었다. 현지 가이드를 고용하고 전체 여정을 지휘하는 관광단 인솔자를 업계에서는 투어 컨덕터Tour Conductor라고 했고, 흔히들 머리글자만 따서 TC라고 불렀다. 일어나서 창문을 열고 밖을 내다보았다. 먼 산에서 해가 뜨고는 있지만 아직 어스름에 잠긴 프라하 교외의 모습이 눈에 들어왔다. 들판에 띄엄띄엄 보이는 허름한 농가는 호텔이 시내에서 상당히 떨어져 있음을 말해주었다. 동유럽 4개국 10박 11일에 여행 경비가 3백만 원 남짓하니 숙소가 시내에서 좀 멀다 해도 여행사를 탓할 수는 없었다.

5월이어서 들판엔 유채꽃이 한창이었다. 초록과 노랑으로만 이루어진 세상이었다. 프라하의 노란 유채꽃밭 사이로 얼굴에 온통 검은 탄가루를 뒤집어쓴 그의 모습이 떠올랐다. 그해 4월 그와 함께 사북의 막장에서 나왔을 때도 노란 꽃이 사방에 피어 있었다. 시커먼 석탄더미 옆에 피어 있는 꽃은 노랗다 못해 싯누런 띠로 변해 온 골짜기를 휘감고 있었다. 산수유였던가. 무슨 꽃인지는 정확히 기억이 나지 않는다. 하지만 죽음까지 생각하고 갱도에 들어갔던 우리들에게 세상은 아름다울 수도 있음을 보여준 꽃이었다. 오래전 광산에서 보았던 그 꽃은 지금도 어느 산속의 그것보다도 진한 싯누런색으로 내 머릿속에 띠를 두르고 생생하게 살아 있다. 띠를 누르면 누런 물이 배어나올 것만 같다.

"프라하 언론에선 손가락 철학자라고 부른대. 블타바의 비렁 뱅이일 뿐인데."

회사 휴게실에서 동구 쪽을 다니는 선배 TC는 이기죽거리며 'KM'이라는 남자를 한마디로 요약했다. 구시가지 얀 후스 동상 앞에서 한밤중에 크리스털 이벤트를 여는 한국 남자 이야기였다. 이젠 상당한 카리스마가 생겨 관광객을 사로잡는다고 했다. 그 이야기를 들으면서 나는 몰다우 강의 체코 이름 블타바가 웬일인지 더 살갑게 느껴졌다. 언론에서는 그에게 철학자란 이름을 붙여주었지만 실제로는 그믐날 밤 광장 오른쪽에 있는 틴 교회 옥상에서 빗자루를 타고 내려오는 묘기꾼이었다. 물론 줄을 타고 내려왔지만 사람들은 그가 빗자루를 타고 날아온다고 생각했다. 중세의 모습을 그대로 간직한 도시이기 때문일 것이다.

그는 꼭 그믐날 밤에 나타났다. 달이 없어야만 부근의 건물에서 쏘는 조명을 받아 크리스털 술잔이 더욱 광채를 내기 때문이었다. 그는 텁수룩한 머리와 꾀죄죄한 얼굴에 검은 망토를 쓰고 있었다. 지붕에서 줄을 타고 내려와 얀 후스 동상 주위를 빗자루로 쓸고 나서 크리스털 술잔을 동상 앞에 바쳤다. 그러고는 팔을 뻗쳐 오른쪽 손가락으로 동상을 가리키며 열 바퀴를 돌았다. 사람들은 크리스털 술잔에다 돈을 던져주었다. 그는 돈만 챙긴 뒤 술잔은 두고 사라졌다. 다음 달 그믐이면 그는 다시 나타나 먼저 있던 술잔을 땅에 내동댕이쳐서 깨뜨린 뒤 새 술잔을 두고 갔다.

선배에게서 '손가락'이라는 말을 듣는 순간 나는 뇌에 박힌 유리 파편이 들고 일어서는 듯한 통증을 느꼈다. 그 비렁뱅이가 다리를 절더냐고 묻고 싶은 것을 억지로 참았다. 비엔나에는 연인들에게 시를 지어주고 푼돈을 얻어 살아가는 거지 시인이 있었다. 유럽엔 거지도 가지가지군, 하고 아무렇지도 않은 듯 받아넘겼지만 '손가락'이라는 말은 머리에서 좀체 떠나지 않았다.

"남은 일은 세상 어느 모퉁이에서 하나의 손가락이 되는 일밖엔."

우리가 일했던 유리공예회사의 사장이 노동법 위반으로 잡혀들어갔다가 자살한 뒤, 그가 보낸 마지막 편지의 끝 구절이었다. 노조도 없었던 시절 위장 취업한 우리 몇 사람은 사장실로 쳐들어갔었다. 몇이서 사장을 둘러쌌고, 한 명이 사장의 멱살을 잡았다. 저임금과 노동 착취를 들먹이는 우리 목소리는 정당하고 떳떳하게 들렸다. 더구나 회유와 고문, 어용 노조라는 단어로 얼룩졌던 지옥 같은 사북을 겪으면서 우리는 세상의 모든 정의를 손에 거머쥐었다고 믿었다. 조사받은 후유증으로 다리를 절거나, 몸에 생채기가 난 것도 우리들 사이에선 훈장처럼 여겨지곤 했다.

그가 프라하에? 나는 믿어지지 않았다. 서른이 넘도록 끝없이 쫓겨 다니다 시드니로 가서 빌딩 청소부가 되었다는 소문을 끝으로 그는 종적을 감추었다. 사라지기 얼마 전 마지막으로 만났을 때 그는 이제 입으로만 살지 않고 몸으로 살겠다고 다짐했었다. 그래서 손가락이라는 말을 듣는 순간, 직감적으로 그가 뭔가를 직접 만드는 손이 되기 위해 프라하의 유리 공장으로 흘러들었을지도 모른다는 생각이 들었다.

우리가 함께 일했던 유리 공장에서 크리스털을 바라보던 그의 눈빛은 예사롭지 않았다. 투명한 크리스털이 반사해내는 빛줄기에서 그는 뭔가를 찾고 있는 듯했다. 그것이 무엇인지는 나도 미처 알지 못했다.

"보헤미안 크리스털은 수제품이 유명하지."

크리스털 제품의 공정을 설명하는 작업 반장의 눈을 그는 뚫어지게 바라보았다.

"먼저 원료를 녹일 때 24퍼센트의 산화연을 넣어 강도가 높은 유리를 만들어내야 해. 거기에다 장인의 솜씨로 오묘한 커팅을 하는 거야."

반장의 말에 그는 아아, 하고 위대한 발견이라도 한 듯 큰 소리를 냈다. 반장은 수정 같은 광채와 술잔을 부딪칠 때 나는 청아한 소리가 보헤미안 크리스털의 자랑이라며 작은 와인 잔 샘플도 보여주었다. 잔을 창가 쪽으로 들어 보이면서 반장은 그 비법을 배우려고 체코 연수도 다녀왔다고 말했다. 와인 잔에 저녁 햇살이 반사되자 어둑한 작업실 안은 갑자기 환해졌다. 그는 작은 크리스털 잔이 쏟아내는 빛에 홀린 듯 부러운 눈으로 와인 잔과 반장을 번갈아 쳐다보았다. 그 모습을 떠올리자 팸플릿에 나온 장인의 손이 곧 그의 손처럼 느껴지기 시작했다.

"어이, 가이드, 온수도 안 나오고 TV도 안 나오는 호텔도 있소? 이게 별 네 개짜리라고?"

간밤엔 여행객들의 항의 전화가 새벽 2시까지 내 방으로 빗발쳤다. 처음 소개할 때 내 직함이 TC라고 말해주었지만 사람들 머리에는 가이드라는 말밖엔 생각나지 않는 모양이었다. 호텔 방을 들어서면서 나도 아차 싶었다. 비가 들이쳤는지 벽은 얼룩져 있고, 때 묻은 녹색 카펫은 여기저기 구멍이 나 있었다. 걸터앉기만 해도 쇳소리가 나는 침대와 후줄근한 시트는 오래전 서울 뒷골목의 여관방을 연상케 했다. 복도에는 파리에서 수학여행 온 10대 청소년들이 우르르 몰려다니며 소란을 피웠다. 아이들은 밤새 잠도 자지 않고 재재거리고 쿵쾅댔다. 프런트를 다그쳐봐야 당장 고쳐질 일이 아니었다. 청소년 유스호스텔 정도밖에 되지 않는 곳을 인터넷에 왜 별 네 개로 표시해놓았는지 알 수 없었다. 아무리 유능한 TC도 처음 와보는 곳에서는 허를 찔리게 마련이었다.

프라하에서는 때마침 애니메이션 페스티벌이 곧 시작될 예정이어서 관광객들이 몰려드는 기간이었다. 체코의 애니메이션이 유명하다는 것은 나도 들어서 알고 있었다. 소재를 유리로 만들어 한 컷 한 컷 찍어 환상적인 분위기를 연출하는 것이 특징이었다. 자세한 사정을 모르는 여행객들은 내일 아침, 호텔이 이게 뭐요? 하며 내게 삿대질을 해댈 게 뻔했다. 아침 일이 걱정돼 한참 몸을 뒤척이다 겨우 잠이 들었다.

어젯밤 꿈속에서도 그와 함께 다녔던 유리 공장 꿈을 꾸었던가. 부천에 있는 유리 공장으로 잠입했을 때는 대학 3학년 때였다. 우리는 그때 광산과 선반 공장 등을 거치며 위장 근로자로서의 이력을 제법 쌓아가고 있었다. 유리 공장에 들어간 것은 공정이 모두 수공업으로 이루어지기 때문에 노동의 강도나 처우가 어떤지 알아보기 위해서였다. 우리는 한 달간 교육을 받은 뒤 신입 유리공으로 일하기 시작했다. 높이가 3층 정도 되는 공장 한가운데에 섭씨 1,500도의 용광로가 가동되고 있고, 그 속에는 노란색의 유리 원액이 녹아 있었다. 용광로에서 뿜어져 나오는 뜨거운 열기를 식히려고 사방에서 대형 선풍기가 쌩쌩 돌아갔다. 공원은 남자가 대부분이었고 50여 명이 모든 작업을 분업으로 했다.

먼저 한 무리의 유리공이 쇠로 만든 긴 대롱 끝에다 엿처럼 녹은 노란 유리 원액을 묻혀 나왔다. 대롱을 받침대에 올려서 살살 돌리다가 대롱 속을 입으로 불면 유리가 둥글게 부풀려졌다. 상당히 경력이 쌓인 공원이 그것을 받아 여러 가지 틀 속에다 넣고 불면서 모양을 다시 잡아갔다. 화병 모양의 틀에 넣고 불면 화병이, 물고기 모양의 틀에다 넣고 불면 물고기가 되어 나왔다. 모양이 잡히면 다른 사람이 받아서 유리컵과 대롱을 분리시키는 작업을 하고 다시 옆 사람이 이어받아 쓸데없는 부분을 절단기로 잘라내고 그 옆으로 넘기면 연마기를 돌리는 공원이 자른 부분을 매끈하게 다듬었다. 그런 다음 다시 한 번 오븐에 구운 뒤에 서너 시간에 걸쳐 서서히 식히는 서랭(徐冷) 과정을 거치면 완제품이 되어 나왔다.

내가 처음 맡은 일은 대롱 끝에 달린 유리컵을 찬물에 담가 꼬챙이로 살짝 건드려 떼어내는 일이었다. 다른 사람들은 단번에 쉽게 톡톡 떼어냈지만 나는 컵이 깨질까 겁이 나서 막대기를 대기가 두려웠다. 그는 작업이 끝난 유리컵을 손수레에 담아 운반한 뒤 가스 오븐 속에 넣는 일을 했다. 한 번 더 구워야 강도가 높아진다고 반장은 말해주었다. 잠시 짬만 나면 그는 커팅 기술자 옆에 서서 계속 물어댔다.

"형태가 나올 때까지는 일반 유리와 같아."

기술자는 돌아보지도 않고 말했다. 그 기술을 어떻게 배웠느냐고 다시 캐묻자 기술자는 그를 한 번 쓱 훑어보더니 성가시다는 듯이 말했다.

"간단하게 배울 수 있는 게 아냐. 몇 년 이 바닥에서 굴러야지."

핀잔을 당하면서도 그는 기술자 뒤에 서서 어깨 너머로 한참씩 크리스털이 돼 나오는 과정을 지켜보곤 했다. 커팅으로 유리컵이 점점 더 많은 빛을 반사하자 그의 입은 귀에 가서 걸쳐지도록 벌어졌다. 신입 유리공이 좀체 물러날 기미가 보이지 않자 기술자는 입을 떼기 시작했다. 기계로 하는 커팅은 대량 생산에 쓰이고 진짜 명품은 손으로 깎는 것이다. 요즘은 크리스털을 붙이는 투명 풀까지 등장해서 크리스털로 화려한 드레스까지 만들 수 있다.

"그래서 제품설명서에 '입으로 불고 손으로 깎은 수제품'임을 강조하는군요."

하고 그는 호기심 어린 눈길로 커팅 기술자의 말을 받았다. 공장 안에 있는 식당에서 콩나물국에 콩자반과 시어터진 깍두기를 먹을 때도 그는 크리스털을 떠올리는 모양이었다. 접시에서 물컵까지 고질고질한 플라스틱 그릇들을 바라보면서 그는 내 귀에 대고 속삭였다.

"나중에 괜찮은 세상이 오면 우리도 크리스털 잔으로 건배하자."

크리스털을 오븐에서 꺼내 부드러운 천이 깔린 손수레에 조심조심 옮겨 담아 검사실로 가져가는 일도 그의 몫이었다. 검사실에 가서는 '우리 아기들' 왔어요, 하고 말해 직원들을 웃겼다.

"우린 그저 먹고 살려고 죽지 못해 일하는데, 자네 둘은 뭐가 그리 신이 나서 싱글벙글인가?"

검사실 직원이 이상하다는 듯이 한마디 던지기도 했다. 월급날엔 싼 임금에 가슴이 미어졌지만 우리는 다시 뜨거운 용광로 앞에 서 있었다. 주문이 밀릴 땐 밤 11시가 되어도 퇴근을 못했다.

"월급도 이렇게 짠데 잔업 수당도 없다니 너무한 거 아냐?"

내가 불평을 털어놓자 그는 뒤를 돌아보며 조심스럽게 말했다.

"그보다도 산재에 들지 않아 직원들이 다치면 큰일이야."

잔업이 있는 날, 공장장의 눈길을 피해 연구실에 들어간 우리는『크리스털 제조법』이라는 원서도 훔쳐보고 작업일지도 들추면서 크리스털 성분과 공정을 노트에 베끼곤 했다. 기계를 이용한 풀 커팅, 12면 커팅 등 종류도 다양했다. 또 밤늦도록 함께 작업하면서 다른 직원들로부터 몇 가지 놀라운 비밀도 알게 되었다. 근무 중에 다친 직원에게도 치료비가 지급되지 않는 것은 물론, 임금을 올리지 않기 위해 석 달마다 비숙련공들을 신입으로 갈아 치우고 있다는 사실이었다. 그나마 석 달 치 임금도 받지 못하고 아무도 몰래 쫓겨난 사람들이 수두룩했다. 며칠 뒤 사장실 점거사건이 있었고, 우리의 유리공 생활도 끝이 났다. 공장장에게 소금 세례를 받으면서 쫓겨날 때도 그는 크리스털을 잊지 않고 있었다.

"우리 아기들 모습이 눈에 삼삼해서 어쩌지? 크리스털을 투명하게 만드는 비법을 더 배워서 나왔어야 하는 건데."

그는 우리 본업보다도 크리스털에 더 관심이 있는 눈치였다.

커튼 사이로 밝은 햇빛이 스며들자 크리스털 강아지는 더욱 눈부신 빛을 반사했다. 간밤에 장은 크리스털 강아지를 건네준 뒤 내 곁에 반듯이 누워 천장을 바라보며 말했다.

"이제 마음을 정리할 때가 되지 않았어? 세상을 바꾸려 하기보다는 음미할 줄 아는 사람이랑 같이 사는 게 편해. 나 같은."

"정리하고 말고 할 일이 아냐, 그냥 보고 싶은 거지."

나는 살며시 그를 껴안아주며 말했다. 3년 전 파리에서 느꼈던 감정은 이제 많이 가라앉았다. 관광단을 인솔하고 루브르에 간 날 저녁, 우리는 사르트르와 보부아르가 자주 들렀다는 생제르맹 대로의 카페 드 플로르에서 만났다. 그의 전공은 자신의 말처럼 미술을 통해 옛 사람들의 삶을 음미하는 고미술 사학도였다. 그림을 당신만큼 재미있게 설명해주는 사람은 아직 못 봤어, 치켜세우는 내 말에 그는 으쓱해하면서 말했다. 공부 그만두고 이 길로 나설까. 눈은 피로에 절어 있으면서도 입가엔 엷은 미소를 띠는 모습이 애잔하게 다가왔었다. 가이드로 학비를 벌어가면서 학교에 다니느라 그는 벌써 파리 생활 8년째였다. 그렇게 그와 이야기하다 술에 취해 나는 감추고 있었던 속마음을 털어놓고 말았다.

"난 너무 지쳐 있었어. 그이가 못 떠나게 붙잡았어야 하는 건데……"

나는 그의 부축을 받아 호텔로 돌아갔고, 누가 먼저인지도 모르게 우리는 서로 껴안았다. 오랜 유학 생활에, 떠도는 TC 생활에 지친 그와 나, 두 사람은 아무런 생각 없이 그날 밤 더운 몸을 나누었고 서로 위로받은 게 사실이었다. 하지만 내 마음속에 아직은 또 다른 남자를 둘 자리가 없음을 그는 분명히 알고 있었다. 더구나 여기는 그가 있을지도 모르는 프라하였다.

"TC! 늦겠어요. 벌써 다들 모였어요."

장이 문을 두드리며 큰 소리로 외쳐댔다. 이번 행선지가 동유럽 쪽이라고 하자 그는 프라하 가이드는 자신이 꼭 맡아야 한다며 미리 와 있었다. 벌써 8시 반이 다 되어가고 있었다. 허둥지둥 짐을 싸서 방을 나섰다. 장이 내 가방을 끌며 앞장을 섰다. 버스 앞에 모인 손님들의 표정은 예상대로였다. 음식이 입에 맞지 않아 아침을 먹는 둥 마는 둥 한 것이 뻔했다. 며칠 전 폴란드에서부터 식사 때마다 불평이 터져나왔다. 대부분 독특한 향료 냄새를 못 견뎌 했다. 시무룩하거나 언짢은 표정을 짓고 있는 등 간밤에 잠을 설친 기색이 역력했다. 안녕히 주무셨어요? 하고 말을 건넸지만 아무 반응이 없었다. 10박 11일 중에 이제 여드레째 되는 날이었다. 아직도 사흘을 더 지내야 인천공항에 도착하는데 토라진 손님들의 심사를 어떻게 풀어줄지 난감했다. 내가 당황하는 빛을 보이자 장이 얼른 말을 이었다.

"오늘은 로댕이 북쪽의 로마라고 불렀던 프라하로 들어갑니다. 카프카는 이렇게 말했습니다. '프라하는 단단한 발톱이 달린 어머니의 품처럼 나를 움켜쥐고 놓아주지 않는다.' 이처럼 프라하는 나그네의 발길을 잡아 떠나지 못하게 하는 묘한 마력을 지닌 도시입니다. 중세의 고성들과 다리 자체가 예술품인 카를 대교와 유서 깊은 구시가지 광장을 거닐면서 로댕과 카프카의 말이 맞는지 확인해보십시오. 인구 120만의 작은 도시가 연간 1억 명의 관광객을 끌어들이고 있습니다."

가이드의 설명에 기대가 되는지 분위기가 조금 밝아졌다. 부부가 주축을 이루는 5, 60대 관광객들은 대개 일주일에서 여드레째 되는 날 제일 지친다. 한 달을 다녀도 끄떡없는 대학생들과는 확실히 달랐다. 버스에 오른 뒤 가이드는 얼른 녹음기를 켜서 스메타나의 「몰다우, 나의 조국」을 틀었다. 그 곡도 이젠 '블타바, 나의 조국'으로 부르고 싶었다. 향수 어린 멜로디가 관광객들 가슴으로 파고들 무렵 나는 마이크를 잡고 조용한 목소리로 말했다.

"구시가지 광장에선 몇 년 전부터 한국인 남자가 매달 그믐날 크리스털 이벤트를 열고 있습니다. 얀 후스 동상을 손으로 가리키며 동상 주위를 돌다가 자기가 만든 크리스털 술잔을 바치고는 사라진다는데요. 체코 언론에서는 그를 손가락 철학자라고 부릅니다."

그 말을 하다 나는 멈칫했다. 어쩌면 그는 내가 아는 사람인지도 몰랐다. 내가 함부로 화젯거리 삼아 입에 올려서는 안 되는 사람이었다. 관광객들은 별로 관심 없이 듣고 있었지만 나는 뭔가 들킨 사람처럼 허둥거렸다. 내가 머뭇거리자 눈치 빠른 장이 마이크를 받아 말을 이어갔다.

"얀 후스는 프라하 대학의 총장이었습니다. 그는 면죄부를 발행하고 성직을 매매하는 가톨릭교회의 부패에 항거하다 화형을 당했는데요. 그때가 약 600년 전, 우리나라로 치면 조선시대 세종대왕 때쯤 됩니다. 2천 년 대희년 때 교황 요한 바오로 2세는 얀 후스를 이단으로 몰아 처형했던 과거에 대해 사죄했습니다. 600년 만의 사죄였습니다."

'600년 만의 사죄'라는 말이 내 가슴을 치면서 묻혀 있던 기억을 헤집어내기 시작했다. 마침 나라 안에서도 20여 년이 지난 뒤 과거사의 잘잘못을 되새겨보는 일이 벌어지고 있었다. 오래전 일이지만 그날 일은 내 머릿속에 시퍼렇게 살아 있다. 그날 그와 나는 막무가내로 진군해오던 경찰차가 가차 없이 광부 네 명을 치는 것을 보면서 온몸에 소름이 돋는 것을 느꼈다. 숨이 막혀 고함 소리도 나오지 않았다. 어느새 수천 명의 광부들이 모여들었고, 여자들은 치마폭에다 돌멩이를 날랐다. 그리하여 우리는 사흘 동안 사북읍을 노동자 세상으로 만들었다. 누군가가 원주에 공수부대가 대기 중이라는 소식을 전해주었지만 우리는 아무것도 겁나지 않았다.

그러고는……, 더 이상 기억을 떠올리고 싶지 않아 나는 지그시 눈을 감았다. 눈을 감아도 다리를 저는 그의 모습은 내 눈앞에서 떠나지 않았다. 아무리 오래전 이야기라 해도 나는 지금도 그것을 겪고 있었다. 그가 다리를 절룩거리며 발걸음을 내딛는 모습이 떠오를 때마다 내 몸에 깊이 팬 상처는 쓰리고 아팠다.

한참 강민 생각을 하며 창밖을 내다보고 있는데 입담 좋은 장이 보헤미아가 배출한 인재들을 읊어대는 소리가 들려왔다. 밀란 쿤데라와 드보르자크, 스메타나는 자주 들어 익숙한 이름이었다. 하지만 지금은 전 세계적으로 널리 쓰이는 로봇이라는 단어를 연극에서 처음 쓴 극작가 차페크며 노벨상 수상 작가인 흐라발은 처음 듣는 이름이었다. 100년 넘도록 크리스털로 명성을 떨치고 있는 스와로브스키 사의 창업자도 체코 보헤미아 출신이라고 그는 소개했다. 그밖에 잘록한 허리로 옆 건물을 껴안고 춤을 추는 듯한 세계 최초의 댄싱 하우스도 체코만의 자랑이라고 그는 덧붙였다. 이런 가이드는 TC에겐 보너스였다. 적어도 한 시간 동안은 눈을 감고 휴식을 취해도 되었다. 그러나 휴식은 오지 않고 악몽과 같은 장면들만 떠올랐다.

회사에서 밤늦게 들어와서는 피곤해서 씻을 수도 없다면서 물수건을 달라고 하던 남편. 마지못해 따끈한 물에 적신 수건으로 그의 몸을 닦아주고 내의를 갈아입히던 내 모습. 뒤이어 안마를 해달라고 내 앞에 들이밀던 남편의 널따란 등짝. 탱탱한 근육을 힘주어 누르느라 시고 저려오던 내 손마디. 새벽 1시가 넘어 기진했을 무렵 일을 벌이려고 다가오던 남편. 밤마다 예의상 절정에 이른 체하던 나의 버릇. 목울대로 치밀어오르는 것을 꾹꾹 누르며 참다 못해 마침내 폭발하던 내 목소리.

"더 이상은 못해. 온수가 펑펑 나오는 아파트에서 물수건이 웬 말이야!"

그리고 남편의 뜻밖의 반응.

"손으로만 내 몸 구석구석을 다 짚으면 뭐해? 당신 마음속에 나란 존재를 털끝만큼이라도 들여놓은 적 있어? 어떻게 해야 그 사람 잊을……"

말을 채 끝내지도 못하고 울먹이던 남편. 도리어 내 자신이 남편에게 고통을 주고 있음을 깨닫고 임신 7개월의 몸으로 집을 나오던 내 모습.

와 하는 함성에 고개를 돌려 창밖을 내다보았다. 프라하의 정경이 눈앞에 펼쳐지자 무표정하던 관광객들의 얼굴이 활짝 펴졌다. 블타바 강 양쪽으로 밝은 주황색의 지붕들과 고딕 양식의 고성이 눈에 와 꽂혔다. 신의 손으로 꾸민 도시라도 이렇게 단아할 수는 없을 것 같았다. 시멘트 건물이라고는 보이지 않았다. 프라하 성이 높은 곳에서 시내를 굽어보고 있었다. 눈이 많이 오는 지역이라 시내의 지붕들은 매우 가팔랐다. 주황색의 붉은 지붕은 녹색의 나무와 푸른 강물과 보색 대비를 이루어 더욱 강렬해 보였다. 나는 수첩을 꺼내 적었다. '프라하, 고딕 성의 스카이라인과 붉은 지붕의 도시.'

나는 성 비투스 성당의 스테인드글라스를 올려다보며 섬세한 유리 세공을 신에게 바친 장인들의 손가락을 떠올렸다. 기도하는 손이 아니라면 저렇게 영롱한 작품을 만들 수 있을까. 내가 기도하는 손으로 이 세상에 만들어낸 것이 있었던가. 떠나올 때 고물거리는 손으로 '빠이빠이' 하던 딸아이가 눈앞에 어른거렸다. 하지만 그 아이는 내가 원하는 사람의 아이가 아니었다. 내가 진정으로 원했던 아이는 의사의 손가락에 의해 처리되었다. 벌써 오래전 이슬처럼 맺혀 있다 어디론가 증발해버렸다. 하지만 사라진 줄만 알았던 그 이슬방울은 아직도 살아 굴러다니며 내 상처를 도지게 했다. 그땐 솔직히 쉴 새 없이 도망만 다녀야 하는 남자의 아이를 혼자서 낳아 키울 자신이 없었다.

성인들의 조각상이 다리 양쪽을 장식하고 있는 카를 대교를 건너 구시가지 광장으로 들어왔다. 광장에선 공산당 정권이 취임 선서를 했다는 킨스키 궁전 발코니가 보였다. '프라하의 봄' 때는 이 고풍스런 광장에 소련군 탱크가 들어와 턱 버티고 있었다. 광장 주변에는 크리스털을 만들어 보여주는 유리 공작소와 거리의 악사 등 볼거리가 널려 있었다. 건물 하나하나에 대한 설명을 마친 뒤, 유리 제품 쇼핑센터로 관광객을 데리고 갔다. 소위 '도장을 받아가야 하는 상점'이었다. 도시마다 그런 곳이 몇 군데씩 있었다. 예컨대 파리에 가면 라파이예트 백화점 옆, 한국인이 하는 면세점이 그런 곳이었다. 쇼핑센터는 6층 건물 전 층이 눈길 닿는 곳마다 반짝이는 유리와 크리스털로 채워져 있었다. 마치 유리 나라에 온 느낌이었다. 진열대에서 크리스털 종을 집어 흔들어보았다. 종소리를 타고 오래전 그의 목소리가 들려왔다.

"우리나라가 도자기 문화권에 속한다면 유럽은 유리 문화권이라고 할 수 있지."

유리 공장에서 점심시간에 뚝배기 국밥에 새우젓을 넣으면서 그가 꺼낸 말이었다.

"도자기는 은은한 맛이 있고 음식이 오래도록 식지 않잖아."

나는 뚝배기 그릇을 만지면서 도자기 예찬론을 폈다. 그러자 그는 내 눈은 보지도 않고 창 너머 허공을 보면서 말했다. 나와는 전혀 다른 세계를 바라보는 듯한 목소리였다.

"크리스털의 매력은 빛을 받으면 숨기지 못하고 증폭시킨다는 거야. 세상엔 아무리 가리려고 해도 가릴 수 없는 게 있거든."

다시 내게로 눈을 돌린 그는 붉은 포도주가 담긴 와인 잔이라며 오른손을 치켜들고 건배하는 시늉을 했다. 크리스털 샹들리에 밑은 아니었지만 공장의 천막 식당 안에서 우리는 이미 크리스털이 만들어내는 수려한 빛을 상상으로 한껏 즐기고 있었다.

크리스털 종소리의 여운을 귓가에 달고서 혼자 돌아다니던 나는 장에게서 받은 팸플릿을 직원에게 보이며 이런 작품도 있느냐고 물었다. 직원은 5층 로즈 매장에 가보라고 했다. 로즈 매장에는 체코의 유명 회사나 장인의 작품이 전시되어 있었다. 얼마 전 서초동 예술의 전당에 전시되었던 현대 체코 유리공예의 거장 스타니슬라브 리벤스키의 작품도 있었다.

와인 잔, 온더록 잔, 주스와 맥주 잔 등은 물론이고 화병과 쟁반, 장식용 조각품과 유리로 만든 동물 모형과 인형 등이 선반 위에서 반짝였다. 보헤미안 크리스털은 식기류보다는 장식품이 더 명품이라는 말이 정말 실감이 났다. 고슴도치며 게, 물고기, 나비 등은 크리스털로 새 생명을 얻어 다시 태어난 것 같았다. 고슴도치의 유리 바늘은 하나하나 빛을 반사하며 마치 몸에 별을 단 것처럼 반짝였다. 크리스털이 빛을 증폭한다는 얘기는 과장이 아니었다. 나는 드디어 한쪽 구석에서 '동양으로부터의 영감'이라는 백자형 화병을 찾아냈다. 그리고 화병 밑에서 'KM'이라는 이니셜도 확인했다. 하지만 팸플릿에는 장인의 손 사진만 나와 있었다. 거친 손마디에 나는 다시 가슴이 아파오기 시작했다. 괜찮은 세상이 오면 우리도 크리스털로 건배하자며 플라스틱 컵을 들어올리던 그의 손일까? 그때 확신에 찼던 그의 목소리는 유리공예회사 사장의 죽음 이후로 점차 풀이 죽어갔었다.

"한 사람을 죽음으로 몰았어. 세상을 바꾸긴 뭘……, 무엇이 진실인지 모르겠어. 미안해. 너만 힘들게 해서."

세상에서는 위험 인물로, 우리 부모에게는 낙오자로 낙인찍힌 뒤 말없이 사라져버린 사람. 작은 일터를 가꾸어가던 기업가를 죽음에 이르게 한 뒤 어디선가 하나의 손가락이 되겠다고 다짐했던 사람이 바로 그일까.

나는 커다란 백자형의 크리스털 화병을 자세히 뜯어보았다. 위쪽에는 날개를 활짝 편 학이 구름 사이를 날고 있었다. 밑에는 소나무가 서 있고, 솔숲 사이로는 냇물이 흘렀다. 목 부위에는 대나무가 촘촘히 새겨져 있고, 여러 마리의 거북이가 밑동을 받치고 있었다. 구름, 학, 소나무, 냇물, 대나무, 거북…… 하나씩 찾아가던 나는 그것이 십장생에 속하는 것들임을 알게 되었다. 어딘가에 돌과 사슴, 해와 달도 숨겨뒀을지 몰랐다. 그는 무엇이 그토록 오래 살아남기를 소원했던 것일까? 소나무와 거북은 몇백 년을 산다고 했다. '동양으로부터의 영감'이라는 제목에 걸맞은 크리스털이었다. 속은 텅 비어 있었지만 솔잎과 학의 깃털 하나하나가 수만 갈래 빛을 굴절시켜 소용돌이치는 빛의 폭포를 만들어내고 있었다. 그 폭포는 잔잔히 흐르는가 하면 급류처럼 휘돌며 쏟아져 내렸다. 내 몸이 그 폭포 속에, 그 급류 속에 휘말려 떠내려갈 듯했다. 그 빛은 내 몸의 세포 하나하나를 헤집고 들어와 어둠을 몰아내려 들었다. 오장육부까지도 환하게 꿰뚫고 있다는 느낌이었다. 조금만 피곤했다 하면 부어 오르는 편도선을 만져주는 듯 목 안이 그 빛줄기로 따끔따끔해 왔다. 여기까지 오기 위해 견뎌냈던 비루한 시간들이 그 빛줄기 로 세수를 했다. 휘어진 내 등줄기가 그 빛을 받아 똑바로 일어 서는 듯했다. 화병은 그 자체가 하나의 발광체였다. 그 빛의 폭 포 속에서 그의 말이 메아리쳐서 울려 퍼졌다.

"크리스털의 매력은 빛을 숨기지 못하고 증폭시킨다는 거야. 세상에는 아무리 가리려 해도 가릴 수 없는 게 있거든."

쏟아지는 빛줄기에 나는 숨이 막혀왔다. 빛줄기는 내 상처를 헤집고 들어가 들쑤셔댔다. 그것은 결코 해묵고 닳아진 것이 아 니라 지금도 욱신거리며 세차게 박동하는, 살아 있는 상처였다.

피곤에 지친 일부 여행객들을 호텔로 데려다놓고 다시 구시 가지 광장으로 돌아왔을 땐 밤 11시가 지나 있었다. 건물마다 색감이 다른 불빛으로 조명을 하고 있어 광장은 중세풍의 빛의 도시로 변했다. 기막힌 모순이었다. 중세 암흑기의 도시가 빛의 도시로 변하다니. 동상 앞에 놓인 크리스털 술잔은 사방에서 쏘 는 빛을 반사하고 있었다.

"술잔은 다음 그믐이 될 때까지 한 달 동안 손을 타지 않아요."

옆에 서 있던 다른 팀의 가이드가 말했다.

"명품 크리스털을 생산해내는 도시의 긍지라고 할 수 있죠."

그 가이드는 계속 지껄여댔지만 나와 장은 우리 일행과 같이 아무 말 없이 서 있었다.

자정이 가까워오자 광장엔 인적이 드물었다. 그믐날 밤의 크리스털 이벤트를 알고 있는 사람들 수십 명만이 얀 후스 동상 주위로 몰려들었다. 바닥에는 1415년 얀 후스와 그의 추종자들이 처형을 당한 곳이라는 글귀가 새겨져 있었다. 동상을 가운데 두고 사람들은 양쪽으로 나뉘어 앉거나 서 있었다. 광장의 천문시계가 자정을 알리자 동상 맞은편 틴 교회 옥상에서부터 검은 물체가 내려오기 시작했다. 마치 하늘을 나는 듯 두 팔은 앞으로 뻗치고 빗자루를 가로로 잡고 엎드린 자세로 천천히 내려오고 있었다. 자세히 보니 동상 대좌 부분에서 틴 교회 첨탑까지 비스듬하게 밧줄이 쳐져 있었다.

사람들의 시선은 모두 그 물체로 모아졌다. 땅에 가까워지면서 물체는 점차 덩치 큰 남자로 드러났다. 거의 다 내려오자 남자는 빗자루를 거꾸로 들어 땅을 짚은 뒤 줄에서 사뿐히 뛰어내렸다. 오랫동안 단련된 솜씨였다. 그는 동상 주위를 돌며 빗자루로 바닥을 쓸었다. 그리고 먼저 있던 술잔을 들어 바닥에 내동댕이쳤다. 쨍그랑하는 소리가 한밤의 침묵을 깨고 멀리 퍼져나갔다. 자세히 살펴보자 바닥에 맨홀 뚜껑 모양의 쇠붙이가 깔려 있었다. 그 소리의 여운을 끝까지 들으려고 다들 숨소리 하나 내지 않았다. 마지막 여운이 사라질 무렵 그는 검은 망토 속에서 새 크리스털 술잔을 꺼내 동상 대좌 위에 올려놓았다. 생맥주 조끼만큼 통이 넓은 크리스털 꽃병이었다. 술잔은 틴 교회에서 쏘는 보라색 조명을 반사해 빛줄기를 만들어냈다. 하나의 색깔이 그토록 다양하게 분화될 수 있는지를 나는 그때 처음 알았다. 크리스털 화병은 미세한 커팅 자국을 따라 보랏빛을 사방팔방으로 반사하면서 그 자체가 하나의 발광체가 되었다. 후스의 동상 앞에 앉은 발광체는 틴 교회 옥상의 조명보다도, 세상의 그 어느 빛보다도 눈부시게 이글거렸다. 그 빛줄기는 내 눈을 찔렀다. 나는 눈을 뜰 수가 없었다. 그의 목소리가 다시 들려왔다.

"크리스털의 매력은 빛을 숨기지 못하고 증폭시킨다는 거야."

눈을 감고 있는 동안 나는 잠시 발광체에 대해 생각했다. 그것이 눈부시게 빛나기 위해서는 주위가 캄캄해야 한다는 생각이 언뜻 들었다. 그도 그믐날을 택해 크리스털 퍼포먼스를 열고 있지 않은가. 그러자 문득 캄캄한 주위를 밝히기 위해 발광체가 있는 것인지, 발광체를 더욱 빛나게 해주기 위해 주위가 캄캄한 것인지 헷갈리기 시작했다. 빛과 어둠, 그 둘은 서로 싸우는 것이 아니라 서로를 돋보이게 하기 위해 자신의 칼을 버리고 있는 듯했다. 그렇다면 그 둘은 팽팽한 맞수이자 친구도 될 수 있는 것이다. 그도 혹시 그런 고민에 빠져 내 앞에 다시 나타나지 못하는 것은 아닐까. 이거야말로 나의 세계를 뒤흔드는 총체적인 딜레마가 아닐 수 없었다. 다시 눈을 떴을 때는 그가 오른손을 들어 동상을 가리키며 주위를 돌고 있었다. 동상 대좌에는 얀 후스가 했다는 말이 새겨져 있었다.

"진실을 사랑하고, 말하고, 지켜라."

그는 600년 뒤에도 변함없이 우리가 지킬 수 있는 게 무엇인지 찾느라 혼돈 속을 헤매다 이곳에 정착한 아이처럼 보였다. 빛을 숨길 수 없듯이 무엇으로도 가릴 수 없다고 한 게 저거였을까. 나는 다시 한 번 그 글귀로 눈을 가져갔다. 마지막 단어인 '지켜라'라는 말을 몸으로 옮기기 위해 그는 이곳에 머물고 있는 것일까. 손바닥을 벌리고 있어 다섯 손가락이 다 보였다. 그가 내 앞쪽을 돌 때 짧고 도톰한 엄지가 보였다. 그의 손을 꼭 닮아 있었다. 또 한 가지 그임을 알리는 징표가 있었다. 사북사건 때 조사를 받고 나오면서부터 절룩거리던 그의 다리. 하지만 그의 다리는 저는 게 아니라 마치 엇박자로 춤을 추는 것처럼 보였다.

"어때, 나 느린 박자로 춤추는 것 같지 않아? 딩 가당, 딩가 당."

그는 자신의 망가진 몸을 갖고도 농담을 했었다. 동상을 두번째로 돌 땐 망토 뒷자락에서 'KM'이라는 이니셜도 보였다. 강민 당신이지? 나는 소리를 지를 뻔했다. 혹시 꿈은 아닐까, 환상은 아닐까. 그를 찾아다닌 지 10년째였다. 만나면 이제야말로 그의 아내가 되어 마디가 굵어진 그의 손을 품어주고 싶었다. 나는 점퍼 주머니에 손을 넣어 메모지를 만지작거렸다. 만나지 못한다면 쪽지라도 건네야 할까. 나는 망설였다.

"이제 당신 같은 사람들도 국가에서 보상을 받게 됐어요. 벌써 수백억 원이 지급되었대요. 당신과 사북에서 함께했던 친구도 그 혜택을 받았구요."

나는 멀리 떠났던 그 시절의 동료들이 돌아오고 있어요, 라고
마음속으로 되뇌던 말도 지워버렸다.

나는 잡다한 생각들을 깨끗이 물리치고 선뜻 나서지 못하는
내 자신을 도무지 이해할 수가 없었다. 하지만 그는 나와는, 그
리고 우리와는 아득히 먼 세계에 살고 있다는 것만은 확실히 알
수 있었다. 우리가 감히 들어갈 수 없는 세계였다. 그곳에서 그
의 손가락은 완벽한 크리스털이 탄생될 때까지 계속 돌아갈 터
였다. 자신의 말대로 그는 하나의 손가락이 되어 있었다. 그 손
가락 끝에서 빛이 번져가고 있었다.

연밥 따는 시간

피카소의 그림 때문이었다. 화폭 왼쪽에는 벌거벗은 여인들과 어린 소녀가 파르르 떨며 서 있고 오른쪽에는 마치 기계 인간처럼 보이는 건장한 군인들이 기관총으로 이들을 겨냥하고 있는 그림. 그 그림만 아니었다면 나는 지금 홍콩에 있는 영화사 자막실에서 묵묵히 번역에 몰두하고 있을 터였다. 홍콩행 비행기에서 그 그림과 함께 평론을 볼 때부터 뒷목이 근질거리기 시작했다. 해묵은 종기 자리가 도진 적은 전에도 가끔 있던 일이었다. 문제는 다른 때보다도 더 심하다는 데 있었다.

아무튼 그 그림은 나를 홍콩에서 서울로, 또 봉화로 향하게 만들었다. 어젯밤까지도 홍콩에 있던 내가 지금은 외가가 있는 한적한 봉화 땅에 와 있는 것이다. 외삼촌을 만나고 사랑채를 나와 중문을 거쳐 안채로 들어가면서 나는 목 뒤에 손을 대어본다. 목덜미에서 욱신거리던 통증이 많이 가신 느낌이다. 다만 기세가 한풀 꺾인 채 자근거리는 박동이 그놈의 종기가 아직은 뒷목에 살아 있음을 넌지시 알려주고 있다.

아무리 생각해봐도 믿을 수가 없다. 하던 일까지 중단하고 밤늦게 비행기로 날아와 숨 가쁘게 청량리에서 새벽 기차를 타고 여기까지 내려왔다는 사실을. 목덜미에서 쑤셔대는 종기로 밤잠을 설치고 나서 무턱대고 고향으로 향하는 무궁화호 열차에 몸을 맡겼다. 어머니가 봉화에 내려가 계실 때면 내가 늘 하던 버릇 그대로였다. 영주에서 기차를 내려 봉화행 시내버스로 갈아탈 때만 해도 뒷목의 성난 종기 때문에 내 눈엔 아무것도 보이지 않았다. 오래된 종기 자리가 다시 들썩이기 시작했을 때의 참담함이란.

아직 여름의 더운 기운이 남아 있는 마당에서는 동네 아낙네들이 모여 한창 유과 만들기에 바쁘다. 곧 다가오는 추석을 맞아 주문이 밀린 모양이다. 그 아낙네들 속에 어머니의 모습은 없다.

머릿속에서 어머니의 모습을 불러내본다. 집안에 큰일이 있을 때마다 누구보다도 빨리 그리고 맛깔스럽게 유과를 빚어내던 어머니의 손. 그때까지는 아직 주름도 없고 손마디도 가늘었다. 말하자면 요즘 유명해진 봉화 유과의 원조가 되는 손. 날렵한 어머니의 손이 유과에 마지막 장식을 한다. 말린 연꽃잎을 하나하나 사각 유과에 붙이는 손길이 빠르고도 정확하다. 열두어 살가량의 소년이 멍석 앞에 쪼그리고 앉아 어머니의 손을 지켜본다. 유년기의 소년에게 가장 맛있는 간식거리라면 명절에 한번씩 얻어먹는 향긋하고 아삭아삭한 봉화 유과였다. 그중에서도 소년의 어머니만이 할 수 있었던 연꽃 유과. 닭실 마을에 오자 어머니 생각보다도, 연꽃이 수놓이고 깨물면 달콤한 조청이 묻어나던 유과 생각에 군침이 먼저 돈다. 유과 속이 텅 빈 것은 그 안에 연향을 담기 위해서일 거라고 나는 지금도 생각한다. 내게 연향은 곧 늙은 내 어머니의 냄새였다.

"이게 누구시이껴. 재용이 되련님. 아유, 기별도 없이 어쩐 일이시니껴."

부엌문 쪽으로 달려가 찐 찹쌀가루 반죽이 담긴 시루를 함께 들자 몸피가 함지박처럼 옆으로 퍼진 사촌 형수가 놀라 소리친다. 나는 눈짓으로 형수에게 손을 놓으라고 한 뒤 시루를 번쩍 들어 마당으로 갖고 나온다.

"멥쌀보다 몇 배는 더 곱게 빻아야 된데이. 그담엔 찹쌀가루가 녹신녹신하도록 푸욱 쪄야 되고."

어머니의 말이 귓가에 들리는 듯하다. 멍석 위에는 반죽을 펼 때 쓰는 나무판이 깔려 있다. 끈끈하게 점도가 높은 반죽을 나무틀에 부은 뒤 홍두깨로 밀어 평평하게 만든 다음 넙적한 모양으로 썰면 사각의 '입과'가 되고 엄지손가락 크기로 썰면 '잔유과'가 된다. 모든 것이 손으로 이루어지기 때문에 유과 만드는 방식은 어머니 때나 지금이나 똑같을 것이다.

"상촌댁 아들 아이라. 참말로 이게 을마 만이고."

먼 친척뻘 되는 법전댁이 나를 반기자 외숙모가 한마디한다.

"어매 돌아가고는 첨이제. 그래, 어매 없는 위가에 무신 볼 일이 있겠노."

그러자 다른 친척 아주머니들이 한마디씩 거든다.

"그래도 자주 찾아 봐야제."

"그러믄, 그게 말이라꼬. 그 난리통에 너이 사 남매, 외가 없으면 우예 살았겠노."

팔꿈치까지 오는 붉은 고무장갑을 낀 사촌형은 쪄낸 찹쌀가루에 콩물과 소주를 넣어 반죽을 한다. 수제비 반죽과 비슷한 농도다. 형은 반죽을 절구에 넣고 떡메로 내리친다. 더 찰지고 연하게 만들기 위해서다. 그런 다음 반죽 덩어리를 나무판에 얹어놓고 홍두깨로 얇게 밀어낸다. 옆에 있는 해저댁과 봉성댁은 그걸 받아 도마 위에 올려놓고 사각이나 엄지 모양으로 썰어 채반에 담는다. 채반에 담긴 떡쌀은 따뜻한 온돌방으로 옮겨 며칠 동안 바싹 말린다. 떡쌀을 말리는 데는 시간이 걸리기 때문에 형수는 찹쌀을 물에 불려 빻아 시루에 찌는 일을 하루도 거르지 않는다.

한쪽에서는 오록댁과 사그막골댁이 휴대용 가스렌지를 켜놓고 며칠에 걸쳐 이미 말려둔 떡쌀을 높은 온도의 기름에 재빨리 튀겨낸다. 며느리들에게는 친정 동네 이름을, 출가한 딸들에게는 시집 동네 이름을 딴 택호가 붙여졌다. 어머니는 우리 친가

쪽에서는 평생 닭실댁으로 불렸지만 외가에서는 시집 동네 이름을 따서 상촌댁으로 불렸다. 팽팽하던 뺨에 주름이 자글자글해진 5, 60대 아주머니들. 맵시 곱던 새댁 시절의 모습 대신 이제는 무슨 일이든 마다않고 받아들이는 유순한 이마와 날랜 손들이 먼저 눈에 들어온다. 한 가문에 시집온 오록, 사그막골, 해저, 봉성, 법전, 소천의 여인들은 그렇게 해서 이 집안에 뼈를 묻었다. 친척 여인네들의 유과 만드는 손길을 보면서도 나는 오늘 아침 화연과의 통화를 다시 생각해본다.

"잠시 돌아왔어. 마감을 어겨 미안해. 피카소 그림 때문이야."

"……"

청량리를 떠난 기차가 제천에 이르렀을 무렵 나는 화연에게 전화를 했다. 하지만 그녀는 아무 대꾸도 하지 않았다. 그녀의 침묵은 나를 더욱 곤혹스럽게 만들었다. 듣지 않아도 그녀의 대답은 알 수 있을 듯했다. '그림을 그림 그대로 감상할 줄도 모르는 가엾은 인간.' 평소 같으면 그렇게 쏘아붙였을 게 뻔했다. 나는 간밤의 사정을 전화로는 다 설명할 수가 없어 전화를 다시 걸지 않았다.

어제 하루 종일 자막실에서 일하다가 머리가 아파 구룡반도 끝자락에 있는 침사추이 해안으로 산책을 나갔다. 홍콩 섬의 빽빽한 고층 빌딩 숲에서 쏘아 올리는 레이저 쇼를 구경하기 위해서였다. 빛의 교향악이라는 상상을 하자 실은 화연이 생각났다. 내게 진정 심포니 오브 라이트를 안겨준 이는 화연이었다.

그녀는 묘하게도 나의 아픔을 찬연한 빛으로 만들어내는 재주가 있었다. 그녀의 몸속에 들어가 있을 때면 모든 것을 잊고 끝없는 불꽃놀이를 하는 것 같은 착각에 빠졌다. 그런데 그 불빛 끄트머리에 어떻게 그 영상이 떠오를 수가 있었을까. 그건 정말이지 달리 설명할 수가 없었다. 피카소 그림 때문이라고 할 밖에는. 레이저 불빛은 불꽃놀이 경연 대회처럼 음악 소리에 맞춰 형형색색의 불빛을 캄캄한 공중에 쏟아냈다. 바다는 그 빛을 받아 무지갯빛 비늘을 뒤척이고 있었다. 화연을 생각하며 가슴 설레는 순간, 캄캄한 하늘에 양손이 묶인 채 등장한 사내의 영상은 다시 솟아오르는 불꽃을 맞자 그 자리에서 픽 쓰러졌다. 그 장면은 쏘아 올리는 불꽃마다 달라붙어 마치 게임의 일부처럼 반복되었다.

홍콩으로 가는 비행기 안에서 앞 좌석 포켓에 꽂힌 미술 잡지를 읽은 것이 화근이었다. 창간 30주년 기념 공모에 당선된 평론, 「피카소의 '한국에서의 학살'에 대한 고찰」이었다. 잡지에는 우리나라에서 오랫동안 전시가 금지되었던 피카소의 그림이 천연색으로 실려 있었다. 그림 속에는 임산부가 두 명, 아이를 안은 여인과 손으로 부끄러운 데를 가리고 서 있는 어린 소녀가 각각 한 명씩, 그리고 놀라서 도망치려는 어린아이와 아무것도 모르는 채 땅바닥에서 흙을 만지며 노는 어린 아이가 보였는데 모두 다 벌거벗은 모습이었다. 여인네들의 모습은 피카소 특유의 화법으로 윤곽이 일그러져 있었지만 벌거벗은 채 와들와들 떨고 있는 여자는 어린 소녀임이 분명했다. 가운데 소실점에 보이는 먼 산길에서도 포화에 뭔가가 불타고 있었다. 총을 든 군인들은 얼굴에 마스크를 쓰고 옆으로 서 있고 뼈마디가 굵은 것이 도무지 정체를 알기 힘들었다. 기관총은 여러 개가 겹쳐져 무자비한 살인 병기가 되어 한가운데 턱 버티고 있었다. 전체적으로 청회색 톤인데다 군인들의 모습에 금속성의 느낌이 강해서 힐끗 보기만 해도 으스스한 분위기였다.

그림의 구도는 나폴레옹의 스페인 침략을 증언한 고야의 「마드리드, 1808년 5월 3일」에서 따온 것이었다. 그로부터 50여 년이 지난 뒤 마네도 역시 같은 구도로 나폴레옹 3세의 멕시코 침략과 배신을 다룬 그림 「막시밀리안 황제의 처형」을 그렸다. 그리고 다시 수십 년이 지나 한국전쟁 무렵 피카소가 똑같은 구도의 그림을 그렸고 거기에다 「코리아에서의 학살」이라는 제목을 붙였다. 북측에서는 황해도 신천리 양민학살 사건이 그 배경이라고 선전을 해댔다. 그러나 평론은 피카소의 그림이 어느 지역이나 이념에 한정된 것이 아니고 그저 전쟁의 참상을 고발하고 있다는 내용이었다. 평론가는 결국 이 작품의 국내 전시를 굳이 금지할 이유가 있었겠느냐고 묻고 있었다.

담배를 피워 물고 고개를 들어 사방을 둘러본다. 무언가를 보호하려는 듯 산들로 첩첩이 둘러싸인 소백산 자락에 오롯하게 자리 잡은 이곳은, 말 그대로 금닭이 알을 품은 모습이어서 예부터 유곡(酉谷), 우리말로 닭실이라 불리는 마을이다. 동쪽 봉우리는 수탉, 서쪽 봉우리는 암탉이라고 했던가. 이제는 봉우리 이름조차 가물가물하다. 외가를 비롯한 마을의 기와지붕 위에서는 예스럽고 단아한 기품이 감돌고 있다. 500년의 세월이 그 처마 끝에 걸려 있는 듯하다. 오랜 세월 마을을 내려다보고 있는 봉우리들을 바라보면서 약국에서 산 연고를 뒷목에 바른다. 도도록하게 올라온 종기가 만져지자 녀석이 도지려고 근질거리기 시작하던 간밤의 일이 떠오른다.

네이던 가에 있는 시네마 빌딩 24층 영화사 자막실. 비디오의 조그셔틀로 두번째 릴을 찾았다. 영화사 측에서 20분가량을 새로 편집했다면서 출장 번역을 해달라고 하는 바람에 그제 저녁 그곳으로 날아간 거였다. 나머지는 이미 서울에서 번역을 끝내 넘겨주었고, 자막이 제자리에 뜨는지만 확인하면 되었다. 요즘은 영화사들이 자막 작업을 외국에서 하는 경우가 자주 있었다. 어떻게 된 셈인지 개봉도 하기 전에 영화가 인터넷에 먼저 뜨는 일이 많았다. 그런 뒤부터는 항공 택배를 이용하지 않고 직원이 필름을 품에 안고 보디가드를 대동한 채 받아올 정도로 보안이 철저했다.

영화의 제목은 「P. S. 아이 러브 유」. 병으로 죽은 남편에게서 아내에게 계속 편지가 온다. 살아 있을 때는 비좁은 아파트 때문에, 또는 아이 낳는 문제로 티격태격 다투기만 하던 남편이었다. 그랬던 그가 편지에서 매번 한 가지씩의 숙제를 내고 끄트머리엔 항상 P. S. 아이 러브 유, 라는 말을 덧붙인다. 7번 릴에서 새로 삽입된 남편의 마지막 편지를 번역하기 시작했다.

　1. 당신이 날 얼마나/변하게 했는지 모를 거야

직역 투여서 자연스럽지 않다. 주어를 바꿔서 말해볼까.

　1. 당신 덕에 내가 얼마나/변했는지 몰라
　2. 당신 사랑으로/나 비로소 남자가 됐지

남자? 아니지. 여기서는 성숙한 인간이 되었다는 뜻일 거야.

　2. 당신 사랑으로/나 비로소 어른이 됐어
　3. 이쯤에서 큰 숙제를/ 낼게
　4. 다시 사랑하기를/두려워 말 것

너무 문어체 같다. 자연스러운 구어체로 바꿔볼까.

　4. 다시 사랑이 찾아온대도/두려워하지 마
　5. P. S. 아이 윌 올웨이즈 러브 유

　화면에는 검은색과 흰색으로 디자인된 네모난 유골함이 보였
다. 첫번째 편집분엔 없던 것이었다. 유골함이 나오자 갑자기
어머니의 말이 떠올랐다. 둘째 외삼촌이 병환으로 환갑도 못 채
우고 세상을 떠났을 때였다. 외숙모가 장지로 떠나는 관을 붙잡
고 울며 놓지 않자 어머니는 부러운 듯이 중얼거렸다.
　"뼈라도 추려서 손에 쥐어봤으면……"

어머니의 말이 생각나면서 비디오 화면에는 그놈의 장면이 떠올랐다. 검은색 양복 차림의 30대 남자가 양손이 묶인 채 서 있다가 군인들의 총이 불을 뿜는 순간 단번에 쓰러지는 그림이었다. 그 장면은 프로그램이라도 된 듯 일정한 간격을 두고 되풀이되었다. 담담한 표정의 남자는 여러 발의 총알을 맞고 고꾸라졌다. 몇 초도 걸리지 않았다. 화면은 정상 속도로 돌아갔다가는 배속으로, 다시 슬로모션으로 재생됐다. 때로는 요란한 총소리와 함께 신음 소리까지 들렸다. 남자의 얼굴이 클로즈업됐다. 양복 차림에 동그랗고 검은 뿔테 안경을 낀 단정한 모습의 남자, 그는 명함판 크기의 사진으로만 남은, 내 아버지였다. 피카소 그림이 잠잠하던 내 머릿속을 헤집어놓은 것이었다. 몇 달 전 종기가 났던 자리가 들썩이며 욱신거리기 시작했다.

쏟아지는 대사를 한 화면에 열 글자씩 두 줄로 요약해내려면 화면을 몇 번이고 돌려보아야 한다. 자연히 유골함 부분을 수도 없이 되돌려보게 되었다. 아버지의 영상이 어른거려 통 진도가 나가지 않았다. 참다 못해 머리를 식히자고 침사추이에 있는 스타의 거리로 나간 것이 도리어 종기를 들쑤신 꼴이 되었다. 흠뻑 취해서 그 환상을 털어내고 싶었지만 술도 소용이 없었다. 그러자 나도 모르게 발길이 공항으로 향했다. 그러고는 이튿날 새벽, 나는 외삼촌이 계시는 봉화로 향했다. 집안의 호랑이로 소문난 분이었지만 어쩐지 내 고민을 들어줄 사람은 그 분밖에 없을 것 같았다.

마을에서 가장 큰 기와집이 외가댁이었다. 대문 한쪽에는 '봉화 유과'라는 간판이 걸려 있었다. 오래전 어머니가 하던 유과 일을 지금은 외사촌 형 내외가 맡아서 하고 있었다. 대문 안으로 들어서면 전면에 사랑채가 있고 중문을 들어서면 안채가 자리한 전형적인 영남 반가의 ㅁ자형 집이었다. 종종 보수를 했다고 해도 외가댁은 허술하게 지은데다 수십 년이 넘은 고가였다. 삽이라도 갖다 대면 기와가 와르르 무너질 것만 같았다. 살 집이라고는 찾아볼 수 없는 말라깽이였지만 꼬장꼬장한 삼촌의 모습은 여전했다. 큰절을 하고 꿇어앉았다. 세 벽면이 모두 한서로 가득 채워진 책꽂이를 배경으로 외삼촌은 작은 앉은뱅이 책상 앞에 앉아 있었다. 나는 먼저 집안 어른들의 안부며 종형들의 근황을 물으면서 시간을 끌었다.

"니가 글쟁이가 된 것도 다 내림일 게다. 새 형님 시화 솜씨가 보통이 아니었제."

그러고는 잠시 어색한 침묵이 흘렀다.

"혹시 알고 계신지요. 아버지가 언제 어디서……"

내가 아버지 얘기를 막 물어보려고 하는데 삼촌이 다시 말을 이었다.

"참, 얼마 전에 내가 뭘 찾은 게 있니라."

외삼촌은 일어서서 맨 위 선반에서 한서를 뽑아 펼쳤다. 누렇게 전 편지 봉투 하나가 포르르 떨어졌다. 수십 년 동안 두꺼운 책갈피에 눌려 면도날처럼 얇아진 봉투였다. 외삼촌이 봉투를 주워 내게 건네주었다. 홀연, 아버지의 편지라는 생각이 들었다. 두려웠다. 아버지와 관련된 일이라면 무엇이든 잊고 싶은 심정이었는데. 그렇지만 아버지의 환상을 떨치려 하면서도 한편으론 그를 그리워한 적이 있었다. 최소한 그의 손때가 묻은 무엇이라도 한 가지 있었으면 했다.

얼마 전 나는 거제의 청마 문학관에 갔다가 시인이 이상, 조지훈, 김춘수 등 여러 문인들과 시「행복」을 읊을 때면 떠오르는 이영도 시조시인에게 보낸 편지를 담은 봉투들이 유리관 속에 어깨를 부대끼며 빼곡히 진열된 것을 보았다. 수십 년 시간의 압박을 이기고 그 빛을 지키고 있는 것도 있었지만 시간에 먹혀들어 누렇게 절다 못해 거무스름한 심해의 한구석을 닮아가던 봉투들도 있었다. 그러나 햇빛 밝은 날 하늘에 비쳐보면 거기 거제의 해안선 한 봉우리에서 내려다보이는 순하디순한 옥빛 바다가 일렁일 것만 같았다.

그때 문득 나는 청마와 비슷한 시기에 이 땅에 태어나 이 바람 저 폭풍우에 시달렸던 내 아비의 편지 한 통쯤 가슴에 품을 수 있는 호사를 누릴 수 없다는 말인가, 하고 잠시 서러워했었다. 재질과 모양, 색깔이 청마가 주고받은 봉투와 거의 똑같았다. 절다 못해 거무스레해진 봉투에는 소화 15년 10월 2일자 소인이 찍혀 있었다. 내가 태어나기 훨씬 전의 일이었다. 제사가 끝나고 음복할 때가 되면 지난 번 기제 때에는 누구누구가 빠졌다며 일일이 이름을 불러 호통치던 외삼촌의 엄격함이 그

봉투를 지켜낸 것이었다. 무엇 하나 그냥 넘기지 않는 삼촌의 철두철미한 성품이 오늘은 얼마나 감사하게 여겨지는지 모른다. 손이 떨려왔다. 가슴이 뛰기 시작했다. 아버지가 충북 수산에서 개업을 하고 있을 때다. 지금은 의사 없는 동네가 되어 면장이 의사를 공개 초빙한다는 광고를 내는 곳이었다.

떨리는 손으로 봉투를 열었다. 누렇게 변한 편지지에 세로로 쓰인 한 장의 편지. 펜으로 쓴 글씨체는 꼿꼿하면서도 수려했다. 청평호를 허리에 꿰차고 있는 수산(水山)에서 쓴 편지여서일까. 뭔가가 핏속으로 파고들었다. 뼈도 한 줌 추릴 수 없는 자의 마지막 남은 글씨는 홀로 청청하다 못해 처연하기까지 했다. 하지만 한자가 반 이상을 차지하는 통에 읽기 어려웠다. 내가 더듬거리자 외삼촌이 읽어주었다.

面晤하려는 옛 期約도 背信者의 잠고대로 化하엿으니 형은 應當 疑訝의 念을 먹음엇으리라. 하나 思惟와 行動의 間隙이 생김은 기시 事情에 拘碍됨에 因함이니 寬許의 餘地가 잇으리라는 漠然한 自慰策으로 詭辯의 길을 더듬지 아니하네……

王尊長 腫氣로 平安치 안타하시니 놀나우나 日刊 差度 如何. 侍病에 疲勞함이나 없난지.

마지막 구절에 가서 귀가 번쩍 뜨였다. 일제시대에 혁명을 꿈꾸던 사람의 편지는 어떨까. 혹시 불온 문서는 아닐까 했는데

기껏 손자사위로서 처조부의 종기 안부를 묻는 편지였다. 편지 속의 그는 지극히 자연스러운 보통 사람에 지나지 않았다. 그러자, 문득 아버지가 내 종기의 안부를 물어오는 듯했다. 무어라고 내게 추신을 써넣은 것 같았다. 영화 속의 남자가 쓴 P. S. 아이 러브 유 대신 다른 무엇인가를. 뒷목으로 아버지가 손길을 뻗어오는 것이 느껴졌다. 갑자기 북에서 내려온 친척 일로 수인(囚人)이 되었을 때 내게 솜바지 저고리를 사다 입히면서 하던 수사관의 말이 생각났다.

"이제 어엿한 혁명가의 아들다운데그래."

한 번도 혁명을 꿈꾼 적이 없는 나는 어이가 없었다. 혁명가는 이렇게 해서 만들어지는가 싶었다. 편지 속의 아버지는 곁에 있다면 아들의 깨진 무릎에 약을 발라주며 상처를 후후 불어줄 사람이었다. 사람들은 왜 이런 평범한 사람에게 덧칠을 하는지 이해가 되지 않았다. 외삼촌은 오늘도 그의 신화를 이야기했다.

"보통 사람들과는 달랐지. 청암정에서 시회가 열릴 때면 명필에다 호쾌한 기품으로 마을 어른들을 설복했다."

하지만 내 머릿속에서는 신화가 깨졌다. 아버지는 한 사람의 자연인으로 다시 태어나고 있었다. 오늘까지 내 머리에 새겨진 그의 이미지는 일제시대 농민 운동가였다. 그 이미지는 학살 그림과 연결되어 환상으로 나타났다. 아버지를 부정하면 할수록 환상은 더욱 악착스럽게 달라붙었다.

내가 딴 생각에 빠져 있는 사이 어느덧 기름에 튀긴 유과가 바구니에 수북이 쌓인다. 나란히 앉아 튀긴 유과를 조청에 굴리고, 찹쌀 튀밥을 묻히는 손들이 나비 날개처럼 나풀거리는 듯하다. 날렵한 여인들의 손길을 멍하니 바라보고 있는데 사촌 형이 말을 걸어온다.

"고모가 개발한 연꽃 유과가 L.A.까지 진출한 거 알기나 아나?"

"그랬어요? 금시초문인데요."

"요새는 우체국 택배 덕분에 전국에서는 물론이고 L.A.하고 뉴욕에서도 주문이 밀려온데이. 명절에는 만들지를 몬해 못 팔 정도라 카이. 연꽃잎을 색깔이 바래지 않게 말리는 게 제일 큰 문제인데 동생 니가 한번 연구해보래."

"그래요? 대량 생산 하려면 기계도 들이고 공장도 지어야겠네요."

내 말에 짙은 구릿빛 얼굴의 형은 두 손을 젓는다.

"무신 소리로. 우리 유과는 한 장 한 장 손으로 만들어서 유명한 긴데. 공장에서 만들면 봉화 유과가 아이제."

나는 언제부터인가 유과 속의 빈 공간에 연향을 담아야 한다고 생각해왔지만 그 방법에 대해서는 뾰족한 수를 내놓지 못하고 있었다. 아직은 그 누구도 유과 안에다 연향을 담는 비법을 생각해내지 못해 그저 겉면에다 말린 연꽃잎을 붙이고 있을 뿐이었다. 고질병인 내 종기를 낫게 하려고 어머니가 연꽃 즙을 내 뒷목에 붙여주었듯이. 연꽃 즙을 만들고 남은 꽃잎은 거즈에 싸서 내 베개 속에 넣거나 차를 끓여주었듯이. 어떻게든 연향이 내 몸에 스며들어 종기가 다스려지기를 기원했을 것이다. 그것은 어쩌면 세상과 불화하고 있는 나의 뒤틀린 심기를 풀어주려는 어머니 나름대로의 향기 처방이었는지도 모른다.

"너거 아부지는 연꽃 차를 즐겨 드셨제."

내가 연꽃 차를 보고도 시큰둥하게 여길 때마다 어머니는 고개를 가볍게 숙여 찻잔을 물끄러미 내려다보면서 잔을 내 책상 위에 소리 나지 않게 조용히 내려놓고는 했다. 쟁반에서 찻잔을 들어 내리는 동작이 얼마나 느렸던지 어머니는 그 시간을 지연시키려고 일부러 뜸을 들이는 것 같았다. 연꽃 차가 담긴 찻잔을 내려놓는 그 찰나의 시간 속에 어머니는 수십 년의 가족사를 내 앞에 내려놓고 있었다는 것을 나는 이제야 알 것 같다. 또한 연꽃잎을 다루는 어머니의 정성이 왜 그다지 지극했는지도.

어머니는 말릴 꽃잎이라면 아침에 따야 하고 너무 활짝 피지 않은 꽃잎을 골라야 한다고 말했다. 그래야만 색깔이 변하지 않는다는 거였다. 아침에 딴 꽃잎은 채반에 나란히 편 다음 바람이 잘 통하는 서늘한 그늘에 두었다. 꽃잎이 다 말라갈 무렵이면 한지로 된 책 속에 끼워 눌러서 반반하게 만들었다.

말린 연꽃을 쓰는 것 말고 어머니가 연꽃차를 만드는 방법이 또 한 가지 있었다. 녹차 잎을 거즈에 싸서 오후쯤 연꽃이 오므라들기 전에 꽃 속에 넣어뒀다가 이튿날 새벽에 꽃이 벌어지면 꺼내기를 사흘쯤 되풀이해 연향이 차잎에 배어들게 하는 것이다. 연꽃은 여느 때는 통 향기가 없는 듯 느껴지지만 이른 아침 봉우리가 탁 하고 터지는 순간에는 가장 짙게 향기를 풍긴다. 그 향기를 잡기 위해 이른 새벽 청암정의 연못에 나가 꽃잎이 벌어지기를 기다리던 어머니. 어머니는 연꽃이 열리는 순간을 잡기 위해 밤잠을 설치며 새벽을 기다렸다. 연꽃엔 별의 한숨이 서려 있다고 어머니는 말했다. 밤하늘을 지키느라 졸린 별이 마지막 하품을 할 때쯤에 연꽃이 피기 때문이다. 나는 사촌 형과 연꽃잎 얘기를 나누면서도 며칠 전 카페에서 나누었던 화연과의 대화를 생각했다.

"종기 때문이라고?"

그녀는 정색을 하고 말했다.

"구차한 핑계 대지 말고 다 그만둬."

나는 왼손으로 그녀의 긴 머리를 뒤로 젖히고 오른손으로는 이마에서 뺨까지 천천히 훑어내리면서 내 마음은 변함없음을 알리려고 했다. 하지만 화연은 내 손을 사납게 밀어제치고는 마지막 선언을 하면서 벌떡 일어나 나가버렸다. 그 뒤로는 번역 일에 관한 얘기 말고는 아무 대화도 나눈 적이 없었다. 그녀는 내가 종기를 핑계로 자신과 합치기를 차일피일 미루고 있다고 생각하는 것 같았다. 그녀를 붙잡고 싶었지만 자신이 없었다. 한번 도졌다 하면 그 참을 수 없는 종기의 통증을 무어라고 하소연할 길이 없었다.

그동안은 종기가 도지더라도 담당자인 화연에게 마감 날짜를 늦추어달라고 부탁하면서 겨우 참고 견뎌왔다. 하지만 홍콩에서는 손을 들고 말았다. 그냥 뒀다가는 또다시 종기에 잡아먹힐 것 같았다. 병원 처치실이 곧 고문실인 것처럼 느껴지던 때의 기억이 되살아났다. 의사가 내 뒷목에다 무엇을 하는지 목이 빠질 듯이 쑤셔오곤 했다. 목덜미를 가느다란 쇠꼬챙이로 쿡쿡 찌르는 느낌이었다. 메스로 종기를 연 뒤 고름을 빨아내고, 구멍이 난 자리에 거즈로 심을 박는 모양이었다.

반죽을 미는 사촌형을 바라보면서 의사가 심을 박던 뒷목에 손을 대본다. 깊게 뿌리내리고 있다가 다시 도졌던 그 종기가 아버지의 편지를 받고 나서부터는 신기하게도 진정되고 있다. 뒷목을 들었다 놓았다 하는 듯 거세던 박동도 기세가 점점 잦아드는 중이다. 목덜미가 진정되자 이 마을에서 자라면서 어릴 때부터 유과를 만들던 한 소녀가 생각난다. 머리를 종종 땋아 길게 늘이고 검은 통치마에 흰 저고리를 입고서 기름에 튀긴 유과에다 쌀 튀밥을 붙이던 소녀.

어른이 된 소녀는 몇십 년 뒤 남산 대공분실에서 두 손에 수갑을 차고 포승줄에 묶인 채 내 품에 안겨 울었다.

"지가 죄인이니더. 지만 처벌해주이소. 가는 아무것도 아는 거 없니더."

머리는 갈래갈래 흐트러지고 얼마나 울었는지 눈이 통통 부은 어머니. 어리둥절해하는 내게 수사관이 내밀던 친척 아주머니의 사진은 아직도 내 머리에 선연하게 새겨져 있다. 귓속을 날카롭게 찔러오던 수사관의 말과 함께.

"아버지 소식이라는 것도 다 거짓말이었어요. 그 말에 속아 재워준 것도 엄연한 죄지요."

방송 기자로 어렵사리 입사한 지 6개월도 채 지나지 않았을 때였다. 6년으로 생각될 만큼 질질 끌었던 6개월의 재판 기간, 나만 풀려나게 되었을 때 어머니가 보여주었던 그 환한 얼굴. 그때 법정에서 합장하던 어머니의 모습은 지금 내가 갖고 있는 청암정의 연꽃 사진을 닮았다. 다소곳하게 여며진 연꽃은 고개를 숙이고 합장한 어머니의 모습 그것이었다. 그 사진을 갖고 구치소로 갔을 때였다. 기력이 많이 떨어져 보인다고 내가 걱정하자 어머니는 단호하게 잘라 말했다.

"내사 괜찮다. 아직도 구천을 떠도는 혼백도 있는데……"

맨 처음 아버지의 예사롭지 않은 죽음을 떠올리게 된 것은 어머니의 그 말 때문이었다. 이상하게도 그 말은 내 머리에 꽂혀와 아버지가 어느 총부리 앞에 스러져갔을 것이라고 믿게 만들었다. 이번에는 거기에다 피카소의 그림이 더해져 그 믿음은 거의 확신으로 굳어졌다

튀긴 떡쌀이 조청에 담겨지는가 싶더니 금세 하얀 찹쌀 튀밥옷을 입은 유과가 바구니에 가득 쌓인다. 마지막으로 남은 일이 꽃잎 장식이다. 여인들의 날랜 손이 분홍색과 붉은색의 연꽃잎을 조청으로 유과에 붙여나간다. 연꽃 모양으로, 또는 '福' 자 모양으로. 그 순간 나는 야릇한 착각에 사로잡힌다. 사각 유과

에 한 잎 두 잎 붙여지는 연꽃잎들이 어렴풋이 아버지의 얼굴 윤곽을 닮아가고 있다고. 내 눈은 분명 무언가에 의해 산산이 부서졌던 아버지의 몸이 수줍은 색깔로 한 점 한 점 되살아나는 모습을 본다. 어머니가 처음 개발한 봉화의 연꽃 유과 위에서. 홀연 어머니는 아버지에 대한 그리움으로 연꽃을 말리기 시작했는지도 모른다는 생각이 머리를 스친다.

나는 시식하러 내려온 'TV맛 기행'의 음식비평가라도 되는 듯 당당하게 연꽃이 발린 사각 유과 한 개를 덥석 집어 천천히 깨물어본다. 아삭 하는 소리와 함께 혀에 감기는 맛이 연하고 부드럽다. 연꽃잎이 씹힐 때마다 은은한 연향이 혀에서 코로 올라온다. 나는 눈을 감고 연꽃잎으로 되살아난 아버지의 몸을 깨물어 먹으면서 그 몸이 부스러질 때마다 배어나는 향기를 한껏 삼킨다. 아버지의 살을 우적우적 씹어 먹는 내 입가에 피가 흥건히 묻는 환상을 보면서. 그 환상을 통해서만 그는 연꽃잎으로 되살아난다는 것 또한 나는 알고 있다. 어머니가 내 몸에 꽃 즙을 바르고 차를 만들어 마시게 하고 베개에 넣어주기도 하면서 갖은 애를 썼지만 좀체 내 몸 안에 들여놓을 수 없었던 연향. 그 향기가 이제 내 온몸에서 발산될 것만 같다. 그 향기는 내 종기에 붙일 연꽃 즙을 만들던 어머니의 모습을 불러낸다.

어머니는 연꽃을 들고 하얀 수건 위에다 한 잎 한 잎 따놓는다. 미색에 가까운 흰 꽃은 주로 무안의 회산연못이나 아산의 인취사에서 얻어온 것이다. 홍련보다 훨씬 귀하다는 백련 꽃잎을 얻기 위해 어머니는 인취사에서 몇 달씩 손이 부르트도록 공양보살로 일하기도 한다. 보라색에 가까운 홍련은 전주 덕진 공원에서 얻어온 것이다. 연꽃잎이 다듬어지면 하얀 거즈를 돌돌 말아 물을 살짝 묻힌 뒤 잎에 묻은 먼지를 닦아낸다. 그러나 의식을 하듯 정갈하게 연꽃잎을 다듬던 어머니의 손은 마디가 굵고 핏줄이 울퉁불퉁 불거져 나왔다. 짧고 투박해진 손가락이 붉은 색과 흰색의 꽃잎을 하얀 사기그릇에 옮겨 담는다. 힘줄이 퍼렇게 튀어나온 주름진 손이 작은 나무 방망이로 자근자근 꽃잎을 찧기 시작한다. 하얀 사기그릇엔 발그스레한 연꽃 즙이 생겨난다.

지문도 닳아서 없는 어머니의 뭉툭한 손가락이 핀셋으로 약솜을 집어 종기 주위를 닦아낸다. 세균이 죽으면서 뽀글뽀글 거품이 생기는 것이 느껴진다. 따끔거릴까봐 어머니는 입으로 상처 부위를 후후 불어준다. 꾸덕꾸덕해질 때까지 한참 기다렸다가 기름종이에다 꽃 즙을 담아 종기를 덮는다. 그 위에 하얀 거즈를 대고 반창고로 고정시킨다. 하도 여러 번 해보아서 익숙한 솜씨다.

"의사인 너거 아부지 종기도 내가 연꽃 즙으로 다스렸니라."

어머니가 그 말을 할 때면 마지막 반창고를 붙였으니 몸을 움직여도 된다는 뜻이었다. 이제 나는 안다. 내 목에 얹혀졌던 짓이겨진 연꽃은 아버지의 살이었음을. 새하얀 사기그릇에 한 방울 두 방울 모이던 발그스레한 즙은 아버지의 피였음을.

처음 서울 인근으로 이사 와서 몇 년간은 안양에서도 변두리에 살았다. 어머니는 연꽃이 탐스럽게 핀 연못이 가까이 있다며 교통이 불편한데도 덜컥 세를 얻었다. 다 허물어져가는 연립주택이었다. 나는 연꽃과 교통을 바꾸는 어머니가 도무지 이해되지 않았다. 몇 년 뒤 연못과 더불어 일대가 아파트 부지로 지정된 덕분에 세든 가구에도 보상금이 조금 나왔다. 그 돈으로 신림동에 방을 얻어 이사했으니 우리는 그야말로 연꽃 위에 누워 자는 셈이었다. 그 일 역시 아버지와 무관하지 않다는 것을 이제 알 것 같다. 나는 연꽃에 대한 어머니의 맹목적인 신앙을 한심하다는 투로 이야기했지만 화연은 연꽃 이야기만 나오면 귀를 쫑긋 세웠다.

"우리 언제 청암정에 연밥 따러 갈까. 연밥 따는 날이면 어쩐지 자기 상처가 다 아물 것 같아."

그녀는 어떻게든 내 힘겨운 삶과 알 수 없는 슬픔의 연원을 찾아내 뿌리 뽑고 싶어 하는 눈치였다. 그렇게 해서 그녀는 서슴없이 끼어들기 시작했다. 내 황폐한 삶에.

언젠가 그녀를 고향으로 데려와 아버지 이야기를 마저 들려주고 싶다. 그러나 그것도 이제는 이루어질 수 없는 꿈이 되고 말았다. 외가 옆 대숲에서 바람이 인다. 사각거리는 바람 소리는 내게 옛이야기를 속삭인다. 일제 때부터 뭔지 알 수 없는 책에 빠져 지내던 아버지와 경찰이 오는 기미만 보이면 책을 상자에 담아 마루 밑에 집어넣고 쿵쿵대는 가슴을 손으로 눌러대던 어머니. 어머니 말에 따르면 일어로 된 '막스 네닌' 책들. 머슴들에게도 존댓말을 쓰라 이르고 똑같이 밭에 나가 일하자고 하던 아버지는 무슨 일이었는지 일경에 검거됐다가 풀려나기도 한다.

내가 그 사상의 깊이를 너무 단순하게 보는 건지도 모르겠다. 하지만 어쩌면 아버지는 호치민처럼 그 정체가 무엇인지도 모르는 것에 무작정 말려들었는지도 모른다. 서방 강대국의 힘을 약화시키기 위해 레닌은 무조건 식민지 해방을 부르짖었고 식민지 먹물들에게 그 말은 복음으로 들렸다. 그도 호치민 같은 혁명가를 꿈꾸었을까. 그렇지만 내가 아는 그는 우리 모자를 불행으로 내몰고 끊임없이 끔찍한 환상만을 안겨줄 뿐 내 종기 하나도 어쩌지 못하는 존재였다. 그는 이렇듯 내 곁에 부재함으로써 도리어 내 인생을 통째로 지배하고 있었다. 내 뒷목의 종기까지도. 그것은 거의 횡포에 가까웠다. 하지만 그것을 어떻게 떨쳐내야 할지 몰라 나는 여태껏 끙끙대고 있었다. 이런 내 사정을 자세히 알 길 없는 화연은 나만 보면 졸라댔다.

"올 가을엔 연밥 따러 봉화에 가자."

"글쎄, 왜 연밥에 목숨 건 사람처럼 그래?"

내 말에 그녀는 어디서 알아냈는지 나도 잘 모르는 연밥의 용도를 늘어놓았다.

"연밥을 가루로 내면 국수도 빼고, 만두도 빚고, 죽도 끓이고 못 하는 음식이 없어. 연엽주에다 심지어는 연자 아이스크림도 있다니까."

　장미꽃 무늬의 벽지가 누렇게 변한 여관방에서였다. 담배를 피워 물고 돌아누워 군데군데 담뱃불 자국이 얼룩진 벽 쪽을 보면서 나는 말했다. 나 같은 녀석한테 말려들어선 안 돼. 그녀는 내 어깨를 쓸어내리면서 대답했다. 내가 사회인과 자연인을 구별할 줄도 모르는 줄 알아? 그러고는 다짐하듯 낮은 목소리로 덧붙였다.

　"나랑 같이 연밥 따는 날, K는 다시 자연인으로……"

　그녀는 마치 내게 주문이라도 거는 듯 '연밥 따는 날'이라는 말을 자주 되풀이했다. 나는 무엇보다도 자연인이라는 말이 새롭게 들렸다. 하지만 그게 말이 되는 이야기인가 싶었다. 인간은 사회적 동물이라고 배웠다. 사회를 떠나서는 살 수가 없으니 당연한 말이다. 이제는 그 기약마저 공허한 일이 되고 말았지만 내게서 어떻게 사회적인 동물을 제거하겠다는 말인지 알 수 없었다. 남북 화해의 시대라고 떠들어대면 댈수록 나는 더욱 배신감을 느꼈다. 어느 누구의 잘못도 아닌 야릇한 굴레에 씌워져 힘들게 들어간 직장에서도 나와야 했고 곁에 있던 여자들도 모두 떠났다.

　아버지 생각만 하면 일이 통 손에 잡히지 않아 얼마 전에도 나는 화연에게 마감 시간을 늦춰달라고 하소연했었다. 그녀는 무슨 생각에서인지 비가 쏟아지는데도 당장 지하철 경복궁 역으로 나오라고 했다. 우리는 통의동에 있는 정부기록보존소에서 마이크로필름에 보관돼 있는 1932년도 어느 날의 신문 기록을 찾아냈다. 봉화 농민단 사건, 연루자 검거. 김종수. 아버지의 이름을 확인한 순간, 나는 숨이 턱 막혀왔다. 우산도 받지 않고 아름드리 가로수가 우거진 길을 마냥 걸었다. 그녀도 우산을 접고 내 곁에 다가와 어깨동무를 했다. 빗줄기 속에 그녀의 속삭임이 아련하게 들려왔다.

"자기 부모님은 우리 근대사를 온몸으로 사셨어."

그때였다. 내가 아버지를 다시 보기 시작한 것은. 나는 빗물인지 눈물인지 모를 뜨거운 물길이 몸을 타고 흐르는 것을 느끼며 통의동 길을 빠져나왔다.

봉화 유과라는 간판을 뒤로 하고 외가 옆에 있는 청암정으로 향한다. 거북처럼 생긴 큰 바위에 춘양목으로 지은 정자는 지금도 옹골차고 탄탄한 모습이다. 정자 주위를 둘러싸고 있는 연못에 연꽃은 다 지고 없겠지만 연밥은 탐스럽게 달렸을 것이다. 연못 가장자리에는 오래된 대나무 숲이 있고 그 옆에는 수백 년 된 회화나무와 소나무, 청단풍이 정자를 감싸고 있다. 연밥 따기에 앞서 아버지가 앉았던 정자 마루에 가서 앉아보고 싶다.

기다란 돌덩이로 된 다리를 건너 정자에 오른다. 돌다리를 건너면서 나는 몇십 년을 훌쩍 뛰어넘는다. 돌계단을 지나 신을 벗고 마루에 오른다. 정자에서 열리는 시회에 자주 참석했었다는 아버지. 양복 차림을 즐겨했다는 아버지가 한복을 입은 외가 어른들 사이에서 붓을 들고 엎드려 한지에 뭔가를 써내려가는 모습이 보이는 듯하다. 서늘한 저녁 바람이 불어온다. 그 바람 속에 무슨 냄새가 실려오는 것만 같다. 묵향일까, 연향일까. 팔을 벌려 큰 숨을 들이켠다. 치졸함으로 꽉 들어찬 허파꽈리를 하나하나 다 씻으려는 듯이.

점퍼 속주머니에 손을 넣는다. 아버지의 손길이 닿았던 편지를 다시 만져본다. 그의 오랜 부재를 메워주는 단 한 장의 편지. 내가 태어난 지 얼마 안 되어 내 곁에서 사라졌던 그가 뒤늦게 돌아와 손을 내민다. 늦었다며, 너무 오래 걸렸다며, 너에게도 부재하는 아비만이 아닌 육체를 지니고 살아 있는 아비가 여기 있다고 말하는 듯, 다가와 내 손을 맞잡는 아버지의 손. 뜨겁지도 차갑지도 않은, 그저 따스한 일상의 체온이 담긴, 그러나 뼈마디가 툭툭 불거지도록 야윈 손. 어머니는 툭하면 길고 가느다란 그 손에 반했다고 말하곤 했다. 나는 가늘고 쭈글쭈글해진 그 손에서 아버지의 추신을 다시 읽으려 애써본다. P. S., 아이 러브 유, 그런 것 말고 뭔가 다른 것을.

연못을 내려다보던 나는 잠에서 깬 듯 화들짝 놀란다. 어찌된 일인지 연은 구경도 할 수 없다. 꽃은 졌어도 연잎은 무성하고 연밥이 튼실하게 맺혀 있어야 하는데. 연밥이 든 구멍을 두 개만 집중해서 바라보던 때가 있었다. 그러면 영락없는 어머니 젖가슴이었다. 계단을 내려가 연못가로 내려간다. 그때 누군가가 작은 보트를 타고 무언가를 줍고 있는 모습이 보인다. 해질 녘이어서 어스름한데다가 물가에는 나무 그림자가 짙게 드리워저 누군지 가늠할 수가 없다. 나는 계단에서 돌다리로 내려가던 걸음을 멈춘다. 저 여인이…… 그럴 리는 없다. 여인이 일어서서 허리를 펼 때 비로소 바구니에 수북이 담긴 나뭇잎과 쓰레기들이 눈에 띈다. 나는 연못을 가리키며 더듬거린다.

"예, 예전에 그, 그 많던……"

"연밥 따러 오셨니껴. 연이 없어진 지가 벌써 언제라꼬요. 거촌리 황전마을 있잖니껴. 누런 학이 날아와서 온 논밭이 온통 누렇게 물들었다는. 예전에는 거기 있는 도암정에서 해마다 연을 캐다 심었제요. 물은 논에 대는 도랑물을 돌아나가게 했고요. 그런데 가을 되면 논에 물이 필요없으이 위에서 도랑을 막았부리니더. 그러이 연을 심을 수가 있니껴. 못 심제요."

여인은 오랫동안 이야기 상대를 못 만난 사람처럼 학마을이며 청암정의 물대기 내력까지 죄다 읊을 태세다. 나는 더 이상 아무것도 묻지 않는다. 단지 그녀의 해명에도 나는 연을 못 심는 이유가 좀처럼 납득되지 않는다. 청암정의 연은 학마을처럼 이제 옛이야기가 되고 말았다. 나는 그저 작은 한숨만 내뱉는다. 연밥 따러 언제 갈 거야, 하던 화연의 목소리가 들리는 듯하다. 너무나 오랫동안 그녀를 기다리게 했는데, 이제 청암정에 연은 없다. 청암정의 연밥은 잊힌 지 오래다. 그것은 화연과 나의 해묵은 대화 속에만 남아 있다. 지켜지지 않은 공허한 약속으로만. 연밥도 화연도 모두가 내게서 사라져갔다. 이제 피카소 그림도 화연의 말처럼 별다른 감정 없이 그림 그대로 담담하게 볼 수 있을 것 같은데, 그녀는 떠났다. 있는 것이라고는 달랑 속주머니에 품고 있는 아버지의 편지 한 장뿐. 연이 없어진 것에 놀란 마음을 차분히 가라앉히고 눈을 감는다. 연못의 물이 미세하게 찰랑거리며 가슴에 와서 닿는 것 같다. 가슴팍이 간지러울 정도로만. 이윽고 천천히 노 젓는 소리가 들리고 연밥이 아닌 물에 떨어진 나뭇잎과 쓰레기를 담은 바구니를 안고 여인이 보트에서 내려 땅바닥을 딛는 소리가 들린다. 눈을 떴을 때 언뜻 화연의 얼굴이 보이는 듯했다. 서울에 올라가면 그녀에게 연락을 해야 할까. 목덜미가 다시 근질거리기 시작한다.

흰집칼새 둥지

과연 손에 넣을 수 있을까. 산등성이에 올라 열대우림 위로 솟아 있는 가파른 바위산을 보자 조바심이 난다. 바위산 정상 부근 일라스켄쳉이라는 동굴에 우리가 찾는 물건이 있다고 다약족 안내인은 말한다. 흰집칼새 둥지. 흰색과 파란색 줄무늬의 터번을 쓰고 양 팔에 시퍼렇게 도마뱀 문신을 한 그는 정상이 가까워지자 걸음을 더 빨리한다. 따라가기에 숨이 가쁘다. 이미 여러 번 가본 곳이어서 길을 훤히 알고 있는 듯한 발걸음이다. 적도가 지나가는 부근이어서 해가 따갑게 내리쬐고 습도가 높은데도 내 다리는 그 자리에 꼿꼿하게 얼어붙는다.

조금 전 숲에서 코브라가 고개를 쳐들었을 때나 홍개미 떼가 몰려왔을 때 느꼈던 아찔함과는 전혀 다른 두려움이 가슴속 깊숙이 밀려든다. 팔뚝에 좁쌀이 쫙 뿌려진 듯 도톨도톨 소름이 만져진다. 그다지 높지는 않지만 암벽은 수직에 가깝다. 바위 틈에 가끔씩 덩굴이나 앉은뱅이 풀이 듬성듬성 나 있을 뿐 산 전체가 바위투성이다. 오를 테면 올라보아라, 하고 바위산은 내 앞에 턱 버티고 서 있다. 하켄이나 자일을 쓰진 않을 거라던 안내인의 말이 떠오른다. 바위산을 맨손으로 기어오르라고? 내가 원숭이인 줄 알아? 윤기가 자르르 흐르고 가무잡잡한 얼굴의 안내인 사크티는 저만치 앞에 서서 빨리 따라오라고 손짓한다. 가지에 꼬리를 감았다가 어느새 나무 사이를 휙휙 날아다니는 긴꼬리원숭이처럼 그는 밀림 속을 잘도 헤치고 나아간다.

　주로 수렵과 채집으로 먹고 살기 때문인지 살집은 없어도 강단이 있어 보이고 움직임도 날쌔다. 후각이 매우 뛰어난 종족이라고 들었다. 외지에서 마두라족이 칼리만탄으로 들어왔을 때 다약족이 나서서 체취로 그들을 가려내 목을 벴다는 기사를 읽은 기억이 난다. 지금은 그런 풍습이 다 없어졌다지만 옛날에는 인간 사냥을 해서 두개골을 무역 상품으로 내놓기도 했고 총각이 장가를 가려면 신부의 아버지에게 적의 전사의 두개골을 선물로 주어야만 했던 적도 있었다.

　다약족이라는 소리에 은근히 겁에 질린 나는 그를 따라가다가도 가끔 주춤거린다. 그러면 멀리서 '토닥토닥 통통 통통 통통 통통' 하는 소리가 점점 크게 들려온다. 어떤 두려움이 있어도 발걸음을 재촉하라는 지시처럼. 그것은 어쩌면 내 머릿속에서 나오는 소리 같기도 하다. 그 소리에 이끌려서든 어쨌든 나

160

는 목표물 쪽으로 나아가야만 한다. 흰집칼새 둥지를 향해.

"동남아시아에 사는 이 새는 바다에서 물어온 물고기 지느러미와 해초에다 자신의 끈적끈적한 침을 섞어 동굴 벽에다 둥지를 짓는다. 특이하게도 이 새의 침은 공기 중에 나오면 굳는 성질이 있어서 마르고 나면 흰색의 아담한 둥지가 된다. 그 둥지로 만든 수프는 영양이 풍부하고 맛도 좋아 미식가의 구미를 당길 뿐 아니라 폐가 나쁜 환자의 가래를 삭이는 데 효험이 있는 것으로 알려져 있다."

병원 대기실 책장에 꽂혀 있던 『생명의 나무』라는 책에서 애당초 솔깃하게 끌린 것은 그 둥지가 아니라 손자국이었다. 동굴의 천정과 벽면에 만 년 전에 찍어놓았다는 그것은 마치 고대인의 무슨 주술처럼 내게 다가왔다. 벽면에다 손을 댄 다음 그 위에다 갈색의 진한 물감을 뿌려 스텐실 기법으로 만든 손자국. 그것은 옛날 주술사가 환자의 아픈 부위에 손을 대고 약초를 입으로 뿜어주던 방식과 같다고 했다. 손의 색깔은 희뿌연 바위색 그대로였다. 이름하여 손자국 꽃나무. 동굴 안에서도 접근하기 힘든 천정과 높은 벽면에 찍힌 것으로 보아 치료 의식이나 주술, 또는 종교 의식과 관계가 있었을지도 모른다.

고대인의 귀한 손자국이 찍혀 있는 동굴에 어떻게 해서 그 새가 둥지가 트는 것인지 나는 도무지 이해가 되지 않았다. 이 둥지를 노리는 불법 채집꾼들 때문에 그림이 훼손될까 염려된다고 저자는 덧붙였다. 책의 한 면을 다 차지하고 있는 사진은 가

운뎃손가락이 유난히 짧은 어떤 여자의 것으로 추정되는 손자
국을 클로즈업해서 찍은 것이었다. 프랑스 과학자의 설명이 이
어졌다.

"이런 손은 어떤 호르몬의 부족으로 생긴 것인지 아직 밝혀
지지 않았습니다. 혹시 또 어떤 신비한 비밀이 밝혀질지 알 수
없죠. 이제까지 알아낸 바로는 남성은 검지보다 약지가 더 길
고, 여성은 검지와 약지가 비슷합니다. 태아가 배 속에서 남성
호르몬을 더 많이 받게 되면 약지가 길어지고, 여성 호르몬을
많이 받게 되면 검지가 길어집니다."

생물학 박사는 남자의 손바닥에는 파란색, 여자의 것에는 오
렌지색 점을 찍어놓았다. 천정 가까이 동굴 오른쪽 벽면에 꽃다
발처럼 모인 손자국에는 저마다 나뭇가지 같은 무늬가 나 있어
서 마치 살아 있는 손 나무처럼 보였다. 그중에서도 내 눈을 사
로잡은 것은 박사도 신비롭다고 말했던 어떤 여자 손자국이었
다. 가운뎃손가락이 유난히 짧은, 그 손자국을 보는 순간 가슴
이 뜨끔거리기 시작했다. 약지와 검지보다 더 짧은 가운뎃손가
락. 그것은 내가 아는 누군가의 손 모양과 닮아 있었다. 내 뜻
과는 달리 어쩔 수 없이 헤어져야 했던 그녀, 혜리의 오른손.
그녀의 손자국은 내 가슴에 오래도록 찍혀 있었다. 손바닥에 피
를 묻혀 하얀 거즈에 찍은 듯 선연하게.

가운뎃손가락 부위가 오목하게 들어간 붉은 손자국은 그러나
시간이 가면서 점점 잊혀져 갔다. 어디선가 잘 살고 있겠지, 하

고 모르는 척 지내고 싶었다. 벌써 20년 전의 일이 아닌가. 굳이 과거의 부끄러운 기억을 들추어내어 자신을 괴롭힐 만큼 나는 양심적인 인간은 못 되었다. 언제나 엉거주춤한 자세로 있다가 표류하듯 어딘지도 모르게 미끄러져가는 인간이 나였다.

"마지막으로 꼭 한 번 해주고 싶은 민간요법이 있어. 하지만 구하기가 너무 힘들어서……"

며칠 전 혜리는 내 품에 와 안기면서 말했다. 둘이서 오랜만에 교외의 모텔에서 몸을 나눈 뒤였다. 하지만 그러고 나서도 그녀는 환자 생각만 했다.

"환자를 위해서도 당신이 행복하고 건강해야 해. 아이들 생각도 해야지. 가끔은 환자 생각을 잊고 좀 쉬라고."

실제로는 내 자신이 혜리를 이용하고 있다는 사실을 알면서도 나는 마치 그녀를 위해 만나주는 듯이 말했다. 우리의 만남은 시효가 끝나버린 아내와의 잠자리나, 가게와 집만을 오가는 요즘의 따분한 내 일상과 관계가 있다는 것을 나는 잘 알고 있었다.

20년 전의 첫사랑이 지금 큰 어려움을 겪고 있다는 사실은 묘하게도 내게 활력이 되고 있었다. 아침에 거울을 보며 면도를 할 때는 콧노래가 나왔고 넥타이를 매는 손에 힘이 들어갔고, 아파트 문밖을 나서는 구두코에는 신바람이 걸려 있었다. 함께 괴로워하거나 슬퍼하지 않고 어떻게 이럴 수가. 이런 생각을 잠시 해보지 않은 것은 아니지만 그녀의 곤경이 내 생활에 적지 않은 활기를 불어넣고 있는 것은 사실이었다. 그런 상황에서 내가 그 책을 다시 떠올리게 된 것은 순전히 그녀의 말 때문이었다.

"그런 증세에는 흰집칼새 둥지 수프가 특효라는데……"

깔끔한 성격으로 보아 내게 부탁하는 게 아니라는 것을 알면서도 나는 그 일이 은근히 내 몫이라는 말처럼 들려 자못 찜찜해졌다. 물론 처음 그 동굴탐사 답사기를 보았을 때는 손자국에 끌린 게 사실이었다. 하지만 혜리의 말을 듣자 흰집칼새 둥지가 손자국 그림을 뒤엎고 다가왔다.

회사에 다니던 시절 홍콩에 출장 갔을 때 광동식 중국식당에서 연와탕이라는 제비집 수프를 먹어본 적이 있었다. 이 제비집 둥지를 물에 넣고 끓여서 체에 거르면 끈적끈적한 성분만 남게 되는데 그것으로 수프를 끓인다고 했다. 혀에 닿는 감촉이 젤라틴처럼 쫄깃쫄깃해서 몇 술 떠먹기는 했지만 새의 침으로 지은 둥지라는 말 때문에 그다지 구미가 당기지 않았다. 내가 국물만 떠먹고 깨작거리자 홍콩 지사장은 그것이 사실은 제비둥지가 아니고 칼새 종류인 금사연(金絲燕)이라는 새의 둥지로 만든 거라고 했다. 침을 섞어서 짓기는 하지만 재료는 칼새가 물어오는 해조류라는 것이었다.

청나라의 건륭황제는 매일 아침 일어나자 마자 공복에 이 수프를 한 컵씩 마셨다고도 했다. 그 당시에 여든 여덟까지 살았고 63년간이나 제위에 있었으니 그 수프가 장수에 도움이 되었다고도 할 수 있을 것이다. 그런 전통은 후대의 광서제까지도 계속되었고 서태후의 상에 오르는 서른 가지 음식 중에는 이 금사연 둥지 요리가 일곱 가지나 포함돼 있었다. 서태후는 특히 식도락가여서 음식 맛이 없으면 즉석에서 명령을 내렸다.

"요리사의 목을 당장 베라."

그 소리를 듣고서 나는 맛도 모르는 채 서둘러 연와탕을 다 비웠다. 문화와 예술을 즐기고 이미 18세기 초에 예수회를 통해 서양 문물을 받아들일 줄 알았던 건륭제와 건강과 미용에 유난히 관심이 많았던 서태후가 즐기던 요리라고 하니 그 맛과 효능을 무시할 수 없다고 생각해 그냥 들이킨 터였다. 한 쌍의 흰집칼새는 알을 낳기 전에 세 개의 둥지를 짓는데 그중에서도 깃털이나 나뭇잎 같은 이물질이 들어가지 않은 갓 지어진 새하얀 둥지가 가장 비싼 값을 받는다고 했다.

"월급쟁이 백날 하면 뭘 하나. 여차하면 이 칼새둥지 채집해서 중국에다 파는 사업이나 해볼까 생각도 해."

지사장은 금세라도 그 일을 시작하기라도 할 것처럼 칼새 둥지에 대해 자세히 알고 있었다. 제비처럼 깃털은 검은색이지만 배 부위는 새하얗고 날개가 무척이나 튼튼하고 길다. 좀체 땅에 내려오는 법이 없고 잠자고 사랑하고 짝짓기 하는 일까지도 높은 공중에서 한다.

"플레이보이들한테 반가운 소식인데요. 공중에 높이 떠서 애인 만나고 시치미 뚝 떼고 돌아올 수 있으니까. 날개가 얼마나 튼튼하기에 공중에서 잠자고 짝짓기까지……"

동석했던 지사 직원이 감탄을 하며 말했다.

"그뿐인 줄 알아? 한 번 날기 시작하면 이십만 킬로를 쉬지 않고 날 수 있고 삼 년은 공중에서 버틸 수 있다는 거야."

수프가 다 식어버릴 때까지도 지사장은 칼새 얘기를 하느라 여념이 없었다.

"다 식겠어. 먹어가면서 얘기하지 그래."

내가 수프 그릇을 가리키며 말을 끊어도 지사장의 입은 한 번 발동이 걸리면 브레이크가 잘 걸리지 않았다.

"시속 얼마나 되는 줄 알아? 자그마치 백칠십 킬로야, 박찬호 구속보다도 더 빨라."

하필이면 그때 홍콩에서, 어쩌다 그 새에 관한 이야기를 소상하게 듣게 되었는지 정말 알 수가 없다. 그러고 나서 얼마 뒤 그토록 귀하다는 이 새의 둥지 요리를 혜리에게서 다시 듣게 될 줄이야.

내가 혜리의 처지를 알게 된 것은 2년 전 휠체어 배달을 하러 병원에 갔을 때였다. 그즈음 나는 회사를 그만두고 의료기 대여점을 하고 있었다.

"사환부터 사장까지 당신이 다 맡아서 하는 거야. 회사 다닐 때처럼 부하 직원 부릴 생각하다가는 망할 줄 알라구."

매섭게 쏘아대던 아내가 그날만은 얼마나 고마웠던지. 사환이 없어 직접 배달을 나갔다가 혜리를 다시 만나게 된 거였다. 혜리는 간호사실에서 알려준 휠체어 대여점으로 전화를 했고 나는 한 대라도 더 내보내고 싶은 마음에 전화 받는 즉시 휠체어를 싣고 병원으로 간 거였다. 명민하지 못한 나는 혜리의 목소리를 알아듣지 못했다. 그저 어느 병원에 입원 중인 환자의 가족이겠거니 생각했을 따름이었다. 한 달에 4만원도 채 안 되는 대여비지만 숫자가 많을수록 내 수입은 늘어나기 마련이었다.

거의 20년만의 만남이었지만 혜리는 나를 보고도 담담한 표정으로 물을 담듯 오목하게 손을 모아 4년째 의식이 없는 남편의 가슴을 토닥토닥 두드렸다. 그런 다음 석션기를 켜고 오른쪽 엄지로 주황색 호스 구멍을 막았다 열었다 하면서 목에서 가래를 길어 올렸다. 쓰르륵쓰르륵 소리가 나면서 가래가 달려나왔다.

그녀는 거의 간호사가 다 되어 있었다. 휠체어에 앉힐 때는 다리를 먼저 침대 밑으로 내려서 걸터앉힌 뒤에 손을 다시 오목하게 모아 환자의 등과 어깨를 한참씩 토닥거려주었다. 토닥토닥, 통통 통통, 퉁퉁 퉁퉁, 오랜 침대 생활에서 행여 생길지도 모르는 욕창을 예방하기 위해서였다. 휠체어에 태울 때는 환자의 두 다리 사이에 자신의 오른발을 넣고 끌어안아 내렸다. 몸무게가 많이 나가지 않아 다행이었다. 그래도 호리호리한 몸으로 60킬로그램이 넘는 환자를 혼자서 들어 올릴 때는 용을 쓰느라 입이 굳게 닫히고 콧잔등에 진땀이 바짝 솟았다. 짧은 가운뎃손가락을 갖고도 그녀는 못 하는 일이 없었다. 그녀와의 만남을 반대하던 어머니의 말이 떠올랐다.

“난 평생 그 궁색한 꼬락서니 못 본다. 물건 하나도 제대로 못 집어 올려 늘 사고 칠 텐데.”

혜리의 손가락 모양을 알고 난 어머니는 언제 보았느냐는 듯 냉랭한 목소리로 내치듯 말했다.

“애가 어느 집 피를 더럽히려고.”

혜리에게서 홱 고개를 돌리는 어머니의 눈길에는 독기마저 서려 있었다.

“어머니, 자기 잘못이 아니잖아요. 본인이 어쩔 수 없는 일을 트집 잡는 건 비겁한 짓이에요.”

내 말에 어머니는 조금도 움직이지 않았다. 뼈에 사무치도록 아픈 결함이 언젠간 도리어 놀라운 기품으로 바뀔 수 있다는 것을 어머니는 상상도 하지 못할 것이다. 아니 혜리의 그것은 결함이 아니라 여느 사람들과는 다른 특성일 뿐이었다. 그것을 개성으로 볼 수는 없는 것일까. 우리는 모두다 똑같이 생겨야만 정상이라고 부른다. 대다수 사람들과 조금만 달라도 이상하게 취급하는 경향이 있다. 그런 대우를 당하는 사람들은 하는 수없이 치유할 길 없는 상처를 받게 마련이다.

모든 상처 입은 것들은 가슴에 폐허를, 아니면 진주를 품는다는 것을 나는 경험으로 알고 있었다. 혜리에게는 그것이 폐허인지 진주인지는 알 수 없었지만 어느 쪽이든 적어도 거기에 아름다움이 깃들어 있을 거라는 믿음이 있었다. 특이하게 짧은 그녀의 가운뎃손가락에서는 모자란 느낌이 아니라 어떤 신비로운 기운이 흘러나온다는 생각에서였다.

"엄지나 약지, 새끼손가락이 다른 사람보다 한 마디 짧은 것을 흔히 단지증이라고 합니다. 하지만 가운뎃손가락이 짧은 경우는 흔치 않은데……"

어머니의 반대에 부딪쳤을 때 답답한 마음에 혜리와 함께 찾아갔던 병원의 의사도 신기한 눈으로 바라보았다.

높은 산등성이에서 내려다보니 우리가 카누를 타고 누빈 강줄기가 훤히 내려다보인다. 흘러내린 토사 탓에 초콜릿색을 띤 붕갈룬 강은 S자 두 개가 이어진 모습이다. 인도네시아령 보르네오 섬, 그러니까 칼리만탄의 남동쪽 해변에서부터 우리는 그 S자로 두 번씩이나 휘도는 강을 따라 내륙 한가운데 있는 마랑 산맥까지 올라온 것이다. 도로가 없어 강을 따라 접근하는 수밖에 없었다. 해변에다 카누를 부려놓고 헉헉대며 산줄기를 탄지 두 시간 만에 거친 바위산 밑에 이르렀다.

200미터 높이의 바위산을 이제부터는 손과 발뿐 아니라 온몸으로 더듬으며 기어올라가야 한다. 닳아빠진 평범한 운동화를 신은 사크티는 크랙이 난 곳을 용케 찾아내 밟고 올라가기 시작한다. 사크티가 디뎠던 자리를 따라 올라가기만 하면 되었지만 나는 발레화만큼이나 부드럽고 마찰력이 뛰어난 암벽화를 신고도 몸의 균형을 잡기가 쉽지 않다. 내게도 군화를 신고 인수봉을 올랐던 시절이 있었다니 믿어지지 않는다.

미세한 크랙을 딛고서 겨우 균형을 잡고 있던 몸은 얼굴을 간질이는 가느다란 미풍에도 폭풍을 만난 듯 사정없이 흔들린다. 화들짝 놀라 돌출된 암석을 두 손으로 꽉 잡는다. 두려운 마음에 그만 내려갈까 하는 생각이 슬며시 고개를 든다. 요즘 동남아시아의 어촌에서는 아예 흰집칼새 아파트를 짓고 있다던데. 칼새들의 울음소리가 담긴 CD를 틀고 아파트 벽에는 새의 분뇨를 발라놓고. 돈벌이를 위해 인간은 자연까지 가짜로 만든다. 어쨌든 그렇게 되면 좀 쉽게 칼새둥지를 구할 수 있지 않을까. 그때까지 기다릴 걸. 이렇게 힘들게 둥지를 구해가려는 이유가 뭐야? 그걸로 정말 병을 고칠 수 있다고는 생각하지 않겠지. 환자가 네게 누구지? 나는 내 자신에게 묻는다.

"오지랖도 넓으셔. 환자가 대체 당신한테 누군데?"

그건 아내가 내게 던진 질문이다. 허리에 손을 얹고 턱을 놀려가며 나를 몰아대던 아내의 얼굴이 스쳐 지나간다. 아내는 병원에 입원했던 친구에게서 내가 혜리네 병실을 자주 찾는다는 얘기를 듣고는 모진 말도 서슴지 않았다.

"모자란 년이 여우 짓은 혼자 한다더니만. 그년이 어떻게 했기에 당신이 그년 남편 병 수발까지 들겠다고 나서?"

아내의 질문은 너무나 터무니없는 것이어서 대꾸를 할 수가 없었다. 이것만은 자신 있게 말할 수 있다. 혜리가 무슨 여우 짓을 한 것은 아니란 것을. 그녀는 그저 남편의 병간호에만 매달렸다고나 할까. 이 모든 사태의 책임을 져야할 사람이 있다면 내 자신이다. 나는 궁지에 빠져 있는 여자를 돕는 척하면서 실은 조금은 덜 식상한 여자의 살 냄새를 탐하고 있었다는 게 어쩌면 정확한 말일 것이다.

병원에서 혜리를 다시 만나게 되었을 때도 나는 그저 내 기분전환용으로만 그녀를 생각했었다. 색다른 여자를 즐겨 찾는 사내가 첫사랑과 다시 만나게 되었다는 것은 여자에 관한 한 또 다른 구색을 갖출 수 있는 좋은 기회였다.

나는 원래 뚜렷한 목적 아래 살아본 적이 한 번도 없는 녀석이었다. 좋아하는 여자를 버리고 어머니가 원하는 집안의 여자와 결혼해 고만고만한 아이들을 낳고 아등바등 살고 있었다. 어머니가 그토록 바라던 공직에 나가지도 못했고, 회사에서도 중요한 자리에 오른 적이 한 번도 없었다. 고시공부를 하느라 뒤늦게 들어간 회사에서 어영부영하다가 명예퇴직을 하고 먹고살기 위해 작은 가게를 하고 있을 뿐이다.

흠뻑 빠져들 만큼 좋아하는 취미를 가져본 적도 없다. 어차피 고시도 결혼도 내가 선택한 것이 아니었으므로 나는 인생을 낭비하고 있는 셈이었다. 곰곰이 생각해 보면 내가 정말 혜리를 좋아했는지도 아리송하다. 그만큼 나는 좋아하는 것을 내 의지대로 선택해서 해본 적이 없었다. 한 번도. 그 '한 번도'가 언제나 나를 울렸다.

암벽을 삼 분의 이쯤 올랐을 무렵 오른발을 디디고 있던 크랙에서 암석이 떨어져 나가면서 발이 허공에 뜬다. 나는 황급하게 왼발에 몸무게를 싣고 두 손으로 머리 쪽에 난 크랙을 잡는다.

암벽이여. 나를 팽개치지 말아다오, 애원을 하면서. 차가운 얼음 같은 죽음의 공포가 스쳐 지나간다. 다행히 왼발을 디딘 곳이 비교적 넓어 몸무게를 잡아준다. 추락 직전에서 겨우 살아남자, 휴우 한숨이 나온다. 등반가들은 흔히 자연 앞에, 아니 신앞에 자기 자신을 증명하기 위해 그 위험한 암벽 타기를 한다는데 나는 무엇 때문에 이런 위기를 자초하고 있는지 알 수가 없다. 거친 밀림 속을 해치고 나올 때마다 그녀의 말이 발에 힘을 주긴 했다.

"그런 증세에는 흰집칼새 둥지 수프가 특효라는데……"

하지만 나를 이곳 보르네오 밀림 속으로 몰고 온 것은 단지 혜리의 말만은 아니었다. 내 속의 무엇인가가 자꾸만 나를 이쪽으로 몰아댔다. 꼭 이곳으로 와야 할 것처럼. 아찔한 낭떠러지 아래를 내려다보면서 나는 난생 처음으로 뼛속 깊이 외로움을 느낀다. 이 처절한 외로움의 순간을 맞기 위해 나는 서울을 떠나 보르네오의 밀림까지 들어온 것일까. 그 외로움을 타고 말들이 쏟아져나온다. 왜 외로운 줄 알아? 넌 한 사람의 마음도 얻지 못했어. 단 한 명에게도 솔직하지 못했으니까. 너도 역시 혜리의 손을 어머니 못지않게 꺼림칙하게 생각했지. 넌 한 번도 네 의지를 실천해본 적이 없어. 철저하게 혼자만의 결단으로 뭔가를 이뤄낸 것이 없다고. 너란 인간은 오로지 살덩어리뿐인 존재야. 수많은 여인들로도 채울 수 없는 텅 빈 영혼을 가진.

진땀을 흘리면서 동굴 앞으로 간신히 몸을 끌어 올리고 나자

맥이 확 풀리면서 다리가 허둥거린다. 동굴 안은 꽤 넓고 밑에
는 흙과 암석 더미가 깔려 있다. 높이가 10미터도 넘을 듯한 천
장에는 드문드문 종유석이 매달려 있고 그 끝에서 이따금씩 물
방울이 떨어진다. 바닥과 벽면을 뒤덮은 울퉁불퉁한 괴석과 천
장에서 내려온 기다란 종유석들로 해서 동굴 안은 습하고 으스
스한 느낌을 준다. 목을 축일 겨를도 없이 내 눈은 뭔가를 찾아
동굴 깊숙이 뛰어든다.

"하티 하티, 아와스!"

사크티가 위험하니까 조심하라며 소리를 지른다. 나는 더 안
쪽 깊은 곳에서 천장과 벽을 훑어나간다. 사진에서 보았던 손자
국을 찾아내기 위해서다. 사크티가 전지를 비추어가자 천장 꼭
대기에 꽃잎처럼 찍혀 있는 수십 개의 손자국이 나타난다. 『생명
의 나무』라는 책에는 그곳이 현세와 영혼의 세계를 이어주는 통
로여서 주술사만 드나들 수 있는 구역이라고 쓰여 있었다. 만
년 전의 수렵 채취인들이 혼자서 또는 무리를 지어 노래하고 춤
추고 때로는 금식하며 기도하던 공간이었다고.

가운뎃손가락이 짧은 여자의 손자국은 아직 나오지 않는다.
공연한 발걸음을 한 게 아닌가 하는 의구심이 들기 시작한다.
아득히 높은 천장을 보자 아찔해진 나는 또다시 평소의 비겁한
내 자신으로 돌아간다. 나를 보르네오까지 끌어당긴 것은 무엇
이었는지 이제는 생각조차 나지 않는다. 흰집칼새 둥지인지, 손
자국 꽃나무인지.

사실 나는 이런 일에 말려들고 싶지 않았다. 산을 잘 타는 사람도 아니었고 누구를 위해 모험을 할 만한 인물도 못 되었다. 여기 오기까지만 해도 나는 그저 '마케팅의 날'인 금요일에 여자와 모텔에 가는 것을 낙으로 삼고 있는 지극히 속물적인 사내였다. 아내는 내가 금요일엔 가게 문을 닫고 영업을 뛰고 있다고 믿는다.

아무리 혜리의 말이 있었다고 해도 그토록 안일하고 무기력한 내가 어떻게 해서 보르네오 섬까지 오게 되었는지는 아직도 의문이다. 다만 짐작이 가는 것이 있다면 어떤 아련한 소리 때문이라고나 할까. 밤에 잠들기 전이나 아침에 깨기 직전이면 어김없이 들려와 내 의식을 깨우던 소리. 그것은 가냘픈 여자의 손바닥으로부터 나는 소리였다. 토닥토닥, 퉁퉁 퉁퉁, 아니면 퉁퉁 퉁퉁. 혜리네 병실에 갔다가 내 귀에 옮아온 그 소리는 마치 멀리서 들려오는 북소리처럼 내 머리 속에 깊이 새겨져 있다가 때때로 살아나곤 했다. 반드시 혜리의 것이라고 할 수도 없었다. 손바닥을 공처럼 둥글게 모은 뒤 가슴을 두드리던 토닥토닥 소리, 휠체어에 내리기 전에 등을 두드리던 퉁퉁 퉁퉁 소리, 굽어진 무릎을 펴려고 손을 모아 두드리던 퉁퉁 퉁퉁 소리. 그것은 주술처럼 나를 몰아가고 있다.

눈으로 옆면을 더듬어가던 나는 한참 만에 꽃다발처럼 찍혀 있는 손자국 나무를 찾아낸다. 그리고 내 시선은 마침내 그 중에서도 가운뎃손가락이 짧은 여자 주술사의 손자국에 가서 꽂힌다. 옛날 다약족 처녀들은 마법을 갖고 있어서 자신이 결혼할 상대를 마음대로 선택하고 조종할 수 있었다고 하던데. 그 여자 주술사의 손자국은 혜리의 것과 똑같은 모양이다. 심장이 뜀박질하기 시작한다. 책에 실린 사진에서 본 그대로다. 여리고 새하얀 그것은 사람 손 같지 않고 어떤 요정이 찍어놓고 간 것처럼 보인다. 내 눈은 손가락이며 손금, 실핏줄 하나하나 모두 찾아낸다. 당장에라도 바위를 뛰쳐나와 내게 손을 내밀 것만 같다. 보르네오 섬까지 오느라 쌓인 피로가 한순간에 말끔히 가시는 기분이다. 저 손자국의 영험이 내게로 옮아올 수만 있다면, 나는 또 그것을 혜리의 손에……

짧은 가운뎃손가락 때문에 마치 하트 모양처럼 찍힌 손자국에다 눈길을 고정한 채 나는 똑같이 생긴 혜리의 손을 불러와 그 위에 포갠다. 만 년 전 여자 주술사의 손과 혜리의 손은 일치된다. 그러자 예의 그 손바닥 소리가 어떤 계시처럼 멀리서 들려오기 시작한다. 토닥토닥, 통통 통통, 퉁퉁 퉁퉁. 혜리의 기도와 같은 말이 와서 손바닥 소리와 겹친다.

"원 없이 해주고 싶어. 얼마간이라도 가래 없이 시원하게 숨 쉬고 살다가 가게 했으면 좋겠어. 사업할 때 집 팔아달라는 걸 들어주지 못했거든. 전 재산이라곤 달랑 작은 집 한 채 뿐인데 아이들은 어리고 돈 벌 길은 막막하고 해서."

손자국을 찾느라 중요한 임무를 잠시 잊고 있었다. 흰집칼새 둥지. 마치 박쥐처럼 동굴 속에서 음파를 탐지해 방향을 잡는다는 새. 좁지만 기다란 날개를 지니고 있어 제비로 잘못 알려진 바닷새다. 동굴 벽면을 샅샅이 전지로 비춰보던 사크티가 오른쪽으로 달려간다. 나도 따라가 그가 비추는 곳을 지켜본다. 손을 오목하게 모아 천장 가까이에 붙여놓은 것 같은 흰색의 둥지. 저것을 따려면 또 얼마나 큰 위험을 무릅써야 할 것인지. 그쪽 벽면에 여러 개가 띄엄띄엄 붙어 있다. 가끔씩 붉은 색이 비치는 둥지도 눈에 띈다. 책에서는 둥지를 짓다가 침이 모자라면 피까지 토해내서 짓는 바람에 붉은 색을 띠게 된다고 설명했었다.

당나라 때부터 영양식으로 전해 내려온 진미이지만 이 둥지 요리에 대해 황당한 믿음을 가진 이들도 있다. 기침과 천식 등 폐 질환을 낫게 해주고 면역성을 높여준다, 심지어는 정력에 좋다거나 목소리까지 청아하게 다듬어준다고 믿기도 한다. 하지만 최근 홍콩의 어느 대학 교수가 분석해본 결과 수프의 영양가는 건륭제나 서태후가 믿었던 만큼은 많지 않은 것으로 밝혀졌다. 둥지 자체에는 면역을 키워주는 당단백질이 들어 있지만 그것은 재료를 씻는 과정에서 다 씻겨나가기 때문이라고 했다. 하지만 단지 건강에 좋다는 상징적인 의미만 있어도 좋다고 나는 생각한다. 그것이 남편의 병을 낫게 해준다고 혜리가 굳게 믿고만 있다면.

사크티가 이제 벽면에 올라가서 둥지를 따자는 눈짓을 한다. 마구잡이식 채취를 막기 위해 요즘은 당국의 허가를 받아야만 동굴에 오를 수가 있다. 여러 부족이 서로 동굴 연고권을 주장해 싸움이 벌어지기도 한다. 보르네오에서 오래전부터 야자나무 농장을 하는 친구 덕분에 면허가 있는 사크티와 겨우 연결이 되었다. 높은 벽면에 붙은 흰색과 분홍색의 둥지는 어른 손을 반쯤 오므려놓은 모양이다. 사다리도 없이 미끄러운 동굴 벽면을 기어올라가야 한다. 긴 나무 막대기라도 들고 가고 싶지만 몸놀림이 둔해져서 떨어질까 염려스럽다. 머리에는 헬멧을 쓰고 짧고 가느다란 나무 막대기 한 개만 뒷주머니에 꽂고 있다. 발만 한 번 삐끗 했다 하면 삐죽삐죽한 암석 바닥에 내리꽂힐 것이다. 이 문명화된 세계에서 아직도 이렇게 원시적인 방식으로 둥지를 따고 있다니. 이 둥지 요리가 값이 비싼 것은 채집할 때 목숨을 걸기 때문이라는 말이 실감이 난다. 마을을 떠나올 때 귓불이 길게 늘어질 만큼 무겁고 커다란 고리를 여러 개씩 귀에 주렁주렁 매단 그의 어머니가 조금은 걱정하는 눈빛이었던 이유를 이제 알겠다.

종류석이 돋은 미끄러운 벽면 사이사이에 툭툭 불거져 있는 암벽을 잡고 느릿느릿 기어오르기 시작한다. 암벽을 올라올 때는 가뿐하게 움직이던 사크티가 동굴로 올라온 뒤로는 왠지 몸이 굼떠 보인다. 자꾸만 나더러 앞서 가라는 듯 뒤로 물러선다. 둥지를 따는 일은 내게 맡기려는 걸까. 다급한 건 내 쪽이니 알아서 하라는 얘기 같다.

몇 발만 더 올라가면 새하얀 둥지에 손이 닿을 듯하다. 천정이 톰식으로 둥글어서 내 몸은 점점 뒤로 젖혀지기 시작한다. 튀어나온 벽면을 잡고 있을 때 밑에서 잡아당기는 힘이 느껴진다. 머리 쪽부터 떨어질 것만 같다. 한 발만 더 올라가면 둥지가 오른손에 잡힐 듯한데. 왼쪽 발을 다음번 크랙에 갖다 댄다. 앞발을 쑥 넣어 몸무게를 실어도 좋을 만큼 크랙이 깊다. 두 발을 크랙에 집어넣고 왼손으로 벽면에 달린 종유석을 잡는다. 종유석 고드름이 제법 단단하다. 안도의 한숨을 쉬며 오른손으로 하얀 둥지를 딴다. 흰색의 가벼운 둥지는 쉽게 떨어져 내 손에 들어온다. 둥지를 점퍼 속주머니에 집어넣는다. 입가에 잠시 미소가 걸쳐진다. 보르네오 섬의 다약족만 하는 게 아니군. 난생 처음 누군가를 위해 목숨 걸고 모험을 했다는 사실이 뿌듯해 온다. 홍개미와 코브라가 우글대는 정글을 헤치고 바위산을 넘어 동굴에 이를 때까지 흘렸던 땀이 비로소 보상받는 느낌이다. 언제라도 내 목을 겨냥해 칼을 꺼낼 것 같은 험상궂은 얼굴의 다약족 안내인과 단 둘이서 작은 카누에 몸을 싣고 숲이 우거진 으슥한 강가를 돌 때의 공포란. 다약족 안내인이 내 목을 잘라 칼끝에 걸고 있는 모습이 보이는 것만 같아 나는 몸을 떨었다. 숲 속에서 S자로 굽어진 강줄기를 탈 때는 아예 내 목까지 그에게 맡겼었다. 목을 맡겼다고 생각하자 이상하게도 마음이 진정되었다.

첫 수확을 보았던 곳에서 손을 뻗치면 바로 닿을 곳에 또 하나의 둥지가 있다. 지은 지 얼마 되지 않았는지 깨끗하고 뽀얗다. 한 번만 발을 옮기면 팔이 충분히 닿을 수 있는 거리다. 입에 해초 가지를 문 어느 칼새가 바다에서부터 날아와 둥지를 짓는 모습이 눈에 선하다. 번식기가 된 칼새는 집 지을 준비를 하느라 침샘이 팽팽하게 부풀어 있다. 배 속에 넣어온 물고기 지느러미를 게워내고 침샘에 가득 고인 침을 뱉어내 해초와 함께 짓이겨서 둥지 모양을 빚어나간다. 칼새는 이렇게 정성들여 빚어내는 자신의 둥지가 어느 인간 미식가의 식탁에 오르리라고는 상상도 못할 것이다. 그것도 높은 산속 컴컴한 동굴 벽에 은밀하게 지어놓은 새끼들의 보금자리가. 사람들의 손이 타지 않을 곳을 찾아 아득히 먼 거리를 비행해온 칼새의 날갯죽지는 숲속의 거친 나뭇가지와 비바람에 시달려 거의 찢겨져 있다. 칼새에게 미안한 마음이 드는 것도 잠시, 나는 그 둥지를 따려고 발을 한 번 옮긴 뒤 다시 오른손을 뻗는다. 왼손으로 잡고 있던 종류석이 뚝 끊어진다. 몸이 휘청한다. 찾던 것을 마침내 손에 넣었다고 생각한 순간 나는 젖은 흙과 울퉁불퉁한 암석이 깔린 바닥으로 떨어지기 시작한다. 사크티가 하티! 하티! 하고 소리친다. 나는 더 이상 조심할 것도 없다고 생각한다. 미리는 어지럽게 빙빙 돌고 천정의 손자국들도 돌아가는 느낌이다.

가운뎃손가락이 짧은 여자 손을 비롯해 주술사들의 손이 일제히 움직이며 소리를 내기 시작한다. 토닥토닥, 통통 통통, 퉁퉁 퉁퉁. 손자국들이 하나가 되어 합창하는 듯하다. 하나의 생명을 지키기 위해 이렇게 수많은 손자국들이 모여 밤낮 없이 토닥거려야 하는 거라고. 눈을 감은 상태에서 퍽 하는 소리와 함께 뺨이 서늘한 흙더미에 부딪치는 것이 느껴진다. 그리고는 암전. 한참 뒤 저절로 눈이 떠진다. 문득 눈을 뜨게 된 것이 다행인지 불행인지 모르겠다는 생각이 든다. 고개를 돌려 위를 쳐다본다. 아직도 동굴 천정에서는 손자국들의 토닥거리는 합창이 메아리친다. 나는 그 모든 소리를 들으면서도 내 자신이 좀체 다른 사람이 될 것 같지 않아 난처한 느낌에 사로잡힌다.

지질시대를 헤엄치는 물고기

뜰채를 든 손이 파르르 떨렸다. 녀석은 있는 힘을 다해 몸부림쳤다. 몸부림칠 때마다 등과 배는 황갈색과 은백색의 띠를 언뜻언뜻 보이면서 반짝거렸다. 그 사이에 한 줄로 찍혀 있는 둥글고 짙은 반점이 통통 튀면서 녀석의 몸에 생기를 더했다.

"녀석의 지, 진가는 바, 바로 몸 가운데에 일자로 나란히 바, 박힌 동그란 반점이지, 이것 때문에 내가 모, 목숨 걸고 두, 두만강까지 가, 갔었어."

내가 이곳에 처음 왔을 때, '두만강 자그사니'라는 이름이 붙은 어항을 신기한 듯 들여다보자 K는 신이 나서 떠들어댔다. 멍청한 남자. 벌써 두 번이나 도망쳤다 돌아왔는데 그때마다 똑같은 말을 하다니. 더듬긴 해도 그 말을 할 때만은 한마디 한마디에 또록또록 힘이 들어갔다. 눈을 감으면 녀석들을 구워 먹으려고 꼬치에 뀔 때 손바닥에서 퍼덕이던 감촉이 되살아나는 듯했다. 두만강을 건너와 훈춘 시 영안진에 머물 때 배고프면 강에서 한 대야씩 건져와 쇠꼬챙이에 구워 먹던 물고기. 지금은 어항에 담긴 관상어로 마주하고 있었다. 맑고 깊은 1급수에 사는 모래무지아과. 주둥이가 말발굽처럼 뭉툭하고, 입가 양쪽에 한 쌍의 수염이 나 있다. 내가 먹던 것들은 작아도 크기가 손바닥만은 했는데 녀석은 기껏해야 길이가 어른 손 반 뼘 정도밖에 안 되는 잔챙이다. 그것도 단 한 마리밖에 없었다. 맛있게 구워 먹던 그 녀석들이 이렇게 생겼을 줄이야. 자세히 보니 지느러미에도 반점으로 이루어진 줄무늬가 나 있고 꼬리지느러미는 가운데가 오목하니 들어간 것이 꼭 표범나비 모양을 닮았다.

녀석의 몸부림이 팔을 통해 몸으로 전해지자 나는 화들짝 놀랐다. 입을 일자로 꾹 다물고 네모난 얼굴을 가로로 흔들면서 물고기에게 스트레스를 줘선 안 된다고 하던 K의 얼굴이 떠올랐다. 나는 얼른 뜰채를 오른쪽 어항에 집어넣었다. 일자형 옆줄이 진하게 박힌 두만강 버들개 몇 마리를 떠서, 서로 친구라도 삼으라고 함께 넣어주었다. 오른쪽 어항의 물은 이른 새벽 마전교 밑에서 길어온 물과 녀석이 있던 어항의 물을 5대 1로 섞어 한 시간 이상 놓아두었던 것이었다.

"어, 어항의 물은 하, 한꺼번에 가, 갈아줘선 안 돼. 물고기는 노, 놀던 물에서 노, 놀아야만 되거든. 이, 이 주일마다 한 번씩 사, 삼 분의 일만 갈아줘. 추, 충격 받으니까."

희귀 물고기 채집을 위해 단둥으로 떠나면서 K는 이번에도 그 말을 잊지 않았다. 내가 못 알아듣는 줄 아는 걸까. 뜰채에 뜨여 어떤 물에 던져질지 모르는 신세는 자그사니만이 아니었다. 눈만 뜨면 오늘도 노름꾼 남편이 나타나 모든 걸 까발려버릴까 가슴이 조마조마했다. 맨 처음 일했던 수의 가게에서 쫓겨난 것도 그 때문이었다. 어느 날 느닷없이 나타나 내게 손가락질을 하면서 소리치던 그의 얼굴이 아직도 눈앞에 생생하게 그려졌다. '탈북한 년이 조선족이라고? 신고만 했다 하면 넌……' 하지만 그 역시 크게 떠들 처지는 못 되었다. 내게서 5백만 원이나 받아먹었으니까. 그 돈을 벌기 위해 옌지〔延吉〕의 냉면집에서 2년 동안 허리 한 번 제대로 못 펴고 설거지를 하던 내 모습이 떠올랐다.

어쨌든 이제는 혼자만의 목숨이 아니어서 돈을 모아야만 하는데. 3, 4, 5, 6, 손가락으로 달수를 헤아리다가 그만두었다. 아예 첫날부터 몸을 섞지 말았어야 하는 건데. 울컥하는 마음이 되어 침을 꿀꺽 삼키고 금고를 노려보았다. 또다시 한탕 해버릴까. 내 머릿속에서 이런저런 꿍꿍이가 벌어지고 있는 사이, 자그사니는 오늘로 청계천 물이 가장 높은 비율로 들어간 어항에서 버들개와 함께 늠름하게 물살을 갈랐다.

저 물에서 녀석이 별 탈 없이 견뎌만 준다면…… K가 떠나기 전 청계천 물이 두만강 민물고기가 살 만큼 깨끗하냐고 나는 몇 번이나 물어보았다.

"사, 상류 폭포수에서 화, 황갈색 버들치가 바, 발견됐다던데. 그게 이, 일급수 지, 지표물고기거든."

그 말을 하며 떡 벌어진 어깨를 으쓱해보이던 K. 밥을 한 줌 뿌려주자 자그사니는 잽싸게 수면으로 올라와 뭉툭한 입으로 암팡지게 먹이를 먹었다. 입가에 우툴두툴 돋은 돌기들과 한 쌍의 흰 수염은 녀석을 쉽게 범접할 수 없는 족속으로 만들어주었다.

은백색의 배와 황갈색의 등 사이 옆줄에 짙은 암갈색 반점이 저토록 단아하게 일자로 찍혀 있다니. 그것은 정말 커다란 발견이었다. 아무 생각 없이 그저 배고플 때 잡아먹던 먹을거리에 대해 새로이 눈을 뜨게 된 것이다. 게다가 '자그사니'라는 이름을 천천히 중얼거릴 때면, 아무 데도 걸리는 데가 없어 입과 혀에 느껴지는 편안함과 자유로움이 있었다. 얇은 포테이토칩을 입안에 넣고 바스러트리는 듯 사각거리는 발음은 또 얼마나 귀에 감미로웠는지.

어느 날 내가 자그사니 어항을 들여다보고 있을 때, 자주 오던 생물학 교수가 한 마리뿐인 녀석을 팔라고 졸랐다. 매겨놓은 값보다 더 후하게 쳐주겠다고 하는데도 K는 단호하게 거절했다. 손님이 간 뒤 K는 내게 자그사니를 사서 키워볼 생각이 없느냐고 물었다. 값은 월급에서 조금씩 제하겠다는 말에 내가 별 생각 없이 고개를 끄덕이자, 그의 눈은 여느 때와 달리 유난히 빛이 났다.

내가 두 번이나 돈을 훔쳐 달아났다가, 돈이 떨어지고 발붙일 데가 없어지면 다시 이곳으로 돌아오는 이유를 내 자신도 아직 모르겠다. 다만 그 눈빛 때문은 아닐까 짐작할 뿐이다. 알 수 없는 것은 K의 마음 또한 마찬가지였다. 그는 그저 시장 사람들 말대로 좀 모자라면서 오지랖 넓은 수족관 주인일까? 내가 두번째로 돌아왔을 때도 그는 별다른 기색 없이 그저 담담하게 한마디 할 뿐이었다.

"자, 자그사니 무, 물이나 갈아줘."

가게 안의 양쪽 벽면과 가운데 통로에 층층으로 놓여 있는 사각 어항마다 북한산 민물고기가 들어차 있었다. 금세 눈에 띄는 것이 입에 강력한 빨판이 달린 칠성장어였다. 양쪽 눈 옆에 한 줄로 일곱 개의 아가미구멍이 나 있어서 '칠성(七星)'이라는 이름이 붙었다. 장어류 중에서도 특이하게 턱과 비늘이 없고 입은 앞에서 보면 둥근 빨판처럼 생겼다. 이 빨판으로 다른 물고기 몸에 붙어 피를 빨아먹는다. 다른 물고기의 몸에 낀 때와 오물을 처리해주면서 먹고사는 청소 물고기라면 몰라도 남의 피를 빨다니. 문득, 몸이 움찔했다. 혹시 내가 누구에게 그런……

다 자라면 길이가 5, 60센티미터 정도 되지만 지금은 손가락 굵기만 한 것들뿐이었다. 어려야 이동 중에도 살아남을 확률이 높기 때문에 치어만 골라 온다고 했다. 이밖에도 홍송어라고도 불리는 곤들메기, 산천어, 버들개, 모래무지아과에 속하는 압록강 자그사니, 두만강 자그사니, 우레기, 아무르장어 등등 모두가 북한 토종 민물물고기들뿐이었다. 열대어만큼 색깔이 다채롭고 강렬하지는 못해도 자세히 뜯어보면 저마다 독특한 모양과 색깔을 지니고서 나 여기 있소, 하고 외치는 듯했다.

가게 양쪽 벽면 위쪽에 달린 선반에는 여과기와 산소 주입기 같은 각종 기구들과 물고기 먹이며 질병 치료제 등이 진열되어 있었다. 안쪽으로 깊숙이 들어가면 맞은편 벽에 붙은 책꽂이에 물고기 관련 책들이 빼곡히 꽂혀 있었다. 『원색한국담수어도감』『쉽게 찾는 내 고향 민물고기』『압록강, 두만강 수계에서 만나는 물고기』 등 수백 권은 될 듯하고 맨 아래쪽 선반의 것은 노랗게 절어 있어 수집가의 이력을 말해주었다.

"왜 열대어만 파나? 민물고기를 알면 팔도 사람을 다 알게 되는데."

K가 민물고기에 관심을 갖게 된 것은 『한국담수어도감』을 만든 생물학자 최기철 교수에게서 들은 이 한마디 때문이었다. 민물고기에 대한 최 교수의 관심은 어느덧 향토말과 향토민에 대한 관심으로 이어지고 있었다. 피라미를 괘리나 피리, 불거지로 부르면 그 사람은 분명 강릉 산골 마을에서 유년기를 보낸 사람이라는 것이다. 또 너무 못생겨서 '생긴 것보다는 맛짱'이라는 별명을 가진 물고기도 있다. 매운탕을 끓였을 때 담백하고 비린내가 나지 않는데다 양식이나 수입품이 전혀 없어 강원도 관광지에서 인기를 끄는 물고기다. 동대문야구장에서 나온 야구광들이 포장마차에서 이 물고기로 해물 매운탕을 끓여달라고 할

때 주문하는 말을 들으면 그의 고향을 알 수 있다고 했다. '꾹
저구'를 달라고 하면 강릉, '뚜구리'는 양양, '뚝저구'는 고성,
'뿌구리' 또는 '꾸부리'를 시키면 삼척 출신이라는 것이다.

새로운 종이 들어오면 K는 사진 찍기에 바쁘다. 아직 데이터
베이스라고까지 할 순 없지만 '지오수족관' 홈페이지에 들어가
검색란에 '두만강 자그사니'를 치면 채집 장소와 물고기에 대한
설명이 사진과 함께 화면에 뜬다. 자그사니의 사진이 크게 떠
있고 그 밑에 "2009년 5월 14일 두만강 유역 영안진"이라는
설명이 붙어 있다. 그 아래에는 스포츠머리의 K가 강물에 발을
담그고 서서 양손에 자그사니를 잡고 있는 모습이 사진으로 떠
있다.

손님이 뜸할 때 물고기를 찾아보다가 혹시나 하는 생각에 포
털 사이트로 옮겨가 검색란에다 '무역일꾼'이라는 단어를 쳐 넣
은 적이 있었다. 한국 젊은이들은 무엇이든 인터넷에 물어본다.
심지어는 시집간 새 신부가 된장찌개를 맛있게 끓일 줄 모르면
친정어머니에게 전화를 하기보다는 인터넷에다 '맛있는 된장찌
개 끓이기'라고 친다는 얘기도 있었다.

아버지의 직업도 나와 있을까 하고 무심코 해본 일이었다.
'무역일꾼'이라는 단어가 들어간 기사가 10여 건이나 떴다. 그
중에서 아버지의 상사였던 무역성 간부 김봉진이라는 이름이
들어 있는 기사를 발견했다. 기사를 클릭했다. '개방 주장하다
사라지는 北 무역일꾼,' 제법 큰 박스 기사였다. 시장경제 도입

과 개방을 주장하다 최근 사라졌거나 자살했다는 네 명의 사진이 떠 있었는데 아버지의 상사 김봉진의 사진도 끼어 있었다. 무슨 행사장에서인가 몇 번 보아서 잘 알고 있는 얼굴이었다. 갑자기 사라진 아버지도 그와 같은 처지가 된 것이 틀림없었다. 아버지의 행방을 남쪽에 와서 인터넷으로 어렴풋이 짐작하게 되다니. 사진 속의 그 간부는 언제나 그랬듯 여유로운 웃음을 머금고 있었지만 나는 온 얼굴을 일그러뜨리면서 자판에 엎드려 몇 년간 참아왔던 눈물을 쏟아냈다.

선반 왼쪽 벽면에 걸린 액자의 "어여(魚餘)"라는 휘호는 최 교수의 친필이다. 무슨 뜻이냐고 물었더니 K는 고기 '어'자와 여유롭다의 '여'자가 발음이 비슷해서 '물고기는 곧 여유' 라는 뜻으로 해석된다고 했다. 뭐가 그렇게 좋은지 K는 그 말을 하면서 바보처럼 입을 헤벌리고 웃더니 덧붙였다.

"다, 다리 위에서 물고기들이 노, 노는 모습을 내려다보고 자, 장자는 어, 어락(魚樂)이라는 말을 남겼는데 최, 최 교수는 새, 생전에 어, '어여(魚餘)'라는 말을 남긴 거지."

이 물고기 박사가 압록강에 사는 것으로만 알고 있던 연준모치를 강원도 정선에서 발견한 일은 하나의 사건으로 기억되고 있었다. 그 얘기를 해줄 때 K는 세상에, 그토록 신명나 보일 수 없었다. 정선에서 어느 낚시꾼의 집에 초대를 받은 최 교수는 산(山)개구리 뒷다리가 상에 오른 것을 보고 가슴이 아팠다. 먹고 싶은 생각은 물론 털끝만큼도 없었다. 그런데 최 교수의 눈은 개구리 다리 사이에 모양이 거의 뭉개진 채 끼어 있는 작은 물고기 한 마리에 가서 박혔다. 이상한 생각이 든 최 교수는 갓난아기 첫 목욕 때보다도 더 떨리는 손으로 녀석을 맑은 물에 살짝 흔들었다가 휴지에 싸서 연구실로 가져왔고, 물고기 몸에 붙은 이런저런 요리 재료들을 조심스럽게 솔로 털어냈다. 그것은 압록강의 연준모치가 분명했다. 이듬해 가을 강원도 정선군 덕우리에서 그는, 어느 낚시꾼의 어항에서 절반이 넘는 민물고기가 연두갈색의 등에 은백색의 배, 황금색 옆줄, 그리고 황금색의 눈동자를 가진 연준모치임을 확인할 수 있었다.

최 교수의 산개구리 뒷다리에 끼어 있던 물고기 얘기는 K에게서 몇 번이나 되풀이해서 들었는지, 이제는 마치 내가 직접 연준모치를 만진 것 같은 착각에 빠지기도 했다. 전혀 관심조차 없었던 북쪽의 지형 변화에 대해서 줄줄이 꿰게 된 것도 K와 함께 어항의 물을 갈고 모래를 씻을 때 짬짬이 들은 이야기 덕분이었다.

지질시대에는 발해만은 높고 백두산이 별로 높지 않아서 압록강은 동으로 흘러 아무르 강에 유입되었다고 했다. 그러다 발해고지는 내려앉고 백두산이 높게 솟으면서 압록강은 황해로 흘러내리게 되었다. 압록강의 물길이 서쪽으로 흐르면서 아무르 강의 민물고기가 압록강, 대동강, 한강, 금강으로 옮겨온 것처럼 연준모치도 그렇게 흐르고 흘러 강원도 정선까지 내려왔다는 얘기였다.

발해만이 내려앉고 백두산이 솟아올라 압록강의 물길이 바뀌는 광경이며, 연준모치가 압록강에서부터 이 강 저 강의 강줄기를 갈아타며 강원도 정선까지 흘러오는 모습을 그려보면서 나는 왠지 속이 울렁거렸다. 내가 무척이나 좋아하던 고등중학교 때 지리시간 생각도 났다. 선생님은 팔을 크게 움직이면서 칠판 위에다 그림을 그려갔다. "신생대 초기, 호주 대륙이 남극 대륙에서 갈라져 나오고, 인도가 세이셸 군도에서 떨어져 나와 북쪽으로 이렇게 이동하면서 유라시아 대륙과 충돌하게 되었지. 세계의 지붕인 히말라야와 알프스 산맥은 그 덕분에 생겨난 거야." 하며 산봉우리를 표시하던 선생님. 그날 K의 말을 들으면서 내가 울먹해진 것은 아마도 뭔가가 높아지고 낮아지는 데 따라 어쩔 수 없이 '흐르고 흘러'왔다는 말 때문이었을 것이다.

이 가슴 뛰는 사건을 겪은 최 교수는 각 지방의 작은 개울을 돌아다니면서 물고기들을 불러냈다. 그중에서도 못난이 물고기의 대명사가 된 꾹저구를 불러낸 일은 민물고기를 자식처럼 아끼는 최 교수가 아니면 하지 못했을 일이다. 갈색의 원통형 몸매는 살이 뒤룩뒤룩 쪄 보이고 길게 뻗은 주둥이는 위턱보다 아래턱이 길어 게걸스러워 보이는데다, 눈은 등 쪽으로 치우쳐 있어 얼굴의 균형이 맞지 않았다. 게다가 꼬리지느러미는 우스꽝스럽게 부채 살처럼 둥글게 퍼져 있어 정말 못난이라고 불릴 만했다. 하지만 내게는 열심히 살기 위해, 촌스럽지만 나름대로 멋을 부린 당당한 녀석처럼 보였다.

　최 교수는 이 못난이 물고기가 강원도 강릉시 명주군 강동면
에 200여 마리, 구정면, 사천면, 연산면 등에도 몇십 마리씩 살
고 있다고 노트에 적어나갔다. 강원도의 작은 행정구역을 일일
이 나열해놓고 꾹저구가 나온 곳을 동그라미로 쳐두고 발견된
숫자까지 밝혀둔 것을 보자 나는 마치 최 교수가 시냇가를 돌아
다니면서 꾹저구의 출석을 부르고 있는 것 같은 생각이 들었다.
냇가에 선 최 교수가 꾹저구! 하고 부르면 자기 이름을 부르는
소리에 으쓱해진 녀석이 그 우둔한 몸을 한껏 물 위로 솟구쳐
올리고, 부채꼴 모양의 꼬리지느러미로 물을 튕기며 비늘을 반
짝이는 모습이 눈앞에 그려졌다. 하지만 『쉽게 찾는 내 고향 민
물고기』라는 최 교수의 물고기 출석부가 한반도의 남쪽에서 그
치고 있는 것을 K는 못내 아쉬워했다. 그런 얘기를 하면서 창
밖을 바라볼 때면 K의 눈은 이미 북녘의 시냇가에 있는 것처럼
보였다. 그래서 마흔이 넘도록 여태 서방[1]가는 걸 잊고 살았는
지도 모르겠다.

　K의 책상 위에는 컴퓨터 모니터 옆에 한 손에 잡힐 만한 크
기의 도자기가 놓여 있는데, 자세히 보면 잉어 무늬가 새겨져
있고 양쪽에 구멍이 뚫려 있었다. 난생 처음 보는 물건이라서
물어보았더니 벼루에다 먹을 갈 때 물을 뿌리는 연적(硯滴)이
라고 했다. 책꽂이 맨 위쪽 선반에는 청자 육각 접시가 한 점

---

1) 장가

세워져 있었다. 입에 수초를 물고 꼬리를 있는 대로 빳빳하게 들어 올린 물고기 한 마리가 그려진 접시였다. 머리와 꼬리를 추켜올린 품이 얼마나 기운차 보이는지, 금세라도 접시를 깨고 나와 어항 속으로 첨벙 뛰어들 기세였다.

가게 안을 거닐면 물고기신이 어른거리는 느낌이었다. 가끔 내 뺨이나 목덜미에 하얀 비늘이 내려와 앉고, 지느러미가 살랑 거리며 다가와 얼굴을 슬쩍 어루만지고 지나가는 듯한 느낌을 받을 때가 있었다. 그러면 납작한 내 코가 1센티미터쯤은 높아 진 기분이 들고 특별한 사람이라도 된 듯했다.

책꽂이를 다 훑어보고 나서 왼쪽에 놓인 간이침대에 앉으면 자연히 맞은편에 난 창 쪽으로 눈길이 갔다. 책꽂이 오른쪽 벽 에 청계천 쪽으로 나 있는 작은 창에서는 아침 햇살이 들어와 어둠침침한 실내를 밝혔다. 빌딩 숲 사이로 햇빛이 숨었다 나왔 다 하며 창을 비추면 나는 가슴이 떨려왔다. 그것은 내 삶을 바 꿔놓은 화룡 숲 속의 플래시 불빛을 닮았기 때문이었다.

두 번은 길게 한 번은 짧게. 세 번이나 똑같은 패턴으로 비추 던 플래시의 불빛. 무역상이 말한 상류, 강폭이 좁은 어느 지점 에서 신발을 적시고 가끔 발목까지 차는 강바닥을 몇 분쯤 달리 자 바로 건너편이 중국 땅이었다. 아버지를 자주 찾아오던 그 조선족 무역상이 맞을까. 그렇다면 선뜻 나서서 "해란!" 하고 암호를 말해야 할 텐데. '해란'은 무역상의 고향 용정에 흐르는 강 이름이었다. 나는 망설이고 또 망설였다. 강변에는 200미터

마다 땅굴 초소가 있다던데. 뒤에서 총소리가 났던가? 났더라도 요란한 천둥 번개와 폭풍우 소리에 묻혔을 것이다.

벌써 3년이 다 되어가지만 눈을 감으면 지금도 죽음과도 같았던 그때가 몇 컷의 선명한 영상으로 펼쳐졌다. 두만강 발원지가 있다는 캄캄한 화룡진의 숲 속, 머리를 산발한 채 뿌리가 뽑힐 듯이 흔들리던 나무들, 부엉이 울음소리. 그리고 비에 흠뻑 젖은 채 이가 맞부딪칠 정도로 떨고 있던 나. 그보다 앞서 아버지 서재 위에 놓여 있던 보고서 「새로운 세계시장정책」. 그 보고서를 낸 뒤 한 달 넘도록 소식이 없던 끝에 들려온 아버지의 체포 소식. 금성거리 걸음길[2]을 지나 내가 있던 대학 기숙사에서 나를 끌어안고 소리도 못 내고 울음을 삼키던 어머니. 숨 막힐 듯한 긴장 끝에 마침내 숲 속에서 들려오던 무역상의 목소리.

"저런, 저 말뚝 좀 보게. 이제는 자동차 밀수도 못 해먹겠구먼."

무역상은 강기슭을 따라 서 있던 흰색과 붉은색의 줄무늬 쇠말뚝을 가리켰다. 생명의 신호와도 같았던 그 불빛과 낯익은 목소리를 들었을 때 느꼈던 기쁨과 안도감, 그 황홀감을 맛보기 위해 나는 강을 건넜는지도 모른다. 최 교수가 강원도 정선에서 찾아낸 압록강의 연준모치처럼. 그리고 내 이름은 해란이 되었다.

"해, 해란아, 누, 누가 뭐래도 아무 사, 상관 말고 오, 오빠 없는 동안 여, 여기서 지내."

---

2) 보도

단둥으로 떠나기 전, K는 택배용 물고기를 포장하는 아르바이트생들이 보는 데서 두 팔을 벌려 나를 꼭 껴안으며 말했다. 당황한 나는 황급히 K의 팔을 풀고 물수건을 집어 들어 어항을 닦는 척했다. '오빠'라는 말은 듣기 민망했다. 남쪽에서는 '오빠'라는 말에 다른 뜻도 있다던데. 내가 대답을 않고 딴청을 부리자 그는 머쓱한 듯 돌아서서 흰색 보드에다 학교 선생님처럼 내가 할 숙제를 적어나갔다.

7월 2일 오전 10시, 신림동 그린피시에서 오는 북한산 버들개 30마리 받아둘 것. 일주일전에 C열 맨 위 사각 어항을 세팅해둘 것.

7월 3일 오전 11시, 코엑스 수족관에 곤들메기 20마리 택배로 보낼 것.

7월 4일 11시, D열 중간에 있는 어항에서 두만강야레 30마리 그린 아쿠아리움에 보낼 것.

나는 야레를 보내라는 소리에 실망에 차서 투덜댔다.

"은백색 야레를 다요? 아이들한테 인기 짱인데."

'인기 짱'이라는 내 말에 그는 미소를 띠면서 계속 보드에 적어나갔다. 대학에 다닐 때 남쪽의 표준어와 슬랭을 공부한 적이 있어 유행어 몇 개쯤은 나도 알고 있었다. 보드 맨 밑에 K가 밑줄까지 치면서 써놓은 말이 있었다. '물고기를 받아서 곧바로 어항에 쏟아붓지 말 것.'

"무, 물고기가 든 비, 비닐봉지를 봉지째 어항에 띄, 띄워놨

다가 한 시간쯤 뒤에 가위로 하, 한쪽만 사, 살짝 잘라줘."

다른 데서 오는 물고기를 받는 날에는 언제나 몇 번씩 주의를 시키던 K의 더듬거리는 목소리. 갑작스런 수온 변화로 물고기에게 충격을 주어서는 안 된다는 얘기였다. 내가 그토록 듣기 싫어하던 말이었지만 며칠 동안 듣지 못할 거라 생각하니 벌써 그 더듬거리던 말투가 그리워진다. 그 소리를 듣고 왠지 서러움에 복받쳐 화장실로 달려가 수돗물을 틀어놓고 울음을 터트리던 날들.

"물고기 충격 받을까 그렇게도 겁 나슴까? 정말 대단하심다."

얼마 전 아무르장어 수십 마리가 들어오던 날, 나도 모르게 K에게 쏘아붙여 그를 안절부절 못하게 만들었던 일들이 이제는 잊지 못할 추억이 될 것만 같다.

"내가 초보임까? 삼 년이 다 되어감다."

처음으로 그에게 대들면서 아무르장어가 든 비닐봉지를 보란 듯이 갓 받아놓은 수돗물에 첨벙, 하고 내동댕이치던 일도. 그 말을 쏟아버린 순간, K에게 내 속내를 들킨 것 같다는 자괴감에 저녁 먹을 생각도 못하고 심드렁하니 앉아서 자그사니 어항만 바라보고 있던 순간들.

"무, 문 닫고 나, 나가자. 피, 피자 사줄게."

"일없슴다. 혼자 많이 드십쇼."

꼼짝도 하지 않고 내 책상에 버티고 앉아 턱에 돋아난 뾰루지를 뜯던 나를 무슨 용기가 생겼던지 확 잡아끌던 K.

"손 놓고 앞장서십쇼. 따라가겠슴다."

마지못해 따라나가긴 했지만 처음 가본 청계천 뒷골목은 온통 신기한 것들뿐이었다. 점심으로 해물 피자를 먹고 외국 이름으로 된 비싼 찻집에서 커피도 마셨다. 근처의 영화관에서 팝콘을 먹으면서 『박쥐』인가 하는 영화를 볼 때는 얼마나 무섭고도 짜릿했었는지. 네온사인으로 번쩍거리는, 미로와 같은 뒷골목에서 몇 차례나 K를 잃어버리고 헤매던 때. 피자집을 어디서 찾아야 할지 몰라 허둥대는, 나와 똑같은 촌뜨기 K를 보고 피식 웃음 짓던 일들. 피자집을 나와 어느 공원에선가 어깨동무를 해오는 K를 밀쳐내지 않고 그냥 두었다가 볼에 기습 키스를 받은 일이 아직도 생생하다. 그가 던진 몇 마디 말들과 함께.

"미, 미안해. 해, 해란이. 자, 자기 마음도 모, 모르구."

그 말을 듣고 나자 그만 토라졌던 마음이 풀리면서 그의 입술에 내 입술을 갖다 대던 기억. 이튿날 아침 어느 모텔 침대에서 그와 함께 잠에서 깼을 때의 상큼함. 어쩌다 거기까지 갔는지는 나도 잘 기억이 나지 않는다. 몇 가지 일들만 파편처럼 눈앞에 그려진다. 말은 어눌하지만 그의 몸에서 나오던 뜨겁고 강렬한 느낌. 몸과 마음이 하나가 된다는 것이 무엇을 의미하는지 알 것 같았던 시간들.

K가 보고 싶을 때면 나는 자그사니를 한참씩 들여다보곤 했다. 녀석은 K가 지난 해 두만강에서 채집해와서 민물고기 연구소에 보내고 남은 것이었다. 두 마리를 키우다 한 마리를 병으

로 잃었다. 자그사니가 노는 모습을 보고 있자니까 K가 두만강에 들어가 허리를 굽히고 물고기를 잡는 모습이 그려졌다.

"아무리 매끄러운 놈이라도 내 손에 들어오면 못 빠져나가. 그냥 줍는 거야."

손을 들어 폈다 쥐었다 하면서 수족관 경력 20년임을 넌지시 과시하던 K. 자그사니를 비닐 주머니에 담아 자동차로 옌지까지 달려가 산소를 주입하는 그의 모습이 눈에 선했다. 다시 비행기로 웨이하이[威海]까지 와서 인천행 페리를 탈 때까지 마음 졸이는 그의 표정도. 그렇게 고생하면서 들여온 물고기를 싸게 파는 K가 미련하고 바보스러워 보였다. 나라면 희귀 물고기임을 내세워 한밑천 잡을 텐데. 내가 너무 싸다고 말할 때마다 그는 그저 한마디 툭 던질 뿐이다.

"여, 연구소에서 추, 출장비 받았으면 됐지, 뭐."

옆을 짧게 깎아 친 머리는 돼지털처럼 뻣뻣하게 서 있고 광대뼈는 불거지고 햇볕에 그을린 얼굴은 구릿빛이어서 얼핏 보기에는 거친 듯해도 내 얼굴을 똑바로 쳐다보지 못할 정도로 여리고 수줍은 스나이[3]였다.

자그사니를 바라보고 있는 동안 시장통이 수선스러워지기 시작했다. 노점 식당들이 손님 맞을 채비로 부산했다. 또각또각 무 써는 소리, 달각달각 그릇 포개는 소리, 스르륵 스르륵 맷돌

---

3) 남자

돌아가는 소리, 치지직 치지직 빈대떡 부치는 소리. 지휘자만 없었지, 먹자골목 음악대나 다름없었다.

기껏해야 한 집이 책상 하나 정도 크기만 한 노점인데 저마다 작은 깃발 같은 간판을 달고 있었다. 북녘의 거리 간판이 떠올랐다. 가는 길 험난해도 웃으며 가자, 주체성 민족성, 붉은 기는 달려야 휘날린다, 장군님 명령하시면 지구도 돈다, 살아서 붉은 기 아래, 죽어서 붉은 기폭에. 주로 정신적인 것을 강조하는 것들이다. 남녘 거리의 간판들은 그저 '내 물건 사시오' 하고 목청 돋우어 소리치는 것 같았다. 종묘 공원 앞에 서서 동대문 쪽을 바라보면 폭탄 세일, 이보다 더 쌀 수는 없다. 샤르르 우리 밀국수, 낙원 모텔, 족집게 철학관, 한아름 선물집, 초광속 번개 PC방 같은 자극적인 대형 간판들이 어지럽게 눈에 들어왔다.

내가 아끼는 간판은 평양의 어느 골목에 있는 책받침만 한 것으로, 하이힐에서 굽이 떨어진 것을 그려놓은 구두 수선 가게의 작은 간판이었다. 극렬하고 선정적인 북녘이나 남녘의 거리 간판과는 달리 광장시장 먹자골목의 것들은 작고 소박했다. 순희네 빈대떡, 신의주 아줌마 순대, 순천 할머니 떡볶이…… 이렇게 친근한 이름을 단 노점식당들에는 아침부터 저녁 늦도록 수많은 이들이 어깨를 부비며 앉아 밥을 먹었다. 값도 싸서 2천 원이면 순대나 떡볶이 한 접시를 푸짐하게 먹을 수 있었다. 나는 흑산도 아줌마네 집에 들러 비빔밥을 청했다. 따끈한 콩나물국과 햇무로 담은 깍두기가 정갈했다.

"아침이 늦었네. 끼니는 제때 먹어야지. 다 먹자고 하는 일인데."

수의 가게 주인이 소문을 낸 탓에 내가 시장에서 모서리 먹고[4] 있는데도 흑산도 아줌마만은 걱정을 해주는 게 고마워 눈물이 찔끔 솟았다. 한 그릇에 2,500원, 내게는 조금 비싼 값이지만 온갖 나물과 함께 계란프라이 한 개가 얹혀 있어 먹고 나면 배가 불러오고 기분이 저절로 좋아졌다.

광장시장에는 정말 없는 게 없었다. 종로 4가에서 시장 안으로 걸어 들어오면 골목 가운데에 작은 노점식당들이 자리 잡고 있고 양쪽으로 가게들이 촘촘히 나 있었다. 신랑 신부를 위한 웨딩용품과 부엌 살림살이에서부터 아기 옷과 어린이 장난감, 교복, 어른들 옷가게와 수의 맞춤집에다 온갖 식품류와 반찬가게까지 사람 사는 데 필요한 모든 것이 망라돼 있었다. 사람이 태어나 자라면서 먹고 입을 물건은 물론 죽을 때 입고 갈 수의까지 이 시장통에서 해결할 수 있었다. 수족관이 좀더 많으면 좋았을 텐데. 내가 언젠가 혼잣말을 하자 K는 계면쩍은 듯 바닥으로 눈을 깔고 말했다.

"다들 유, 융자 받아 나, 나갔지. 처, 청계 7가 쪽으로."

하지만 나는, 크기는 자그마해도 시장이 한눈에 들어오는 '지오수족관' 자리가 마음에 들었다. 수족관 문간에 서면 시장이 한눈에 다 보여서 평소 장마당 둘러보기를 좋아했던 아버지 생

---

4) 왕따

각이 절로 났다. 북의 장마당은 기껏해야 솥단지와 양은 냄비, 우산, 쌀과 화장품 몇 가지가 가판에 놓여 있는 작은 동네 장터였고, 수족관 같은 것은 상상도 할 수 없었다.

아버지는 장마당이 더 커져서 무슨 물건이든 알맞은 값에 구할 수 있는 곳이 되어야 한다고 말했다. 부다페스트와 바르샤바 시장에 들어와 있던 전 세계의 상품 이야기를 해주던 아버지가 저 가게 앞에 서 있는 것만 같았다. 그러니까 시장은, 자기에게 필요한 것을 서로 주고받으면서 살기에 좋은 곳이지, 하던 아버지. 그때 아버지의 눈에는 시장에 대한 믿음이 담겨 있었다. 시장에는 보이지 않는 손이 떠 있어 저절로 수요와 공급이 조절되기도 한다고 했다. 하지만 실제로는 반드시 그렇게 돌아가지만은 않는가 보다. 요즘은 모든 걸 시장에만 맡겼다가 경제 위기가 닥쳤다는 얘기도 나왔다.

시장을 돌다 보면 아버지 생각에 짠한 가슴으로 수족관으로 돌아오게 되었다. 세면대 앞에 서서 머리를 손으로 가다듬고 싱긋 웃어보았다. 20대 중반의 평범한 여자. 처음 두만강을 건널 때 입었던 비싼 명품 티셔츠와 청바지는 온데간데없고 동대문 시장에서 산 천 원, 2천 원짜리 옷을 입고 있었다. 아버지가 외국에서 사오거나 무역상들이 가져오는 남쪽의 유명 브랜드 옷을 속에 입고 그걸 감추려고 일부러 겉에 허름한 재킷을 걸치던 북에서의 내 모습은 더 이상 내가 아니었다. 여기 와서 내 힘으로 살려고 발버둥치면서부터 이제야 살아가는 것의 어려움을 느끼기 시작했다.

　북에 있을 때 나는 남의 처지에는 별로 관심이 없어서 세상일에 대해 아무것도 모르고 지냈다. 친구의 입가가 왜 항상 헐어 있는지, 어느 친구는 왜 매일 옥쌀[5]만 먹는지, 왜 매일 똑같은 옷만 입는지. 겪어보지 않고는 남의 어려움을 헤아리기가 그처럼 힘든 것일까. 거울 앞에 서서 쌩긋 웃으며 90도로 허리 굽혀 인사하기, 어린이 눈높이에 맞춰 반쯤 앉은 자세로 설명하기를 연습해보았다. 손님의 눈을 똑바로 쳐다보면서 최면 걸기도 잊지 않도록 연습해둔다. 수의 가게 주인에게 배운 상술이었다.

　"수의를 맞추어 드리는 것은 보통 인연이 아닙니다. 옷을 입으실 분과 우리가 전생에 깊은 연이 있어 이렇게 지어드리게 되는 것이에요."

　내가 눈을 똑바로 쳐다보며 이 말을 하면 손님들은 서둘러 지갑을 열었다. 시장에서 살아남으려면 그런 카리스마를 익혀야 한다는 것을 나는 몸으로 배우고 있었다. 더구나, 낯선 곳에 들어온 사람이 새로운 곳에 뿌리를 내리려면 밑바닥부터 시작해야 하는 것은 당연한 일이다. 텃세라는 것은 어디에나 있는 법. 납작하게 엎드려 이 시장 바닥에 뿌리를 내려야만 했다.

　나는 뭔가가 높아지고 낮아지는 데 따라 어쩔 수 없이 '흐르고 흘러'왔을 뿐이었다. 발해고지는 내려앉고 백두산이 높게 솟

---

5) 옥수수가루로 만든 쌀

으면서 압록강이 황해로 흘러내리게 되고 자연히 압록강의 민물고기가 대동강, 한강, 금강으로 옮겨온 것처럼. '흐르고 흘러'라는 말에도 이제 더 이상 속이 울렁거리지 않고 담담해질 때가 된 것은 아닐까. 그렇게 해서 강원도까지 내려온 압록강의 연준모치가 새끼들을 이끌고 당당하게 살아가듯이. 또한 K가 데려온 자그사니처럼 수수하게, 하지만 품위는 잃지 말고.

그런데, 지내다 보니 점점 기왕 목숨 걸고 남으로 내려온 바에는 열대어 수족관에 있는 베타나 프레드알비노구피처럼 남의 눈에 띄도록 화려하게 살고 싶었다. 갖고 싶고, 하고 싶은 게 많아 마음속이 늘 부글부글 끓어오른다. 엠피 쓰리인지 아이팟인지 하는 걸 귀에 꽂고, 손에는 휴대폰이나 스마트폰 같은 전자제품을 들고 있는 젊은이들을 보다가 내 꼬락서니를 돌아보면 마치 원시인같이 느껴졌다. 젊은이들은 혈색 좋고 미끈미끈하게 생긴 서양 배우들의 영화 포스터로 뒤덮인 지하철 안에서, 손바닥보다 작은 화면으로 축구 생중계를 보면서 환호하고 드라마를 보고 혼자 히죽거리기도 했다. 숟가락만 한 휴대폰 자판에다 띠리릭 띠리릭 뚝딱 글자를 쳐 넣는 엄지의 놀림은 우주인처럼 얼마나 날렵하던지. 여자들은 다리매[6]도 길쭉길쭉하고 뽀얀 살결에다 모공도 촘촘해 보였다. 화장발일 거야, 하면서도 나는 점점 까칠해져가는 뺨으로 자꾸만 손이 갔다.

---

6) 각선미

"수맥과 전자파도 차단되고요. 어르신 주름살과 성인병까지 싹 없애주는 옥돌 침대임다."

어항을 세팅해놓고 잠시 의자에 앉아 쉬고 있자니 노인정의 할머니를 붙잡고 외쳐대던 때가 생각났다. 수당은커녕 보증금만 날리고 말았지. K의 서랍에서 훔친 돈으로 보증금을 내고 들어간 회사였는데. 두번째로 돈을 훔쳐 나갔을 때는 부천 지하철 역 앞에서 떡볶이 장사로 재미가 쏠쏠했었다. 하지만 지폐가 수북이 쌓인 전대에 손을 찌르고 거스름돈을 꺼내고 있을 때 불쑥 쳐들어와 우악스럽게 내 머리채를 휘어잡던 손.

"어디다 좌판을 깔아? 여기가 너희 집 안마당인줄 알아?"

딩동, 그때서야 머리에 오던 신호. 남쪽에도 물세[7]가 있다고 하는. 이제 K의 수족관을 벗어나서는 아마도 꽃 사시오[8]나 들양[9] 노릇 하는 것밖에는 손쉽게 돈 벌 방법은 없을 성싶었다. 그날 수족관 앞에서 쭈뼛쭈뼛해하는 나를 수의 가게 주인이 삿대질을 하며 쫓아내려고 했을 때 K는 내 손을 잡아끌고 수족관으로 들어가면서 말했다.

"외, 외국에선 사, 산에 사는 지, 짐승들도 부, 불이나 사고가 나면 대, 대피하라고 새, 생태 통로를 마, 만들어준다고요."

자리에서 일어나 최 교수의 휘호 앞으로 가서 섰다. 최 교수

---

7) 장마당에서 장사할 때 건네는 뒷돈
8) 매춘부
9) 돌아다니며 몸 파는 매춘부

가 있었다면 어쩌면 나도 당신의 출석부에 올리고 이름을 불러 줄 것만 같았다. 내가 지오수족관에 몸을 담고 있는 것도 최 교수 덕분인지도 모른다. '사람이 나와 타인을 구별하지 못하고 천진한 상태에 머물러 있다면 아직 유아기'라고 하는 말을 어디선가 읽은 적이 있는데 최 교수도 K도 그 단계에 있는 것일까.

아무튼 내게 복가마[10] 같은 그를 광장시장에서 만난 것은 우연일까 운명일까. 무역상의 도움으로 옌지에서 중국 호구를 갖게 되었다. 이제 중국인이 된 것이었다. 그러자, 브로커가 달려들었다. 나는 브로커가 내미는 한국 남자의 사진과 신상명세서에 솔깃했었다. 깔끔한 외모에 대학 중퇴, 자영업, 생활 정도는 중상. 숨어 사는 생활에 지쳐 그 종잇장에 솔깃해하던 나. 하지만 서울 방학동 산기슭 움막집에서 나를 기다리던 것은 그을린 양은 냄비 두어 개와 이 빠진 밥공기 몇 개뿐이었다. 그리고 몇 달을 개키지 않아 굳게 다져진 때 묻은 이부자리와 그 위에 흩어져 있던 화투와 카드장 들.

자그사니는 내 앞에서 마치 예술헤엄[11]이라도 치듯이 수면 위로 올라와 먹이를 덥석 물고는 다시 꼬리를 살랑이면서 밑으로 내려갔다. 헤엄칠 때마다 동그란 반점들이 물속에다 퐁당 퐁당 소리를 내는 것만 같았다. 한 달 전이었던가, 몸에 흰점이 다닥다닥 생기면서 녀석이 시름시름 앓은 적이 있었다. 바이러스가

---

10) 복에 겨운 행복
11) 수중발레

옳은 것인지, 친구가 죽고 나서 스트레스를 받은 것인지 먹이도 먹지 않고 움직임도 굼떠졌다. 자그사니가 바닥에서 비실대자 나도 기운이 빠지고 몸이 아파왔다. 처음에는 흰점이 머리에만 생기더니 다음 날이 되자 몸 전체에 퍼져 있었다. 와락 겁이 나서 K한테 말하니 '백점병'이라고 했다. 물고기가 수온의 차이 때문에 앓는 일종의 감기라는 것이었다. 전염성이 있다고 해서 빨리 다른 어항으로 격리시키고 약을 넣어주었다. 가끔 왕소금도 넣어주고 산소를 충분히 공급해주었다. 그래도 낫지 않아 얼음을 넣어 수온을 낮춰도 보았다. K는 자그사니 어항을 들여다보면서 말했다.

"민물고기가 웬일이지? 자아식, 제, 제 놈이 과, 관상어가 되, 된 줄 아 아나?"

그러고는 무슨 약인가를 더 넣어주었다. 한 달 만에 몸 색깔이 다시 돌아올 때까지 나는 한 마리뿐인 자그사니가 어떻게 될까봐 잠을 설쳤다.

내가 자그사니를 보고 있는 사이에 어린 아들을 데리고 온 어머니와, 청계천에 산책 나왔다 들른 듯한 초등학생 몇 명이 들어왔다.

"와, 이 집 물고기 값 되게 싸다."

한 아이가 벽에 붙은 시세표를 들여다보며 눈이 휘둥그레진다. 북한 민물고기 값을 비싸게 받지 않겠다는 것이 K의 신조라면 신조였다. 물고기는 무릇 지성으로 돌볼 수 있는 사람이 키워야 한다는 최 교수의 말을 따라서였다. 한 아이가 점박이다, 하고 외치면서 자그사니 어항 쪽으로 가자 친구들도 따라서 쪼르르 달려갔다.

"쉿! 물고기도 시끄러우면 스트레스 받아요."

나는 검지를 입술에 대면서 주의 시킨다.

"이건 두만강 자그사니인데 두만강에서만 살아요."

근데 어떻게 왔어요? 비행기 타고 왔어요? 아이들 질문이 쏟아졌다.

"자동차랑 비행기, 배를 번갈아 갈아타고 중국을 거쳐 인천으로 들어왔어요. 몸 가운데에 점이 나란히 나 있죠? 점이 몇 개죠?"

내 말에 여자 아이가 헤아리기 시작했다. 하나, 둘, 셋, 넷, 다섯, 여섯, 일곱, 여덟, 여덟 개예요. 나는 다 자라면 아홉 개쯤 된다고 일러주었다.

조무래기들이 몰려 나가고 물갈이제를 고르던 청년도 떠나고 나자 어느덧 오후 5시가 넘었다. 나는 자그사니와 버들개를 비닐봉지에 담고 산소를 불어넣었다. 옆 가게 점원에게 가게를 잠시 부탁하고 비닐봉지를 양동이에 담아 청계천으로 나갔다.

해가 어둑해지자 천변에는 사람들의 발길이 뜸해졌다. 마전교 쪽으로 해서 물가로 내려갔다. 이미 몇 번 다녀온 터여서 나는 물가에 돌멩이로 동그랗게 연못처럼 만들어진 곳을 알고 있었다. 한쪽이 트여 있고 자잘한 수초가 심어진 작은 연못은 물의 흐름이 완만해서 처음 들어가는 청계천 식구로서는 적응하기 알맞은 곳이었다. 물속에는 잉어며 붕어, 메기, 버들치 같은 물고기가 헤엄쳐 다니고 백로나 황조롱이 같은 새들이 물가에 서 있는 것도 눈에 띄었다. 자그사니가 금세 큰 물고기나 새들의 먹이가 되고 마는 건 아닐까 더럭 겁이 나기도 했다.

청계 7가 쪽으로 몇 분쯤 걸어 내려가자 그 연못이 나왔다. 나는 청계천 물을 한 바가지 퍼서 비닐봉지 안에 살며시 부어넣었다. 자그사니와 버들개는 아무 문제없다는 듯 활개치며 뛰어놀았다. 서울에 온 지 2년이 넘었어도 나는 아직도 뜰채에 뜨인 물고기 같은 느낌인데…… 30분쯤 지나 다시 청계천 물을 한 바가지 봉지에 부었다. 역시 버들개와 자그사니는 변함없이 잘 놀았다. 하지만 과연 청계천에 풀어줘도 될까. 몸이 떨리기 시작했다. 마치 벼랑에 선 느낌이었다. 한참을 멍하니 앉았다가 해가 저물녘에야 마침내 봉지를 작은 연못에다 조심스레 띄웠다.

다시 가게로 들어갔다가 한 시간 뒤에 돌아와 비닐봉지 한쪽을 가위로 갈라주었다. 조금 있으면 두만강 자그사니는 작은 연못을 벗어나 청계천 자그사니로 살아가겠지. 땅이 솟고 꺼지고 하는 알 수 없는 일로 압록강의 연준모치가 강물 따라 흐르고 흘러 강원도 정선 계곡에 자리를 잡듯이.

천변에 가로등불이 켜지고 카페와 레스토랑, 술집, 카바레의 네온사인이 수면에 비치자 분주했던 낮과는 또 다른 따스하고 고즈넉한 풍경이 펼쳐졌다. 자그사니는 이제 청계천 식구가 되었을까. 자그사니, 자그사니, 자그사니……, 중얼거려본다. 뭔가 되고 싶다는 욕심을 거두고 이 거리의 불빛에 녹아들어 자그사니처럼 자그마하게 사니…… 말더듬이에다 고집이 좀 세긴 해도 순둥이 K와 언젠간…… 하다가 고개를 젓는다. 목숨 걸고 내려온 바에야…… 마음은 시계추처럼 왔다갔다 되풀이했다. 나는 왜 꼭 뭐가 되거나 부유해지거나 해서 남보란 듯이 살아야 한다고 생각하는 걸까.

생각은 갈팡질팡하고 나는 모르는 것이 너무 많았다. 특히 내 자신에 대해서. 먼 길을 돌고 돌아 수많은 사람들과 부대낀 끝에 맞닥뜨리게 되는 것은 결국 내 자신인가. 내가 지독하게 이기적인 걸까? 하지만 우리가 하는 행동은 결국 자신의 이익을 위해서가 아닐까. 뭐가 뭔지 모르겠다.

두만강 자그사니, 아니 청계천 자그사니가 헤엄치고 있는 물은 내 곁에서 네온 불빛을 껴안고 하굣길의 조무래기들처럼 명랑하게 조잘대며 흘러가고 있었다. 여름 저녁의 냇물은 바위틈에 자라는 무성한 풀과 물속을 자유롭게 오가는 물고기들로 넉넉하고 평화로워 보였다.

자그사니를 청계천에 풀어주고 한 자락의 근심과 또 한 자락의 홀가분함을 뒤꿈치에 매달고서 가게에 들어서는데 책상 앞에 카키색 점퍼 차림에 검은색 야구 모자를 쓴 낯선 남자가 앉아 있었다. 가슴이 쿵 내려앉는 소리에 발걸음이 문간에서 얼어붙었다. 목동 출입국사무소에서 나왔을까. 브로커가 잡혔나,

아니면 또 돈을 뜯어내려고 남편이 보낸 사람? 문간에 얼어붙은 내게 남자는 주머니에서 손을 빼고 일어서며 목소리를 깔고 물었다.

"주인 어디 갔어?"

"외국 출장 가셨는데요."

내 말이 끝나기도 전에 남자는 다짜고짜 산소주입기를 들어 어항 하나를 내려쳤다. K가 채집해온 압록강야레가 들어 있는 어항이었다. 땅바닥엔 물이 흥건해지고 흩어진 유리 파편 사이에서 비늘이 얌전하게 촘촘히 나 있는 은빛 야레가 붉은 지느러미를 흔들며 파닥거렸다. 기가 막혀 아무 소리도 못하고 내가 입을 벌린 채 눈길을 바닥으로 내렸다 남자를 노려봤다. 그러자 그는 내게 산소 주입기를 휘두르며 고함쳤다.

"누가 이렇게 싸게 팔래? 모처럼 장사 좀 해보려니까."

이제 알 것 같았다. 어제 K가 전화로 누구와 싸우는 소리를 들었다. 벌써 몇 번째인지 모른다. 북한 물고기는 마리당 적어도 20만 원 이상을 받아야 하는데 왜 헐값에 파느냐고 따지는 전화였다. 내가 가져온 물고기 내가 파는데 왜 간섭이야, 하고 K는 소리쳤지만 상대는 쉽게 물러서지 않았다. 30분이나 시달리다 수화기를 내려놓으면서 K는 말했다. 물고기 갖고 떼돈 벌려고 하나, 우라질 새끼들.

붉은 지느러미 때문에 피 칠갑을 한 것처럼 보이는 야레를 정신없이 양동이에 주워 담고 있을 때 남자가 나가면서 한마디 툭

던졌다.

"오늘은 주인이 없어 이 정도로 손보고 가는 줄 알아!"

지오수족관으로 몰려오는 검은 구름장이 보였다. 내가 아직 시장을 잘 모르듯 혹시 K도 그런 건 아닐까. 마음 한구석에 K에 대한 걱정이 슬며시 자리를 잡지만 꽁꽁 얼었던 내 몸은 어깨가 들먹일 정도로 휴우 큰숨을 내쉬었다. 추방도, 남편의 협박도 아닌 K에게 닥친 일이기 때문일까. 그와 몸을 나눈 사이면서도 내 걱정부터 하는 나 자신을 도무지 알 수가 없었다. 고개를 돌려 금고를 노려보았다. 금고 위로 말더듬이 K의 조금은 미련하고 대책 없이 우직하기만 한 얼굴이 겹쳐졌다.

또다시 마음이 반반으로 나뉘어 싸우는 동안 내 머릿속에는 화룡숲 속의 불빛이 떠올랐다. 강을 건너온 뒤로 마음이 갈리지 않고 오로지 하나로 벅차올랐던 순간은 그때뿐, 언제나 나는 다시 기로에 서 있었다. 이 모든 게 땅속의 어떤 움직임으로 내가 선 자리가 어긋나 생긴 일일까. 보이지 않는 땅속에서 일어나는 어긋남 같은 것은 나로선 도저히 알 수가 없었다. 나의 화석이 어느 산꼭대기에서 발견될지 나는 모른다. 내가 아는 것은 단한 가지, 연한 황갈색의 자그사니가 표범나비 모양의 꼬리지느러미를 흔들며 청계천의 물살을 헤치는 모습이었다. 아홉 개의 동그란 반점으로 물에 퐁퐁퐁 소리를 내면서. 나는 플라스틱 빗자루를 들고 깨진 어항의 유리 조각을 쓰레받기에 쓸어 담았다.

잭나이프 하는 바퀴

비디오 아티스트 K. 드라마 「열애」「동거남녀」외 다수 연출.
선거 홍보용, 웨딩 비디오 제작.

나는 K의 배낭 주머니에서 나온 전단을 다시 한 번 읽는다.

신랑 신부 두 사람만의 드라마를 광고 기법으로 찍어드립니다.

부드럽게 스며들어 강렬하게 뇌리에 새겨지는 선거용 비디오.

3면으로 접힌 전단을 펴자, 왼쪽엔 그의 프로필과 함께 오토바이를 탄 사진이 나와 있다. 가운데에는 그가 선 재산을 털어서 구입한 아리 오렉스 16밀리 카메라와 피디 150밀리 캠코더 사진이, 오른쪽엔 편집용 프로그램인 아비드가 내장된 컴퓨터 사진이 각각 실려 있다. 그러나 막상 K도 그의 오토바이도 눈에 보이지 않는다. K는 그 자신은 물론 나의 바퀴도 갖고 가버린 것 같은 생각이 든다. 새벽 3시가 넘은 시각에 무겁게 가라

앉은 방 안에 혼자 앉아 창틈으로 새어 들어오는 외풍에 떨고 있다. 팔에 오소소 소름이 돋아 손으로 계속 비벼댄다. 며칠 전 그가 사라졌을 때도 흐린 날씨에다 외풍이 심했던 기억이 난다.

구석에는 그가 두고 간 검은색의 작은 배낭과 벗어둔 양말들이 널려 있다. 그의 분신을 만지듯 배낭을 쓰다듬어본다. 주인 없는 배낭은 여관에 들러 짐도 챙길 겨를이 없었던 그 절박한 심정을 증언하고 있다. 그는 분명 서울로 올라가지 않았다. 두렵다. 어떤 위험 속으로 들어가버린 것은 아닐까. 12시에 마지막 상영이 끝나고 오퍼레이터로서 기계를 챙겨 사물함에 넣고 나서 송도의 여관으로 돌아왔을 때는 새벽 1시가 넘어 있었다. 영화제 자막 스텝 숙소인 남포동 부근 모텔로 가려다 혹시나 하고 송도로 돌아왔지만 여관 앞에 그제 아침까지도 세워져 있던 그의 오토바이 CB400 브이텍은 어디론가 가고 없다.

"꿈은 우리 영혼의 욕구죠."

"그건 꼭 표현해야 돼요."

그 말을 할 때 스크린 가득 감독의 얼굴이 클로즈업되면서 오른쪽 끝에 세로로 자막이 떴다. 5초 정도 떠 있었을까. 노트북과 연결된 프로젝터가 USB에 담긴 파일을 타임코드에 맞춰 자동으로 띄웠다. 영화제 상영작들은 빌려오는 영화여서 개봉관에서처럼 화면에 동판을 찍을 수가 없기 때문에 오른쪽 화면 끝에 프로젝터로 대사를 쏘아서 띄운다. 다음 대사가 이어졌다.

216

"그러지 않으면 인간도"

"들판의 소나 다름없어요."

이 자막은 감독이 말을 마치고 입을 다물고 있는데도 한참 동안 떠 있었다. 아마도 10초가량 되었을 것이다. "들판의 소"라는 말이 뇌리에 충분히 각인될 만한 시간이었다.

영화제 번역용 소프트웨어인 큐 타이틀은 한 줄에 열 글자씩 두 줄로 넣게 되어 있다. 1초에 읽을 수 있는 글자 수를 세 글자로 계산해서 두 줄일 경우 떠 있는 시간이 5, 6초 되도록 프로그램되어 있다. 관객이 충분히 읽을 수 있도록 시간을 확보해주기 위해서다. 스포터가 어쩌면 자막이 좀더 오래 떠 있도록 만들었을 수도 있다. 그 뒤에 나오는 별로 중요하지 않은 대사를 아웃시키는 방식이다. 대사를 읽는 사이 생각할 짬을 주는 것도 스포팅의 묘미다. 스포터에게 경의를 표하고 싶은 순간이었다.

그 대사가 떠 있는 동안 극장 안은 숨소리, 기침 소리 하나 들리지 않았다. 모두들 한 방 세게 얻어맞은 듯한 분위기였다. 숨 막힐 듯한 고요를 깨고 내 옆에 앉았던 그가 덜거덕 소리를 내며 벌떡 일어나 걸어나갔다. 부산에 내려온 지 이틀째, 내가 번역한 다큐멘터리가 상영되던 날이었다. 나도 번역하면서 '들판의 소'란 말에 충격을 받았었다. 내가 갑자기 들짐승으로 전락한 느낌이었다. 하지만 그가 그토록 마음을 다치리라고는 생각지 못했다. 어쩌면 선댄스 영화제에 출품한 작품이 심사위원들에게 아무런 주목도 끌지 못하고 탈락한 직후여서 충격이 더 심했을지도 모른다. 그런 마당에 헤어조크 당신까지……, 하는 생각에 견딜 수가 없었을 것이다. 영화가 끝나고 불이 켜지면 사람들은 대개 아무 일 없었다는 듯 다시 일상으로 돌아왔다. 사람에 따라 들판의 소는 아무 욕심 없이 풀을 뜯고 있는 평화 스러운 짐승의 모습으로 보일 수도 있었다. 들판의 소가 어떻다 는 말인가, 하고 그 말에 상처 입는 사람을 도리어 못마땅하게 보는 이도 있으리라. 하지만 그는 아니었다. 그 대사가 하나의 스크린을 잊고 또 다른 스크린에 빠져 있는 그의 마음을 할퀴고 휘저어놓은 것이 분명해 보였다.

엔딩 크레디트가 끝나고 내가 노트북과 프로젝터를 사물함에 넣고 나왔을 때 그는 이미 사라지고 없었다. 언제나 1층 롯데리 아에서 기다려주던 그였는데. 일하는 틈틈이 그를 찾아다닌 지 며칠이 지났다.

'들판의 소'라는 대사가 나온 문제의 다큐멘터리는 베르너 헤 어조크 감독의 영화 「피츠카랄도」의 메이킹 필름인 「버든 오브 드림스」였다. 「피츠카랄도」는 얼마 전 K와 함께 본 영화였다. 아마존 정글에 오페라하우스를 짓기 위해 좌충우돌하는 오페라 광의 꿈을 그리고 있다. 재원을 조달하기 위해 주인공은 고무나 무 농장이 있는 산 위로 배를 끌고 올라가야만 한다. 감독은 주 연 배우와 1,100명의 인부들에게 별다른 장치도 없이 300톤짜리 배를 산으로 끌고 올라가라고 명령한다. 주연을 맡은 배우는 미치광이 같은 감독과 먹살잡이를 할 정도로 싸운다. 감독은 권총을 꺼내 들고 말한다.

"배를 산으로 끌든지, 죽든지 선택해."

그럴듯하게 꾸며서 가짜를 진짜처럼 찍는 것을 가장 싫어하는 감독은 과거에도 그랬지만 미래에도 아무도 해보지 못할 시도를 하고 싶었다고 다큐에서 밝히고 있다. 불가능한 것을 이루고 말겠다는 광기의 주인공은 바로 감독 자신이었다. 나도 '들판의 소'라는 대사를 번역할 때 내 가슴이 우는 소리를 들었다. 그 대사는 누군가를 겨냥한 소리로 들렸다. 굶어 죽을까 걱정돼 시나리오 쓰기를 접었던 사람을, 삶을 결코 위기로 몰아가지 못하는 슬픈 한 마리의 소시민을, 제작자에게 가서 일곱번째 엎어지고 나서 부모의 말대로 '신성한 밥벌이'의 길로 들어섰던 어떤 범생이를.

오늘 오후에 상영할 작품의 대본을 챙겨놓고 나서 점심시간에 그를 찾아 남포동을 헤맬 때만 해도 어디선가 K가 꼭 짠, 하고 나타나줄 것만 같았다. 그와 내가 연거푸 영화를 보다가 배가 고프면 찾아 들어가던 부산국제영화제PIFF 광장 옆 노점 골목에도 갔다. 충무김밥이며 떡볶이와 순대, 비빔밥 등을 싼값에 나지막한 나무 의자에 걸터앉아 먹을 수 있는 곳이었다. 오늘따라 몰려든 인파로 발걸음을 옮기기가 힘들었다. 모두들 자기 의지로 걷지 못하고 그저 사람의 물결에 떠밀려 다녔다. 거기에는 나나 K처럼 꿈에 허기진 사람들, 아니 무엇에 중독된 사람들도 끼어 있을 것이었다. 이때를 위해 일 년치 휴가를 아껴두는 사람들. 몸은 인파에 떠밀리고 온갖 소리의 아우성에 머리가 지끈지끈해오는데도 해마다 시월이면 어김없이 이곳을 찾는 사람들이 있었다. 남포동에 오면 어느 자원봉사자가 만들어냈다는 캐치프레이즈가 실감이 났다. '부산의 사계는 봄, 여름, 피프, 겨울로 이루어져 있다'라는. 몇 년 전부터 해운대와 나눠서 영화제를 열고 있어 남포동이 조금 썰렁해진 느낌을 받았는데 오늘은 예전의 그 활기를 되찾고 있었다. 가르시아 마르케스 원작의 영화 「사랑과 다른 악마들」의 감독과 배우들이 오늘 저녁 남포동에서 관객과의 대화를 갖는다는 소식 때문이었을까.

폐막을 몇 시간 앞두고 피프 광장 가운데 마련된 야외무대에서는 일본 영화 「신부의 수상한 여행가방」 감독과의 대화가 생방송으로 진행되고 있고, 맞은편 대영 시네마 앞에서는 '골목길 상권 짓밟는 괴물 추방'이라는 플래카드 아래 꽹과리까지 동원한 대형마트 반대 집회가 열리고 있었다. 바로 얼마 전에 일어난 어느 여배우의 죽음으로 분위기가 썰렁할까 염려했었는데 관객들의 반응은 여전히 뜨거웠다. 군데군데 삼각형의 청색 영화제 깃발이 펄럭이는 천막에서는 자원봉사자들이 기념품을 팔고 안내를 했다. 노란색 점퍼 차림의 대학생 자원봉사자가 소리쳤다.

"폐막작 표 사실 분, 「바람의 소리」 두 장 있어요."

그가 있다면 반드시 그 표를 샀어야 했다. 나야말로 이번 영화제에서는 좋은 작품들을 줄줄이 번역한 덕분에 '나는 행복합니다.' 하고 목청껏 외치고 싶은 심정이었으니까. 예매 시작 10분 만에 매진되어 예약을 못하고 내려온 것이다. 하지만 그와 함께가 아니라면 전혀 행복할 것 같지 않았다.

발을 밟히고 뒤꿈치를 차이면서도 용케 자갈치 아지매집을 찾아냈다. 유리문에 검은색 페인트로 투박하게 '자갈치 아지매 해물 뚝배기'라고 휘갈겨 써놓은 식당이었다. 식당 앞에도 그 바퀴의 모습은 없었다. 바퀴는 보이지 않아도 내 머릿속에선 그의 16밀리 카메라 필름이 스르륵스르륵 돌아가는 소리가 들려왔다. 필름의 동그란 두 원은 그의 오토바이 바퀴를 닮았다. 몇 걸음 앞에서 갑자기 필름의 두 원과 그의 오토바이 바퀴가 겹쳐지고 그 위에 다시 캡을 쓴 그의 얼굴이 오버랩되었다. 그는 삼각대 뒤에서 카메라 렌즈를 들여다보고 있었다. 반가운 마음에 와락 끌어안고 싶었다. 그러나 가까이 다가가 옆모습을 훔쳐보자 캡을 쓴 남자는 그가 아니었다. 나는 눈을 비비며 돌아섰다.

유리문을 밀치고 뚝배기집 안으로 들어섰다. 테이블마다 영화 얘기로 시끌빅적한 식당에서는 그가 즐기던 미더덕 냄새가 물씬 풍겼다. 어제 저녁만 해도 저렇게 자욱하게 김이 오르는 뚝배기를 사이에 두고 낮에 본 영화 얘기를 함께 나누었는데……쫴 넓은 식당 안을 먼 안쪽 테이블부터 눈으로 찬찬히 훑는 동안 내 가슴은 서늘해져갔다. 바로 눈앞의 자리까지 확인하고 돌아서서 문을 열고 나올 땐 낭패감으로 머리는 멍하고 두 다리는 후들거렸다.

"영화 안 찍어도 돼. 밤마다 내가 끌어안아주면 되잖아."

불을 끄고 침대에 누워도 좀체 잠은 오지 않고 그 말만 목구멍까지 차오른다. 몸을 뒤척일 때마다 그의 동그란 두 바퀴가 내 몸에 와 걸리는 듯하다.

"아무것도 하지 않아도 돼. 망할 자식, 그냥 살아 있기만 하면 돼. 숨 쉬고 있기만 하면 된다고."

나중에 그 말이 거짓말이 될지언정 나는 소리치고 싶다. 물론 그를 만난다면 실제로는 이렇게 내뱉을 게 뻔하다.

"망할 자식, 난 바빠 죽겠는데 부산까지 와서 왜 말썽이야! 사라지든 말든 맘대로 해."

아무리 생각해도 K가 내 사정을 너무나 몰라주는 것 같아 야속하기만 하다. 내가 「버든 오브 드림스」에 바친 수고를 조금이라도 생각한다면 그렇게 말도 없이 사라질 수가 없다. 그 영화는 처음 번역 의뢰를 받을 때부터 최종 편집분이 아니라고 해서 찜찜했었는데, 결국 상영 시간 몇 시간 전까지 다시 번역하고 자막 넣느라 고생깨나 했다. 최종 편집분이 개막 이틀 전에 겨우 도착했고, 급히 부산으로 내려오게 된 것도 그 때문이었다. 자막실에서는 이런 경우 '수술'에 들어간다고 말한다. 교정 스텝이 스포터와 붙어서 그 자리에서 번역을 하고 새로 자막을 만들어 넣는 게 보통이지만 나는 번역자로서 스포팅과 오퍼레이

팅까지 책임지겠다고 제안해둔 터였다. 편집된 부분이 얼마 되지 않으면 가볍게 수정될 수 있지만 이번엔 달랐다. 감독은 마지막 순간까지도 완성도를 높이려 고심한 모양이었다. 대본도 화면도 거의 절반 가까이 달라져 있었다. 이제 죽었구나 싶었다. 스포터와 나는 밤잠도 자지 않고 '수술'을 해야 했다. 이튿날 아침에 상영할 작품을 밤샘 수술할 때의 기분은 외과의의 집도만큼이나 긴장되고 진땀나는 일이었다. 스포팅은 대사 하나하나마다 인 점 아웃 점을 찍어가며 일련번호를 매기는 일인데, 전적으로 스포터의 감각에 따라 자막의 흐름이 좌우된다. 같은 영화의 자막이 스포터에 따라 900개가 되기도 하고 천 개가 넘기도 한다. 대사를 제대로 끊으려면 어느 정도 해당 언어에 대한 감각을 지니고 있어야 한다. 「버든 오브 드림스」에서는 해설은 영어였지만 감독이 독일어로 대사를 하고 있어서 나는 그 어감을 정확하게 느끼려고 거의 모니터 속으로 들어갈 듯이 귀를 기울이고 그의 입을 뚫어지게 쳐다보았다.

말썽은 그것으로 끝나지 않았다. 가까스로 스포팅 리스트와 자막 대본을 만들어놓았는데 상영 당일에도 아침부터 뭔가가 심상치 않았다. 11시 첫 상영에 맞춰 자원봉사자와 함께 노트북과 프로젝터를 설치하려고 아침 일찍 극장에 들어설 때부터 뭔가 이상한 느낌이 들었다. 주머니와 배낭을 아무리 뒤져도 사물함 열쇠가 없었다. 마스터 키를 보관한 극장 직원도 어디론가 나가고 없었다. 곰곰이 생각해보니 열쇠를 영화제 유니폼 주머니에 넣어둔 것이 떠올랐다. 날씨가 따뜻하다고 그만 점퍼를 여관에 두고 나온 거였다. 그의 오토바이로 급히 송도에 가서 열쇠를 가져와 간신히 설치하긴 했지만 시간이 늦을까봐 얼마나 마음을 졸였던지. 한 시간 전에는 노트북 앞에 앉아 조명실에서 해주는 시험 영사에 맞춰 자막을 띄워보고 위치를 잘 맞추어야만 한다.

송도까지 갔다가 오니까 벌써 10시 30분이 지나 있었다. 관객이 읽기 좋게 스크린의 오른쪽 끝에 뜨도록 마우스로 자막의 위치를 조정해둬야 한다. 남포동 부산극장 1관은 2층 오른쪽 출입구 바로 앞 좌석 첫째 줄이 자막팀 전용 자리였다. 늦을세라 프로젝터를 가방에서 꺼내 노트북과 연결하고 USB를 꽂고는 검은색 큐타이틀 아이콘을 열어서 상영할 자막 파일을 불러왔다.

1번 자막은 영화 제목인 「버든 오브 드림스」였다. 창 윗줄 보기에서 세로 자막을 선택하고 첫번째 자막인 영화 제목이 뜨도록 맞춰놓았다. 마우스로 몇 번 자막의 위치를 조정했더니 스크린의 오른쪽 맨 끝의 적당한 높이에 가서 떴다. 10시 40분쯤엔 관객이 들어오니까 그 이전에 미리 화장실을 다녀와야 한다. 그때부터는 물도 마시지 않는다. 상영시간 2분 전에 가까스로 준비가 완료되었다. 숨 돌릴 여유도 없이 불이 꺼지고 영화가 시작되었다. 그런데 아뿔싸, 새벽에 한 번 연습 시사를 했었는데 바뀐 편집분을 번역하고 급히 자막을 넣느라 프레임을 정확하게 맞추지 못한 모양이었다. 자막이 조금씩 늦거나 빨리 뜨는 횟수가 잦아졌다. 그래서 나는 계속 화살표를 오른쪽 왼쪽으로 눌러가며 맞춰야 했다. 자막이 느리게 나올 때는 오른쪽, 빠를 때는 왼쪽 화살표를 피아노 치듯 리듬을 타면서 눌렀다. 이보다 더 스릴 넘치는 연주가 또 있을까. '번역은 무대 없는 연주'라는 말을 나는 실감하고 있었다. 번역자가 오퍼레이터를 겸한 게 다행이었다. 하필이면 그런 날 없어질 게 뭐람!

"관객들이 숨죽여 화면에 빨려들도록 대사를 번역하는 일, 그게 내 꿈이었단 말이야. 그 대사에 그만큼 충격받았다면 내게 머리를 조아려야 하는 거 아냐. 술잔을 바치고 오늘 밤 자기 몸이 부서지도록 내게 봉사해야 하는 거 아니냐고!"

불평은 내가 하는 게 마땅할 터였다. 그런 마당에 나는 왜 그가 사라진 것에 대해 이렇게 안달복달하고 있을까.

"차라리 모기 피를 빨아 먹으쇼!"

케이블 채널에서 주는 제작비가 깎였다며 프로덕션의 실장이 번역료를 내리겠다고 발표했을 때 그는 버럭 소리를 내질렀다. 그가 드라마 제작부에서 외화 팀으로 옮겨온 지 얼마 되지 않아서였다. 그는 드라마 고료에 비하면 번역료는 병아리 눈물이라면서 번역 작가들보다 더 흥분해서 책상을 치곤 했다. 하지만 며칠 뒤 일감을 받으러 갔을 때 그는 책상을 정리하고 있었다. "짖지 않으면 돌아보지도 않는 게 세상이에요."

짐을 꾸려 나가면서 그는 한마디 툭 내뱉었다. 그 말이 내 가슴을 찔렀다. 고료를 마음대로 깎아도 불만을 터뜨리기는커녕 일만 주면 고마워 어쩔 줄 몰라 하며 헤헤거리던 나였다. 그날 나는 드디어 가슴을 울렁이게 하는 사람을 만났다고 생각했지만 그에게 한마디 말도 건넬 수 없었다. 지상파 방송사의 드라마 피디 출신인 그의 곁에는 언제나 미끈한 탤런트들이 따라다녔다. 그런 그가 몇 달 뒤 내 앞에 다시 나타날 줄은 상상도 못했다.

퀵이요, 하는 소리에 문을 열자 헬멧을 쓴 그가 서 있었다. 급히 번역할 영화를 보낸다고 다른 프로덕션에서 전화가 온 지 한 시간쯤 지난 뒤였다. 잠옷 차림에 늘어진 스웨터를 걸친 나는 문에 몸을 숨기고 머리만 밖으로 내밀었다. 그는 한 손으로 봉투를 내밀고 다른 손으로는 점퍼 주머니에서 영수증과 볼펜을 꺼내느라 나를 보지 못했다. 후드를 뒤로 젖히고 그가 영수증을 내밀 때 나는 주춤거리면서 낮은 목소리로 말했다.

"케, 케이!"

그는 영수증을 꺼내다 말고 나를 쳐다보더니 쉿 하고 오른손 검지를 입에다 댔다. 마치 첩보원이라도 된 듯 그는 조심스러워했다.

"그냥 아르바이트 하는 거야. 연수하는 셈 치고."

나는 생전 처음 그의 CB에 올라타고 자유로를 달리며 으악 으악 계속 비명을 질러댔다. 두려움으로 얼굴은 파랗게 질리고 아래윗니가 서로 부딪치며 달그락거렸다.

"살려줘!"

소리쳤지만 한편으로는 말로 표현할 수 없는 상쾌함이, 얼굴을 때리는 바람과 함께 가슴 가득 밀려들어왔다. 그때 나는 확실하게 느꼈다. 내 몸의 세포가 모조리 들고 일어나 꼿꼿하게 서 있음을. 그의 표정을 볼 수는 없었지만 나는 그 역시 바퀴와 한몸이 되어 어떤 정점을 향해 내달리고 있다는 것을 알 수 있었다. 마침 늦은 태풍이 지나간 9월 말이어서 상큼하고 달착지근한 공기가 허파 속으로 폭포수처럼 쏟아져 들어왔다. 컴퓨터 앞에 앉아 비디오를 틀어놓고 번역만 하고 있는 답답한 일상을 단숨에 털어버린 기분이었다.

"내 허리를 꼭 잡아야 돼."

허리를 잡으라는 말에도 나는 아랑곳하지 않고 일부러 손을 펴서 그의 젖가슴에 바짝 붙였다. 얇은 남방셔츠 밑으로 비치는 그의 튼실한 살을 느껴보고 싶었다. 내가 비명을 지르는 이유가 속도가 좋아서인지 무서워서인지 그리워하던 사람을 만나서인지 나 자신도 알 수 없었다. 어릴 때 놀이동산에서 청룡열차를 처음 탔을 때처럼, 오랜만에 나는 오줌을 지릴 만큼 흥분했다.

파주에서 한적한 도로로 접어들자 그는 나를 태운 채 묘기를 부리기 시작했다. 나는 내장이 뒤집히는 듯했지만 메스꺼운 것을 꾹 참고 그의 바퀴에 완전히 몸을 맡겼다. 앞바퀴를 들고 뒷바퀴로만 달리는 윌리, 제자리에서 뱅뱅 도는 엑슬 턴, 뒷바퀴를 쳐들고 앞바퀴로만 달리는 잭나이프. 여러 가지 묘기가 있었지만 나는 잭나이프를 할 때가 가장 스릴 있었다. 위기와 쾌감을 동시에 경험하는 기분이었다. 몸이 앞으로 마구 쏟아질 것 같은데도 그는 넘어지지 않고 용케 균형을 잡고 바퀴를 몰았다.

"무서워 죽겠어, 빨리 내려줘."

나는 소리쳤지만 그가 묘기를 끝내고 바퀴를 세우자마자 헬멧을 벗기고 그의 입술에 입술을 포갰다. 그러니까 나는 그와 한꺼번에 몇 차례씩이나 거푸 섹스 없는 오르가즘을 겪은 셈이었다.

지금처럼 어둠침침한 여관방에서 한기를 느낄 때는 그 모든 것이 그립기만 하다. 그의 등에서 내 가슴으로 전해오던 따스한 체온도, 비스듬하게 거의 누운 자세로 커브를 돌면서 그의 광폭 바퀴가 그려내던 크고 우아한 곡선도. 무엇보다도 뒷바퀴를 들고 앞바퀴로만 곤두박질치듯 달려나가며 잭나이프를 하던 모습이. 나는 눈앞에 떠오르는 그의 바퀴를 무시하려고 애를 써보지만 점점 더 동그라미는 확대되면서 내 머릿속을, 아니 내 온몸을 감아 팽그르르 돌릴 듯한 태세로 달려든다. 애당초 그의 바퀴에 걸려든 내가 잘못이었다. 내가 그의 바퀴에 빠져들게 된 것이 언제부터였을까.

드라이브를 즐기던 중에 좀체 고장이 나지 않던 그의 오토바이가 삐걱거린 적이 있었다.

"중고라서 그런가. 요즘 조금만 밟았다 하면 바퀴가 울컥거
리네."

그러면서 그는 수리점으로 향했다. 웬만한 고장은 자신이 수
리하지만 아무래도 바퀴에 문제가 있는 것 같다면서 오토바이
전문점을 찾은 것이다.

"바퀴 홈이 영 언밸런스하게 닳았는데요."

수리점 주인의 말에 자세히 살펴보자 앞바퀴의 홈이 훨씬 더
많이 닳아 있었다. 바퀴의 살이라고 할 스포크도 없고 표면에
울퉁불퉁한 스크럼도 거의 없었다. 잘은 모르지만 그의 타이어
는 그런 게 없어도 안전한 것으로 정평이 나 있는 바퀴인 듯했
다. 타이어를 갈고 카뷰레터를 청소하는 데 두어 시간은 걸린다
고 했다.

"혹시 스턴트맨이세요?"

주인은 앞뒤 타이어가 균형이 맞지 않게 닳은 모양을 보며 그
에게 물었다.

"앞바퀴 닳은 걸 보니까 잭나이프를 자주 하시는군. 그거 목
숨 걸고 하는 건데……"

그는 아무 대답 없이 씩 웃기만 했다. 그때 잠시 그가 왜 잭
나이프를 즐겨 할까 하는 의문이 들긴 했었다. 애당초 시간 절
약을 위해 오토바이를 타기 시작했다는 말은 사실이 아닌 것 같
았다. 속도에서 오는 쾌감을 즐기기 위한 것만도 아닌 듯했다.
언뜻 자신을 위기로 몰지 않고선 못 견디는 사람이 아닐까, 하

는 생각이 머리를 스쳤지만 나는 캐묻지 않았다. 그런 K에게 나는 점점 더 끌려들었다. 아무튼 타이어를 바꿔 끼우고 카뷰레터를 청소하는 사이에 밥을 먹을까 공원에 갈까 하다가 우리는 여관에 들어가기로 했다. 배도 고팠지만 더 급한 게 뭘까 하다가 선택한 것이 여관이었다. 사실 그때까지만 해도 나는 그와 같이 잘 생각이 없었지만, 놀랍게도 잭나이프를 하도 자주 해서 고장 났다는 바퀴를 보는 순간 여관 생각이 났다.

부산에 내려와서는 그와 같은 방에 들게 되어 바퀴가 고장 나기를 기다릴 필요가 없었는데 이제 그 바퀴와 함께 그가 사라지고 만 것이다. 천장을 바라보고 누워 있어도 벽지 위에는 웨딩 비디오와 선거용 홍보물을 찍으러 바쁘게 달려가던 그의 CB 바퀴가 떠 있다. 꿈을 꾸지 못하는, 꿈꿀 시간조차 없는 그는, 꿈을 포기한 자는 들판의 소와 다를 바 없다던 감독의 비수에 목을 들이댄 후 마지막 숨을 헐떡이고 있는지도 모른다.

그가 없어진 뒤부터는 불을 켜두어도 여관방이 캄캄하게 느껴진다. 며칠 전만 해도 어둠 속에서 그 입술의 촉감을 안고서 달콤한 잠에 빠져들었었다. 방 안에 가득하던 그와 나의 행복한 웃음과 더운 호흡소리가 아직도 생생하다. 그 시간들이 마치 아득한 꿈속처럼 느껴진다. 그와 함께하기 위해 나는 언제나 자막팀 숙소로 가지 않고 새벽 3, 4시에도 송도의 여관으로 돌아왔다. 바다가 보이는 여관에 묵으면서 매일 그와 같이 영화를 보고 배고프면 마음껏 골라가며 밥을 사먹고…… 서울에서 끼니

도 제때 못 찾아먹고 잠이 모자라 늘 누렇게 떴던 내 모습과는
천지 차이였는데.

잠을 청하려고 엎치락뒤치락 하다가 수건으로 눈을 가려본
다. 눈을 가려도 더욱 더 또렷하게 붉은색과 흰색의 콤비로 된
그의 오토바이가 나타난다. 아침이 되면 오퍼레이터 일이고 뭐
고 팽개치고 그를 찾아나서야 할까보다.

그를 찾고 싶은 간절한 생각에 나는 티베트의 마니 바퀴라도
돌리고 싶은 심정이다. 며칠 전 뉴스에서 티베트인들이 동료가
총에 맞아 쓰러지는 것을 보면서도 독립을 기원하며 오체투지
를 하고 라싸의 사원에서 마니 바퀴를 돌리는 것을 보았다. 글
을 모르는 이들이지만 경전이 새겨진 마니 바퀴를 돌리면 실제
로 읽은 것과 똑같은 효과가 나는 것으로 믿는다고 했다. 아마
존 정글 속에 오페라 하우스를 짓겠다는 어느 오페라광의 꿈도,
티베트인들이 소원하는 독립의 꿈도 거의 불가능해 보인다. 우
리 역시 티베트인들이 마니 바퀴를 돌리는 것과 같은 심정으로
각자의 바퀴를 돌리고 있다. 아버지가 쌀 배달을 가려고 자전거
바퀴를 돌리듯 나는 번역을 위해 비디오테이프 바퀴를, 그는 웨
딩 촬영을 위해 카메라의 필름 바퀴를 돌린다.

무엇보다도 나는 그의 바퀴로 하는 잭나이프를 마약처럼 즐
긴다. 무섭다고 비명을 지르면서도 나는 은근히 그가 뒷바퀴를
드는 포즈를 취하기를 기다린다. 머리카락이 곤두설 만큼 두려
우면서도 아찔한 그 순간을 다시 맛보고 싶다. 잭나이프를 즐기

고 난 뒤 바퀴가 한적한 곳에 멈춰 서면 우리는 오토바이에 탄채 찬바람에 얼얼해진 입술이 뜨거워질 때까지 서로 키스를 했다. 우리는 그것을 샤벳 키스라고 부른다. 샤벳처럼 차갑고 딱딱한 입술이 혀로 녹아들면서 뿌리칠 수 없을 만큼 달콤한 맛을 내기 때문이다. 잭나이프의 묘미는 어쩌면 그 키스에 있는지도 모른다. 그런데 오토바이와 영화와 차가운 키스를 즐기던 그가 부산에 온 지 이틀 만에 사라진 것이다. 무슨 이유에서인지 문득 탄창의 바퀴를 돌리는 러시안 룰렛 게임이 떠오른다. 성스럽기도 하고 달콤하기도 하지만 때로는 죽음까지 안겨주는 바퀴……

"영화제는 무슨, 요즘은 오토바이 스크린이나 쳐다보며 사는데."

열흘 전 내가 집으로 찾아갔을 때 그는 왼손에 카드 다섯 장을 들고 헐렁한 회색 트레이닝 차림으로 문을 열고는 시큰둥하게 대답했다. 작은방은 담배 연기로 자욱했고, 현관엔 뒤축이 꺾인 남녀의 신발들이 뒤엉켜 있었다. 중국 음식을 시켜 먹었는지 자장 냄새가 진동했고 그의 입에서는 독한 고량주 냄새가 풍겼다. 반쯤 열린 방문 사이로 입술 한쪽 끝에 담배를 꼬나문 듯한 남자의 목소리가 들려왔다.

"인마, 빨리 와서 까봐. 뭐 갖고서 여태껏 버틴 거야. 염병."

그 뒤로 바로 들리는 낯선 여자의 목소리.

"K, 자기만 믿어. 확실한 거 쥐고 있는 거지?"

무얼 그리 진하게 발랐는지 희뿌연 얼굴에 파마 머리를 어지럽게 늘어뜨리고 입술을 검은 보라색으로 칠한 여자가 문틈으로 얼굴만 빼쭉 내밀고 나를 쳐다보았다. 그러자 K는 왼손에 든 패를 힐끗 내려다보고 다시 내 얼굴을 보면서 어떻게 해야 될지 몰라 쩔쩔 매는 표정이었다. 지난달 선댄스 영화제에서 세 번째 떨어진 뒤로 얼굴은 더욱 시커멓게 타들어가고 있었다. 전세 아파트와 아들의 양육권마저 아내에게 내주고 카메라 한 대만 달랑 들고 내 앞에 나타났던 남자. 그때는 그래도 영화에 대한 꿈으로 그의 가슴은 팽팽해 보였다. 이 사람이 내가 언제나 그리워하던 그였나, 믿어지지 않았다. 나는 단호한 목소리로 말했다.

"목요일 밤 열한 시 사십 분 무궁화호야. 서울역 이 층 롯데리아에서 기다릴게."

그 말만 내뱉고는 뒤돌아서서 다가구 주택 4층 계단을 뛰어 내려왔다.

"어이 잠깐만⋯⋯"

그가 다급하게 부르는 소리를 뒤로하고 나는 온힘을 다해 달렸다. 동네 모퉁이를 돌아설 때까지 뒤돌아보지 않았다. 젠장, 너만은 그렇게 굴러 떨어지지 않을 거라 믿었는데. 한바탕 욕지거리가 나오는 것을 억지로 참고 나왔다.

"자아식, 이번엔 정말이지, 내가 혼을 다 바쳐 번역한 영화가 있는데."

이제 영화라는 미끼로도 그를 불러낼 재간이 없을 것이라는 생각이 들었다. 그가 정말 서울역으로 나올지, 조바심이 나서 일도 손에 잡히지 않았다.

부산으로 떠나는 날 아침 그날 넘길 대본을 손보고 있을 때였다. 골목에서 내 이름을 부르는 K의 음성이 들렸다. 밤 기차라고 했는데 웬일일까 하고 창문을 열었다. 검은색 가죽점퍼에다 풀 페이스 헬멧을 쓰고 핸들엔 토시를 달고 무릎과 팔꿈치에는 패드를 대고 부츠를 신은 그가 흰색과 붉은색의 콤비로 된 자신의 CB에 올라타 있었다. 헬멧의 후드를 올리면서 그가 말했다.

"빨리 타, 오랜만에 국도 한 번 달려보자."

그와 함께 머물렀던 여관은 산 쪽에 세워진 아파트 단지에서 왕복 2차선 길을 건너 바닷가 언덕에 자리 잡고 있다. 허름한 여관 앞에 세워두곤 했던 400시시짜리 그의 튼실한 CB가 다시 눈에 어른거린다.

"호텔이 아니면 어때. 바다가 호수처럼 들어와 있대."

시멘트 벽면 여기저기에 금이 간 여관을 보고 그가 바퀴를 시내로 돌리려 했을 때 나는 송도에 사는 친구의 말을 빌려 그의 입을 막았다. 영화제가 열리는 남포동에서 20분 거리도 되지 않는데다 방 값은 시내의 절반이었다. 열흘 남짓 열리는 영화제 기간에 이 항구도시에서 그와 함께 지내는 시간이 내게는 최고의 휴가이자 사치였다. 아마도 영화가 아니었다면 우리 사이는 계속 이어지지 않았으리라. 영화는 K와 만날 수 있는 단 하나의 끈이었다.

우리가 든 방은 나무 계단을 내려가 복도를 한참 걸어가야 나오는 지하층 맨 끝 방이다. 지하여서 방값도 싼데다 창이 바다 쪽을 향해 나 있어 전망이 좋았다. 창밖에는 해변의 횟집들에서 나오는 불빛이 물결에 흔들리며 우리 방 가까이까지 밀려오고 있다. 창밖은 휘황한 불빛으로 명랑해 보이는데 오늘은 방 안에 무거운 침묵만이 흐른다. 그와 함께 있을 때에는 화사해 보이던 벽지가 오늘따라 누렇게 찌들어 구석엔 군데군데 시퍼렇게 곰팡이가 피어 있는 게 눈에 띄고, 퀴퀴한 냄새까지 난다. 둘이 같이 있을 땐 전혀 알지 못했던 것들이다. 그래도 방 안 어딘가에 담배 냄새와 뒤섞인 그의 체취가 남아 있으리라 생각하면서 코를 킁킁거려본다. 이 방에서 우리는 서로의 몸속으로 더 깊이 들어가려고 버둥거렸다.

침대에서 벌떡 일어나 다시 그의 배낭으로 손길을 뻗는다. 그의 손이 닿은 소지품에서 어떤 단서라도 찾을 수 있을까. 똘똘 뭉쳐둔 팬티와 티셔츠 두어 장이 보인다. 안주머니에서 뭉쳐진 종이 뭉치를 꺼내 펴본다. 어떤 회사와의 계약서다. 서명까지 해놓고는 구겨서 팽개친 것이다. 요즘은 취미로 무비캠을 만지던 사람들이 너도 나도 비디오 아티스트로 행세하는 바람에 일감의 단가가 점점 떨어지고 있었다. 그가 또 어떤 수모를 당했는지 짐작이 가고도 남는다. 구겨진 계약서를 보자 그가 사라지던 날 아침 남포동 완탕집에서 했던 말이 생각난다.

"내 바퀴가 딴 데로 가고 있어. 딴 데로."

그러고는 완탕 국물을 들이켜더니 전혀 딴소리를 했다.

"이 집 언제부터 생겼을까."

그와 함께 남포동에 오면 늘 찾던 오래된 완탕집이었다. 아침에 그 부드러운 완탕과 시원한 국물로 속을 적시면 저절로 속이 따뜻하고 편안해졌다. 나는 그가 완탕 얘기를 하고 있었지만 실은 바퀴 얘기를 하고 있는 것으로 받아들였다. 우리의 바퀴, 세상 모든 바퀴가 언제부터 생긴 거냐고 묻는 듯했다. 그때 문득 머리를 스치는 생각. 눈에 보이는 바퀴만이 바퀴라고 할 수 있을까. 때로는 어떤 생각이나 신념이 바퀴처럼 세상을 굴러가게도 하겠지. 한참 뭔가를 골똘히 생각하던 그가 완탕 그릇을 내려놓고 말했다.

"젠장, 면사포 시다바리 노릇 언제까지 해야 되지? 신랑 신부를 모조리 왕자나 공주처럼 찍고 있다니, 사기 치는 거야."

그는 얼굴을 찡그리며 오른손을 왼쪽 어깨 속으로 집어넣고 벅벅 긁어댔다. 배가 산으로 가는 장면을 찍기 위해 CG나 다른 특수효과를 쓰지 않고 생으로 정말 배를 끌고 올라갔던 감독처럼 그도 가짜 이미지라면 저절로 두드러기가 나는 모양이었다.

"가짜 이미지, 빌어먹을, 그런 게 더 무서운 폭력이라구. 소리 없이 번지는 바이러스야."

그는 자신이 선거용 비디오를 찍어주었던 국회의원이 부정선거로 수사를 받게 되자 비디오테이프를 바닥에 내동댕이치며 소리쳤다. 포장마차에서 환경미화원과 라면을 먹고, 좌판에서 전대가 달린 앞치마를 두르고 생선을 토막 낸 뒤 내장을 꺼내는 서민풍의 후보 이미지는 그가 연출한 거였다. 정치란 쇼 비즈니스야, 라고 말할 때 그의 몸은 분노로 떨고 있었다. 그의 말을 듣자 '아, 이 맛!' 하며 윙크하는 축구 스타의 CF가 떠올랐다. 그 한마디에 하굣길의 10대 아이들은 모두들 그 음료수 캔을 들고 있었다. 이미지가 바이러스처럼 전염된다는 말이 실감 났다. 그날 나는 분을 삭이지 못하는 그를 진정시키느라 등을 쓰다듬으면서 달랬다.

"맘에 안 들어도 그냥 밥이라고 생각하면 되잖아."

그러자 그는 더욱 발끈해서 되받아쳤다.

"먹고살겠다고 매일 삐딱한 자세로 걷는 사람이 발레리나가 될 수 있겠어?"

그가 내 앞에 있다면 나도 한마디 던지고 싶다.

"먹고사는 건 거룩한 일 아냐? 삐딱한 자세로 걷다가 어느 날 백조의 호수를 추는 거, 그게 인생 드라마라구!"

나는 펼쳤던 계약서 종이를 다시 꽁꽁 뭉쳐서 맞은편 벽에다 딱, 소리가 나도록 힘껏 던져버리고는 침대에 벌렁 눕는다. 잊어버리려고 기를 써도 자꾸만 그의 바퀴가 잭나이프를 하던 광경이 떠오른다. 뒷바퀴를 한껏 치켜들고 땅에 구멍이라도 낼 듯 앞바퀴를 전속력으로 몰아가던 위기의 그 바퀴. 도저히 뿌리칠 수 없는 매혹의 바퀴이면서 동시에 내게 너무나 아득하기만 한 바퀴. 혼자 시근거리며 창밖의 불빛을 응시하던 나는 어느새 몰려드는 피로에 저절로 눈이 감긴다. 그러다 당장이라도 그의 오토바이 바퀴 소리가 들리는 것 같아 불현듯 창문을 몇 번이나 열어보곤 했지만, 그때마다 아무것도 없다.

몽롱한 의식 속에서 나는 내가 정말 있는지조차 의심스럽다. 꿈결인지 생시인지도 모를 아련한 순간 새벽 바다의 싸늘한 바람을 가르고 들려오는 비명 소리. 예리한 그 비명 소리는 나의 뇌수를 쩍 갈라버릴 듯하다. 나는 발로 이불을 걷어차고 일어나 창가로 간다. 창에서 스며드는 외풍에도 불구하고 얼굴은 달아오르고 심장은 가쁘게 박동 친다. 나는 재킷도 걸치지 않고 부리나케 복도를 달려 나무 계단을 올라간다. 쿵쿵거리는 내 발소리에 놀란 여주인이 현관 접수실에서 꾸벅꾸벅 졸던 눈을 동그랗게 뜨고 쳐다본다. 나는 현관문을 홱 밀치면서 바람을 일으킨다. 그 바람을 몰고 절벽 아래 산책길을 내달린다. 꽤 가파르게 난 길이지만 땅딸한 몸은 공처럼 굴러 단숨에 바닷가에 닿는다. 하늘엔 짙은 구름장 밑으로 푸르스름한 새벽빛이 번져오고 있다. 물결이 조금씩 이는 바다엔 작은 배가 서너 척 떠 있고 멀리 왼쪽으로 반쯤 언덕에 가려진 영도 시가지의 불빛이 점차 흐릿해져간다. 고개를 돌려 절벽 위쪽을 바라본다. 오토바이로 잭나이프 다이빙을 하기엔 아득히 먼 거리다. 다시 바다 쪽으로 시선을 돌린다.

어슴푸레한 새벽 바다 위로 떠가는 둥근 바퀴가 보인다. 바퀴는 까딱까딱 물에 잠겼다 떠오르기를 되풀이한다. 어찌 보면 그의 16밀리 필름 같기도 하고 그의 CB의 광폭 바퀴 같기도 하다. 아니면 그가 살아 있게 해달라고 비는 나의 마니 바퀴일까. 그것도 아니면 매일같이 대사를 쥐어짜내면서 돌리는 내 가난한 비디오 바퀴일까. 그렇다면 그 비명 소리는 꿈일까, 환청일까. 희미하게 멀어져가는 둥근 물체를 바라보면서 나는 발을 굴렀다.

지하 삼림을 가다

여기가 지상일까, 지하일까? 의아해서 나는 자꾸만 주위를 둘러본다. 빽빽한 숲 사이 오솔길에 깔린 나무판 산책로는 계속 아래쪽을 향해 나 있어 어디까지 뻗어갈지 도무지 알 수가 없다. 여름인데도 장백폭포에 얼음덩이가 아직 붙어 있었듯이 이곳은 숲 속에서도 한기가 느껴진다. 이따금씩 사람의 형상을 한 검은 괴석들이 앞을 턱 가로막고 있어 분위기를 더욱 으스스하게 만든다. 내가 혹시 어쩌다 명부(冥府)로 들어선 것은 아닐까 하는 생각에 가슴이 떨려온다. 언젠가 가게 될 저승길에서 우리는 저렇게 그림자의 형상으로만 남은 수많은 인간 군상들을 스쳐가게 될지도 모른다. 그중에는 내가 끝내 직면하고 싶지 않은 어떤 얼굴이 끼어 있을지도 알 수 없다. 모진 시간의 칼날에 풍화되고 다듬어져 화석처럼 굳어진 그림자들. 정신을 차리고 돌아보자 화산 폭발이 만들어낸 현무암 조각품이다. 수아가 이제 그만 내려갈 때가 되었다고 말하는데도 나는 그 현무암 괴석을 보고 차마 돌아서지 못하겠다고 마음속으로 완강하게 버티고 있다. 그런 나의 저항은 수아와 나를 자꾸만 일행에게서 뒤처지게 해서 번번이 중요한 장소를 가이드의 설명도 듣지 못하고 지나치게 만들었다.

오전에 정상에 올라 딱히 무슨 색이라고 표현할 길이 없는 천지의 물빛을 볼 때도 사정은 똑같았다. 나는 그 물빛을 보고 차마 돌아설 수가 없다고 생각했다. 물빛은 짙은 청색에서부터 붉은 자주색의 스펙트럼 그 사이 어디쯤일지 가늠이 잘 되지 않았다. 가까운 곳과 먼 곳의 수면 색깔도 시시각각 달라지고 있었고, 해를 가리고 있는 구름이 엷어졌다 짙어졌다를 반복하면서 물빛은 짙은 자줏빛에서 밝은 청색으로, 다시 적포도주색으로 바뀌었다. 화산벽을 애무하는 듯한 요염한 안개 자락에도, 태고에서부터 불어와 수면을 스치는 바람에도 그 색깔을 달리하는 천지의 물빛을 따라 내 마음도 흔들리고 있었다.

심하게 흔들리기는 했지만 안으로 안으로만 내닫던 마음이 툭 트인 호수를 바라보며 모처럼 조금이나마 열리는 느낌을 받았었는데 오후 들어 오로지 어두운 골짜기 밑으로만 내려가자 다시 가슴이 닫히면서 움츠러들게 된다. 이러다가는 지하삼림(地下森林)이라는 그 이름처럼 정말 숲이 송두리째 땅속으로 꺼져버리는 것은 아닌가 하는 불안감마저 든다. 어두침침한 숲 속

길 양옆으로 튼실하고 키 큰 나무들이 빼곡히 서 있고 나무 밑
에는 시간의 더께인 양 시퍼런 이끼류가 두둑이 쌓여 있다. 나
무판 길을 벗어나 이끼를 밟아본다. 두터운 양탄자를 밟는 듯한
푸른 이끼의 푹신함이 홀연 머릿속 겹겹이 쌓인 기억의 퇴적층
을 건드린다. 누군가의 발길로 촉발되기를 기다리고 있는 기억,
기억들. 쓰러져 썩어가는 나무에도 나는 긴장한다. 저 많은 나
무들 중에 어떤 것이 죽어야 하는 것인가. 전체 숲을 살리기 위
해 자연은 늙고 병든 것을 정리하고 있는 것인가. 4년 동안의
간병 끝에 남자를 떠나보낸 내 눈에는 오래되어 저절로 쓰러진
나무조차 예사롭게 보이지 않는다.

“무조건 떠나는 거야. 누가 알아? 세상이 달리 보일지.”

기분 전환도 할 겸 옌지 세미나에 가보라고 간곡히 권한 사람
은 컴퓨터 공학자인 대학 선배 J였다. 그에게 떠밀려 여기까지
오긴 했지만 실은 바늘 끝이 심장에 와 닿는 듯한 병실에서의
기억을 지우기 위해 탈출한 거였다. 지금까지 안간힘을 쓰며 발
버둥쳐왔던 일들이 모두 헛된 일인 것 같았다. 이젠 벗어나는
일만 남았다고 생각했다. 더 이상 끌어안고 끙끙댈 이유가 없었
다. J는 서울에서 내가 백두산에서 돌아오기만을 기다리고 있을
것이다. 세미나에 가서 할 일은 한자를 영어 알파벳 대신 한글
로 입력하는 방법을 중국인과 조선족에게 가르쳐주는 일이었
다. 영어 좀 하고 교직 경험만 있으면 누구나 신청할 수 있는데
다 한 달 번역해서 버는 돈보다 보수도 훨씬 많을 거라고, 잘 되

면 앞으로 중국에 상주하는 한글 교육자가 될 수도 있다고 했다.

"중국 사람들이 보면 얼마나 신기하겠어. '베이징'이라고 한글로 치면 컴퓨터 화면에 '北京'이 뜨니까 말이야. '마오쩌둥'을 치면 '毛澤東,' '덩샤오핑'을 치면 '鄧小平'이 뜨거든. 영어로 입력하려면 Mao Tse-tung, Deng Xiaoping의 복잡한 알파벳을 일일이 다 외워야 하잖아."

안마태 신부가 개발했다는 중국어-한글 입력 프로그램을 시연해보이는 '다종언어정보처리 국제학술대회'였다. 세종의 르네상스가 곧 온다고 J는 목청을 높였다. 방 안에 틀어박혀 혼자 일하는 생활에는 때로 일탈이 필요하다. 사람도 사귀고 돈도 벌고 내게는 일석이조의 기회였다. 세미나에서 나는 인간의 삶을 편리하게 해주기 위해 몸을 사리지 않는 사람들이 의외로 많다는 사실을 알게 되었다. 백발의 노신부가 자신이 개발한 마법의 자판을 시연하는 것을 보며 누구 말대로 세상은 넓고 정말 할 일은 많다고 생각했다. 그에 비하면 나는 세상에 별 도움이 못 되는 인간이었다. 쉰이 넘은 나이에도 자신의 정서적인 문제 하나 제대로 다스리지 못해 흔들리고 있었으니까.

신부의 입력 프로그램은 세벌식이어서 자판에서 글자를 한꺼번에 쳐 넣을 수 있었다. 피아노의 화음처럼 ㅂ, ㅏ, ㄱ을 거의 동시에 누르면 화면에 '박' 자가 떴다. 속도가 현재보다도 배 이상 빨라진다는 얘기였다. J는 자신이 그 신부라도 되는 듯이 '속도'라는 말을 강조했다. 그토록 빠르고 또 정확한 음가를 지

246

닌 덕분에 전 세계의 휴대폰과 컴퓨터 자판에 한글이 깔릴 날이
곧 올 것이라고 J는 내다보았다.

아닌 게 아니라 세미나에서는 국어와 컴퓨터 전공 학자들이
디지털시대에 세상 어느 나라 말이든지 정확한 음가로 표기할
수 있는 한글을 이용해 해외에서 할 일을 찾았다. 이를테면 문
자가 없는 소수민족의 말을 컴퓨터에 입력해 문자를 만들어주
는 일이었다. 운남성 시쌍반나 따이족 자치주에 사는 지노족은
수천 년의 역사를 지닌 민족이지만 문자가 없어 나무에 표식을
새기거나 끈으로 매듭을 묶어두는 식으로 기록한다고 했다. 하
지만 나는 그런 거창한 것에는 관심도 없었고 그저 어떻게 하면
내 마음속에 새롭고 산뜻한 것을 들여놓을 수 있나 하는 지극히
이기적인 생각만을 했다. 내가 보기에 평생 나를 못살게 굴었다
고 생각되는 어떤 사람을 마음속에서 내보내고 백두산 등산길
에서 짝이 된 수아처럼 풋풋하고 순진한 소년을 맞이할 수 있다
면 더 이상 바랄 것이 없을 터였다.

"샤오신[小心], 비 케어풀."

수아가 손을 내민다. 나는 그의 손을 잡는다. 계단 폭이 들쭉
날쭉해서 발을 헛디디는 바람에 넘어질 뻔하다 수아의 몸에 기
대 간신히 균형을 잡는다. 수아의 몸 쪽으로 끌어당겨질 때 훅
풍겨오는 입김. 아까 버스에서 호박 빵을 먹더니 입 냄새가 달
큰하다. 호박 냄새만이 아니다. 술 담배를 하기 이전 소년의 냄
새가 더해져 입김은 묘한 잔향을 뿜는다. 일행은 벌써 어디까지

내려갔는지 눈에 띄지 않는다. 천지를 보기 위해 백두산 정상에 오르려면 옌지에서 산허리까지 버스를 타고 와서 매표소를 지나 한참을 걸어 올라간 뒤 다시 지프를 타야 한다.

처음 버스를 탈 때부터 어쩌다 10대 중국 소년과 짝이 되었을 때 나는 속으로 이번 여행은 운이 따라 주는구나, 하고 생각했다. 이런 운이 계속된다면 좀체 그 모습을 드러내지 않는다는 천지도 볼 수 있겠다 싶었다. 내색은 하지 않았지만 저절로 입꼬리가 올라가는 건 사실이었다. 다 늙은 나이에 어린 소년과 짝이 되다니. 교사인 부모와 함께 세미나에 참석한 수아는 다른 사람들보다 머리통 하나만큼은 더 커서 어디서나 우뚝 솟아보이는 중국 소년이었다. 베이징 북쪽 허베이성 출신의 고교 1년생 유안 수아〔哀率〕. 유안〔哀〕은 성이고 이름은 수아〔率〕. 그는 영어를 제법 할 줄 알아 버스 안에서부터 내 친구가 되었다. 외국엔 나간 적이 없다는데도 수아는 웬만한 우리나라 대학생, 아니 어학 연수를 1, 2년 다녀온 우리나라 대학생 수준의 영어를 구사했다. 아이의 아버지가 아들에게 중국어로 뭐라고 말하자 수아는 그때부터 깍듯이 예의를 갖춰 내 가이드 역할을 하기 시작했다.

나무판 산책로를 따라 계속 들어가자 좌우로 잎이 무성한 나무들이 나타난다.

그때였다. 내 눈에 낯익은 뭔가가 눈에 들어온 것은. 어떤 나무 밑뿌리 부근에 어른 손으로 두어 뼘 길이 정도로 불쑥 솟아

난 그것은 얼핏 보기에 하체를 땅속에 숨기고 상체만 꼿꼿이 쳐
든 독사처럼 보이지만 자세히 살펴보자 우리 집에 걸린 액자 속
의 야생화 사진과 똑같다. 어떤 것은 곧게 직선으로 나 있고,
어떤 것은 한 번 꼬부라진 뒤에 숫구쳐 있다. 자신의 잡지 표지
에 쓸 야생화 사진을 찍으러 다니기 좋아하던 그가 몇 년 전 백
두산에서 찍어온 거였다. 이름도 가물가물하다. 불로초야, 하
면서 무슨 나무 더부살이라고 했는데 내가 흘려들었나 보다. 힘
겨운 살림살이로 이미 사사건건 그와 부딪치던 나는 그의 말이
라면 뭐든 시큰둥하게 듣던 때였다.

일직선으로 돋아난 길고 통통한 둥치에 술잔 모양의 작은 갈
색 꽃이 사방에서 다닥다닥 붙어 올라가며 핀 모양이 영락없는
파충류의 비늘처럼 보인다. 솔직히 만져보기도 징그럽다. 뭐 많
이 닮았지, 그래서 옛날에 전쟁 떠난 지아비가 그리우면 지어미
가 이 약초를 움켜쥐고…… 하면서 농담을 하던 기억만 어렴풋
이 난다. 아무튼 그 사진은 액자 속에 넣어져 거실 벽에 걸려
있다. 아무리 생각해도 이름이 생각나지 않아 나는 수아에게 어
떻게 설명해줄까 고민한다. 수아에게 혹시 아느냐고 물어본다.
하지만 수아는 처음 본다는 듯 고개를 흔들며 씩 웃고 만다.

"전에 본 적이 있어. 약초의 일종인데 불로초라고도 해. 누가
사진을 찍어 왔었거든. 이름도 들었는데 깜빡했어. 이게 그러니
까 그……"

내가 알 듯 모를 듯 말을 꺼내고는 마치지 못하자 수아가 나

선다.

"이거 혹시 뭐의 심볼⋯⋯"

수아는 말을 하다말고 입을 다물어버린다. 마치 자기 바지 속에 숨어 있는 것을 들키기라도 한 듯한 계면쩍은 웃음. 웃을 때 눈이 다 감기면서 입 가장자리가 자기도 모르게 헤벌어지는 모습이 어디서 많이 본 얼굴 같다. 내가 못 알아들은 척하면서 눈을 크게 뜨고 다시 말해보라고 해도 수아는 웃기만 하고 통 입을 열지 않는다. 하긴 처음 보는 사람은 그렇게 볼 수도 있겠다. 수아가 생각하는 것과 많이 닮긴 했으니까.

야생화는 생긴 모습을 따서 이름 짓는 경우가 많다. 호랑이 꼬리를 닮았다고 해서 타이거테일, 호범꼬리로 불리는 야생화도 있듯이. 나는 고개를 저으면서 무슨 나무 더부살이라는 이름을 가졌는데 앞의 그게 무슨 나무인지 모르겠다고 말해준다. 힘차게 솟아오른 대궁을 보자 이름을 안다면 수아의 별명으로 지어주고 싶다는 생각이 고개를 든다.

이름이 생각나지 않아 끙끙대고 있는데 수아가 배가 출출하다면서 점퍼 주머니를 뒤져 초콜릿을 꺼내 내 손에 쥐어준다. 카카오가 많이 들어 쌉쌀한 중국산 초콜릿을 입안에서 녹이고 있는데 수아가 베이징 카오야를 먹어보았느냐고 묻는다. 짙은 갈색 초콜릿 포장지에 흰색으로 쓰인 '카카오 70'이라는 표시를 보면서 수아는 카오야를 생각한 것일까. 내가 잘 못 알아들었다며 다시 한 번 말해달라고 '파든?' 하자 수아는 '베이징덕'이라

고 말해준다. 하오츠[好吃], 나는 물론 맛있게 먹었다고 대답
한다. 옌지로 가기 위해 베이징에 도착하던 날 오리구이를 먹었
다. 그 순간 머릿속에 불이 밝혀진 듯 나무 이름이 생각난다.
물론 뜻은 다르지만 그건 오리나무, 아니 산속에서 자란다고 두
메오리나무였다. 예부터 거리를 재기 위해 오리마다 한 그루씩
심었다고 해서 그런 이름이 붙었다는 얘기를 어디선가 읽은 듯
했다. 누구의 것인지, 정확한지는 몰라도 산새도 두메산골 영
넘어가려고 오리나무 위에 앉아서 운다는 시도 들어본 것 같다.
그러니까 이 약초의 이름은 당연히 '오리나무더부살이'다. 이제
야 머리가 정리되는 기분이다.

　나무를 올려다본다. 키가 10미터쯤 되고 가지는 사방으로 곧
게 뻗어 올라갔고 이파리는 하트 모양, 아니면 계란 모양이라고
나 할까. 나도 난생 처음 보는 나무다. 아니, 흔히 보았겠지만
오리나무인줄 모르고 지나쳤으리라. 오리나무 밑에서 솟아나는
풀이어서 더부살이라는 이름이 붙은 모양이지만 본 나무보다
더부살이하는 녀석의 생명력이 더 드세 보인다. 한 곳에 서너
개씩 무리지어 돋아 있는 길고 두툼한 풀을 가리키며 나는 수아
의 손바닥에 '오리나무더부살이'라고 천천히 한글로 쓰면서 읽
어준다. 수아가 간지럽다는 듯 손을 옴찔거리며 더듬더듬 따라
한다. 오, 리, 나, 무, 더, 부, 살, 이.

　"베이징 카오야를 물어보길 잘했어. 덕분에 나무 이름이 생
각났지 뭐야. 힘차게 쑥쑥 뻗어가는 게 꼭 수아를 닮았으니까,

수아 허브라고 부를까. 아니 중국어로 카오야 허브, 아니지 우리[五里]허브라고 하고 수아 별명도 그렇게 지을까.”

생각나는 대로 이름을 지어보며 나는 다시 한 번 오리나무더부살이를 살펴본다.

“이 허브에 무슨 사연이라도……”

내가 약초 앞을 벗어나지 못하고 주위를 맴돌고 있자 수아가 넌지시 내 마음을 떠본다. 수아의 짐작은 맞았다. 이 풀을 찍어와서는 불로초를 가져왔다고 자랑스럽게 얘기하던 그가 이제는 가고 없는 것이다. 이걸 보려고 오늘 지하삼림을 들어온 것일까. 이상하게도 이 약초를 사이에 두고 나는 수아의 몸짓과 말투에서 자꾸만 그를 떠올리고, 그를 생각하면서 다시 수아에게로 눈길을 돌리게 된다.

오전에 장백폭포 아래에 있는 가게에서 온천물에 삶은 계란을 사서 깔 때도 그랬다. 수아가 까는 것은 살점까지 다 떨어져 나가 거의 터질 지경이 되었다. 나는 계란을 바위에다 도르르 굴려 자잘한 금을 낸 뒤 매끈하게 까서 수아의 것과 바꾸었다. 꼭 반숙이 되게 삶아야만 먹는 사람이 있었다. 그 까다로운 식성 때문에 나는 노른자가 익지 않게 반숙하는 기술이며 계란의 살점이 떨어지지 않게 까는 솜씨가 늘었지만 그런 식성을 가진 사람이 누구인지는 생각하고 싶지도 않았다. 터질 듯 말캉거리는 계란을 건네주자 수아는 뾰족한 쪽을 한 입 깨문 뒤 반숙이 된 노른자부터 쪽 빨아먹었다. 배가 출출했던지 수아는 계란을

252

연거푸 두 개 먹고 나서 하오츠, 하더니 얼른 딜리셔스, 하고 덧붙였다. 먹는 모양이 누군가와 똑같이 닮았다. 그렇게 먹는 사람이 또 있군, 속으로 생각하면서 자세히 뜯어보자 풍성한 콧불이며 도톰한 입술까지도 어디서 많이 본 모습 같았다. 여드름이 덕지덕지 돋은 피부도. 베이징의 북쪽에 사는 중국 소년이 내가 아는 한국 남자를 닮았을 리는 없으리라. 외모가 닮았는지 아닌지를 떠나 내가 수아에게 느끼는 이 훈훈한 감정은 또 무엇 때문인지 알 수가 없었다. 전혀 이국 소년 같지가 않고 마치 이웃집 아이처럼, 어쩌면 가족처럼 가깝게 여겨졌다. 단지 영어가 통한다는 이유에서일까. 그건 단연코 아니라고 자신 있게 말할 수 있다. 영어가 아니더라도 수아와는 손짓과 발짓, 눈짓으로도 아마 잘 통했을 것 같다.

세미나는 유익하고 신기한 정보로 가득 차 있었지만 내 마음속을 짓누르고 있는 돌덩어리를 조금도 부수어주지 못했다. 한 사람이 태어나 살다가 세상을 뜨는 일이란 그리 쉽게 정리가 되지 않는 일인가 보았다. 훌쩍 떠나보면 세상이 달리 보일 거라던 J의 말과는 달리 내 마음은 여전히 그에게 붙잡혀 있었다. 옷장 속 그의 양복과 와이셔츠, 속옷, 양말 등을 나는 하나도 버리지 못했다. 이 병원 저 병원을 돌아다니면서 찍은 뇌 엠알아이며 씨티로 찍은 폐 사진 시디들, 병실용품 상자 속에서 어쩌다 발견되는 그의 머리카락 한 올에도 나는 무어라 말 못할 동요를 느꼈다. 멀리 연변 땅에 와서도 그와의 기억, 주로 다투

고 언성을 높이고, 못살겠다고 악다구니를 치던 시간들을 떨쳐
내지 못해 나는 새로운 풍경조차 눈에 들이지 못했다. 그와의
악몽을 씻어내고 이제까지와는 다른 인생을 살 수 있을까. 하지
만 이제는 누구를 만나 새로운 삶을 살아간다는 것이 도저히 있
을 수 없는 일일 것만 같다. 그를 미워했기 때문일까. 사이좋게
지내다가 떠났다면 아마 이렇게 마음이 불편하진 않을 것이다.
대학 선배 J와는 그저 별 감정 없이 함께 음악회와 전시회를 다
니고 교외의 전원 카페에서 차를 마시는 친구 사이였다. 하지만
최근 몇 달 사이에 나는 J가 부쩍 내 생활 반경 가까이 들어오
고 있다는 것을 감지했다. 전에는 시내에서 만나자던 J가 집 앞
까지 나를 데리러 오는 때가 많아졌다. 나는 굳이 마다하지 않
았다.

　남편과 나는 언제부터 어긋나게 되었을까. 그가 쓰러지기 몇
년 전 가을, 지하철 교대역. 내가 수서행 열차를 타러 승강장으
로 가고 있을 때 그는 맞은편에서 고속터미널행 열차를 타려고
부지런히 걸음을 옮기고 있었다. 젊은 시절이었다면 당연히 그
를 불러 세우고 어디를 가느냐고 물을 것이다. 그가 춘천에 1박
2일로 출장을 가기만 해도 그리웠던 적이 있었다. 단 하룻밤 자
면 올 텐데 옷걸이에 걸린 양복만 보아도 불쑥 보고 싶은 마음
에 눈물이 핑그르르 돌기도 했었다. 부르면 대뜸 대답할 수 있
는 거리에 있는 남자를 나는 끝내 부르지 않았다. 아마도 서먹
함을 느낀 지가 벌써 오래되었기 때문이 아닐까 생각하면서. 당

신은 내가 감당할 수 없는 것을 바라고 있어. 나는 그런 여자가 못 돼. 왕창 돈을 벌어 남자의 사업을 밀어주거나 여기저기서 돈을 융통해다주는 능력 있는 여자가 되기는 애초에 글러버린 여자라고. 밤새 싸구려 번역을 하거나 강사료 몇 푼 받아 아이들과 김치찌개, 된장찌개나 해먹고 사는 것밖에 늘품이라고는 없는 여자가 나야. 열차가 떠나기 전까지 잠시 바라보고만 있는 그 짧은 시간 동안 그의 뒷모습이 돌연 가엾어 보인다. 그를 바라보는 내 눈빛에서 연민조차 사라져버린 것을 내 스스로 느끼고 있기 때문일까. 어쩌면 그즈음부터 우리는 그렇게 정반대 방향으로 가고 있었던 것은 아닐지.

그런데 이상도 하지. 만난 지 겨우 1주일. 그것도 세미나장에서는 별로 얘기도 나누지 못하고 얼굴만 알고 있다가 오늘 백두산행 버스에서 말을 튼 아이에게 나는 말할 수 없는 친밀감을 느끼고 있다. 사내아이여서일까? 그런지도 모른다. 절강성에서 조선족 교수가 데리고 왔다는 수아와 비슷한 또래의 여고생도 있긴 했지. 눈이 장만옥처럼 반달 모양이어서 귀여웠지만 그 여학생에게는 눈길이 가지 않았다. 영어 한마디 더듬거리며 내뱉는 데 얼마나 뜸을 들이던지, 말을 걸기가 안쓰럽기도 했다. 어쨌든 수아와는 마치 전부터 알고 있던 아이처럼 한나절 만에 절친한 사이가 되어버렸다. 그렇다고 외모가 수려하거나 말재간이 있는 아이도 아닌데. 나 혼자만의 착각일까. 나는 이렇게 중심 없이 흔들리고 또 흔들리고 있다. 억측인지는 모르지만 수아도 나를 바라보는 눈빛이 각별하다는 느낌이 든다.

"서울은 굉장히 발전된 도시라고 들었어요. 아름답다고 하던데 빨리 가보고 싶어요."

처음부터 이런 말을 하질 않나, 대학에 가서는 무슨 공부를 하고 싶으냐는 내 말에 이렇게 답해서 나를 놀래키질 않나.

"의대를 갈 건데 서울에서 공부하고 싶어요."

"그러려면 한국어 공부를 많이 해둬야 할 텐데."

"의대는 거의 영어를 쓴대요. 한국어 공부도 열심히 하죠, 뭐."

교사 부모의 능력으로는 엄두도 못 낼 일이겠지만 내 눈에는 벌써 서울의 대학생들 사이에 끼어 있는 키다리 의대생의 모습이 보이는 듯하다.

"베이징에도 좋은 의과 대학이 많을 텐데."

내 말에 수아는 즉답을 피하면서 빙긋이 웃기만 한다. 나는 짓궂은 생각이 들어 넌지시 떠본다.

"혹시 부모님한테서 멀리 떠나가고 싶어서 그러는 거 아냐?"

수아는 마음을 들킨 듯 오른손으로 입을 가리면서 껄껄 웃더니 대답한다.

"대학생이 되면 독립해서 살아야죠."

요즘 같은 세상에서 자기 또래 다른 아이들과 달리 인터넷 아이디도, 휴대전화도 게임기도 하나 없이 착실하게 공부만 하라고 하는 부모가 답답하게 여겨질 수도 있겠다는 생각이 든다. 이런 내 지레짐작을 미리 막기나 하려는 듯이 그는 다시 덧붙인다.

"한국은 의학도 많이 발전됐고 매력 있는 나라예요. 드라마 「대장금」도 본 걸요."

길은 점점 더 어두컴컴한 밑으로 뻗어가고 수아와 나는 어쩔 수 없이 그 길을 따라 원시림 속으로 계속 끌려 들어간다. 홀연 어디선가 물소리가 들린다. 내려다보니 수십 미터나 될 만큼 까마득한 발아래 검은 현무암 조각품들 사이로 계곡물이 콸콸 쏟아져 내리고 있다. 마치 끝자락이 보이지 않는 원통형 폭포 같다. 검은 조각품들은 고양이, 강아지, 또는 사람의 모습을 하기도 했고 또 다른 추상 예술품의 형상으로 계곡의 벽을 이루고 있다. 계곡물에는 드문드문 아름드리 나무들이 쓰러져 가로로 누워 있다. 저 중에는 백두산의 매서운 칼바람을 견뎌내고 아름다운 소리를 내는 악기가 되고자 했던 어떤 나무의 꿈도, 몸에 경전을 새기고 싶었던 또 다른 나무의 꿈도 함께 누워 있으리라.

문득, 이루어진 꿈은 아름답지만 이루지 못한 꿈은 애달파서 더욱 사무친다는 생각이 든다. 푹 꺼진 협곡은 그 폭이 드넓은 운동장만 하다. 위에서 내려다보면 지하에 묻힌 숲의 바다로 보일 것이 틀림없다. 지하삼림은 산속 깊은 곳에 또 하나의 숲을 만들고 죽음과 생명을 함께 끌어안은 형국이다. 풀 한 포기 붙어 살 수 없을 듯한 저 굳은 현무암에 살아 있는 나무도, 죽은 나무도 서로 엉기고 기대며 함께 기거하고 있고, 고사리며 이끼들이 자리를 펴주어 산새가 작은 발로 종종거리며 다니고, 검은 바위틈 사이로는 숲의 뿌리가 마르지 않도록 적셔주는 계곡물이 흘러내린다. 나는 멈칫하고 서서 한참 동안 계곡을 내려다본다. 이 나무판 산책로를 타고 나는 내 마음속 얼마나 깊은 곳까지 내려온 것일까.

수아가 손으로 박자를 맞추면서 콧노래를 부르기 시작한다. 라 라라 라 라라 라라리라…… 아리랑 멜로디다. 허밍으로 두 소절을 부르더니 놀란 내 얼굴을 보며 말한다.

"아빠가 자주 흥얼거리세요. 음악 선생님이거든요."

수아가 백두산 숲 속에서 아리랑을 흥얼거리는 모습을 바라보자 이 산이 장백산이 아니고 원래는 백두산이라는 얘기 따위는 꺼내고 싶지 않다. 나는 오른손 검지로 수아의 손바닥에 '아리랑'이라고 천천히 쓴다. 내 오른손 검지가 촉촉하게 젖어 있는 손바닥에 자음과 모음을 그려갈 때마다 간지러워서인지 아니면 따라하느라고 그런지 소년의 입술이 조금씩 달싹거린다. 이윽고 수아가 아, 리, 랑 하고 크게 소리를 낸다. 벌어진 수아의 입속에서 혀가 돌아가는 모습이 보인다. 겉은 조금 튼 것 같지만 속은 유난히 붉고 윤곽이 또렷한 입술. 그 안에 약간은 누런 기가 도는 탄탄한 앞니 두 개가 대문짝만 하게 자리 잡았다. '아'는 수아라고 할 때의 아, '리'는 여배우 꿍리의 리, '랑'은 배우 량차오웨이 때의 랑이야. 내 설명에 수아는 아, 리, 랑, 아, 리, 랑, 하고 소리 내어 읽는다.

"산을 보러 왜 여기까지? 혹시 중국 관광이 국내보다 싸서?"

수아가 느닷없이 물어온다.

그저 씽긋 웃기만 해도 되겠지만 뭐라고 대답은 해줘야 할 것
같다.

"산이 높고 호수가 아름답잖아."

수아는 내 말에 고개를 끄덕이지만 올라올 때 한국에서 온 태
권도복 차림의 단체 학생 관광단을 봤기 때문인지 답이 조금 부
족하다는 표정이다. 나는 수첩을 꺼내 백두산 천지를 크게 원형
으로 그리고 주위에다 산봉우리들을 그린다. 다시 거대한 잿빛
의 현무암 잔, 천지가 내 눈앞에 펼쳐진다. 우리가 올라갔던 천
문봉이 여기라며 앞쪽에 있는 봉우리에다 세모 표시를 한다. 그
러고는 호수 중간을 가로로 비스듬히 그은 다음 그것이 조중(朝
中)국경선인데 우리가 선 곳은 중국 길림성 땅이고 반대쪽은
북한 땅이라고 말해준다. 그쪽에 있는 산은 '백두산'이라고 한
자로 써 보인다.

"그곳은 우리 땅이지만 갈 수가 없어."

수아는 내 말을 이해할 수 있을까. 그건 아무래도 좋다. 이번
세미나의 목적은 중국인들에게 한글에 대한 흥미를 돋우어주는
것이다. 오전에 천지를 보고 나서 지프를 타고 지하삼림을 향해
내려올 때는 나무는 없고 풀만 깔린 매끈한 능선이 한동안 계속
되다가 나지막한 관목 숲이 나타났었다. 이곳 지하삼림에는 고
도가 비교적 낮은 탓인지 원시림이 그대로 보존돼 있다. 원시림
속 수천 년 쌓인 이끼와 낙엽을 양분 삼아 돋아나는 풀이어서
불로초가 될 수 있는 것일까. 육질에 무엇이 들어 있는지 모르

지만 오리나무더부살이를 이용해서 실제로 강장제를 만든다는 얘기도 들었다. 정말 그런 약이 있다면 4년이나 투병을 한 그를 살릴 수 있었을까.

"많이 힘들었지? 이젠 좀 쉬어야지."

J는 장례식이 끝난 뒤로 시간만 나면 내게 맛있는 것을 먹으러 가자, 함께 음악회를 가자, 하며 법석을 떨었다. 딱 잘라 거절할 수도 있었지만 굳이 그럴 필요는 없다고 생각했다. 그의 옆자리에 올라타고 말없이 교외를 드라이브하다 보면 어느새 그의 한쪽 팔이 내 어깨에 걸쳐졌다. 한적한 숲 언저리에 차를 세우고 그는 내게 가볍게 키스했다. 오랫동안 지친 몸에는 그의 품이 한없이 푸근하게 느껴졌다. 그의 눈빛이 연민이든 동정이든 아니면 새로움에 대한 갈구든 그런 것 따위는 내게 문제될 게 없었다. 나는 메마를 대로 메말랐고 황폐해 있었다. 량차오웨이의 「화양연화」 주제곡을 들은 지가 까마득하게 느껴졌다. 량차오웨이의 음성을 다시 듣고 싶도록 만든 사람이 J였다. 그의 품에 안겨 내가 좋아하는 중국 배우의 노래를 들으면 내 생애 아름다운 시절이 다시 올 것만 같은 생각이 들었다.

J는 그렇게 내가 잊고 있었던 것에 대한 그리움을 촉발시켰다. 하지만 그럴수록 떠난 사람에 대해 느끼는 불편한 마음은 더욱 예리한 각을 세우며 자라나 밤이면 몸을 뒤척이게 만들었다. 화산 폭발 때 유U 자 형으로 꺼졌다는 이 계곡은 도대체 어디까지 뻗어 있는 것일까? 일행과 떨어진 지가 벌써 한 시간은

족히 넘었을 듯하다. 평생 원이 없을 정도로 숲 속 길을 걸어본 것 같다. 그것도 오리나무더부살이 같은 당찬 생명력을 지닌 소년과 함께.

숲 속이 어둑어둑해지고 굵은 빗방울이 듣기 시작하더니 빗줄기가 세지기 시작한다. 수아와 나는 배낭에 꿍쳐두었던 싯누런 비옷을 꺼내 입는다. 등산로 입구에서 수아가 필요할지도 모른다며 사자고 했다. 싯누런 비옷을 입은 적이 또 한 번 있었다. 이렇게 비가 쏟아지는 날 그와 함께 신혼여행길에 올랐을 때였다. 속리산 법주사 앞 여관에서 첫날밤을 보낸 뒤 이튿날 산행을 하기로 했다. 하지만 이튿날도 가끔씩 비가 뿌려서 산행은 접고 근처 호수에서 보트를 빌려 탔다. 커플룩으로 주황색 티셔츠에 싯누런 비옷을 똑같이 입은 그와 나는 아무것도 거칠 것이 없는 넓은 저수지에서 마음껏 노를 저었다. 그가 지쳐 보이면 내가 노를 받아 저었다. 내가 노를 젓고 있을 때 그가 말했다.

"우린 이제 한 배에 탄 거야."

그 말에 나는 웃으면서 대꾸했다.

"우리 지금 진짜 한 배에 탔어."

내 말에서 장난기를 읽었던지 그는 자못 엄숙한 얼굴이 되었다. 나는 사실 그게 무슨 말인가 조금은 뜨악했다. 하필이면 좋은 날 그런 말을 할 게 뭐람, 속으로는 섭섭한 생각도 들었다. 내가 별로 새겨듣는 것 같지 않았던지 그는 다시 입을 열었다.

편안한 것만 바라면 안 돼. 나는 듣는 둥 마는 둥 하면서 계속 노를 저었다. 비바람이 닥칠 때는 어쩔 수 없이 움츠리더라도 놀 때는 만사태평하게 실컷 놀아야 한다는 게 내 신조였다. 그 때쯤엔 비도 그치고 호수는 더없이 조용했다. 호수처럼 잔잔하던 우리 삶에 어떤 풍파가 닥치리라고는 전혀 상상할 수가 없었다. 우리에게 감당하지 못할 어려움을 안겨주는 것은 도대체 무엇인가. 현명하지 못한 삶의 방식, 아니면 하고자 하는 일에 비해 턱없이 부족한 능력 때문인가. 꿈이 서로 맞지 않아서인가.

지하삼림 곳곳에서 나는 그가 찍어왔던 오리나무더부살이를 발견한다. 표지에도 내지 않았는데 굳이 사진을 찍어온 이유는 무엇일까. 그는 거기서 무엇을 보았던 것일까. 말의 정액이 떨어진 자리에 돋아난다는 재미있는 전설에 끌렸던 걸까. 아니면 원시의 땅에서 움트는 강한 생명력이 부러웠을까. 그랬던 그는 벌써 떠나고 없다. 내가 그의 물건들을 버리지 못하는 것은 그가 떠났다는 사실을 아직도 인정하고 싶지 않은 마음이라는 것을 나는 안다. 나는 언제까지 그가 떠난 것을 모르는 체하며 살 수 있을까. 그것을 인정하는 것과 인정하지 않는 것 사이에는 어떤 차이점이 있을까.

간밤에도 호텔에서 누군가가 내 방문을 두드리는 노크 소리가 들렸다. 나는 숨을 죽이고 바라보았다. 세 겹의 문 중에서 이미 두번째 문까지 열고는 세번째 문을 두드렸다. 내가 문을 열어주지 않자 금세 문에 구멍이 생기면서 손목이 들어왔고 목소리가 들렸다. 여보, 나야. 나는 소스라치게 놀라 잠에서 깼다. 식은땀이 흘렀다. 방문은 굳게 잠겨 있었고 아직 새벽이 오려면 멀었는지 커튼 뒤 창밖에는 부르하 통하의 검은 강물 위에 가로등 불빛만이 반짝이는 보석처럼 박혀 있었다. 나는 꿈에서 그를 반가이 맞지 않은 내 자신을 도저히 알 수가 없었다. 그를 보내고 괴로워했다면 꿈속의 만남을 당연히 기꺼워해야 하지 않았을까. 며칠 뒤 또 다른 꿈속에서는 누군지 알 수 없는 남자의 손이 내 몸을 더듬는 것을 그저 지켜만 보고 있는 내 자신의 모습이 보였다.

겨우 쉰이 갓 넘은 나이였고, 그에게는 평생의 업으로 삼고 매달 손수 편집해서 펴내던 잡지가 있었다. 그러나 그의 희망을 유지시키기는 것이 내게는 지나치게 버거운 일이었다. 그저 생활을 쪼들리게 하는 정도라면 못 참아줄 리가 없었다. 하지만 연달아 나타나는 빚쟁이들을 나는 도저히 감당할 수 없었다. 그는 조그마한 조각보에 큰 바윗덩어리를 싸라고 나를 채근했다. 바윗덩어리에 짓눌려 한마디 소리도 지르지 못하고 숨이 막혀버릴 것만 같았던 고통의 순간들. 그때의 숨 막힘에 나도 몰래 고개를 젓고 있는데 홀연 아주 오래전, 결혼도 하기 전의 일이 떠오른다. 허리 잘린 나라에서 사회적 금기에 속하는 일로 집안이 풍비박산이 되고, 홀로 남은 내가 고아처럼 떨고 있을 때 그는 내 손을 굳게 거머쥐고 말했다.

"걱정 마. 인간은 실정법 위에 있어."

내가 몇 년을 두고 미뤄오던 결혼에 대해 결심을 굳힌 것은 그때였다. 나는 그날 그에게 난생 처음 뜨거운 키스를 하고 싶었지만 유난히 잘 트던 그의 도톰한 입술을 오래 응시하는 것으로 그의 말을 새기려 했던 기억이 난다.

지금 생각해보면 그렇게 가슴 벅차던 시간도 있었지만 그와 함께 겪었던 기억의 대부분은 몸이 떨릴 만큼 두려워서 마냥 피하고 싶은 것들뿐이다. 나는 그와 한 배에 탈 수가 없었다. 아니 한 배에 타지 않았다. 결국은 한 배에 탈 수가 없는 거였다. 죽음도 그 혼자서 감당해야만 했으니까. 글쎄, 그가 모이를 또 박또박 물어와 같이 새끼를 키우며 둥지를 키워나가던 초기의 몇 년간은 나도 좋아라 재재거리며 노래를 불렀을까. 모르겠다. 그 밖의 세월은 다시 돌이키고 싶지 않다. 어찌 보면 그가 더 서운해할 일일지도 모르지만 나는 아직도 그가 야속하기만 하다. 그는 이미 떠나고 없는데도.

소나기가 지나가기를 기다리면서 지붕이 있는 통나무 벤치에 앉아 있는 동안 나는 딴 생각에 잠겨 있었고 수아는 등받이에 기대 한참 졸았던 모양이다. 아직도 비가 와요? 응. 아직도야. 그만 자. 이제 빨리 돌아가야지. 그래도 수아는 눈을 감는다. 녀석은 오늘 꽤나 지친 모습이다. 이제는 빨리 가자고 채근하는 쪽이 뒤바뀌었다. 우리는 짧은 대화를 나눈 뒤 다시 침묵에 들어간다. 어두운 숲 속에서 이국의 소년과 이토록 오랫동안 함께 지내게 되리라고는 생각지 못했다. 처음 들어섰을 때 위압적이고 무시무시하던 원시림은 이제 어머니의 체온이 실린 포대기처럼 수아와 나를 휘감고 있다. 비바람이 불고 천둥 번개가 치는 산속이지만 나는 그지없이 평온하고 따스하다는 생각을 한다. 사람의 관계란 원래는 이렇게 편안하고 잔잔한 것이었을까? 인간은 처음부터 낯선 사람끼리도 이렇게 서로에게 끌리게끔 되어 있을까. 그 고요한 수면의 평정을 깨트려 물을 휘젓고 주위의 나무를 통째로 흔들어대는 것은 무엇이란 말인가? 흔들고 휘저어 어디에 이르게 하려는 것일까?

날이 어두워져 풍경이 명확하게 보이지는 않지만 나는 비바람에 나뭇잎이 사정없이 흔들리는 것을 알 수 있다. 꼭대기의 가지가 아래쪽 가지에 가서 부딪히고 아래쪽 가지의 잎사귀들이 바람에 불려가 꼭대기의 가지들을 세차게 후려친다. 저렇게 해야 멀리 떨어진 것들끼리 다시 만나 뜨겁게 껴안을 수 있을까? 삶과 죽음이 결국 한 가지에서 만나듯이.

벤치에서 바라다 보이는 오리나무더부살이는 하늘이 뚫린 듯 퍼붓는 소나기에도 꿈쩍하지 않고 늠름하게 버텨내고 있다. 살아 있다는 것은 저렇게 쏟아지는 폭우를 온몸으로 견뎌내는 일일까. 몸이 으깨지더라도. 돈에 쪼들리면서도 그가 늘 입에 달고 다니던 말이 있었다. 이 아무개는 죽지 않아. 그는 오리나무더부살이에서 그런 힘을 보았던 것일까. 그랬던 그도 마지막 가는 날은 손발부터 점점 몸이 차갑게 식어갔다. 중환자실 담당의는 차트에 써놓은 진료 기록을 가리키면서 담담하게 말했다.

"극약을 써서 몸 안의 피를 심장으로 모아 겨우 박동이 뛰고 있는 겁니다. 호흡기는 이제 뗄 때가 된 것 같습니다."

둘러선 가족들 중에 누가 동의했는지 호흡기는 거두어졌다. 다시 의사가 말했다.

"청각이 가장 오래 살아 있습니다. 하고 싶은 말씀 다 하십시오."

다들 뭐라고 말했는지 온전하게 기억이 나지는 않지만 옆에 서 있던 딸아이가 제 아비의 이마를 쓰다듬으며 하던 말이 생각난다. 아빠, 오래오래 기억할게요. 매우 절제되었으면서도 가는 이에게 가장 가슴 뿌듯한 이별의 말이었다. 나는 손발과 달리 아직 온기가 남은 그의 뺨에 얼굴을 부비면서 아무 생각 없이 입에서 나오는 대로 지껄여댔다.

"거기 가선 아프지 마. 하고 싶은 거 맘껏 하고……"

하지만 나는 그 말이 남자와 결코 같은 배를 타지 않았던 여자의 의례용 인사말일 뿐이라는 것을 통절하게 느꼈다. 한 배에 타지 않은 자들 사이에는 도저히 소통될 수 없는 바다와 같은 괴리감이 자리 잡고 있었다.

곁에서 뭔가 흥얼거리는 소리가 들린다. 수아가 부르는 아리랑 멜로디다. 으으음 으으음 으으으음 으으음 으으음 우우리 허브…… 허밍에 우리 허브를 섞어 들릴 듯 말 듯 부르는 노래 소리에 나는 수아가 애당초 낯선 이국의 소년이 아닌 듯한 착각에 빠진다. 서울의 지하철에서 나는 한 이불 속에서 살을 비비던 이를 모르는 척 외면했었다. 그는 내게 낯익은 타인이었다. 오늘 수아는 내게 낯선 이웃이다. 아니 낯조차도 설지 않다. 어쩐지 매우 익숙한 얼굴이다. 적어도 지금 이 순간만은 친구보다, 가족보다도 더 가깝게 느껴진다. 나는 그 이유를 알 수가 없다. 원래부터 타인이란 실제로는 내게 가장 가까운 사람이던가.

콧노래를 흥얼거리던 수아가 하도 조용해서 돌아보니 내 어깨에 뺨을 찰싹 붙이고 잠들어 있다. 왼쪽 어깨가 어쩐지 묵직하다 싶었지만 정신이 딴 데 팔려 있어 미처 돌아보지 못했다. 나는 몸을 돌리지 말아야겠다고 생각한다. 공부에 지쳐 보이지 않으면서도 영어도 잘하고 운동도 세 가지나 하는데다 인터넷이나 휴대폰, 게임에도 빠져 있지 않은 건강한 아이.

빡빡머리에 풍성한 콧방울, 짙고 두꺼운 눈썹, 그리고 겉이 까칠하게 튼 입술, 누군가를 꼭 빼닮은 모습이다. 수아의 얼굴에 서서히 어떤 흑백사진이 겹쳐진다. 고교 1학년 때 산골 마을에서 서울로 유학 온 그가 아버지와 함께 찍었다는 사진이다. 오래 되어 바탕은 누렇게 바랬지만 빡빡머리하며, 서글서글한 눈매와 짙은 눈썹이 기억에 생생하다.

그 영상은 신기하게도 지금 내 어깨에 기대어 잠들어 있는 카오야 허브, 수아의 얼굴과 똑같이 닮았다. 여드름 대장인 피부에다 유난히 잘 트던 입술까지. 그의 아버지도 수아의 부모처럼 아들이 살아갈 날들에 대해 어쩌면 가없는 희망을 품었으리라. 그가 미래에 어떤 날을 펼쳐갈지 알 수 없는 새파란 소년으로 돌아와 내 옆에 있는 듯하다. 어쩌면 그는 오리나무 밑에서 오리나무더부살이로 다시 돋아나고 있는지도 모른다. 내가 떨쳐 내려 하면 할수록 그것은 더 줄기차게 뻗어난다. 나는 오리나무, 그는 내 뿌리에서 다시 돋아나는 오리나무더부살이. 오늘만큼 그에 대한 기억을 오리나무더부살이 대궁처럼 손에 잡히도록 알차게 건져올린 적은 없다.

기억은 그를 되살리고 내 가슴을 다시 뛰게 한다. 그리하여 그를 내 밑동에서 천천히 자, 라, 나, 게 하고 있다. 그것은 내 의지와도, 내 바람과도 상관없다는 사실에 나는 흠칫한다. 게다가 그것은 수아처럼 풋풋하고 힘찬 기세를 지니고 있다. 그는 늘 수아와 같은 소년이었을까. 나는 알 수가 없다. 어떤 편견이나 선입견도 없이, 세계를 향해 끝없이 열려 있는 천진스러운 아이. 지하삼림 속의 오리나무더부살이가 대차게 돋아나고 있는 이유가 거기에 있는지도 모른다는 생각이 든다. 얼른 달려가 저 튼실한 약초 대궁을 두 손으로 와락 감싸 안고 싶다. 마찬가지로 어디로 뻗어나갈지 모를 이 소년을 어찌해야 할지 몰라 나는 당황스럽다. 겉은 까칠해 보여도 속이 붉은 저 입술에 내 입술을 포개고서 껴안고 뒹굴어야만 할 것 같다. 그때 툭, 하고 차가운 물기가 내 이마를 내리친다. 누군가가 뚜벅뚜벅 걸어와 내 얼굴에 침을 뱉은 것 같은 느낌이다. 그를 매몰차게 외면했던 지하철에서의 기억이. 내 기억은 이미 꿰뚫고 있는지도 모른다. 이 모든 것은 그와는 터럭만큼도 관계없는 나 혼자만의 추억의 한 방식이며 내 안에 다른 이를 들여놓기 위한 일종의 편리한 통과의례에 불과하다는 것을. 알아듣겠다. 이제 내가 할일이라고는 소년의 베개 노릇뿐이라는 것을. 나는 수아가 깨어날까 두려워 옴짝달싹 하지 못하고 벤치에 그대로 앉아 있다. 소년의 뺨이 닿은 어깨가 점점 더 뜨거워져오는 것을 느끼면서. 아래쪽을 향해 끝없이 이어진 나무판 산책로로 빗물이 쏟아져 흘러내린다.

우리 집 이사했다

　남편의 모습은 딱 어떤 영화 속의 사내를 닮았다. 허름한 차림의 사내가 이삿짐 센터로 찾아와 급하게 이사를 부탁한다. 그는 인부들을 데리고 고층 빌딩이 한창 올라가고 있는 베이징 시내를 빠져나가 근교의 조그만 마을로 간다. 수백 년 된 회화나무만 홀로 서 있을 뿐, 마을은 불도저로 갈아놓은 지 오래다. 마을을 온통 다 갈아엎으면서도 그 나무만은 살려놓았다. 사내는 혼자 먼저 나무 밑으로 다가가 합장을 한다. 갈아놓은 흙더미 위에 선 인부들은 어이없어하며 서로의 얼굴만 쳐다본다. 한참만에 눈을 뜬 사내는 멍하니 서 있는 인부들에게 빨리 짐을 트럭에 싣지 않고 뭐 하느냐고 호통친다.

　인부들의 눈엔 여기저기 흩어진 기왓장 조각과 사금파리만 보인다. 아무리 둘러보아도 이삿짐이 될 만한 게 없다. 그렇지만 사내는 발길 닿는 곳마다 아하, 하고 감탄을 하며 콧노래를 부른다. 내가 무슨 영화였더라, 생각하고 있는 사이에 장구를 두드리는 남편의 손이 신명나게 돌아갔다.

"솔 능선 따라 사방 삼십 리, 산수유 밑에서 고달 처사를 만나러 왔소."

주춧돌만 남은 옛 절터에서 그는 흥에 겨운 듯 목청을 돋웠다. 그의 양쪽 옆으로 답사 회원들이 빙 둘러앉아 있다. 모두들 그의 굿장단과 사설에 즐거워하는 눈치였다. 하지만 나는 비어 있는 절터에 와서 무엇이 즐겁다는 것인지 도무지 이해가 되지 않았다.

"고달사지 전설 찾기 폐사지 닷컴 시삽 듭시오."

그는 장구를 둥둥 울리면서 내게 마이크를 넘겼다. 고달사지에 회원을 데리고는 처음 오는 길이어서 나는 가슴이 두근거렸다. 오늘이 마지막이라고 결심했지만, 마이크를 받은 이상 쓸모없는 비웃음을 거두고 기분을 내야만 되었다.

"때는 천이백 년 전 통일신라시대, 신라가 한수 유역까지 올라왔던 때라. 전국의 명당을 찾아 헤매던 고달(高達)이란 처사가 있었으니, 끌과 망치만으로 돌덩이와 목숨 건 싸움을 시작했도다."

판소리 가락이라고는 할 수 없어도 나는 나름대로 고저장단을 살리면서 읊어나갔다. 회원들도 제법 어깨를 들썩이는 모습이었다. 특히 대학생들은 내가 사설을 푸는 사이사이에 아하,

조오타, 하는 추임새를 넣거나 장단을 맞추면서 내 이야기에 힘을 실어주었다. 기운을 얻은 나는 사설을 이어갔다.

"가족도 잊고 절 짓기에 온몸을 바친 고달, 스스로 머리 깎고 출가하여 훗날 도를 이루었으니, 그가 큰스님 원종대사라. 사람들은 이 절을 고달사라 불렀더라."

내가 한 호흡 쉴 때마다 남편이 둥둥 장구를 두세 번 울렸다. 주 5일 근무여서 토요일에 초등학생 자녀를 데리고 온 가족이 셋에 대학생들이 다섯 명, 그리고 서로 나누는 대화로 보아 실직한 것처럼 보이는 40대 초반의 남자가 두 명 있었다. 젊은 대학생들은 사학과 동아리라고 했다. 청색 점퍼 차림의 여학생이 동아리 이름이 '알찾사'라고 말하자, 옆에 있던 빨간 등산복 차림의 남학생이 설명을 덧붙였다. '알짜배기 문화유산을 찾는 사람들'이에요.

혼자 온 사람은 검은색 점퍼의 중년 남자 한 명뿐이었다. 몸집이 앙바틈하고 머리를 짧게 올려친 모습이 일반 회원들과는 느낌이 좀 달라 보였다. 사람이 빚을 지고 나면 자꾸만 남의 눈치를 보게 되는 모양이다. 그렇게 생긴 사람이 한 번 집으로 카드 빚 독촉을 하러 온 뒤로는 그 비슷한 차림만 보아도 나는 더럭 겁이 났다. 어쩌면 순수하게 답사에 따라왔을지도 모른다. 내가 너무 과민한 탓이려니 여기며 애써 눈길을 딴 데로 돌렸다. 모두 열일곱 명이 둘러앉아 손뼉을 치며 얼씨구, 하고 장단을 맞추었다. 미니 버스가 반이나 찰까 걱정했는데 다행이었다.

둘이서 번갈아가며 사설을 풀고 난 뒤 남편은 회원들을 사각형의 석불 대좌 앞으로 데려갔다. 몸통인 석불은 날아가고 없고 받침대만 덩그마니 남아 있었다. 그는 회원들에게 소원을 빌라고 했다. 나는 눈을 감은 채 피식 웃음을 지었다. 남아 있는 받침대의 웅장함만으로도 사라지고 없는 석불의 크기가 짐작되었다. 그렇다 해도 달아나고 없는 불상에 대고 기도를 하라니. 기도를 끝낸 남편은 일행을 회화나무 아래로 데려갔다. 나무 밑에 '천연기념물 4호, 수령 700년 이상'이라고 쓴 표지판이 붙어 있었다.

먼저 달려가 나무 밑에 선 남편은 만세 부르는 자세로 서서 두 팔을 하늘로 올리고 펄쩍펄쩍 뛰고 있었다.

"조금 있다가 이 나무 밑에서 열리는 동신제(洞神祭)에도 참가할 겁니다."

그는 큰 소리로 외쳐댔다. 동신제 날짜를 답사회 모임과 맞추느라 그는 이장과 여러 차례 전화를 주고받았다. 일이 성사된 것이 기쁜지 남편은 계속 제자리 뛰기를 했다. 나무 밑에서 만세 부르며 뛰는 남자. 베이징 시내에서 이사를 부탁한 영화 속의 사내가 하던 짓과 똑같았다. 언젠가 강렬한 인상으로 머릿속에 남은 그림. 빈 절터에 온 게 뭐가 그렇게 좋은지 입을 다물지 못하는 남편을 보자 그제야 생각이 났다. 시나리오 창작 카페에서 문우들과 같이 보았던 첸 카이거의 단편 영화 「깊이 숨겨진 백송이 꽃」의 한 장면이었다.

보물을 찾으라는 사내의 채근에 인부들은 갈아놓은 흙더미 속을 뒤지기 시작한다. 기껏 찾아낸 거라고는 깨어진 도자기와 기와조각들뿐이다. 트럭에 싣지 않고 뭐 하느냐는 사내의 호통에 인부들은 빈손으로도 뭔가를 잡은 듯 끙끙대며 차에 올리는 몸짓을 한다. 아무것도 캐낸 것이 없는 빈손인데도 고이고이 들고 가는 척하는 모습만 보아도 사내는 흡족해한다. 사내는 입이 째져라 웃고 있다. 한 인부가 무언극 배우처럼 두 손을 모아 뭔가를 잡고 조심조심 가져가는 연기를 하다가 그만 발을 헛디뎌 넘어지고 만다. 넘어졌으니 손을 놓아버린 건 당연한 일이다. 사내는 불같이 화를 낸다. 사내의 눈엔 쨍그랑 하는 소리와 함께 자기 집 가보였던 백자 화병이 산산조각 나는 모습이 보인다. 빈손으로 무언극을 하던 인부는 흙을 털며 일어나 머쓱해한다. 사내는 부서진 백자 조각을 줍지 않고 뭐하느냐고 고함친다. 인부는 흙더미 위에 떨어진 사금파리를 주워 부지런히 부대에 담는 시늉을 한다. 사내의 눈앞에선 사금파리들이 합해져서 어엿한 백자 항아리로 다시 탄생한다. 영화 속 사내의 얼굴이 환하게 밝아온다.

하루 종일 사내는 보물을 찾아내라고 인부들을 다그친다. 다른 인부가 반 토막 난 쇠붙이 조각을 찾아낸다. 사내의 귀에는 영롱한 소리가 들리고 눈에는 자기 집 처마에 달려 있던 물고기 모양의 풍경이 떠오른다. 사내가 좋아라 환호성을 지르자 인부들은 괴상한 사람도 다 있다며 빈 트럭을 몰고 사라진다. 그때 사내는 나무 밑에서 만세를 부르며 소리친다.

"우리 집 이사했다. 우리 집 이사했다."

나무를 바라보며 영화 장면을 떠올리다가 다시 빈 절터로 눈길을 돌렸다. 그사이 남편이 무슨 전설을 들려주었는지 회원들은 연신 웃음을 터트리고 있었다. 즐거워하는 회원들의 모습을 보면서도 나는 도무지 알 수가 없었다. 오래된 천연기념물 한 그루뿐, 비어 있는 절터에 뭐 볼 게 있다는 것일까. 나는 아침에 나오면서 오늘로 마지막이라고 결심했다.

"다시는 당신 따라다니지 않을 거야."

간밤에도 남편과 심하게 말다툼을 벌이다 나는 매섭게 쏘아붙였다.

"당신 따라다니다가는 아이들 굶기겠어. 차라리 내가 시나리오 당선되는 게 더 빠르지. 정말 끝이야."

그는 사이트 업데이트에만 몰두하느라 내 말은 듣는 둥 마는 둥 아무 반응도 없었다.

인터넷 주소 창에 www.passage.com을 치면 우리 사이트가 떴다. 원래 패시지는 '이주'나 '수송,' 또는 '통로'라는 뜻이지만 남편이 '폐사지'를 영어로 음역한 것이었다.

일주일에 한 번씩 빈 절터를 찾아다니니까 마치 정기적으로 이사 다니는 기분이었다. 신혼 때부터 셋방을 옮겨다니느라 이사라면 신물이 났다. 그런데도 그는 왜 또 이사를 그렇게 자주 가자고 하는지 알 수 없는 일이었다. 요즘 우리가 하는 '이사'는 빈 절터에 대한 사전 답사와 문헌 조사로부터 시작되었다. 그런다고 저절로 부자가 되다니. 황당하기 짝이 없는 생각인데도 남편은 자신의 이론을 굳게 믿고 있었다. 아파트 청약이고 땅 투기고 필요 없어. 절터로 이사 다니다 보면 우리는 일주일 단위로 점점 더 부자가 될 테니 두고 보라고.

사이트의 메뉴 이름도 여간 신경 써서 지은 게 아니었다. 전국의 옛 절터를 소개하는 폴더엔 '고달사지 비천상이 당신을 불러요' '꿀꿀할 땐 미륵사지에서 백제 무왕과 칼싸움을' 같은 이름을 달아 네티즌의 관심을 끌려고 했다. 천연기념물을 소개하고 보호하는 폴더에도 튀는 이름을 달았다. 이를테면 '우리 동네 배롱나무 천연기념물?' '플래카드 압정에 보호수가 울어요.' 그런가 하면 '당신의 나무를 지정하세요'는 천연기념물이나 보호수 중에서 자기 나무를 정하라고 권하는 폴더의 이름이었다. 자기 나무를 정해놓고 지킴이 노릇도 하면서, 괴로울 때나 깊이 생각할 일이 있을 때 찾아가 쉬다 올 수 있도록 주선해주는 방이었다.

가장 클릭 수가 많은 곳은 '장학금 주는 나무'라는 방이었다. 우리가 직접 가서 찍어온 사진이 떠 있고 그 밑에 노인의 말이 적혀 있었다.

"회화야, 내 재산으로 부디 좋은 일 많이 해다오."

오래전 후손 없이 세상을 떠나게 된 노인은 나무에게 전 재산을 물려주었다. 천연기념물 400호였던가.

“우린 회화나무한테 장학금 받아요.”

어느 학생의 글도 올라와 있었다. 나무는 자기 논밭에서 나오는 수입으로 세금도 내고 장학금도 주었다. 애완동물에게 재산을 남기는 경우는 간혹 볼 수 있었다. 얼마 전 캐나다의 어느 부호가 죽으면서 자신의 고양이에게 저택과 현금을 합해 10억 원이 넘는 재산을 물려주었다는 기사를 읽었다. 하지만 나무가 재산을 받은 경우는 경북 예천의 그 회화나무가 처음이 아닐까 하는 생각이 들었다.

어떤 곳에는 1년 건강 관리비가 수천만 원 책정된 멸종 위기의 고목도 있었다. 회원들이 그런 나무들을 자기 나무로 지정하고 관심을 갖는다면 지킴이 역할을 톡톡히 해낼 수도 있을 것이다. 남편은 그 지방 주민과 네트워킹을 해두어서 천연기념물 지킴이 민박 프로그램도 개발하고 있었다. 어때, 기발하지? 폴더 이름 하나 지어놓고는 멋지다며 무릎을 치는 그에게 나는 일부러 찬바람을 쌩쌩 날렸다.

“발 부르트도록 돌아다녀봤자 남는 게 뭐가 있어? 아이디어만 좋으면 뭘 해. 돈은 어디서 생겨?”

비어 있는 절터엔 차가운 겨울바람만이 이따금씩 몰아닥쳐서는 바싹 마른 잡초들을 들썩이곤 했다. 마른 풀 더미 속에 듬성듬성 박혀 있는 주춧돌은 공룡의 화석인 양 괴이한 느낌을 주었다. 밤이면 소복 차림의 원귀라도 나올 것처럼 으스스한 분위기였다. 주변에 온전한 것이라고는 입구에 서 있는 회화나무뿐이었다. 폐허가 된 절터 옆에 이렇게 옹골찬 나무가 당당하게 서 있다는 게 믿어지지 않았다. 아직 잎이 피지 않았는데도 사방으로 균형 잡히게 뻗어나간 가지의 기세가 예사롭지 않았다. 잔가지 하나하나를 모두 펼친 앙상한 나무는 차가운 바람을 기꺼이 들이켜고 있었다. 나뭇가지 사이에 살짝 걸린 듯 만 듯한 푸른 기운이 눈앞에 어른거렸다.

"젠장, 개처럼 목이 매어 살 순 없어."

회사에 다니다 구조조정으로 쫓겨난 남편은 어느 날 자다 말고 벌떡 일어나 소리쳤다. 세 살, 여섯 살의 남매를 옆에 끼고 자던 나는 살며시 일어나 쉿 하며 손가락을 입에다 댔다. 아빠가 방학을 맞은 걸로 알고 있는 아이들은 아무것도 모르고 잠들어 있었다. 서른 후반까지 가족 때문에 겨우 참고 회사에 다녔지만 그는 전부터 자기 일을 하고 싶어 했다. 이제나저제나 새 직장을 잡을까 목 빠지게 기다리던 나는 가슴이 철렁 내려앉았다.

"노예같이 살진 않을 거야."

그는 눈에 불을 켜고 나를 노려보며 외쳤다. 직장에 다닐 때도 지방으로 발령을 받을 때마다 그는 단호한 목소리로 말하곤 했다. 나만이 할 수 있는 일을 찾아야 된다며 나뭇가지 사이 허공에다 거미줄을 치는 거미 얘기도 했다. 그렇게 되면 살맛이 날 거라고. 언제나 찡그리고 살다 보니 그의 얼굴엔 어느새 주름이 자글자글했다. 처음엔 내 작은 힘이라도 보태고 싶었다. 그가 신바람 나서 할 수 있는 일만 있다면.

나는 그의 손을 잡고 손바닥만 한 거실로 나왔다. 두어 평 남짓한 거실에서 그와 나는 밥도 먹고 책도 보고 아이들과 함께 그림 맞추기도 했다. 그는 냉장고에서 물통을 꺼내 컵에 따르지도 않고 벌컥벌컥 들이켜고는 마루 한가운데에 털썩 주저앉았다. 남편이 두 다리를 뻗고 마루 한가운데를 턱하니 차지하고 앉자 나는 앉을 데가 마땅치 않았다. 나는 주방 벽면에 달아놓은 타원형의 포마이카 식탁을 펴고 의자에 쪼그리고 앉았다. 접어서 벽에 붙였다 폈다 하는 식탁 아래 동그란 플라스틱 의자가 네 개 놓여 있었다. 이 달에는 전기밥솥, 다음 달에는 세탁기, 하는 식으로 살림을 물어오며 우리 식구에게 매일같이 희망을 날라다주던 그였는데……

실업자가 된 남편은 내 마음을 무겁게 짓누르는 바위덩어리로 변했다. 회사 생활 10여 년 동안 일곱 번이나 이 지방 저 지방으로 옮겨 다니면서도 꾹 참고 견뎌냈던 그였다. 두번째 금융 위기가 닥쳤던 어느 날 대낮에 돌아온 그는 온몸에 힘이 다 빠지고 넋이 나간 표정이었다. 무슨 수가 있겠지. 그동안 너무 애썼는데 좀 쉬어. 말은 그렇게 했지만 집 살 때 빌린 대출금 이자가 당장 큰일이었다. 거기다 아이의 유치원 수업료 걱정에 밥 푸던 주걱을 마룻바닥에 떨어뜨렸었다. 반 년쯤 전 13평짜리 다가구 주택을 마련했다는 기쁨도 달아나버렸다. 그래도 취직을 해야지, 밑천 없이 무슨 사업을 하려고? 내 말은 들은 척도 않고 한숨만 폭폭 쉬던 그의 입에서 활기찬 소리가 터졌다.

"그래, 그거야!"

그는 벌떡 일어나 조립식 다리가 휘청하도록 식탁을 힘껏 잡으며 말했다.

"폐사지 사이트를 만들고 답사 신청을 받는 거야."

그 말을 하면서 남편은 오랜만에 눈빛을 반짝였다. 집을 사무실로 쓰면 되고 참가 신청도 인터넷이나 전화로 받으면 돼. 밑천도 안 드는 대박 아이디어를 건진 듯 그의 얼굴은 환하게 밝아왔다. 하지만 나는 결사코 반대하고 나섰다. 하필이면 왜 썰렁한 빈 절터야, 법당도 사라지고 잡초만 무성한 곳에 볼 게 뭐가 있다고. 그러나 남편은 절터는 비어 있는 게 아니라고 했다.

"거기에는 보이지 않는 무수한 전설이 살아 숨 쉬고 있어."

그 말을 할 때 그의 눈은 이미 다른 세계에 가 있는 것 같았다. 지금은 격주 휴일이지만 학교가 주 5일제가 되면 우리 사이트는 분명히 떠. 목소리엔 자신감이 넘쳤다. 그는 점점 영화 속의 미치광이 사내가 되어갔다.

"빌어먹을, 도저히 못해먹겠어. 인건비도 안 나오는 일을 왜 계속해야 돼? 뜬구름 잡는 짓 좀 집어쳐!"

나는 배낭을 마루에 팽개치며 소리쳤다. 지난 주 답사에서 돌아왔을 때였다. 남편이 업그레이드 일로 바빠 현장에는 나 혼자 갔었다. 까다로운 회원들에게 시달리느라 녹초가 된 데다 경비를 제하고 나자 남은 게 없었다. 미닫이 방문이 살며시 열리고 누렇게 뜬 얼굴에 부스스한 머리를 한 남편과 눈이 휘둥그레진 두 아이의 얼굴이 나타났다. 엄마와 함께 과자 봉지를 기다리던 아이들은 뜻밖의 일을 당해 울먹였다. 그는 묵묵히 배낭을 집어 안방에 들여놓고는 뒤로 와서 말없이 나를 껴안았다. 나는 그의 팔을 사납게 뿌리쳤다. 씨근덕거리는 내 숨소리 사이사이 그의 깊고 침착한 숨소리가 들렸다. 그런 숨소리를 들었다면 전 같으면 도저히 그의 팔을 뿌리치지 못했을 것이다.

원룸에 신혼살림을 차릴 때도 그랬다. 그는 뒤로 와서 나를 껴안았다. 그의 가슴은 뜨거웠다. 그가 뒤로 와서 껴안을 때 나는 은근한 흥분을 느끼곤 했다. 그럴 때면 부엌일이나 청소를 하다 말고 그 자리에서 껴안고 뒹군 적도 여러 번 있었다. 하지만 요즘은 내 몸이 달라졌다. 아이들을 굶길지도 모른다는 생각이 들면서 잠자리에 대한 욕구가 싹 사라졌다. 뒤로 와서 슬며시 안아도 짜릿해오던 몸이 이젠 그가 가슴을 간질이거나 혀로 귓불을 핥아주어도 아무렇지 않았다.

마이크를 내리고 내가 한숨 돌리고 있을 때였다. 사학과 동아리 알찾사의 남학생 한 명이 일어서서 자신도 전설 한 꼭지를 발표하겠노라고 말했다. 프로그램에는 없는 순서였지만 회원들도 대부분 환영하는 눈치였다. 분위기는 무르익어 까르르 까르르 웃음소리가 자주 터져나왔다. 그런데도 검은 점퍼 남자는 여전히 긴장을 늦추지 않고 있었다. 나의 선입견 때문이었을까. 아무튼 나는 대학생이 나서는 게 재미있다 싶어 주저하지 않고 마이크를 넘겨주었다. 그는 구성지게 읊어댔다.

"혜목산 기슭에서 원감국사 부도를 보았는가. 팔각형의 지대석 위에 거북과 네 마리 용, 구름과 연꽃이 살아 움직이는도다. 큰스님 사리라도 들었을세라, 밤손님이 쉴 새 없이 찾아오니, 밤에는 원감의 애인이 귀신되어 지키고, 낮에는 원감의 제자가 독사되어 지키는도다."

모두들 박수를 치며 웃음을 터뜨렸다. 장구 소리에 장단을 맞추는 남학생의 솜씨는 보통이 아니었다. 그는 며칠 전 신문에서 고달사지에 도둑이 들었다는 기사를 보았다고 말했다. 평소에 좋아하는 절터여서 미리 조사를 많이 해두었다고 했다. 어쩌면 죽은 뒤에도 유령이 되어 이 절터를 지킬지도 모른다며 그는 씩 웃었다. 덧니를 살짝 드러내며 웃는 모습이 풋풋해 보였다. 그는 오른쪽 능선 밑에 서 있는 부도를 가리켰다. 도둑이 탑 지붕을 내리고 속을 뒤진 뒤 처마 끝에 달린 장식인 귀꽃을 잘라갔다는 것이다. 부도 앞에 빨간색 줄이 쳐지고 나무를 덧대어놓은 걸 보니 고치는 중인 것 같았다.

요즘에도 부도에 관심이 있는 학생을 보자 왠지 든든해 보였다. 갑자기 비슷한 데 관심을 쏟고 있으면서도 전혀 다르게 느껴지는 두 사람의 모습이 비교되어 보이기 시작했다. 콧노래를 부르며 즐겁게 절터를 돌아다니는 팔팔한 대학생과 골방에 들어앉아 누렇게 뜬 남편의 얼굴. 남편이 지금 저 대학생이라 해도 내가 이렇게 못마땅하게 생각할까. '폐사지 닷컴'은 그에게서 젊음을 앗아가버렸다. 마흔도 안 되어 폭삭 삭아버린 중늙은이.

삶이 이토록 고달파지기 이전부터 우리 부부가 알고 있던 나무가 있었다. 그 나무를 생각하자 가슴이 찌르르했다. 우리가 만나 맺어지는 것을 보았던 나무. 그러나 한 귀퉁이에 두려움의 가지를 치고 있어 애써 떠올리고 싶지 않은. 인사동 어느 은행 앞에 서 있는 나무였다. 그리 오래되진 않아 보였지만 고층 건물로 둘러싸인 작은 광장에 나무 한 그루가 서 있는 모습이 처연하면서도 꿋꿋해 보였다. 둘이 사귀기 시작할 때 그는 늘 그 나무 밑에서 만나자고 했다. 주머니가 넉넉하지 못했던 우리는 퇴근하고 나서 그 나무 밑에서 만나 근처의 포장마차로 들어가곤 했었다. 내가 나무 이름을 궁금해하자 그가 회화나무라고 일러주었다. 회화라는 이름이 얼마나 근사하던지. 이 나무에 대한 나의 관심은 그때부터 시작되었다. 예부터 정승 집이나 선비 집에 심었다고 해서 학자수로도 불린다고 했다.

백과사전에는 콩과의 낙엽교목이라고 되어 있었다. 영문으로는 재패니즈 파고다 트리Japanese Pagoda Tree, 또는 차이니즈 스콜러 트리Chinese Scholar Tree였다. 일본이나 중국에서는 왜 탑이나 학자라는 이름을 붙여주었는지 모르지만 나는 회화라는 이름이 마음에 들었다. 한자로는 괴목(槐木)이고 꽃을 괴화(槐花)라고 부르는데 괴(槐)의 중국 발음이 '회'이기 때문에 우리말로는 회화나무나 홰나무로 불렀다. '회화'라는 이름은 마치 그림이란 말 같아서 좋았다. 전지가 필요 없을 정도로 저절로 하나의 아름다운 모습을 갖추어가며 자라니까. 나무에 걸

286

맞은 이름이었다.

물론 학자수라는 이름도 그럴싸하긴 했다. 퇴계의 도산서원에는 지금은 밑동만 남아 개미집이 되어버렸지만, 수백 년 된 회화나무가 있었다. 퇴계의 모습이 들어간 천 원짜리 지폐 뒷면에 무성한 이 나무의 모습이 새겨지게 된 것도 그 때문이었다. 중국에서 선비의 집이나 무덤가에, 또는 가로수로 많이 심던 나무였다. 언제 우리나라에 들어왔는지는 확실치 않지만 기록으로 보아 삼국시대 이전에 들어온 것으로 짐작된다고 했다.

언젠가 덕수궁 뒷길을 걷다가 이 나무들을 만난 적이 있었다. 가로수로만이 아니라 궁과 대법원 정원에도 있었다. 그 일대가 일반 여염집이 있던 동네는 아니었던 만큼 그 시절에는 아마도 상서로운 동네의 가로수나 정원수로 심은 듯했다. 몇 년 전 서울 올림픽대로 양쪽에 가로수를 새로 갈아 심고 있는 것을 보았다. 회화나무였다. 인사동과 덕수궁 길에서나 보았던 나무를 현대적인 대로에서 보게 되자 길이 새삼 얼마나 정겨워 보였던지.

결혼 전에 광릉수목원에 갔을 때였다. 신기한 걸 보여주겠다며 운을 뗀 남편은 회화나무 잔가지를 꺾어 내 코에 대주며 말했다. 맡아봐, 가지에서 향기가 나거든. 그러니까 몸에서 향기가 나는 셈이지. 그 가지에서는 독특한 냄새가 물씬 풍겼다. 한 번 맡으면 결코 잊을 수가 없는 향기. 그 향내에 이끌려 그 뒤로는 회화나무만 보면 냄새가 맡고 싶어졌다. 그러다 결혼하고 나서 먹고사는 일이 줄타기처럼 아슬아슬하게 느껴지던 어느 날, 나는 악몽을 꾸었다. 인사동의 그 회화나무가 신음 소리를 내며 쓰러졌다. 나는 자다가 깨서는 소리쳤다.

"나무가 쓰러졌어. 나무가……"

음 음 하는 신음 소리까지 났다고 말해도 남편은 피곤해서 가위눌린 거라며 대수롭지 않게 여겼다. 등줄기에서 식은땀이 흘러내렸다. 불길한 예감이 들기 시작했다. 무슨 일이 터질 것 같았다. 내가 안절부절못하자 남편은 자신 있는 말투로 나를 안심시켰다.

"걱정 마, 내가 나무 의사가 돼서 고쳐주면 돼."

결혼 전부터 영화감독이 되지 못하면 나무 의사가 되는 게 그의 꿈이었다. 임산학과나 산림자원학과를 나온 것도 아니니 나무 박사가 되려면 앞으로 몇 년은 더 공부해야 될 것이다. 그쪽으로만 나간다면 나도 얼마든지 뒷바라지해줄 마음이 있었다. 나는 남편이 숲 속에 왕진 가서 나무를 치료하는 모습을 그려보았다.

링거 주사를 나무 몸통에 꽂아놓고 병든 곳을 칼로 도려내며 수술을 하는 그의 손은 어느 외과의사의 것보다도 재빠르고 정확해 보였다. 수술 흉터가 난 곳에다 코르크로 인공 껍질을 만들어 성형을 해주는 손길은 다정하고 살뜰했다. 그는 나를 끌어안고 다독거리면서 말했다.

"그래도 살아나지 못하면 어느 영화에서처럼 나무를 다시 심으면 돼. 죽은 나무를 심고 3년 동안 물을 주고 정성들여 가꾸었더니 꽃이 피었다고 했잖아."

어제는 자정이 넘도록 동네 피시방에서 시간을 죽였다. 밤낮 가리지 않고 전화 공세를 하던 신용정보회사 직원이 쳐들어온 다고 으름장을 놓았기 때문이었다. 카드회사에서 채권추심업자 에게 넘긴 모양이었다. 만나주지 않으면 고객들 앞에서 망신을 주겠다고 했다. 이름은 그럴싸한 무슨 신용정보회사였지만 직 원들은 무법자처럼 큰 소리로 욕지거리와 협박을 해댔다. 설마 하니 남의 영업장에까지 쳐들어와서 쪽박을 깨랴 싶었지만, 친 구들은 절대 만나주지 말라고 일러주었다. 빚쟁이는 피하는 것 이 상책이라고.

나는 새벽 1시가 넘어서야 집으로 돌아왔다. 어두운 골목길 에서 검은 점퍼가 불쑥 튀어나와 덮칠 것만 같았다. 간이 콩알 만 해져서 집 앞까지 걸어오는 동안 계속 뒤를 돌아다보았다. 밖으로 난 계단을 통해 다가구주택 3층까지 올라오는데 뒷골이 쭈뼛했다. 나를 쏘아보는 검은 점퍼의 매서운 눈초리가 뒤통수 에 느껴졌다. 가슴이 조여드는 것을 겨우 참고 현관문을 열고 들어와 재빨리 문을 잠그고는 문에 한참 기대서서 가슴을 쓸어 내렸다. 아이들은 이불도 펴지 않고 방바닥에 쓰러져 잠들어 있 었다.

남편은 언제 들어왔는지 컴퓨터 앞에 앉아 있었다. 사람들 말대로 그는 어디에 홀린 사람 같아 보였다. 일에 열중한 나머 지 문소리도 듣지 못했나 보았다. 인기척도 느끼지 못한 채 열심히 키보드만 두드렸다. 나는 하루 종일 돌아다니느라 퉁퉁 부은 다리를 이끌고 겨우 이부자리를 폈다. 아이들을 안아 옮겨 눕힌 뒤 어질러진 집 안을 정리하고 걸레질을 했다. 싱크대에는 라면을 끓여먹은 냄비며 김치 그릇 등이 수북이 쌓여 있었고 바퀴벌레가 기어 다녔다. 빚쟁이를 피해 다니느라 청소할 시간이 없어 바퀴벌레가 들끓었다. 서랍에서 바퀴벌레 약을 꺼내 부엌 여기저기 붙이고 바닥을 닦았다. 인형이 냉장고 앞에 뒹굴고 있는 걸로 보아 아이들끼리 뭘 해먹으려 한 게 분명했다. 이렇게 키우려고 아이를 낳진 않았다는 생각이 스쳤다. 남편은 쳐다보기도 싫었다. 이젠 눈을 흘길 기운도 없었다. 나는 라면을 끓여 혼자 꾸역꾸역 먹었다. 그에겐 저녁 먹었느냐고 물어보지도 않았다.

음울한 생각을 떨치려고 고개를 들어 오른쪽 능선을 바라보았다. 산수유 꽃이 눈부시게 노란빛을 내뿜고 있었다. 그 밑에 큰 부도가 보였다. 도둑이 들었다는 얘기에 호기심이 발동하는지 모두들 대학생을 따라 부도 쪽으로 옮겨갔다. 신라시대 원감대사의 것으로 추측되는 부도는 크기도 웅장한데다 전국적으로도 가장 아름다운 부도로 손꼽혔다. 회원들의 시선은 도둑이 손을 댔다는 부도의 지붕으로 모아졌다.

"신라 시대에 선종(禪宗)이 우세해지자 스님의 지위가 높아졌죠. 그러자 부처의 사리를 모시는 불탑 같은 스님의 승탑이 많이 만들어졌어요. 그것을 부도라고 불렀죠. 사리함과 보물은 일제 때 도난당해 남은 게 없습니다."

그는 도굴꾼들이 그 사실도 모르고 돌 지붕을 내려놓고 속을 들쑤셔놓았다며 쯧쯧 혀를 찼다.

"밤엔 머리 풀고 있는 귀신이 보여요. 원감스님 애인이죠. 저 돌계단엔 독사가 혀를 날름거리고 있고요. 스님 제자 원종스님이에요."

대학생은 그럴듯한 전설을 만들어냈다. 팔각형의 몸돌 가운데에는 거북이가, 네 귀퉁이에는 용이 노닐고 있었다. 나는 처마 밑에 새겨진 비천상에 마음이 끌렸다. 젊은 여인이 옆으로 누워 옷자락을 바람에 휘날리며 날고 있었다. 살며시 미소를 띤 모습이 거칠 것 없이 자유로워 보였다. 절터 답사를 여러 번 다녔지만 '높은 곳에 이른다'는 뜻을 지닌 고달사지에서 처음으로 부도란 것을 자세히 살펴보게 되었다. 천 년 전의 절터라니……

한 여자가 있었다고 하자. 이름은 소희라고 할까. 치렁치렁한 신라 옷을 걸치고 뒷머리는 선녀처럼 두 줄로 땋아 올린 서라벌 처녀. 경기도 여주 고달사까지 달포를 걸어오느라 발이 부르트고 녹초가 되어 몸을 가누기 힘들다. 소희는 서라벌에서 온 애인 현욱을 찾는다. 그러나 이미 구족계를 받은 현욱은 돌아보지도 않고 동자승에게 이른다.

"그는 아무 데도 머무르지 않는다고 일러라."

소희는 불자들 틈에 섞여 멀리서 현욱의 선법을 들으며 평생을 보낸다. 수십 년 뒤 현욱의 다비식이 있던 날, 자신은 죽어서 회화나무가 되어 그의 부도를 지키고 싶다고 소원한다.

처마 밑에 새겨 넣은 비천상은 공양보살 소희의 모습인지도 몰랐다. 소희의 소원은 결국 이루어졌다. 그녀는 현욱의 부도를 지키는 회화나무로 환생했고 이제 수령 700년을 헤아리게 되었다. 나뭇가지에 보일 듯 말 듯 걸려 있던 서기는 아마도 소희의 넋인지도 알 수 없었다. 남편은 회원들을 데리고 절터 입구에 있는 회화나무 밑으로 왔다. 그늘 밑에는 빙 둘러 평상이 깔려 있어 나무는 그야말로 마을의 정자였다.

그 나무를 바라보면서 나는 지구 전체에 가지를 뻗고 뿌리를 내린 거대한 한 그루의 나무, 세계수(世界樹)를 떠올렸다. 북구의 신화 속에 나오는 이그드라실이라는 그 나무는 뿌리 부분에서 대지에 물을 대어주고 인간에게 살아갈 터전을 마련해주는 샘이 솟아난다고 했다. 그들의 신화에서는 최초의 인간도 이 나무에서 태어났고, 그 수액과 열매는 특히 임산부에게 자양분을 주는 것으로 알려져 있었다. 이그드라실이 그렇듯 고달사지의 회화나무는 죽은 절터를 살아 숨쉬게 하는 나무였다. 절터가 이 나무 덕택에 아직도 살아 있듯이, 남편과 나도 어쩌면 이 나무에 기대어 오늘 하루를 살아가고 있는지도 모를 일이었다. 탑나무나 학자수란 이름보다는 생명의 나무라고 하는 게 더 알맞지 않을까 싶었다.

동신제를 지낼 차례가 되자 주민 10여 명이 모였다. 주로 어른들이었지만 호기심 어린 눈을 한 아이들도 제법 끼어 있었다. 타지 사람이 와서 밤 놔라 대추 놔라 하는 모습이 사뭇 신기한 모양이었다. 제주와 제관으로 뽑히면 그날부터 문밖 출입을 삼가고 술, 담배, 육류를 금하고 부부도 각기 딴 방을 쓴다고 했다. 제단 주변에는 황토가 깔려 있고, 솔가지를 끼운 금줄이 쳐졌다.

집사자가 따로 있었지만 제주가 된 남편은 제관들이 설 자리를 일일이 정해주었다. 답사회를 주관하는 사이트의 운영자인 이상 아무도 이의를 달 사람이 없었다. 제단은 술떡과 돼지머리, 각종 과일과 포와 전 등으로 풍성했다. 그는 향을 피운 뒤 제단 앞에 꿇어앉았다. 집사자가 초헌!이라고 말하며 술잔을 건네주자 남편은 잔을 향로 위로 세 번 돌려 제단에 올리고 두 번 절을 올렸다. 그때 회원 한 명이 나지막하게 대금을 불었다. 마을 사람들은 모두 멍석에 무릎을 꿇고 앉았다. 다들 대금 소리를 따라 신이 내리기를 조용히 기다렸다. 독축 순서가 왔다. 나는 남편이 붓글씨로 써온 두루마리 축문을 가방 속에서 꺼냈다. 남편에게 건네주려고 할 때 부도를 설명했던 대학생이 손을 내밀었다. 당연히 자신이 읽어야 한다는 듯 당당한 태도였다. 나는 아무 말도 하지 않고 그것을 건네주었다.

"기축년 삼월 십이 일, 고달사지 회화나무, 그리고 큰스님 원감과 그 제자 원종스님, 맑은 술과 조촐한 음식 차렸사오니 강림하시어 흠향……"

그는 생동감 있는 목소리로 축문을 읽어나갔다. 그때였다. 맨 뒤에 앉아 있던 검은 점퍼가 슬며시 일어섰다. 처음부터 우리를 노려보는 눈길이 석연치 않던 남자였다. 그는 자신의 뒤에 서 있던 남편의 멱살을 잡더니 다짜고짜 끌고 나갔다. 회원들과 마을 사람들은 앞을 향해 꿇어앉아 있어 무슨 일이 벌어지는지도 몰랐다. 나는 드디어 올 것이 왔다는 생각이 들었다. 해결사임이 틀림없었다. 밤낮 없이 전화를 해대던 신용정보회사에서 보냈을 것이다. 동네 어귀 육교에 걸린 글귀만 보아도 가슴이 덜컥했었다. '떼인 돈 받아드립니다.' 그런 일이 우리에게도 닥친 것이다.

작년에 서버의 용량을 키우고 신문과 인터넷에 광고를 하느라 무리하게 카드를 긁은 게 화근이었다. 그 돈으로 답사회 소식을 동영상으로 올리고, 자유게시판과 채팅방을 열게 된 날, 남편은 어린아이처럼 두 손가락으로 브이 자를 그리며 좋아했었다. 게시판에 정말 좋은 사이트라는 글이 올라오자 회사를 그만두고 나서 모처럼 활짝 웃었다. 그 웃음의 값이 얼마나 클지는 그도 나도 짐작하지 못했다. 끌려가는 남편의 모습 뒤로 대학생의 목소리가 울려 퍼졌다.

"중국에서 도를 닦던 찬유에게 스승인 대동선사가 말했습니다. '멀리도 가까이도 가지 말라.' 그러자 찬유는 대답했습니다. '멀리도 가까이도 가지 아니할 뿐 아니라 또한 그 어디에도 머무르지 않습니다.'"

앞부분은 곧 잊어버렸지만 '그 어디에도 머무르지 않습니다'라는 말이 내 머리 속에서 메아리쳤다. 선사는 그 말에 찬유의 득도를 인정하고 돌아가라고 했다. 그가 돌아와 고달사의 정신적인 지주인 원종대사가 되었다. 젊은이가 스님의 자취가 배어 있는 현장에서 읽어가자 그 말은 새로 태어난 듯했다. 스승 현욱이 소희에게 전하라던 말이기도 했다. 두 스님을 위해선 절이 없어진 게 다행이라는 생각도 들었다. 그들이 아무 데도 머무르지 않기 위해 고달사는 마땅히 사라져야 했는지도 몰랐다.

작은 몸집에 요즘 들어 더 말라깽이가 된 남편은 저항 한 번 하지 못하고 맥없이 끌려갔다. 어디론가 끌려가 심하게 얻어맞을지도 모른다. 집을 경매 처분해서라도 빚을 갚겠다는 각서를 쓰게 될 것이다. 나는 답사회고 뭐고 다 팽개치고 남편을 따라가려고 나섰다. 미운 남편이지만 남에게 험한 일을 당하는 것만은 볼 수 없어 있는 힘을 다 모아 싸울 태세를 취했다.

끌려가는 남편은 뒤를 돌아보며 오른손 검지를 펴서 입에 대고 왼손은 펴서 아래쪽을 다지듯이 흔들어댔다. 잠자코 앉아 있으라는 표시였다. 자신의 사업 밑천인 '폐사지 닷컴'이 깨지는 것만은 막아야겠다는 몸부림이었다. 나는 주먹을 쥐고 몸을 부르르 떨며 두 사람을 따라갔다. 행여 회원들이 눈치챌 새라 남편은 입도 뻥끗하지 않고 나더러 돌아가라는 손짓만 계속해댔다. 먹살을 잡힌 채 온힘을 다해 신호를 보내는 남편의 처절한 몸짓에 나는 어쩔 수 없이 발걸음을 멈추었다. 나더러 어쩌란 말인가. 한 눈은 남편을, 다른 눈은 회화나무를 바라보면서 나는 엉거주춤한 자세로 서 있었다. 잡혀가는 남편의 얼굴은 그러나 야릇하게도 당황하거나 겁이 난 표정이 아니었다. 마치 첸 카이거의 영화 속에 나오는 미치광이 사내처럼 여유가 있어 보였다.

나는 남편이 옛 절터에 왜 그렇게 매달리는지 조금은 알 것 같았다. 내 귀에는 큰스님의 기침 소리가 들려오는 듯했다. 불자들이 구름같이 모여들었다는 고달사. 신륵사도 그 입구에 지나지 않았다는 대가람이 지금은 적막하고 텅 빈 절터로 변해 있었다. 마치 땅 위에 생겨난 모든 것들은 소멸하는 것이 마지막 임무라는 듯이. 그곳은 전설과 큰스님들의 발자취와 소희의 숨결이 스며 있는 화려한 폐사지였다. 어둠 속에 한낮의 고즈넉한 시골 풍경과 일몰의 붉은 태양이 숨어 있듯이. 마을은 어둠으로, 절터는 세월로 가려져 있을 뿐 모든 아름다움은 거기 그대로 있었다. 그 모든 것을 보았고, 알고 있는 나무.

소희의 넋이 걸린 나무는 사랑하는 이의 부도에 다시는 도둑이 들지 않기를, 이장은 마을에 평안이 깃들기를, 알찾사는 정말 알찬 문화 콘텐츠를 찾게 되기를 빌 것이다. 나는 기도할 마음도 되지 못했다. 대금 소리는 흐느끼고 있었다. 내가 기댈 데는 오로지 그 나무뿐이었다. 나무 향기를 맡으며 한 가닥 위로를 받고 싶었다. 손을 올려 잔가지 하나를 땄다. 물이 오르고 있는지 낭창낭창한 가지는 잘 부러지지 않았다. 껍질 밑으로 연듯빛이 감돌았다. 간신히 부러뜨려 코에다 댔다. 광릉수목원에서 그와 함께 맡았던 진한 향기를 기대했다. 가슴이 섬뜩해왔다. 아무 냄새도 나지 않았다. 튼실한 나무인데다 한창 물이 오르고 있는 가지에서 냄새가 나지 않을 리 없었다. 향기가 나지 않는 회화나무란 상상도 할 수도 없었다.

눈길은 남편을 향한 채 나는 나뭇가지를 다시 코에 바짝 갖다대고 냄새를 맡았다. 나뭇가지에서 냄새가 나지 않는 것인지 내 코가 냄새를 맡지 못하는 것인지 모를 일이었다. 좀체 나지 않는 향기를 맡으려고 쿵쿵대는 내 얼굴은 낭패감으로 점점 일그러졌다. 향기도 어디론가 옮겨 다니는 것일까. 빈 절터의 전설과 옛 스님의 발자취를 찾아낸 남편은 지금 스스로 '우리 집 이사했다'고 생각하고 있을지 몰랐다. 혹시 흡족한 미소라도 짓고 있는지도. 이번에는 영화 속 사내가 아닌 남편의 목소리가 내 귀에 또렷이 들려왔다.

"우리 집 이사했다! 우리 집 이사했다!"

물의 축제

리사가 그렇게 쉽게 사라지리라고는 생각지 못했다. 그날 아침 깨어났을 때, 침대 옆자리는 휑하니 비어 있었지만, 미처 예상하지 못한 일이었다. 리사는 어디에 있을까? 리사가 없다면 나도 이 세상에 없다. 옷이며 온몸이 물에 흠뻑 젖은 채 나는 텅 빈 듯한 머리를 붙잡고 축제가 끝난 워킹 스트리트로 들어선다. 멍한 얼굴로 거리를 헤매던 나는 야자수 가로수 아래 벤치에 앉아 물의 축제가 끝난 남국의 거리를 바라본다. 옆에는 바닥을 드러낸 커다란 플라스틱 물통이 그대로 놓여 있다. 축제일이어서 차량이 다니지 않는 거리에는 물이 흥건하고, 시든 꽃송이며 물총과 플라스틱 물바가지 등이 흐트러져 있다.

어디에도 리사의 모습은 찾을 수 없다. 맞은편 상가에서 어린 사내아이가 물총을 주우러 쪼르르 달려나왔을 뿐 미친 듯한 물장난이 벌어졌던 거리는 스산하기만 하다. 거리에 늘어서 있는 파타야 아고고 바며 팔라디움 나이트클럽, 룩께우 꽃걸이 카페의 네온사인에는 아직 불이 들어오지 않았다. 환락가의 밤이 시작되지 않아서인지 관광객들도 뜸하다. 낮에는 시내가 뒤집힐 것처럼 들썩들썩하던 곳에 정적이 흐르자 거리가 갑자기 낯설게 느껴진다. 거리만이 아니다. 모든 것이 처음 보는 것처럼 낯설다. 어느 날 말없이 사라져버린 리사도, 조금 전 리사를 내놓으라며 아무에게나 물총을 쏘아대며 길길이 날뛰던 내 자신도. 낮에 물세례를 받을 때와는 전혀 다른 서늘한 한기가 뼛속까지 스며든다. 오후 한때 34도까지 올라갔던 기온이 해가 졌다고 이렇게 낮아졌을 리가.

본격적인 더위가 시작된다는 4월 13일, 태국의 설날. 송크란 축제는 더위를 식힐 겸 물세례를 주며 서로를 축복하기 위해 시작되었다는데…… 나는 축복을 받기는커녕 무엇엔가 강하게 일격을 받은 것처럼 뻥 뚫린 가슴으로 거리에 혼자 앉아 있다. 팔뚝에 두둘두둘 돋은 소름을 손바닥으로 비비고 다리를 꼬면서 몸을 움츠린다. 얼핏 어떤 생각이 머리를 스친다. 리사도 어디선가 나처럼 떨고 있지나 않을까 하는.

오늘 아침 첫 손님인 백인 여자에게 그 자세로 마사지를 해주는데, 몸이 와들와들 떨렸다. 리사에게 그 마사지를 해줄 때마다 내가 버마재비 신세가 되지 않을까 더럭 겁이 났던 기억 때문이었다. 교미만 끝나면 암컷이 수컷을 아작아작 씹어 먹는다는데…… 백인답지 않게 짜리 몽땅한 여자의 다리는 리사의 것과 많이 닮아 있었다. 중년 여자치고는 몸에 군살이 붙지 않았다. 잘록한 허리며 가느다란 발목이 자꾸만 리사를 연상시켰다. 리사는 하고많은 자세 중에서 유독 버마재비 포지션을 고집했다. 스포츠센터에서 대청소를 한 날 저녁이면 다리에 철근을 단 것 같다면서 넓적다리를 내밀곤 했다. 간지럽다면서도 시원해서 좋다고 깔깔대던 그녀의 웃음소리가 귓가를 맴돌았다.

몸에 딱 붙는 주황색 스판덱스 트레이닝복을 입은 여자는 흰색 매트 위에 똑바로 누워 있었다. 나는 오른쪽 무릎을 꿇고 왼쪽 다리는 90도 세운 자세에서 여자의 오른쪽 발을 내 왼쪽 사타구니에 살며시 얹어놓았다. 여자의 주황색 종아리가 왼쪽 무릎 위에 얹혔다. 왼손으로는 여자의 오른쪽 무릎을 잡고 오른손 바닥으로 여자의 허벅지 안쪽 가장자리를 따라 올라가며 지그시 눌렀다. 내 고개가 손의 움직임을 따라가며 까딱거렸다. 마치 버마재비의 머리처럼.

여자는 입을 조금씩 달싹거렸다. 아마도 시원하다는 반응이리라. 허벅지 안쪽과 바깥쪽에 발목까지 세 줄로 나 있는 센 Sen[12]의 경로를 눌러주는 것이다. 센의 경로를 제대로 찾았을 때 내 손가락 끝은 전기가 오르는 것처럼 저릿저릿하다. 다음에는 오른손으로 여자의 무릎을 잡고 왼손 바닥으로 여자의 허벅

---

12) 기(氣)

지 바깥쪽을 따라 올라가며 눌렀다. 여자는 계속 미소를 띠기도 하고 조금은 부끄러운 듯 웃음소리를 내기도 했다.

리사도 버마재비 자세를 할 때면 곧잘 웃어댔다. 작년 이맘때쯤이었던가. 리사는 내 허벅지에 다리를 올려놓고 버마재비 자세를 가르쳐달라며 재촉했다.

"나 있잖아, 요즘 저녁에 오빠한테 전통 타이 마사지 배우는 재미로 사는 거 알아? 빨리 배워서 전문 마사지사로 뛰어야지."

그러고 나서 몇 달 뒤 그녀는 파타야의 어느 섬으로 출장 마사지를 나간 뒤 종적을 감추었다. 출장 마사지는 함부로 나가는 게 아니라고 일러주었건만. 배운 지 얼마 되었다고. 젠장! 망할 놈의 계집애, 어린것이 당돌하기도 하지. 대체 어디로 증발해버린 것일까. 내가 치앙마이 스쿨에서 3년 걸려 배운 것을 리사는 단 몇 주만에 마스터하려고 안달을 했다. 서두르다 보니 중요한 걸 일러주지 않은 것 같다. 타이 마사지는 몸무게가 비슷한 사람끼리 해야 된다는 것을. 몸무게의 균형이 맞지 않는 사람과 했을 땐 시술자가 몸을 크게 다칠 수도 있는데.

"어째서 버마재비야?"

리사의 물음에 나는 윗몸을 오른쪽으로 살짝 구부려 상대의 왼쪽 허벅지를 손으로 한동안 꾹꾹 눌러주고 다시 왼쪽으로 구부려 상대의 오른쪽 허벅지를 손으로 눌러 마사지하는 자세를 취하면서 대답해주었다.

"잘 봐. 이렇게 내 몸이 왼쪽으로 까딱까딱, 오른쪽으로 까딱

까딱 흔들리지.이 자세가 사마귀의 몸짓을 닮았거든. 그래서 서양에선 '기도하는 사마귀'라고 부르는데 우리는 '범 아저씨'라고 부르지. 그 말이 변해서 버마재비가 되었어."

"사마귀가 굉장히 무서운 모양이지?"

"바로 그거야. 교미가 끝나면 암컷이 수컷을 덥석 잡아먹어 버리거든."

내 말에 리사는 두 손으로 제 머리를 잡고는 끔찍하다는 표정을 지었다. 내가 자기와 버마재비 자세를 할 때마다 머리 밑이 쭈뼛해오는 줄은 전혀 상상도 못하는 것 같았다.

젖은 옷을 걸치고 있어서인지 자꾸만 몸이 오슬오슬해온다. 일어나서 좀 걸어야겠다는 생각이 든다. 벤치에서 일어나 조금 전에 지나온 아치형 간판을 바라본다.

남 파타야 선착장을 지나면 곧바로 워킹 스트리트라고 영어로 쓰인 아치형의 간판이 나온다. 아치 밑으로 들어서면 양쪽으로 상가와 나이트클럽과 발마사지숍, 카바레, 록카페 등이 늘어서 있다. 거리 양쪽 건물과 건물 사이에는 작은 줄 전구를 매달아 밤이면 거리가 온통 축제장마냥 반짝거린다. 아치 아래 오른쪽 기둥은 리사와 내가 언제나 약속 장소로 잡았던 곳이다. 우리는 늘 그 기둥 밑에서 만나 해변의 식당으로 내려가곤 했다.

리사도 나도 만날 때면 언제나 배가 고팠다. 아무 말이 없어도 우리는 복작거리는 사람들 틈새를 비집고 어느새 해물 냄새가 풍기는 식당으로 발길을 옮기고 있었다. 출출한 배를 채우고 나면 선착장 앞에서 붓다힐로 넘어가는 길까지 2킬로나 되는 워킹 스트리트를 거닐며 리사와 나는 파타야의 밤을 기웃거리곤 했다.

야한 쇼를 보여주는 노천카페도 오늘따라 잠잠하다. 파타야에서 제일 번화한 거리가 오늘처럼 이렇게 적막에 싸인 적은 없었는데. 축제의 뒤끝은 언제나 이렇게 허전한 것일까. 리사가 사라진 뒤로 나는 엄마 젖을 뗀 아이처럼 마음을 잡지 못했다. 일도 손에 잡히지 않았다. 그럴 수밖에 없었다. 리사를 만나기 전까지 나는 세상에 없는 녀석이었으니까. 아무도 나의 존재를 인정하지 않았었다.

아침에 백인 여자의 다리를 마사지하면서도 나는 허둥대는 마음을 들킬까 염려스러웠다. 여자의 다리가 움찔했다. 내 불안한 감정이 손끝을 타고 여자에게 전해진 것일까. 식은땀을 흘리며 버마재비를 끝내고 한숨 돌리려고 창밖을 내다보았다. 워킹 스트리트는 송크란 축제 준비로 한창 소란스러웠다. 야자수 가로수 밑으로 상가마다 파랗고 빨간 색깔의 큰 플라스틱 물통을 내놓느라 시끌벅적했다. 우리 바로 옆 뉴욕 제과점 어린 아들은 여러 개의 물총에 물을 채우면서 힘을 주느라 터질 듯이 빵빵하게 빰을 부풀리고 있었다. 맞은편 보석상 집주인은 집 안의 수도꼭지에다 긴 호스를 연결해 인도까지 빼내었다. 거기다 막대 모양의 플라스틱 분사기를 끼어 물 대포를 만들 셈인가 보았다. 지나가는 사람들에게 물을 뿌리고 얼굴에 회칠을 해도 용서가

306

되는 날. 태국식 만우절이라고나 할까.

여자는 이미 며칠 전, 아침 시간에 예약을 해두었다. 운동을 많이 하는지 근육이 탱탱해서 누를 때 힘이 많이 들었다. 여자의 입가엔 서양 여자들 특유의 낙천적이고 밝은 웃음이 흘렀다. 큰 숨을 쉴 때마다 여자의 가슴이 출렁거렸다. 동양에 와서 신비로운 체험을 한다는 기대감에 차 있는 듯했다. 여행 도중에 송크란데이를 맞으셨군요. 네. 그래요. 마사지 받고 나서 물 축제를 구경하러 나갈 거예요. 이 정도 대화는 영어로 나눌 수 있게 되었다. 그놈의 원수 같은 영어. 토익 점수는 그렇게도 오르지 않더니. 30평 남짓한 1층 마시지실에는 양쪽으로 네 개씩 모두 여덟 개의 베드가 있지만 아침엔 다섯 군데만 손님이 차 있었다.

실내엔 「카니발의 아침」이 낮은 기타 멜로디로 흐른다. 손님과 시술사 들의 세포 속으로 허브 향과 함께 잔잔하면서도 흥겨운 리듬이 배어들 것이다. 루이스 미겔의 노래를 틀어줄 걸 그랬나? 가사에 '마법의 시간'이라는 말이 들어 있었지. 하지만 미겔의 목소리를 듣고 지나치게 흥분할 수도 있으니까 기타 음악으로 고르기를 잘한 것 같다. 마사지실은 각 좌석마다 커튼이 쳐져 있고 벽면에는 가부좌를 틀고 부처처럼 앉아 있는 쿠마르바차의 초상이 붙어 있다. 석가의 주치의이자 타이 마사지의 창시자이다. 그의 가르침이 표어처럼 초상화 옆 벽면에 쓰여 있다. 뻔한 상술이려니 하다가 나는 다시 한 번 또박또박 읽어본다. "손님은 모두 부처이니 시술을 대가로 이득을 취하려 하지 말라."

보도를 걷고 있는데 오토바이 폭주족이 달려와 길가에 고인 물을 튀기면서 지나간다. 나는 피할 생각도 없이 튕겨오는 물을 그냥 맞는다. 기왕에 젖은 몸, 물을 피해봤자 달라질 몰골이 아니다. 낮에는 코끼리에게 물세례를 받으려고 달려드는 행인들도 있었는데 물 튀는 것쯤이야. 코끼리 입에 걸려 있던 짓궂은 웃음이 생각난다. 코끼리는 내 세례를 받으라, 하고 긴 코를 내밀고 사람들은 코끼리 샤워를 받으러 반갑게 다가든다. 뒤이어 미인들이 올라탄 꽃마차가 요란한 북소리와 더불어 등장한다. 나는 깜짝 놀란다. 북소리는 사람을 혼절시킬 듯 온 거리에 진동한다. 붉은색 제복과 붉은 모자를 쓰고 흰 바지를 입은 악대가 무리 지어 지나간다. 북소리가 하도 정교하고 치밀해서 소름이 끼치려 한다. 마치 무슨 일이 터질 것이라는 신호 같다.

가장자리가 울긋불긋한 꽃으로 장식된 꽃마차에는 꼬리가 긴 용이 앉아 있다. 용의 등에는 호랑이가 서 있고, 호랑이 등에는 미스 파타야가 올라타 있다. 미스 파타야 뒤에는 양산을 받쳐주는 시녀들이 있다. 꽃마차 뒤를 오토바이와 자동차 부대가 따른다. 오토바이 뒤에 올라탄 청년들은 달리면서 아무에게나 물총을 쏘아댄다. 나도 오늘은 누군가에게 꼭 물대포를 쏘아야만 성이 찰 듯하다. 상대가 누구인지는 모르지만 꼭 복수하고 싶은 마음이다. 그렇지만 리사가 사라진 것을 누구에게 복수한단 말인가. 썽테우[13]에다 물통을 싣고 다니면서 바가지로 물을 퍼서 행인들에게 닥치는 대로 퍼부어대는 사람들도 있었다. 다른 사람들이 물 맞는 모습을 보며 즐거운 웃음을 터뜨리는 사람들. 질서와 예절에 얽매인 마음에 숨통을 터주려는 것일까. 치앙마이 스쿨에서는 타이 마사지가 얽매인 몸과 마음을 풀어 홀가분하고 자유롭게 해준다고 했는데.

"유럽 마사지가 근육을 풀어주는 것이라면 타이 마사지는 몸에 흐르는 에너지의 경로를 자극해 신체를 조화롭게 해주는 요법이야. 그 에너지가 곧 센이라네. 센은 서로 주고받는 것이지."

힘주어 센을 가르치던 치앙마이 스쿨의 노스승이 생각난다.

"타이 마사지의 특징은 하는 사람과 받는 사람 모두가 효능을 볼 수 있다는 점이야."

센의 경로를 따라 정확한 자세로 누르기와 스트레칭을 하게 되면 두 사람 모두 손과 팔, 발과 다리, 엉덩이 등 온몸의 긴장이 풀어지고 부족함이 메워지기 때문이다. 혈액과 임파액의 순환이 원활해지면서 저항력도 높아져 병에도 잘 걸리지 않는다고 했다. 그건 우리 몸이 우주의 센에 가서 닿기 때문이라고 한다. 남자와 여자의 몸이 하나로 합해지는 것도 결국 우주의 센과 통하는 일이라고.

치앙마이 마사지 스쿨에는 몇 주일에서부터 3년까지 다양한

---

13) 픽업트럭을 개조한 택시

코스가 마련돼 있었다. 관광 패키지에 일일 견학 코스가 들어 있어 매일같이 견학생들이 몰려든다. 푸른 눈에 금발머리를 한 서양인들이 벌 서는 아이들처럼 마룻바닥에 몇 시간씩 무릎을 꿇고 앉아 교사의 말을 경청하는 모습은 이색적으로 보였다. 강의실 벽에는 센의 경로가 그물처럼 촘촘히 그려진 인체도가 붙어 있었다. 저걸 언제 다 외울까 아득하게 느껴지던 기억이 난다. 센을 실제로 만지고 느끼는 법을 배우는 실습실에는 책걸상 없이 흰색의 얇은 매트만 몇 장 깔려 있었고 항상 은은한 향이 풍겼다. 열대의 나무숲에 둘러싸인 교정에서 나는 새로운 세계에 들어가고 있었다.

타이 마사지는 시중에 알려진 안마의 수준을 떠나 까다로운 규칙을 요구하고 있었다. 손님을 맞을 때는 1미터 이상 떨어진 데서 무릎 꿇고 앉은 자세로 몸을 움직여 접근할 것이며 항상 상대의 몸과 30센티 정도 거리를 유지하라. 나갈 때도 뒷걸음쳐서 나가고 손님에게 결코 등을 보여서는 안 된다. 신체적인 접촉은 최소화하고 손과 엄지만을 사용하라. 무릎에서부터 점차 올라가 상체를 마사지하고 난 뒤 다리를 하고, 발은 맨 나중에 하라.

무릎을 꿇은 채로 손님 맞을 준비를 하고 있노라면 고행으로 지쳐 있는 석가모니가 생각났다. 고행은 육체를 학대하는 것일 뿐 득도에는 그리 도움이 되지 않는다는 것을 깨달은 석가가 쿠마르바차에게 몸을 맡기고 마사지를 받는 모습이 떠오른다. 콩과 같은 영양가 있는 음식을 섭취하고 강물로 목욕도 하면서 원기를 되찾는 모습도. 그러고 나서 그는 제자들에게 말한다. 육체의 요구대로 자신을 내맡겨버리는 것은 쾌락의 길이요, 육체를 지나치게 학대하는 것은 고행의 길이니 사문은 그 두 극단을 버리고 중도를 배워야 한다고. 덕분에 기운을 차린 석가가 팔상도[14]에 나오는 녹야원의 설법을 할 수 있지 않았을까. 언젠가 보았던 통도사 팔상도에는 녹야원에서 늠름한 자세로 앉아 설법하는 석가의 모습이 그려져 있었다. 제자들 옆에는 숲 속의 사슴들까지 나와 귀를 쫑긋 세우고 석가의 말에 귀를 기울였다.

거리를 혼자 돌아다니고 있는데 몸 앞뒤로 간판을 매단 남자들 몇이 다가온다. 앞면에는 걸스, 걸스, 걸스, 뒷면에는 보이, 보이, 보이,라는 글자가 영어로 쓰여 있다. 남자도 여자도 얼마든지 있다는 얘기인 것 같다. 앞면을 들이대도 내가 통 관심을 보이지 않자 사내는 간판을 뒤로 돌려서 보이, 보이, 보이라는 쪽을 내 앞으로 들이민다. 그는 붉은색으로 '2천 밧 미만'이라고 써놓은 글자를 손가락으로 가리킨다. 나는 사내의 눈길을 피해 다른 곳을 바라본다.

리사는 도대체 어디에 있는 것일까? 파씬[15]을 입고 꽃마차 뒤를 따라가겠다고 벼르던 그녀였다. 금세라도 리사가 달려와 내 앞에 설 것만 같다. 오늘은 또 뭐 먹을 거야? 만나자마자 먹

---

14) 부처의 일생을 표현한 여덟 장의 그림
15) 태국의 여성용 전통 의상

는 타령을 하던 그 아이의 허기진 눈을 빨리 보고 싶다. 맨 처음 스포츠센터 마사지실에서 만났을 때도 리사는 몇 끼나 굶은 아이처럼 퀭한 눈을 하고 있었다.

"땡큐. 노 모어."

나는 마사지를 받기 시작한 지 채 10분도 못 돼 벌떡 일어나 매트 위에 100밧을 팁으로 놓으면서 말했다. 댐! 겟 아웃 오브 히어! 하고 한바탕 욕이 나오는 것을 억지로 참았다. 3년 걸려 정통으로 마사지를 배운 내가 아무 데서나 마사지를 받겠다고 했던 게 잘못이었다. 코, 콥쿤 카. 어설프게 여기저기 맘대로 꾹꾹 쑤셔대고 주무르던 마사지 걸은 태국말로 더듬거리면서 고맙다는 말을 하고는 고개를 떨어뜨렸다. 막 문을 열고 나오려 할 때 그녀는 나를 불러 세우려는 듯 우리말로 말을 걸었다.

"죄송해요. 제가 서툴러서……"

재작년, 파타야 제2도로 소이 13에 있는 스포츠센터에 들렀을 때였다. 마사지사도 대기하고 있다고 쓰여 있었다. 오랜만에 헬스 기구를 과하게 썼더니 몸이 뻐근해서 좀 풀고 가야겠다 싶었다. 흔히들 그런 데서 2차 갈 아가씨를 고른다고 하는 얘기를 들은 적은 있었다. 스무 살이나 됐을까. 여고를 졸업한 지 얼마 안 되어 보이는 여자는 연신 죄송하다고 말하면서 따라 나왔다. 내 발길은 나도 모르게 파타야 해변으로 향했다. 여자는 동포를 만났다는 반가움에서인지 쭈뼛거리면서도 내 뒤를 따라왔다.

서울에는 웰빙이니 참살이인지 하는 바람을 타고 스포츠 마

사지니 경락 마사지니 하는 업소가 동네마다 유행처럼 생겨나
고 있었다. 불가마나 대형 찜질방에도 마사지사가 대기하고 있
었다. 정식으로 배우고 오면 밥은 굶지 않으리라는 믿음이 있었
다. 게다가 창시자가 석가의 주치의라는 데서 전부터 구미가 당
긴 것은 사실이었다. 담배 연기를 가슴 속까지 빨아들였다 내뿜
었다. 돌 벤치에 앉아 계속 말없이 어두운 밤바다만 바라보고
있을 때 침묵을 깬 것은 마사지 걸이었다.

"오빠는 여기 처음 오셨어요?"

나는 어이없는 질문에 도리어 따지는 말투로 물었다.

"내가 놀러 온 것처럼 보이니? 그건 그렇고, 이름이 뭐냐?"
마사지 걸은 내 눈을 빤히 쳐다보며 대답했다.

"리사요. 외국인이 많은 동네라서 여기 오면서 예명을 지었
어요."

그녀의 말에 나는 둔탁하기 이를 데 없는 내 이름을 속으로
불러보았다. 탁중혁.

"마사지 일한 지는 오래 됐니?"

"아뇨, 스포츠센터에서 청소 일 하면서 틈틈이 배우는 중이
에요. 오늘은 홍사쿨라 언니가 휴가 가는 바람에……"

나는 가로등 아래에서 리사의 얼굴을 찬찬히 뜯어보았다. 아
직 솜털이 채 벗겨지지도 않았고 입가에 수줍은 미소가 살아 있
는 소녀였다. 생머리에 앞가르마를 타고 양쪽으로 핀을 단정하
게 꽂은 모양으로 보아 아직 여고생 티를 벗지 못한 아이였다.

"어차피 대학물도 먹지 못했는데, 나이라도 어릴 때 기술을
배워야죠. 큰물에 가서 놀아야 큰사람이 된댔어요. 여긴 마사
지사가 국회의원도 되는 나라래요."

나는 그녀의 꿈이 너무나 거창해서 무어라 대꾸할 말을 찾지
못했다. 우리는 타이 식당에서 수키[16]를 먹었다. 리사는 한참
재재거리다가도 내가 새우와 고기를 건져주면 수다를 멈추고
멀뚱하게 나를 쳐다보았다. 생솜도 마셨다. 오가피 냄새가 나
는데 소주 같기도 하고 위스키 같기도 했다. 태국 소주도 괜찮
네요, 술을 홀짝거리며 리사가 말했지만 나는 별로 술맛이 나지
않았다.

다시 해변으로 나왔을 땐 둘 다 웬만큼 취기가 올라 있었다.
때는 4월 초, 한창 더위가 절정에 이르는 시기여서 서울의 가장
무더운 날만큼이나 기온이 올라가 섭씨 34, 5도를 오르내렸다.
습기가 많아 후덥지근한 남국의 밤공기 속에 내 몸은 정체를 알
수 없는 가려움에 스멀거렸다. 돌 벤치에 앉아 자연스레 어깨동
무를 한 나는 리사의 입에다 내 입술을 포갰다. 이제껏 맛보지
못한 야들야들하고 달착지근한 입술이었다. 리사도 내가 싫지
않은 것 같았다.

"여기 해변 어때? 꼭 부처님 눈썹처럼 생기지 않았니?"

나는 입술을 떼고 나자 조금은 어색해서 엉뚱한 소리를 했다.

---

16) 육수에 야채와 해물, 고기, 만두 등을 데쳐 먹는 요리

사실은 오래전부터 그런 느낌을 받았었는데 그게 그날 말이 되어 튀어나온 것이다. 리사도 다행히 장단을 맞췄다.

"그럼 우리가 부처님 눈썹에 앉아 키스한 셈이네요. 크크크."

리사의 웃음소리는 파타야 해변으로 메아리처럼 울려 퍼졌다.

"하필이면 왜 부처님 눈썹이에요?"

리사의 물음에 나는 얼렁뚱땅 둘러댔다.

"석가가 고행을 할 때 파타야에도 왔었대. 그때 눈에 모래가 들어가서 비볐더니 속눈썹이 한 개 빠졌지. 그게 자라 파타야 해변이 되었다는 전설이 있거든."

"정말이에요? 누가 그런 얘길 해줬어요?"

"음 글쎄 누구였더라……"

뜸을 들이던 나는 오른손 검지로 내 가슴을 가리켰다. 리사는 배꼽이 빠질 듯이 깔깔깔 웃어대고는 순 뻥쟁이 오빠 아냐, 하면서 두 주먹으로 내 가슴을 제법 세게 퍽퍽 쳤다. 내 말을 허풍이라고만은 할 수 없었다. 남부 파타야에 있는 붓다힐에 올라가면 불교 나라답게 바위산 정면에 산만 한 부처 모양이 부조되어 있었다. 눈, 코, 입과 얼굴 윤곽에 금박을 입혀놓아 밤에 조명을 쏘면 몸에서 빛이 났다. 그중에서도 시원하게 큰 눈썹이 인상적이었다. 사원에서 내려다보면 한눈에 들어오는, 살짝 휘어진 파타야 해변이 꼭 부처의 금박 눈썹을 닮아 있었다. 부처는 지금도 자기 눈썹을 찾으려고 이곳을 뚫어지게 바라보고 있는지도 모를 일이었다.

지도책에서 본 태국의 모습은 꼭 털북숭이 강아지가 왼쪽 앞발로 기다란 고기 덩어리를 끌고 가는 모습이다. 파타야는 그 강아지의 앞발과 뒷발 사이 배 부분에 있다. 해수욕장은 만리포보다는 규모가 작은 듯했지만 상가와 아고고 바, 비어홀 등이 늘어서 있는 워킹 스트리트는 대낮같이 환한 네온사인 불빛 아래 온갖 피부색의 사람들로 넘쳐나고 있다. 야자수가 서 있는 거리에 팔라디움 나이트클럽, 말리부 레스토랑, 인터내셔널 스파 등 모든 상호들이 영어로 되어 있어 서양의 어느 도시를 연상케 한다. 저녁 7시부터 이튿날 새벽 7시까지는 차량 통행이 금지되기 때문에 저녁 산책을 하기 좋다. 우리는 복잡한 상가 도로를 빠져나와 모래사장으로 들어갔다.

멀리 오징어잡이 배에서 나오는 불빛뿐 밤바다는 캄캄하고 조용했다. 물이 오염된 탓에 해수욕객은 줄었어도 낮이면 패러세일링이나 수상스키, 바나나보트를 타는 관광객으로 바다가 북적거렸다. 우리는 밀려오는 파도에 신발을 적실 만큼 물가에 바싹 다가가 있었다. 철썩하고 파도가 밀려오는 소리, 그 사이사이에 모래 위를 걷는 우리 발자국 소리만 들렸다. 사그락 사그락. 굳이 말이 필요 없었다. 코리언 드림이라는 말까지 있는 제 나라에서 밥벌이를 하지 못하고 어찌어찌하여 이곳까지 흘러온 사람들이었다.

"유감스럽게도 귀하께서는 저희와 같이 일할 수가 없게 되었습니다. 다음 기회를 기약해주시기 바랍니다."

나를 조롱하던 편지들이며 서울에서의 일들이 머리를 스쳐
지나갔다. 나도 소위 스펙이라면 남들에게 그다지 뒤지지 않았
다. 중상위권 대학에서 재학 중 군 입대, 제대 후 1년간의 어학
연수와 장애시설에서의 봉사활동을 마치고 복학. 복학한 뒤에
는 재수강과 계절 학기를 이용해 성적을 관리하고 우수한 성적
으로 졸업. 거기다 어디에 내놓아도 부끄럽지 않을 만한 토익시
험 성적도 갖췄다. 그러나 수십 번 취업에 실패하고 나니 어느
덧 취업 재수생의 대열에 끼어 신입사원 채용에서 점점 제외되
는 경우가 잦아졌다. 미국발 서브프라임 모기지 사태로 촉발된
세계적인 경제 위기로 국내의 일자리는 점점 줄어들고 있었다.
계속되는 취업 실패의 참담함을 미아리에서 달래던 백수 시절
의 일그러진 내 모습.

서른두 살에 마지막 면접을 마치고 걸어나올 때 내 머리는 하
얗게 비어 있었다. 아무런 생각도 나지 않았다. 한미 FTA 이후
의 한국의 산업 전략. 외우다시피 준비했던 구술 문제였다. 그
걸 딱 부러지게 설명하지 못하고 왜 딴 길로 새버렸는지. 자신
의 이상형을 영어로 답하라. 이것도 쉬운 문제였는데 왜 그렇게
더듬었는지. 마지막으로 기껏 한다는 말이 정말 가관이었다.
붙여만 주신다면 몸이 가루가 되도록 열심히 일하겠습니다. 비
굴하기 짝이 없는 말이었다. 떨어지더라도 왜 좀더 당당하고 자
신 있는 태도를 보이지 못했을까. 저를 입사시키지 않는다면 이
회사의 큰 손실일 겁니다. 이렇게 나갔어야 하는 건데.

빌려온 정장을 돌려주러 자형 집에 가기 위해 일산행 지하철을 타면서 나는 입술을 굳게 다물었다. 이제 내 인생에 입사 시험은 끝났다고. 누나는 그날 저녁 자형 몰래 마사지 스쿨 학비를 대주겠다면서 다시는 남에게 손 벌리지 않는 사람이 되라고 말했다. 나는 누나 얼굴을 똑바로 쳐다보지 못한 채 돌아서 나왔다.

떠나오기 전날 나는 문자 메시지를 모조리 지웠다. 6개월 전에 온 영리의 것도 서슴없이 지웠다. 캠퍼스 커플로 소문난 사이였는데⋯⋯

"오빠 취직에 방해될지 모르니까 당분간 연락 안 할까 봐."

자신이 공무원 시험에 붙자마자 보낸 거였다. 우리는 대학 1학년 때 영화 사랑 동아리에서 만나 얼마 전까지도 결혼할 사이처럼 가깝게 지냈다. 서로의 취업을 위해 정보도 수집해 주고 도서관 자리를 맡아주는 등 남들에게 닭살 커플로 불리던 사이였다. 하지만 과거는 그날로 끝이라고 나는 마음먹었다. 현재의 순간도, 미래도, 과거라는 질료가 빚어내는 진흙 토기이다, 라는 말을 나는 믿지 않기로 했다. 나는 이제 전혀 새로운 생활을 하기 위해 이국 땅으로 떠나려 하고 있었다. 그동안 영리에게 내 모든 것을 쏟았든, 영리가 어쩌다 내게서 멀어져갔든 그건 아무런 상관이 없었다. 나는 아무도 모르는 곳에서 나만의 새로운 미래를 빚으려 하고 있었다. 어쨌든 리사와 나는 그날 밤 파타야 제2도로에 있는 모텔에서 몸이 얼얼하도록 비벼대느라 잠을 설쳤다. 이튿날 아침 모텔을 나오면서 나는 리사에게 전통 타이 마사지를 가르쳐주겠노라고 약속했다.

조금씩 어두워지기 시작한 거리에 나는 아직도 젖은 옷차림으로 서 있다. 뒤가 훤해오는 느낌이 들어 뒤돌아서자 불을 켠 어느 마사지숍 간판이 눈에 들어온다. 낮은 테이블에 올려진 길고 허여멀건 다리들은 가무잡잡한 태국 청년들의 손길을 기다리고 있겠지. 툭하면 버마재비 포지션을 해달라며 내밀던 리사의 짧은 다리도 보인다.

버마재비를 할 때면 그녀는 똑바로 누운 자세에서 오른쪽 다리를 45도로 비스듬히 올려 내 왼쪽 사타구니 안쪽에 발이 닿도록 얹어놓는다. 나는 왼손으로 그녀의 오른쪽 무릎을 잡고 오른손바닥으로 허벅지 안쪽 가장자리를 따라 자근자근 눌러대기 시작한다. 내 몸의 동작은 까딱까딱하는 버마재비를 닮아간다. 그녀는 내 손이 자기 허벅지 안쪽으로 깊숙이 올라갈라치면 웃음을 터트린다. 그 소리를 어떻게 표현해야 할까. 까르르 까르르? 호르르 호르르? 끼르르 끼르르? 그 무엇도 아닌 정말 특이한 웃음소리. 때로는 천진스런 네다섯 살짜리, 또 다른 때는 세상 물정 모르는 백치 소녀의 웃음소리 같다. 뭐가 우스우냐고 물으면 간지러워서라고 한다.

"웃지 말고 내가 누르는 박자에 맞춰서 호흡을 해봐."

느릿느릿 둘이 함께 숨을 쉬면서 나는 손바닥으로 리사의 허벅지를 은근하고도 웅숭깊게 눌러준다. 손끝으로 내 마음의 센이 그녀의 허벅지를 거쳐 전달되고 있을까. 둘이 함께 숨을 들이쉬었다, 내쉬었다 되풀이하면서 버마재비 자세는 계속된다.

고향을 등지고 떠도는 몸들이었다. 어엿한 직장에 이름을 올리기 전까지 넌 아직 세상에 없는 녀석이야. 아버지의 말은 가슴에 박혀 언제까지고 잊히지 않았다. 만나고 싶은데도 참는 내 마음 알지? 하던 영리의 야무진 선언도, 세상 어디에도 나는 없었다. 파타야에 와서 리사를 만나면서부터 나는 가까스로 세상에 존재하는 녀석이 되었다. 한국의 버젓한 일터에 이름을 올리지 않아도 리사에게 나는 꼭 필요한 사람이었고, 리사 또한 내게 그랬다. 리사가 사라지고 난 지금에야 나는 그걸 깨닫는다. 이제 리사가 없는 나의 세계란 생각할 수가 없다. 밥을 먹거나 잠을 자거나 해변을 걸을 때나 버마재비를 할 때에도. 그 계집애는 결국 자신이 사라짐으로써 나를 죽인 셈이 되었다. 버마재비 암컷이 교미 뒤에 수컷을 앙, 하고 물어 삼키듯이. 결국 우리는 둘 다 버마재비에 먹힌 꼴이 된 느낌이다. 버마재비를 그토록 좋아하고 그것으로 한몫 보겠다고 벼르던 그녀가 바로 그 버마재비에 먹혀 사라지고 그녀가 없어짐으로써 나라는 존재도……

두번째 만나 버마재비 자세를 가르쳐줄 때부터 리사는 소리를 질러댔다. 센이 와요, 센이 와. 기(氣)라고 해도 될 것을 리사는 한두 마디 아는 태국어를 써먹으려고 꼭 센이라고 불렀다. 나는 쉿! 하고 그녀를 진정시켰다. 그때까지도 나는 진정으로 호흡과 영혼으로 마사지한다는 믿음이 없었다. 단지 힘과 기교로 시간을 때우고 있었다. 상대에게서 아무것도 바라지 않고 서로의 몸을 하나로 엮어 센을 주고받는 순간은 그리 쉽게 올 것 같지 않았다. 솔직히 말해 나는 어떻게 하면 내 기운을 빼앗기지 않고 쉽게 돈을 벌 수 있을까 하는 생각뿐이었다. 한 번 영리에게 데인 나는 리사도 역시 내게는 암컷 버마재비가 아닐까 하고 의심스런 눈으로 바라보았다.

마사지 수업이 끝나면 리사와 나는 아고고 바나 꽃걸이 카페에 가서 맥주로 갈증을 풀었다. 그녀는 기름이 좔좔 흐르는 살덩어리들이 실오라기만 한 팬티만 걸친 채 철봉대를 잡고 온몸으로 에스 자를 그리며 흔들어대는 아고고 바보다는 룩깨우 같은 꽃걸이 카페를 더 좋아했다. 수십 명의 가수들이 대기하고 있다가 세 명씩 한 조가 되어 노래와 춤을 선보이면 손님들이 마음에 드는 가수에게 꽃다발을 걸어주는 곳이었다. 꽃은 바에 준비되어 있고 처음 시작 가격은 2, 300밧이지만 최고가에 대한 제한이 없어 마치 맘에 드는 여자를 쟁탈하기 위한 경매 시장 같았다. 꽃 값은 업소와 나눠 가졌다. 맘에 드는 가수를 서로 자기 테이블로 끌어오기 위해 한국인인 듯한 동양인 남자와 백인 남자가 비싼 꽃다발을 사서 걸어주기 경쟁을 하고 있었다. 얼굴이 안 보일만큼 꽃다발을 많이 걸고 있는 여가수를 보며 리사는 부러운 듯이 말했다.

"나도 빨리 프리로 뛰고 싶어. 노래면 노래, 춤이면 춤, 마사지면 마사지, 또 음……

그리고는 잠시 말을 멈췄다. 내가 또 뭐지? 하는 표정을 짓자 그녀는 다시 말을 이었다.

"아무튼 뭐든 다 잘하는 프로가 될 거야."

그녀는 도대체 어디로 간 것일까? 파타야에서도 출장 마사지사들이 험한 일을 겪거나 몸을 크게 다치는 일이 있다는 소문이 있긴 하다. 하지만 세상에서 둘째가라면 서러워할 만큼 순진하고 명랑한 리사가 그런 억울한 변을 당한다는 것은 상상도 할 수 없는 일이다. 내가 비록 버마재비 생각에 항상 리사를 의혹의 눈길로 바라본 건 사실이지만, 그 애의 웃음소리는 햇빛처럼 쏟아져 눅눅하던 내 삶을 보송보송하게 말려주곤 했다. 문득 서울이 그리울 때면 보드라운 리사의 살갗에 내 몸을 비비면서 먹먹한 가슴을 달랬다. 서로 말은 없었지만 둘이 함께 마사지숍을 내리라는 기대도 키워가고 있었다. 그러면서 축 처져 있던 내 어깨도 꼿꼿해져갔다. 어느덧 리사가 없이는 내가 세상에 있다는 게 증명이 되지 않는다는 것을 나는 확신하고 있었다.

축제가 끝난 파타야에서 뒷골목으로 들어서면서도 나는 리사의 웃음소리를 듣는다. 물방개 같은 벌레 튀김을 파는 리어카 앞으로 가자 눈을 동그랗게 뜨고 쳐다보던 리사가 서 있는 것만 같다. 앞으로 가보았더니 어느 태국 아가씨다. 머쓱해서 다른 리어카로 발길을 돌린다. 닭꼬치와 속옷, 기념품 등을 파는 리어카들도 늘어서서 관광객을 기다린다.

골목 안으로 좀더 깊숙이 들어가면 주택가가 나온다. 전통 목조 가옥은 보기 힘들고 시멘트 블록으로 지은 집들이 다닥다닥 붙어 있다. 전봇대가 골목을 차지하고 있는데다 화분들을 골목에 내놓아 더 복잡하다. 전선이 지붕 밑으로 어지럽게 지나가고 있다. 어느 집 처마에는 '건강의 천국'이라는 간판이 한글과 중국어, 일본어로 붙어 있다. 일반 주택을 관광객을 위한 보신용 식당으로 개조한 것이다. 간판에 그려진 가마솥에는 너구리며 곰, 개, 멧돼지 등이 앉아 있다. 민망한 느낌에 눈길을 다른 곳으로 돌린다. 옆집 대문 밑에 약에 절어 새카매진 얼굴들이 쪼그리고 앉아 마리화나를 피우고 있다. 나이가 서른도 안 돼 보이는 젊은 남녀들이다. 깡마른 얼굴에 커다란 눈이 특이해서 한 번 더 보고 싶지만 자칫하면 시비가 걸린다기에 그냥 지나친다.

중앙 도로에 있는 까르푸에서 오른쪽으로 가다 보면 건널목이 나온다. 그것이 파타야 제3도로로 건너가는 길이다. 앞쪽에 있는 99밧 식당 쪽으로 길을 건너 왼쪽 골목으로 들어가면 파타야 게스트하우스가 나온다. 여러 군데 다녀보았지만 월 5천밧에 이 정도 되는 숙소를 구하기란 쉽지 않다. 1밧이 25원쯤 하니까 서울의 원룸에 비하면 거저인 셈이다. 보증금을 받지 않아 우리 같은 사람에게는 딱 알맞은 곳이다. 노점상도 많고 까르푸가 가까워 장 보기도 편리하다. 욕실이 딸려 있고, 냉장고와 텔레비전, 화장대, 옷장과 더블 침대가 놓여 있다. 가장 마음에 드는 건 인터넷 전용선을 갖추고 있다는 점이다.

리사가 사온 향초의 라벤더 향이 방 안을 가득 채울 무렵, 우리는 침대에 나란히 누워 있었다.

"라벤더 향은 스트레스를 확 날려준대."

리사는 눈초리를 살짝 올리고 내 목을 껴안으며 말했다. 타이 마사지를 배운 리사는 상대와 호흡이며 몸의 균형을 맞추는 법을 잘 알고 있었다. 그녀는 결코 서두르지 않고, 여유 있는 몸짓으로 느릿느릿 다가왔다. 상대가 호흡을 느리게 잡자 나 자신도 자연히 거기에 맞추게 되었다. 서울에서 영리와 만날 땐 무엇에 쫓기는 사람들처럼 항상 허겁지겁 일을 끝냈다. 리사와는 버마재비 포지션으로 서로의 몸을 풀어준 다음 자연스럽게 끌어안았다. 그러다 보면 우리도 모르는 사이에 두 몸은 하나로 엉겨 붙어 있었다. 경험이 많지는 않지만 리사만큼 기꺼운 마음으로 남자를 끌어안는 여자는 처음이었다. 그녀는 무엇이 그리 좋은지 깔깔대기까지 했다. 뭐든지 잘하고 싶다는 말을 할 때 리사가 의미했던 건 그것이었을까.

그러다 갑자기 나는 리사 몸에서 빠져나왔다. 거칠게 그녀를 밀쳐내기까지 했다. 암컷 버마재비의 영상이 떠올랐기 때문이었다. 교미가 끝나자마자 허기가 진다는 듯 큰 턱을 벌려 칼날 같은 이빨로 수컷의 머리를 앙하고 깨무는 암컷의 모습. 머리를 쥐어뜯고 고개를 흔들어도 떨쳐낼 수가 없었다. 내 위에서 리사가 내려볼 때는 갸름한 리사의 얼굴이 역삼각형의 버마재비 암컷의 머리로 바뀌어 있었다. 나는 악 하고 비명을 질렀다. 내 온몸을 쥐고 흔드는 듯한 리사의 몸짓은 내 정액을 모조리 빨아 버리려고 작정하는 악착스런 암컷 같았다. 느닷없는 내 행동에 놀란 리사가 벌떡 일어나 앉았다.

"왜 그래? 오빠, 내가 뭐 잘못한 거 있어?"

"아니, 그런 거 없어."

그런 일을 되풀이하면서도 우리는 만나고 있었다. 나도 리사도 이해할 수 없는 사람들이었다.

리사가 사라지기 직전 마지막으로 만났을 때는 아예 그런 볼썽사나운 짓을 할 필요도 없었다. 리사는 뭔가 분위기가 달라져 있었다. 원래 명랑하긴 했지만 수줍던 촌뜨기에서 더 씩씩하고 거침없는 도시 아이로 변해 있었다. 특히 돈벌이에 관심이 많아져서 하루에 프리로 마사지를 몇 탕 뛰면 한 달에 얼마가 모인다는 등 머리가 빨리빨리 돌아갔다. 감히 그녀를 침대로 이끌고 갈 엄두가 나지 않았다. 버마재비나 해줘. 오늘 덩치 큰 미국 남자를 세 명이나 마사지하느라 진이 다 빠졌거든. 오빠한테 와서 센을 꽉 채워가야 돈 왕창 벌지. 그 말이 끝나기가 무섭게 리사는 침대에 벌렁 드러누웠다. 나는 무릎을 꿇고 앉아 리사의 오른쪽 넓적다리를 내 왼쪽 무릎에 올리고 허벅지 안과 바깥쪽에 흐르는 센의 경로를 누르기 시작했다. 왼쪽 다리를 마사지하려고 방향을 바꾸면서 보았더니 그녀는 이미 코를 골고 있었다.

나는 침대에 걸터앉아 잠자는 리사의 얼굴을 가만히 내려다

보았다. 처음 내게 어설픈 마사지를 해주던 때와 별로 달라진 것은 없어 보였다. 솜털은 아직도 뽀얗게 남아 있었고 건강한 숨소리도 그대로였다. 그런데 이따금씩 이상한 신음 소리를 냈다. 얼굴도 찡그렸다. 자세히 보니 종아리에 시퍼렇게 멍든 자국도 보였다. 깨워서 물어볼까 하다가 나무 등걸처럼 곯아떨어진 사람을 깨우기가 안쓰러워 그냥 두었다. 나는 잠이 오지 않아 늦도록 인터넷 서핑을 했다. 서울에도 웰빙 바람을 타고 마사지 업소들이 대거 생겨나자 시각장애인 안마사들이 한강에 뛰어내렸다는 기사가 눈에 들어왔다. 내가 이 기술을 배우길 잘한 걸까, 하는 의문이 잠시 들었지만 눈꺼풀이 무거워진 나는 금세 리사 곁에 쓰러져 잠이 들었다. 이튿날 아침 잠에서 깨었을 때 침대 옆자리는 비어 있었다.

지금 거리의 벤치에서도 내 옆자리는 비어 있다. 리사와 나는 이곳 돌 벤치에 앉아 몰려드는 관광객들을 구경하곤 했다. 파타야에서는 다양한 피부색도 대단한 볼거리였다. 오늘 낮에만 해도 물 축제에 온갖 인종이 다 끼어든 것 같았다. 파타야는 겨드랑이가 가려운 사람들을 끌어당기는 뭔가가 있는 듯하다. 어딘가에 블랙홀을 숨기고 있는지도 모른다. 튀기가 많이 눈에 띈다. 혼혈의 천국이라는 말이 맞는가 보다. 노란 피부와 흰 피부, 검은 피부와 흰 피부, 가무잡잡한 피부와 흰 피부가 섞여 묘한 피부색을 빚어놓고 있다. 각양각색의 피부를 지닌 아이들이 알록달록한 플라스틱 총으로 물 싸움을 벌인다. 물총도 대형이다. 크기가 작은 기관총만 하고 물구멍도 세 개나 된다. 호스 끝에 꽂힌 푸른색의 플라스틱 분사기에서는 분수처럼 센 물줄기가 쏟아진다. 시위대를 쫓을 때 쓰는 경찰의 물 대포만큼이나 수압이 세다. 젊은이들은 노란 바가지에 물을 담아 들고 오토바이나 자동차에다 손으로 천천히 가라는 신호를 한다. 물세례를 주겠다는 뜻이다.

오늘 오후에 예약되어 있던 일본인 손님이 오지 않자 나는 홀 앞쪽에 놓인 TV를 켰다. 송크란데이를 맞은 파타야 해변 거리를 스케치한 화면이 나온다. 어른 아이 할 것 없이 개구쟁이 같은 웃음을 입가에 흘리면서 물바가지를 들고 서 있다가 지나가는 사람들에게 뿌려댄다. 드럼통만 한 큰 플라스틱 물통을 픽업트럭에 싣고 다니면서 물총을 호스로 연결해 쏘는 사람도 있다. 곁에 있는 젊은 여인의 얼굴에 회칠을 하는 척하면서 슬쩍 가슴에 손을 대는 사내들도 있다. 앵커의 목소리가 긴장한다.

"파타야 부근 산호섬에서 여자의 변사체가 발견됐습니다. 팔과 다리에는 묶였던 상처가 있고 등에는 채찍을 맞은 자국이 있다고 경찰은 밝혔습니다. 손목과 발목의 상처로 보아 변사자는 뭔가에 묶인 상태에서 벗어나려고 발버둥 친 것으로 보입니다."

며칠 전 『파타야 데일리』의 머리기사가 띄엄띄엄 떠오른다.

'성매매 실태 취재기자 총에 맞아 사망. 외국 남성들의 한 마디 말에 넘어가 HIV에 감염되는 여성들 늘고 있어. I love you, so no condom.'

나는 'love' 라는 말의 용도에 화들짝 놀라 일어선다. 파타야, 치앙마이, 코사멧, 왓 차이몽, 짜오프라야, 깐짜나부리…… 소리 내어 불러보면 이렇게 아름다운 땅 이름이 있는 나라에서 못 들을 소식을 들은 것만 같다. 마치 리사가 당한 것처럼 울컥하며 목에 힘줄이 불거진다. 나는 사각형의 자주색 파씬을 치마처럼 두르고 같은 자주색 민소매 블라우스를 입는다. 오늘 리사에게 입히려고 준비해둔 옷이다. 왼쪽 어깨에서 오른쪽 허리를 가로지르는 띠도 두른다. 머리에는 차다[17]를 쓴다. 몽쿳[18]도 사놓았는데……

라커룸으로 가서 물총과 양동이를 꺼낸다. 재빨리 물총에 물을 채우고 양동이에도 물을 가득 담는다. 홀을 정리하고 있던 수판이 한마디 한다.

"게이인줄 알고 사내들이 달려들면 어쩌려고."

"상관없어. 물 대포가 있으니까."

수판의 염려를 물리치고 나는 물총과 양동이를 들고 워킹 스트리트로 나간다. 양동이가 무거워 헉헉거린다. 나는 거리의 관광객들에게 물총을 쏘며 소리친다.

"리사를 내놓아라! 리사를!"

사람들이 놀라서 쳐다본다. 오후 5시가 지나 해도 기울었는데 다 늦게 웬 소란인가 하는 표정들이다.

---

17) 끝이 뾰족한 탑 모양의 노란색 모자
18) 여성용 모자

나는 리사를 내놓으라며 붓다힐을 향해서도 물총을 쏜다. 윤곽이 금박으로 부조된 부처가 파타야 해변을 내려다본다. 그 순간, 홀연 커다란 황금빛 눈썹이 내게로 다가온다. 나는 그 눈썹에다 대고 명령한다. 리사를 내놓아라, 리사를! 물총을 맞아도 눈썹은 끈질기게 따라붙는다. 거리의 사람들이 마치 바글거리는 버마재비 무리 같다. 욕망의 끝을 보려고 치닫는 떼거리, 떼거리들. 다시 부처에게 총을 쏘려고 붓다힐 쪽을 바라보자 금박으로 부조된 부처의 한쪽 눈썹이 보이지 않는다. 그렇다면 방금 나를 끈질기게 따라다니던 그 눈썹이…… 어느 카니발에든 마법은 있다. 부처도 눈썹을 씻는 물의 축제일. 마법의 시간이 다가오면……, 생각하는 순간 누군가 내 머리에 물통을 통째로 들이붓는다. 차가운 물이 옷 속으로 스며들고 온몸이 완전히 물 속에 빠진 듯한데 물 대포가 날아와 얼굴을 때린다. 눈을 뜰 수가 없다. 이마의 물을 손으로 밀어내면서 살짝 눈을 떠본다. 먼 발치에 물총을 든 리사의 모습이 보이는 것만 같다. 다시 눈을 씻고 바라보지만 그녀는 그곳에 없다. 리사가 없다면 내가 누군지 아는 이가 없다.

머리에서부터 물이 줄줄 흘러내린다. 머리에 썼던 차다는 강한 물대포를 맞아 벗겨져나갔고, 자주색 파씬은 물에 젖어 몸에 찰싹 달라붙었다. 누군가가 내 얼굴에 회칠을 하고 도망친다. 그건 축복의 회칠일까. 새하얀 얼굴에 자주색 파씬 차림의 어릿광대를 사람들은 재미있다는 듯 바라본다. 사방에서 날아오는 물을 피할 수 없어 나는 어푸어푸 물을 내뿜는다. 피부에서만 물이 흘러내리는 것이 아니다. 내 속에서 뭔가가 가득 차 흘러 넘치는 듯하다. 그것이 무엇인지 나는 알 수가 없다.

어두워져가는 거리에 서서 나는 몇 시간 전 나의 모습을 떠올리며 쓴웃음을 짓는다. 어릿광대 모습으로 물 대포를 쏘면서 리사의 이름을 악을 쓰듯 외쳐대는 내 모습을 보았다면 그녀는 뭐라고 할까. 아마도 재미있다면서 까르르 소리 내어 웃을 것이다. 오늘 내가 미치광이처럼 날뛰게 된 건 분명 리사 때문이다. 하지만 리사에게 마사지사로 허황된 꿈을 꾸게 한 것은 나였다. 버마재비를 너무 좋아하다 그만 버마재비에게 먹힌 그녀. 그녀가 먹힘으로써 그녀의 다리 한쪽을 붙들고 살아가던 나 역시 버마재비에 먹혀버린 기분이다. 치앙마이 마사지 스쿨의 노스승이 말했듯 애당초 타이 마사지는 돈벌이용이 아니라 서로 센을 주고받는 몸짓이라고 가르쳐줬어야 하는 거였다. 시술을 대가로 어떤 이득도 취하지 말라고 했다는 창시자의 모토를 나도 어느새 잊고 있었다. 리사가 사라지고 나서야 그 말이 떠올랐다.

광란의 물 축제일에 리사는 어디서 무슨 변을 당했는지 알 수가 없다. 어둠이 깔리는 거리가 마치 파타야의 블랙홀처럼 보이기 시작한다. 리사가 없는 세상에서 나는 이름 없는 그림자가 되어 블랙홀로 빨려드는 느낌이다. 지금이라도 어디선가 불쑥 나타나 버마재비 포지션을 해달라며 그 통통하고 짧은 다리를 내 앞으로 내밀 것 같은데…… 코가 깨지고 한쪽 귀도 날아가

고 없는 채 물구덩이에 서 있는 코끼리 상 앞에 서서 나는 축제
의 허상을 바라본다.

립
싱
크

아직도 입이 맞지 않는다. '뒷부리장다리물떼새'를 '뒷부리'로 줄여볼까. 나는 조그셔틀을 다시 왼쪽으로 돌린다. 베이지색 점퍼에 검은색 망원경을 목에 건 금발머리 여자는 나이가 제법 들어 보이지만 말소리가 빠르고 짱짱하다. 번역 대사를 화면 속 여자의 입과 맞추어본다. '1946년도에 민스미어에서 뒷부리 한 마리가 발견되었어요.' 그래도 넘친다. 더빙실을 나오며, 와 입 맞추느라 혼났네, 대사 구겨 넣으려다 혀까지 깨물었잖아, 하고 투덜댈 성우의 얼굴이 확 다가온다.

화면에 민스미어라는 자막이 나오니까 민스미어는 '여기서'로, 1946년은 '46'년으로 바꾼다. '46년도에 여기서 뒷부리 한 마리가 발견됐어요.' 너무 줄였나? 조금 모자란 듯하다. 단어 한 개쯤 더 들어가면 맞겠다. 새가 돌아온 것에 그토록 열광했던 이유를 알리려면 '사라졌던'이라는 수식어를 붙이는 게 낫겠다. '사라졌던 뒷부리가 46년도에 여기서 딱 한 마리 발견됐어요.' 자판에 치고 엔터 키. 길이는 대충 맞는데 제스처가 맞지 않는다. 몸짓과 맞추기 위해 한 번 더 문장을 뒤집는다. '사라졌던 뒷부리가 딱 한 마리 발견됐어요. 46년도에 여기서.' 여자의 말에는 춤추는 듯한 리듬이 느껴진다. Ŏne a´vocet wăs spo´tted in mĭnsme´re ĭn 19´4̆6´. 한 줄 대사에 약강의 리듬이 다섯 번 들어가는 셰익스피어 특유의 약강5보격을 닮았다. Tŏ be´ ŏr no´t tŏ be´ thăt i´s thĕ que´stion. 살아̆남느´냐 죽어̆ 없어´지̀느̆냐 그̆것´이 문̆제´로다. 평생이 걸리더라도 셰익스피어의 리듬을 그대로 살려 번역해내겠다던 번역가가 있었지. 민스미어 여자가 셰익스피어 리듬을 따라할 리는 없을 것이다. 리듬 맞추기는커녕 겨우 한마디 번역했는데 진땀이 바짝 솟는다.

이렇게 해서 석 달 치 밀린 병원비를 언제 벌까. 그 돈을 내야만 남편을 다른 병원으로 옮길 수 있다. 그러지 않으면 블랙리스트에 올라 앞으로 다른 병원에도 입원할 수가 없다. 이번 다큐 제작에 통·번역 요원으로 현장 취재 때부터 뛰어들었던 것도 얼마간의 목돈이 생기기 때문이었다.

"돈이 정 급하면 자기 원룸 빼. 가방 싸들고 이리로 오면 되잖아. 싱크대 있겠다, 가스레인지 있겠다……"

어젯밤, 나달나달하게 닳은 소파 위에서 한참 몸을 나누던 도중에 선심 쓰듯 툭 내뱉던 윤 피디의 말이 생각난다. 영국에 다녀온 뒤 모처럼의 짜릿한 만남이었다. 처음엔 남편 생각에 머뭇거렸지만 어느새 나는 윤의 품을 받아들이고 있었다. 일로 만난 사이지만 때론 남편보다 그의 얼굴이 먼저 떠오르기도 했다. 그런데 어제는 짐 싸서 들어오라고 하고선, 내가 미처 팬티도 올리기 전에 갑자기 일어나더니 돌아서서 옷을 추스르며 말했다.

"왜 그렇게 환자한테 매달리는지 통 이해가 안 돼. 의사도 요양원이나 집으로 옮기라고 한다면서."

다른 친척들이 하는 얘기와 똑같다. 집 전세금은 이미 병원으로 들어간 지 오래다. 나도 내가 왜 이러고 있는지 알 수가 없다. 하지만 어제 일을 되새겨보자, 짐 싸서 이리로 들어오라던 그의 말이 진심일까 의문이 든다.

그의 말대로 편집실 한쪽 구석에는 작은 싱크대가 있다. 누군가 먹다 남긴, 나무젓가락이 올려진 컵라면 한 개가 그 위에 놓여 있다. 다섯 평쯤 되는 어둠침침한 지하 편집실은 기계 몇 대와 책상 몇 개, 그리고 소파 하나로도 꽉 찬 느낌이다. 낡은 철제 책상 위에는 편집용 VCR 두 대와 오래된 데스크톱 한 대가 놓여 있고 책상 위에는 8밀리에서 컨버팅한 영국 취재분 베타테이프가 잔뜩 쌓여 있다. 이곳에서는 편집만 하고 실제 제작은 다른 녹음실을 빌려서 한다. 소파 위에 윤이 아무렇게나 벗어두고 간 청색 점퍼가 보인다. 점퍼를 들어 소파 뒤 옷걸이에 건다. 옷걸이 뒤쪽 하얀 벽면에 Y-SPECIAL이라는 검은색의 프로덕션 로고가 붙어 있다. Y자의 한쪽 끝이 깨져나가고 다른 글자에는 얼룩이 졌다. 바깥바람을 마시며 담배를 한 대 피우고 싶어진다. 계단을 타고 옥상으로 올라간다. 빌딩들 사이로 해가 서쪽으로 한참 기울었다. 담배 연기를 내뿜으면서 사방을 돌아본다. 북쪽으로 63빌딩과 트럼프 타워가 눈에 들어온다. 삼겹살을 안주로 소주잔을 부딪치며, 여의도 쪽을 향해 괴성을 지르던 윤의 모습이 아직도 생생하다. 3년 전 케이블 TV 구조 조정 때 회사를 나온 그가 동료들과 프로덕션을 차리며 여기서 벌였던 개업식에서였다.

"삼여진!"

3년 만에 여의도 진출. 지상파에 프로를 내보내는 게 그들의 꿈이었다. 7층짜리 당산동 상가 건물에서 북쪽을 바라보면 63빌딩과 트럼프 타워만 보이지만, 그 뒤에 네트워크 방송사들이 자리 잡고 있어 여의도의 불빛은 곧 지상파를 의미했다. 고료가 지상파의 5분의 1도 채 되지 않는 케이블 TV와 비디오 번역으로 먹고 사는 내게 지상파는 평생 바라보지 못할 구름 위의 세상처럼 아득하다.

그때 목청이 터져라 '삼여진'을 외쳤던 윤도 얼마 전까지는 풀이 푹 죽어 지냈다. 동료들은 하나둘 다른 직장을 찾아 떠나고 이젠 그와 후배 한 명만 남았다. 하지만 이번에 기획안이 채택되어 영상산업진흥원의 지원금 후보에 오르고 나서부터는 그의 입에 휘파람이 걸려 있는 때가 많다. 내친 김에 유명한 국제

방송프로그램 콘테스트인 '반프 TV 페스티벌'에도 나갈 계획인 듯하다.

옥상에서 내려와 다시 VCR 편집기 앞에 앉는다. 다음 장면에서는 갈대밭과 습지만 보이면서 여자의 모습은 아웃되고 목소리만 들린다. '영국왕립조류협회는 그때부터 이 새 한 마리를 위해 이곳에 인공 습지를 만들고 대대적으로 갈대밭을 조성했습니다. 그러자 수십 년 동안 자취를 감췄던 뒷부리가 무리 지어 날아들어 철새들의 보금자리가 되었죠.' 글자판을 치고 엔터 키. 대본이 없어서 한마디 한마디 알아듣기가 무척 힘들다. 새에 대해 자세히 몰라서 일이 더딘 걸까. 어떻게 생긴 새이기에 영국인들에게 그런 대우를 받는지 궁금하다.

실은 영국에 가서 새는 구경도 못하고 돌아왔다. 도착하자마자 윤과 카메라맨은 그저 내 입만 쳐다보았다. 말은 통·번역 요원이었지만 나는 취재할 장소 헌팅하랴, 만날 사람들 섭외하고 질문지 작성하랴 정신이 없었다. 새를 찍을 때도 다른 일로 바빠 따라가지 못했다. 그래서 정작 새에 대해서는 아무것도 아는 것이 없다. BBC에서 만든 다큐를 먼저 보아야 할까 보다.

"뒷부리장다리물떼새의 귀환"이란 테이프를 VCR에 넣는다. 정말 이상하게 생긴 새가 화면에 뜬다. 맨 먼저 눈에 띄는 것이 검은색의 기다란 부리. 부리 길이가 몸길이의 절반이 넘는다. 다른 새들이 와서 줄넘기 놀이를 해도 될 만큼 넉넉하다. 바닷가에서 부리를 돌려 다른 새들에게 줄넘기를 시키고 있는 새를 발견한다면 바로 뒷부리장다리물떼새라고 보면 된다. 게다가 끝은 활처럼 살짝 위로 휘어져 있다. 그래서 '뒷부리'라는 말이 붙었나 보다. 해설자는 이 새의 별명이 '구두장이의 송곳'이라고 말한다. 끝이 위로 휘어 있으면서 거기에 실을 꿰는 귀가 달린, 구두 깁는 송곳. 어떤 새이기에 부리가 저런 모양일까.

"새의 부리는 대개 까치처럼 앞으로 똑바로 뻗었거나, 잉꼬나 독수리같이 밑으로 꼬부라졌거나, 참새처럼 짧거나, 저어새처럼 주걱 모양이거든."

자연과 환경 다큐 전문인 윤도 이런 부리 모양은 처음 본다고 말했다. 그런데 나는 그 곡선이 낯설지 않다. 어디서 본 걸까, 생각하고 있을 때 휴대폰이 울린다. 주말에 대신 있을 아주머니를 구했다는 간병인의 전화다.

떠나려는 버스에 간신히 올라탄다. 벌써 3년째 계속되어온 주말 간병인 생활. 이번 주말엔 번역 일이 바빠 나 대신 있을 아주머니를 부르기로 했다. 아주머니를 만나 중환자를 다룰 줄 아는지 확인해야 한다. 버스 천장에 매달린 손잡이를 잡고 이리저리 떠밀리며 창밖을 내다본다. 여기저기서 쑥쑥 뻗어 올라가고 있는 아파트며 빌딩 공사장이 눈에 띈다. 모두들 높이 더 높이 치솟기 경쟁을 하고 있다. 버스가 여의도에 들어서자 고층 빌딩이 시야를 가린다. 윤과 내가 언제나 꿈꾸어왔던 여의도. 열흘 남짓 한적한 잉글랜드 시골 마을을 다녀온 탓일까. 빌딩 숲에 가슴이 막혀온다. 런던에서 버스를 타고 동쪽 해안으로 가는 길에는 2층 정도밖에 안 되는 나지막한 집들이 숲 속에 듬성 듬성 편안하게 앉아 있었다. 마치 집들이 휴양을 온 모습이었다. 서포크 주의 작은 포구 던위치에 있는 민스미어 습지에 도착한 날은 1월 중순이었지만 날씨는 코트를 벗어도 될 정도로 포근했다. 큰 장애물은 영국 사투리였다. 영국식 억양을 미리 익히려고 영화 「풀몬티」를 여러 번 보고 갔지만 소용없었다. 할리우드식 영어에 길들여진 귀에는 런던 동부 지방 사투리가 전혀 다른 외국어로 들렸다. 말로 벌어먹고 살면서 그걸 알아듣지 못해 엉길 때의 그 스트레스란.

버스에서 내려 소독약 냄새가 진동하는 병원으로 들어선다. 수십 년 전에 세워진 병원은 병동마다 가건물이 다닥다닥 붙어 있다. 병실을 늘리느라 공간만 있으면 달아낸 탓에 입구에 들어서도 미로 같은 통로를 지나 엘리베이터를 타고 올라갔다 내려갔다 하며 또 다른 미로를 거쳐야만 재활병동에 닿는다.

복도에 드레싱카트를 끌고 가는 간호사의 모습이 보인다. 7층에 올라가 왼쪽으로 돌아 6인실 병실 문을 열면 바로 왼쪽이 그의 침대다. 저녁 시간이어서 환자들은 침대에 앉아 식판을 펴놓고 식사 중이다. 그 혼자만 누운 채 식사를 한다. 침대 옆 폴대에 달아둔 주머니에서 얼마 남지 않은 영양식이 한 방울씩 한 방울씩 똑똑 떨어져 호스를 통해 코로 흘러들어간다. 의사는 꽤 오래 훈련을 시켰지만 음식이 기도로 넘어간다면서 이렇게 결론을 내렸다.

“폐렴 위험이 있어서 안 되겠어요.”

뇌출혈로 쓰러진 지 몇 달도 채 되지 않아 비위관이 그의 몸에 삽입되었다. 코에서 식도를 통해 위까지 들어가 있는 호스는 나와 있는 길이가 어른 손으로 세 뼘쯤 된다면 몸 안에 들어가 있는 부분은 그 몇 배는 될 것이다. 식도의 연장이면서 음식물이 들어가는 그의 입이기도 한 호스. 반투명의 가느다랗고 말랑말랑한 플라스틱 줄이다. 당근 주스를 넣을 땐 빨간색, 포도 주스를 넣을 땐 보라색이 그대로 비친다. 콧부리에다 반창고로 일단 고정시킨 뒤 오른쪽 어깨에 걸쳐놓고 테이프로 붙여놓았다. 비위관은 활 모양의 둥근 곡선을 그리고 있다. 하지만 보호자가 잠시 눈만 돌렸다 하면 환자는 그 호스를 잡아당겨 빼버린다. 그럴 땐 어디서 그런 엄청난 괴력이 솟는지 놀랍기만 하다.

가방에서 돈 봉투를 꺼내 아주머니에게 건넨다. 이번엔 두 주 치여서 봉투가 터질 듯 팽팽하다. 산소 튜브와 비위관을 꽂고 누운 환자보다 나는 친구에게 빌려서 가져온 돈에 더 눈길이 간다. 정말이지 언제까지 지탱할 수 있을까. 이젠 숨이 턱까지 찬 느낌이다. 윤의 말대로 나는 왜 환자에게서 헤어나지를 못하는 걸까. 가까운 친척들 모두 내 어깨를 두드려주며 말했었다. 그만하면 할 만큼 했다고.

어쩌면 그와 나 사이에는 아직도 해결하지 못한 일이 남아 있는지도 모른다. 나는 그의 어눌한 말을 잽싸게 알아듣고 명민하게 통역해내지만 한편으로는 그에게 곱지 않은 시선을 보내고 있다는 것을 잘 안다. 오늘도 아주머니에게 줄 돈을 마련하려고 친구에게 송금을 부탁한 뒤 현금인출기 앞에 서 있을 때, 못 견디겠어, 하는 소리가 목젖을 치밀고 올라왔다. 그렇지만 그 소리를 들을 사람이 없다는 사실을 나는 안다. 간병비는 반드시 현금으로만 주게 되어 있다. 친구에게 사정하는 것도 한두 번이다. 돈 문제로 나를 이토록 구차하게 만든 것은 사업할 때부터다. 그가 원망스럽다. 그런 마음으로 병실에 올라왔으니 환자를 고운 눈으로 바라볼 수가 없다. 하지만 돌아서면 또 그런 눈길을 보냈던 내 자신이 밉살스럽다. 아직 젊으니까 언젠간 일어나 날개 펼 날이 있겠지 하고 희망을 가져보지만 밀린 병원비 생각에 눈앞이 캄캄해온다. '쓰러지면서 목의 신경을 다친 모양입니다. 그러지 않고는 전신 마비가 온 게 설명이 안 돼요.' 의사의 말을 잊어버리고 싶다.

새로 온 아주머니에게 인계하고 나갔던 간병인이 돌아와 나를 부른다. 당산동에 빨리 전화해봐. 오는 대로 연락해달래. 휴대폰을 꺼두었더니 윤이 병실로 전화했나 보다. 서해안 간 일이 잘 안 됐나? 전화를 할까 말까 방설이는데 그가 눈을 뜨고 나를 쳐다본다. 웃는지 찡그리는지 알 수 없는 표정으로 무어라 입을 놀린다. 말을 하려 해도 뇌출혈 후유증으로 소리가 잘 나오지 않는다.

"으제 와아. 이러."

언제 왔어. 일은? 받침이 떨어져 나가 반쯤 깨어진 말들. 나는 독순술을 하듯 재빨리 그의 질문까지 복창하며 입 맞추어 대답한다.

"언제 왔냐고? 어제 돌아왔어. 일은 잘 됐냐고? 영국 사람들 사투리 심해서 혼났지 뭐."

이럴 땐 더빙 번역 작가라는 내 직업이 빛을 발한다. 친척이든 친구든 나만큼 빨리 그와 말을 주고받는 이는 없다. 한번은 그의 친구들이 면회 왔다기에 달려왔더니 별 얘기도 아닌 말을 갖고서 구구하게 해석들을 하고 있었다.

"저 미에 가머 시다이느데 바머고아. 나하데 다라노고가 머 돼."

친구들은 몇 번이나 그가 되풀이하는 말을 듣고도 아무도 못 알아들었다고 했다.

"저 밑에 가면 식당 있는데 밥 먹고 가. 나한테 달아놓고 가면 돼."

나의 독순술에 그의 친구들은 역시 더빙 번역 작가는 다르다며 놀라워했다. 내가 저녁에 들르면 그는 꼭 바, 머, 거, 어, 하고 묻는 버릇이 있다. 걸어 다닐 때나 누워 있을 때나 가장 노릇 못하는 건 마찬가지면서도 밥 먹었느냐는 말은 꼭 잊지 않는다. 양쪽 부모 중에 혼자 생존해 있던 엄마마저 몇 년 전 가고 없는 지금 그와 나는 서로의 보호자인 셈이다.

엄마가 보기에 우리 부부는 모든 악취미를 나누어 가진 악동들이었다.

"부부는 닮는다더니, 손가락 발가락 길쭉길쭉한 거까지 닮아서는, 쯧쯧, 저러니 게을러터졌지."

엄마는 혀를 차며 말하곤 했다. 엄마가 가장 참지 못할 일은 우리 둘 다 안정된 직업 없이 그야말로 프리하게 산다는 점이었다.

"다들 프리랜서는 프리레서freelesser라고 하더라. 자유 좋아하시네. 전화통에 목줄 달고 살면서."

내가 소파에 앉아 몸을 비비 꼬고 있는 걸 보면 엄마는 일감이 떨어진 줄 금세 알아차렸다. 거기다 아무 데나 담뱃재를 흘리고 다니고, 벗은 옷가지를 방구석 여기저기 쌓아두는 버릇까지 쏙 빼닮아 살림 꼴 잘되겠다며 빈정거렸다. 몇 년 전 남편이 전세금까지 다 빼먹고 갈 데가 없어 엄마의 새 아파트로 합쳤을 때였다. 엄마는 외출했다가 들어오면 현관문에서부터 킁킁거리며 담배 냄새를 맡기 시작했다. 드디어 내 핸드백에서 압수된 담배가 쓰레기통에 처넣어지고 엄마의 악쓰는 소리가 집 안을 흔들었다.

"둘 다 어쩌면 그렇게 똑같냐. 그까짓 푼돈이나 버는 주제에 하루 종일 얼어 죽을 담배나 꼬나물고 자빠졌고."

또 시작이구나, 귀를 막으려 하고 있을 때 그의 듬직한 목소리가 크게 들렸다.

"괜찮아요, 나중에 끊어야 할 때 알아서 할 거예요. 좀 내버려두세요."

그가 나의 담배 버릇을 두둔하는 이유를 나는 알 수 없었다.

혹시 나를 자기 패거리로 만들고 싶었던 것일까. 아니면 험한 세상 살려면 여자든 남자든 기가 꺾여서는 안 된다고 생각했던 걸까. 휴대폰의 벨이 울리기에 보았더니 윤이다. 전화를 받으려고 복도로 나오는데 인턴이 가래 빼는 기계를 들고 병실로 들어간다. 폴더를 열자 조금은 다급한 윤의 목소리.

"혹시 군청에서 편집실로 연락 왔었어?"

"아니, 나 있을 땐 온 적 없는데."

오전에 갔을 때 아마도 오늘까지 답을 해주겠다고 한 모양이었다. 군청의 협력 여부에 따라 진흥원의 지원금 후보 대상에서 빠질 수도 있다. 윤이나 나에게 있어서는 안 되는 일이다. 우리 둘 다 거기에 마지막 희망을 걸고 있었다. 참, 기저귀하고 가래 뺄 때 쓰는 멸균 장갑이 떨어졌다고 했지. 영양식 주머니와 주사기를 씻으러 배선실로 가는 아주머니에게 잠시 의료기 가게에 다녀오겠다며 엘리베이터로 간다. 휠체어를 탄 환자들이 저녁 산책을 나서느라 엘리베이터는 만원이다. 계단을 내려가 의료기 가게로 들어간다. 기저귀와 멸균 장갑을 사서 돌아서는데 휴대폰이 울린다.

"어디 계세요? 빨리 병실로 오세요."

담당 간호사의 목소리다.

"무슨 일이죠?"

"아무튼 빨리 오세요."

3년 동안 이미 수차례 겪은 일이긴 했지만 이번엔 어쩐지 심상치 않다는 느낌이 든다. 가슴이 쿵덕쿵덕 뛰기 시작한다.

병실에는 담당 의사 말고도 대여섯 명의 인턴과 레지던트가 와서 부산하게 움직이고 있다. 철수해갔던 환자 모니터링 장치도 들어와 있다.

"무슨 일이에요?"

"아, 제가 가래를 빼려고 복압을 넣다가 그만……"

인턴이 말을 끝내지 못하자 레지던트가 말을 잇는다.

"배를 가볍게 몇 번 쳤는데 환자가 심하게 구토를 했어요."

코에 산소 튜브를 끼고 얼굴이 새파래진 환자가 나를 보고 뭐라 계속 입을 놀리기 시작한다. 그는 통역사를 기다리고 있었는지도 모른다. 어디가 제일 힘들어?

"수 자 수 자 가 으가 으아 바……"

"숨차, 숨차, 가슴 아파."

내가 환자와 입 맞추어 통역을 해줘도 레지던트는 덤덤하다.

"뇌출혈 환자는 흔히 저럴 때가 있어요."

별로 걱정하지 않아도 된다는 듯 그는 팔짱을 끼고 모니터만 바라본다. 다른 병원에 있을 때도 환자가 '여, 여구리 아바' 하고 하소연하는데 재활치료에서 오는 근육통이라며 2주일 동안 옆구리에 파스만 붙여줬던 레지던트가 있었다. 나중에 내과로 옮겨 폐에서 물을 2리터나 빼내느라고 환자를 엎었다 뒤집었다 모로 뉘였다 하면서 온갖 고생을 다 시켰었다. 84, 160, 90, 38, 115, 49. 혈중 산소 수치는 모자라고 다른 수치들은 위험

하리만큼 높다. 빽빽한 가래 덩어리를 뚫고 나오느라 숨소리는
바윗덩이를 지고 가는 짐꾼의 것처럼 힘들고 거칠다.

"무슨 소리예요. 호흡기 내과 불러주세요. 심장 내과두요.
입술이 새파랗잖아요. 이러다 폐렴에 심근경색까지 온 적이 있
었다구요."

레지던트의 눈짓에 인턴 한 명이 간호사실로 뛰어갔다가 돌
아온다. 양쪽 다 지금은 오기 곤란하다는데요. 당장 내과 중환
자실로 보내주세요. 오늘 밤 잠은 다 잤다는 듯 못 마땅해 하는
다른 보호자들의 시선이 내 얼굴에 와서 꽂힌다.

산소 탱크를 달고 침대째로 옮겨지는 그는 이제 의식도 없는
지 아무런 반응을 보이지 않는다. 단지 그의 몸과 하나가 되어
코로 이어진 호스만 침대의 움직임에 따라 흔들리는 모양이 가
끔씩 눈에 띈다. 코에서 나와 앞으로 뻗었다가 둥근 곡선을 그
리며 어깨에 걸쳐진 줄. 어디선가 많이 본 곡선이다. 활처럼 위
로 휘어진 부리를 닮은 곡선이다. 응급처치 끝나고 환자가 안정
되면 면회시켜 드릴게요. 중환자 보호자실이나 가까운데 가 계
세요. 아마도 내일 새벽 6시쯤 될 거예요. 중환자실 간호사는
한마디 하고는 문을 닫아버린다. 나는 복도 의자에 한참 우두커
니 앉았다가 일어선다. 새벽까지 여기서 이러고 있을 수는 없
다. 마감 날짜를 맞추려면 몇 시간이라도 벌어야 한다.

편집실로 돌아와 보니 뉴스 자료화면 테이프가 책상 위에 놓
여 있다. 그사이 윤이 구해다놓았나보다. 영피가 자료화면 구할

때 얼마나 서러운지 알아? 내가 빨리 구해오라고 채근할 때마다 그는 눈을 흘기며 투덜댔다. '영피'는 영세 프로덕션 피디의 줄임말이다. 테이프를 VCR에 넣고 플레이 단추를 누른다. 서해안 갯마을, 바닷물이 질퍽하게 들어와 있는 습지에 새 한 마리가 나타난다. 새는 긴 부리로 부지런히 물을 젓고 있다. 앵커의 멘트. '시청자가 찍은 뉴스입니다. 오늘은 우리나라를 찾아온 낯선 새 한 마리를 소개합니다.' 화면에 1월 초 충남 태안군 소원면 법산리 노을 지는 갯마을이라는 자막이 두 줄로 뜨고 계속해서 동영상을 찍은 사람의 이름이 나온다. 뒤이어 조류연구소 이 박사의 인터뷰.

"뒷부리장다리물떼새는 검은색의 가느다란 부리가 활처럼 위로 휘어져 올라간 게 특징입니다. 몇 년 만에 찾아오는 정말 귀한 손님이죠. 갈대밭 사이 염습지에서 긴 부리로 물을 좌우로 저으며 새우나 갯지렁이 등을 훑어서 잡아먹습니다. 개펄에 난 구멍에 휘어진 부리를 넣어 탐지한 뒤 연한 게나 조개를 꺼내 먹기도 하고요."

이어서 2004년 1월 뉴스 테이프를 넣는다. 화면에 제주도 우도가 뜨더니 겨울철 성산포 하도리 해수욕장 풍경이 보인다. 긴 다리로 물가를 한가롭게 걷고 있는 뒷부리 한 마리. 부리가 저렇게 긴 새는 세상에 없을 것이다. 저토록 거추장스런 부리가 어째서 여태 남아 있을까. 쓸모없는 부분은 서서히 퇴화하는 것이 진화의 법칙이라고 알고 있는데. 아직도 꼭 필요하기 때문에 달고 있는 걸까. 뒷부리 역시 병상의 그가 예전에 그랬던 것처럼 호기심이 많아 킁킁거리며 온 세상을 탐색하고 다니기 위해 긴 부리가 필요한지도 모른다. 희한한 일은 서해안에서도 제주도에서도 딱 한 마리씩만 발견되었다는 점이다. 그것도 몇 년 만에. 새 박사의 설명.

"끝이 하늘로 치켜 올라간 긴 부리가 사람들 마음을 꿰어버릴 듯합니다. 주로 영국과 스페인, 지중해에 무리 지어 사는데 어쩌다 길을 잃고 우리나라까지 날아왔다고 해서 미조(迷鳥)로 불립니다."

남자 앵커의 멘트.

"유럽에서 그린란드, 시베리아를 거쳐 아시아로 왔다가 돌아가는 중에 길을 잃은 모양입니다."

길 잃은 새, 미조라는 새 박사의 말에 이의를 달고 싶다. 길을 잃은 게 아니라 낯선 곳을 돌아다니길 좋아해 일부러 동방의 이상한 나라를 찾아온 것이라고. 별명이 구두장이의 송곳이 된 것은 끝이 위로 휘었기 때문만이 아닐 것이다. 구두장이의 송곳처럼 부지런히 어딘가를 쑤시고 다니면서 일을 하고 있다는 뜻인지도 모른다. 아니면 자기 고장에서 핍박받아 추방당했거나 망명온 건지도.

"얼마나 했어?"

언제 들어왔는지 윤이 뒤로 와서 꼭 그러안으며 묻는다.

"환자 생각하면서 자꾸 질척대는 거 아냐?"

나는 딱히 대답하지 않는다.

"왜 아무 말이 없어. 그러다 나이 서른다섯에 길바닥에 나앉겠다. 또 중환자실로 들어갔다며?"

병실에 전화를 해본 모양이다. 쏟아지는 그의 말을 귓가로 흘리면서 나는 그의 팔을 풀고 일어나며 말한다.

"병원비 대라고 안 할게. 잔소리 그만해."

저런 간섭을 들을 바엔 일을 같이하지 않는 건데. 한국영화가 계속 히트를 치자 케이블 TV에도 한국영화의 방송 비율이 크게 높아지면서 번역 일거리가 줄어들기 시작했다. 「해운대」 「박쥐」 「국가대표」 같은 우리 입맛에 맞는 한국영화가 있으니 낯설고 정서에도 맞지 않는 외국 영화를 굳이 찾을 이유가 없을 것이다. 빚이 하루하루 늘고 있는 나로서는 찬밥 더운밥 가릴 처지가 아니었다. 뒷부리를 생각하며 갯마을로 달려가던 마음이 윤의 등장으로 다시 콘크리트 벽 속에 갇힌 느낌이다. 자기가 우리 사이를 얼마나 안다고.

신혼 시절 휴일에 그와 정릉에 놀러갔을 때였다. 하늘색 티셔츠 차림에 카메라를 목에 맨 그의 모습은 근사해 보였다. 나는 계곡이 나올 때까지 자전거를 타고 올라갔다. 핸들에서 손을 떼서 두 팔을 벌리기도 하고 거꾸로 앉아 타는 묘기도 부렸다. 어느 땐 자전거 시트를 두 손으로 잡고 몸무게를 실은 뒤 짠, 하고 다리를 벌려 보이기도 했다. 그는 계속 셔터를 눌러댔다. 그날 나는 어릴 때부터 익혀온 재주를 그에게 보여주고 싶었다.

뒷바퀴로 점프해서 징검다리 건너기였다. 묘기하는 자전거는 따로 있다고 들었지만, 나는 이미 마분지 상자를 놓고 여러 번 연습한 뒤였다. 앞바퀴는 들고 뒷바퀴로 콩콩 뛰어 징검다리를 두 개나 건넜다. 영화에는 외계인을 따라 자전거로 계단을 뛰어넘어 달까지 날아가는 아이들이 있었다. 징검다리쯤이야. 그다음엔 돌이 놓인 간격이 조금 더 넓었다. 나는 호흡을 가다듬으면서 뛸 준비를 했고 그는 내 점프하는 모습을 기록하기 위해 셔터 누를 준비를 했다. 나는 있는 힘을 다해서 뛰었다. 그것이 화근이었다. 힘을 너무 준 나머지 자전거는 착지하면서 돌에서 튕겨나갔고 나는 공중에 붕 떴다가 떨어지면서 다리가 부러지고 말았다. 그는 나를 업고 부리나케 병원으로 달려갔다. 깁스를 하고 병실에 누워 있을 때 우리는 침대 옆 커튼을 둘러치고 한참 맛있는 키스를 했다. 내가 자전거를 탄 채 청바지에 분홍색 티셔츠 차림으로 징검다리 위에 둥실 떠 있는 사진은 아직도 내 원룸에 걸려 있다.

그도 나도 언제나 모험을 즐기는 쪽이었지만 출판사는 모험심만으로는 굴러갈 수가 없었다. 퇴직금에다 전세 뺀 돈까지 날리고 나자 그는 일단 출판사를 정리했지만 미련을 버리지 않았다. 실은 그다음부터가 더 문제였다. 마땅한 일을 찾지 못한 그는 툭하면 외국을 돌아다니면서 전화를 걸어왔다. 여긴 인도네시아야, 봉제 공장 한번 해보려고, 지금 북경인데 중국 사람들이 갈비 먹을 줄을 몰라서 친구하고 갈비집 한번 해보려고. 나도 위험을 무릅쓰는 일을 피하지 않는 사람이지만, 내가 보기에 그는 물가에 내놓은 어린아이처럼 항상 위태로워 보였다.

다시 편집기 앞에 앉아 되감기 단추를 누른다. 옆 책상에서 원고를 쓰고 있던 윤이 다가와 어깨를 잡는다. 그의 뜨거운 입술이 어느새 내 입술에 와 닿는다. 나는 몸을 옆으로 돌려 그의 목을 끌어안는다. 아까 내가 너무 매몰차게 굴었나. 날 걱정해서 일거리 물어다주는 이는 이 사람밖에 없는데. 그래도 안 돼. 아픈 사람이 있잖아. 키스하는 도중에도 머릿속엔 그와 윤의 얼굴이 번갈아 떠올라 머리가 지근거린다. 나는 나도 몰래 얼굴을 찡그린다. 하지만 내 생각과는 아랑곳없이 윤의 손은 이미 내 스웨터 속을 더듬으면서 나를 일으켜 소파로 이끌고 간다. 나는 그와 입을 맞추면서 순순히 그에게 끌려간다.

윤은 누구도 불가능하다고 했던 프로그램을 따냈던 추진력 있는 피디였다. 한번 하겠다고 마음먹으면 무섭게 밀어붙이는 힘이 있었다. 내가 그의 그런 면에 끌렸던 걸까? 그가 내 인생에 들어온다면 힘들고 고민스런 일들을 모두 한 방에 날려줄 것만 같다. 결혼 생활을 해보지 않아 남편이 보여주었던 아기자기함 같은 건 아직 없지만 윤에게서는 언제나 상대를 확 잡아끄는 묘한 힘이 있다. 오늘이 어제 같고 내일이 또 오늘같이 지루하기만 한 내 삶에서 어떤 계기를 만들어줄 듯한 강렬한 힘. 나는 그의 품에 안겨 잠시 행복하다. 나와 윤의 거친 숨소리가 합해져서 내 귀에 증폭해 들려온다. 문득 그중 한 사람의 숨소리는 병상에 누운 그의 것이어야 한다는 생각이 뇌리를 스친다. 나는 벌떡 일어나 소파에서 빠져나온다. 윤이 어이없어 하며 일어난다. 그렇지만 화난 기색은 아니다. 내가 어색한 표정으로 다시 편집기 앞에 앉자 윤은 내 옆으로 다가와 조금 거리를 두고 선다.

"아까는 미안해. 요양소로 옮기란 말 하려고 온 게 아닌데. 저 말이야, 이번엔 대박이야. 감이 와."

그는 손으로 자기 코에서부터 둥글게 아래로 갔다가 활처럼 위로 올라가는 곡선을 그려 보인다. 뒷부리장다리물떼새의 부리 모습이다. 그러고는 연극 대사 외듯 말한다.

"노을 지는 갯마을이 뒷부리 둥지로 변하도다."

이 남자는 궁지를 벗어나는 재치까지 갖췄다. 셰익스피어의 약강5보격의 리듬을 꽤나 닮아 있었지만 억양이 어색해서 웃음이 나온다. 번역쟁이한테 다가오는 솜씨가 여간이 아니다. 뒷부리의 부리에 꿰어버린 나머지 나한테 퇴짜 맞았다는 생각은 하지도 않는 것일까. 목소리는 확신에 차 있다.

"새를 발견한 박사랑 같이 오늘 갯마을 사람들 만나고 군청에 다녀왔어."

그는 쉬지 않고 떠들어댄다.

"몇 달 전엔 조류 인플루엔자가 걱정된다고 소극적으로 나오더니 유럽 새라는 말에 안심하는 것 같아. 주민들 사이에 반대하는 이들도 있다기에 오늘 만나고 왔어. 철새 도래지가 되면 관광객이 더 많이 찾아올 거라고 설득했지. 이제 아무 문제없어."

나는 가슴이 조마조마해 온다. 너무 확신에 찬 사람들이 나는 항상 걱정스럽다. 내가 좋아하는 어떤 소설가는 뭔가를 지나치게 확신하다 보면 사이코가 되기 쉽다고 썼는데. 나는 고개를 왼쪽으로 돌려 윤의 얼굴을 쳐다보며 묻는다.

"너무 만만하게 보는 거 아냐? 그 노을 지는 갯마을, 조개 줍기나 꽃게 캐기 같은 갯벌 체험 프로그램으로 먹고사는 동네잖아. 멀쩡히 잘되는 사업 접고 갈대밭이나 염습지를 만들겠다고 하겠어?"

요즘엔 조류 인플루엔자로 탐조 행렬이 쑥 줄어들었다는 얘기도 해줬지만 그는 들은 척도 하지 않는다.

"영국 사람들이 왜 그 새 한 마리 때문에 드넓은 당근밭, 유채밭을 갈대밭과 습지로 만들었겠어. 자그마치 축구장 1,326개만 한 크기래."

그는 민스미어 철새 보호구역에 대해선 줄줄이 꿰고 있다.

"습지에는 수로와 수문을 만들어 담수와 해수를 조절해서 공급하고 있어. 물에 염분이 없어지면 이 새는 떠나버리거든. 갈대가 지나치게 자라는 길 막기 위해 그런 풀만 잘 먹는 특수한 말을 수입해서 방목하고 있고. 요즘 1년 입장료 수입이 얼만지 알아? 그 새, 정말 예술이지. 그렇지, 응?"

윤은 내 대답은 들을 생각도 않고 밖으로 나간다. 다큐가 아무리 객관적이라 해도 무엇을 찍을지 결정하는 순간부터 주관이 끼어드는 거라고 말한 게 누구더라. 진실과 리얼리티를 위해 언제나 건강한 자세로 스스로의 행동과 의식을 비롯해 모든 것에 대해 오직 회의(懷疑)하고 회의하라. 작가들과 회의할 때마다 되뇌던 그의 말을 그대로 되돌려주고 싶다. 하지만 나는 멀거니 그의 뒤통수만 바라볼 뿐이다.

윤의 뒤통수를 바라보다 나는 갑자기 병상의 그를 보는 듯한 착각에 빠진다. 사업하겠다며 나를 설득할 때 그도 그렇게 자신감에 차 있었다.

"월급쟁이 백 년 해봐야 비전이 없어. 올라가봐야 어디까지 가겠어. 당신도 돈 걱정 없이 살게 해줄게."

나는 출판이 뭔지 잘 몰랐지만 그가 좋은 책을 내서 돈을 많이 벌 거라고 확신했다. 아니 비교적, 확신했었다. 오늘 윤의 말을 듣자 남자들은 대체로 저렇게 허황된 꿈에 잘 빠질까, 하는 생각이 든다. 왜 그렇게 현실적이지 못할까? 꾀가 그만큼 없다는 얘긴가? 하지만 현실적이고 꾀가 많다는 게 뭐 그리 대수일까. 언젠가 번역했던 다큐에서 남자는 여자보다 수명이 짧아 일찍 인생에 승부수를 던지는 성향이 있다고 했다. 나는 어떤 면에서든 편 가르기 하는 게 질색이지만 만약 그게 신빙성 있는 이론이라면 누구든 위험을 마다하지 않는 사람의 손을 들어주고 싶다. 실패로 끝났든 성공했든 인류가 시도했던 수많은 프로젝트는 그런 사람들에 의해 저질러진 것이니까.

일손을 잡았다가 자꾸만 마음이 딴 길로 샌다. 중환자실은 병원비가 일반 병동의 두세 배는 나올 것이다. 이달엔 윤의 프로덕션에서 받을 고료밖엔 없다. 바로 전에 있던 병원에서는 원무과 직원과 한바탕했었지. 퇴원 날짜가 아직 보름이나 남았는데도 직원은 다른 병원을 알아보지 않는다고 성화였다.

"그건 솔직히 의사도 봐드릴 수가 없어요. 두 달이 지나면 공단에서 나오는 보험료가 깎이거든요. 게다가 지금 병원비가 한 달 이상……"

나는 직원의 말을 중간에서 끊고 들어갔다.

"어쨌든 나갈 때 정산하면 될 거 아녜요."

직원은 끈질기게 물고 늘어졌다.

"환자 놔두고 도망치는 경우가 많아서 그래요."

"아니, 내가 병원비 떼어먹고 도망칠 사람 같아요?"

나는 매섭게 쏘아붙이면서 직원을 노려보았다.

"그건 아무도 장담 못하지. 우리 영안실에 올해만 보호자가 포기한 시신이 40구가 넘어. 물론 무연고 행려병자까지 포함된 숫자이긴 하지만. 보호자는 다 찾았는데 시신을 거두어가려고 하질 않는다구."

직원의 말투는 은근슬쩍 반말지거리로 변했다.

"파키스탄 보호자들은 째지게 가난하면서도 전 재산을 털어 아들의 시신을 공수해가려고 하는데. 화장도 안 하고 말야."

그 말에 나는 하마터면 소리를 지를 뻔했다. 싸가지 없는 인간 같으니. 나를 어떻게 보는 거야. 부글부글 끓어오르는 속을 억지로 진정시키고 나는 병원을 나왔다.

조그셔틀을 돌린다. 뒷부리의 구애 장면이 화면에 뜬다. 수컷이 암컷의 오른쪽에 서서 춤을 추듯 부리로 몇 번 물을 치고 몸을 흔들면서 애교를 떤다. 이번에는 왼쪽으로 가서 똑같은 짓을 한다. 암컷은 도도한 눈길로 앞을 바라보기만 한다. 수컷은 이제 암컷의 꼬리 부분에 올라탄다. 수컷은 긴 부리를 벌려 무어라 소리를 질러댄다. 끝이 위로 휘어진 기다란 부리를 벌리고 노래 부르는 모습이 연미복을 입은 늘씬한 테너 가수를 닮았다. 플룻 플룻 플룻 클루잇 클루잇. 암컷은 조금 무거운지 눈을 지그시 감고 부리를 꼭 다물고 있다. 다문 부리 모양으로 보아 견디지 못할 정도는 아닌가 보다. 살며시 미소 짓는 모습이다. 다음 장면에선 두 몸이 완전히 하나가 되어 있다. 네 개의 다리가 반쯤 앉은 자세로 마주 보고 얽혀 있는데, 몸통은 하나밖에 보이지 않는다. 플룻 플룻 플룻 클루잇 클루잇. 뭐라고 번역하면 좋을까.

의성어가 나올 때마다 신기한 생각이 든다. 똑같은 소리를 우리는 '개골개골'로, 영어권에서는 '래빗 래빗'으로 듣고, 우리는 '야옹 야옹'으로 듣는 소리를 그들은 '미이유 미이유'로 들으니 말이다. 소리가 더욱 힘차고 또렷해지는 걸로 보아 아마도 두 녀석의 몸과 마음이 하나가 되어 함께 노래를 부르고 있는 듯하다. 플룻 플룻 플룻 클루잇 클루잇. 그 소리는 때로는 거친 숨소리로 때로는 달콤한 멜로디로 들린다. 가끔은 플루트 소리도 난다. 긴 부리는 이제 휘어진 관악기가 되어 있다. 모차르트의 플루트 협주곡 같은 노래 소리는 맑고 명랑하다. 새들만 저런 소리를 낼까. 사람도 하나가 되면 저런 소리가 날까? 그와 나, 윤과 나의 몸이 부딪치는 소리는 어땠을까. 아까 소파에서 일을 치르다 말고 일어서던 윤의 뒷모습은 쓸쓸해 보였다. 아직 하나가 되지 못해서일까. 정말 잘 맞는다고 생각한 적도 있었는데. 내가 겉으론 입을 짝짝 맞추면서 환자를 바라보는 눈길이 싸늘한 것도 그런 이유 때문일까. 남편과 나, 윤과 나는 아직 가슴 깊은 곳에서 만나지 못한 것일까. 주인공의 입과 제스처까지 완벽하게 맞는데도 더빙 대사가 배우의 표정과 따로 놀듯이. 그와 내가 정말 뜨거운 입맞춤을 할 날은 언제일까. 윤과 나는 언제까지 이대로 만날 수 있을까. 행복한 뒷부리는 노래를 그칠 줄 모른다. 플룻 플룻 플룻 클루잇 클루잇.

다큐를 꺼내고 취재 테이프를 넣는다. 습지 관리인의 설명을 되풀이해 듣고 번역해서 자판에다 친다. '뒷부리는 날개를 수직으로 곧추세우는 버릇이 있어요.' 화면에는 뒷부리가 날개를 세운 모습이 뜬다. 끝이 위로 치켜 올라간 긴 부리가 더 또렷해 보인다. 무슨 임무를 띤 부리 같다. '뭔가 크게 승부를 던지기 직전의 모습이죠. 온몸의 기운을 다 부리에 모으고 있는 자세입니다. 무엇을 보고 그러는지는 아직 밝혀지지 않았는데요. 그 다음 순간 총알같이 내려와 머리와 부리를 밑으로 내리꽂습니다.' 날개를 곧추세우고 부리를 밑으로 내리꽂는다는 말이 머리에 와 박힌다. 그때 새는 외마디 소리를 지른다. 플룻 플룻 플롯 클루잇 클루잇. 발음은 비슷하지만 교미할 때와는 전혀 다른 빠르고 급박한 주파수다. 바늘로 머릿속을 콕콕 찌르는 듯하다. 이 절박한 노래를 뭐라고 입 맞춰 번역할까.

"먹이가 있는 낌새를 챘을 때인지, 아니면 뭔가 목숨을 걸 만한 일을 발견했을 때인지는 알 수 없죠. 부리가 이렇게 예술적으로 생긴 새라면 충분히 그럴 수 있을 겁니다. 밑에 바위가 있는지 모르고 말이죠."

염습지와 개펄에는 어깻죽지가 부러졌거나 다리를 절룩거리는 녀석들이 누워 있다. 쓰러져 누워 있어도 검은색의 기다란 부리만은 꼿꼿하게 내밀고 있다.

"이 녀석들은 모두 모험을 즐긴 대가를 치르고 있습니다. 기회비용이란 말이 있잖아요. 인간의 삶도 마찬가집니다."

몹시 가녀리게 생긴 새치고는 퍽 드라마틱하게 사는구나 하는 생각이 들 무렵 메시지 도착음이 들린다. 휴대폰 액정 화면에서 저녁 9시가 훌쩍 지난 걸 보자 허기가 와락 밀려온다. 버스 정류장 앞에 와 있어. 기다릴게. 윤의 번호가 찍혀 있다. 조금 전까지 빨리 일하라고 채근해놓고 사람을 불러내다니.

"끝났어."

벤치에 앉아 있던 윤이 일어선다. 주민 투표 결과, 반대가 더 많이 나왔대. 무슨 말인가 새기려 할 찰나 가슴이 철렁 내려앉는다. 윤은 코트도 머플러도 없이 달랑 코르덴 재킷 차림이다. 매서운 겨울바람이 몰아친다.

"방금 군청에서 전화가 왔어. 문제는 당장 개펄에서 떨어지는 돈이래. 조류 인플루엔자가 아니라."

윤은 허탈해하면서 한숨을 내쉰다.

"다 끝났어."

마지막 한마디를 내뱉고 고개를 푹 숙인 윤은 키가 더 작아 보인다. 내가 걱정하던 사태가 결국 일어난 것이다. 지난번 갯마을에 갔을 때 마을 노인이 뒷전에 서서 하던 말이 기억난다.

"그런디 당장 입에 풀칠은 누가 해줄 거여, 시방. 몇 년 동안 손가락 빨고 살란 얘기여, 뭐여."

서해안 갯마을을 헤매고 다니며 발품을 팔아 쓴 기획안이었는데. 너무 춥다, 어디 들어가자. 윤은 고개를 젓는다. 그럼 걷기라도 해. 이러다 꽁꽁 얼겠어. 나는 그의 손을 꼭 잡고 발길을 여의도 쪽으로 돌린다. 조금만 가면 여의도잖아.

사람들의 발걸음이 뜸한 거리는 더욱 춥게 느껴진다. 고개를 들어 북쪽 하늘을 바라본다. 빌딩 숲 사이에 정월 대보름달이 떴다. 오늘따라 달무리가 유난히 짙어 달빛은 은은하고 넓게 퍼져나간다. 63빌딩과 트럼프 타워는 빛의 벽돌로 쌓은 성처럼 보인다. 한참 바라보고 있자니 불빛이 온통 덩어리져 눈앞에서 떠다닌다. 흔들리는 빛무리 속에 무엇엔가 홀린 뒷부리들이 머리와 부리를 밑으로 내리꽂는 모습이 일렁인다. 무어라 소리치는 듯 새들은 긴 부리를 벌린다. 나도 모르게 입이 부리 모양에 맞추어 소리를 낸다. 플룻 플룻 플룻 클루잇 클루잇. 추락하는 뒷부리들은 어깻죽지가 꺾이고 다리가 부러지며 개펄에 눕는다. 떨어진 뒷부리의 가늘고 긴 부리에 남편이 코에 꽂고 있는 호스의 줄이 겹쳐진다. 흐려진 내 눈에 개펄을 걸어오는 뒷부리 한 마리가 보인다. 느릿느릿 움직이는 그의 입도 보인다.

"바, 머, 거, 어?"

나는 그의 입 모양에 맞추어 말한다.

"밥, 먹, 었, 어?"

경계인의 정처를 위하여
─박찬순의 처녀소설집

김병익

나는 '박찬순'이란 이름을 처음 들었다. 누구?라는 재우침에 신인 작가라는 대답이 돌아왔다. 물론 나는 그의 작품을 만난 적도 없었다. 그의 처녀소설집 해설 청탁을 수락하는 데는 그래서 용기가 필요했다. 이 나이에 교정지 원고를 꼼꼼히 읽고 아무런 사전 지식 없는 한 작가의 내부를 뒤척이며 그의 문학을 가늠한다는 것은 힘겹고 겁나는 일이 아닐 수 없었다. 어떤 작가?라고 다시 묻자 2006년에 신춘문예로 등단한 신예인데 1946년생이라 했다. 뭐라고? 1946년? 2006년? 내 귀에 다시 들어온 숫자는 내가 잘못 들은 것이 아니었다. 그렇다면…… 환갑을 맞으면서 문단에 데뷔한 작가? 재작년에는 박완서 선생의 창작집 해설을 쓰면서 작가와 해설자의 나이를 합산한 숫자 146은 우리 문단의 작가-해설자의 가장 높은 숫자 조합일 거라고 낄낄댔었고 작년에는 고희에 처녀시집을 낸 친구의 발문을 썼더랬는데, 묵혀 쌓은 해가 두터워지니 이에 따라 희한한 일들도 겹쳐 나온다 싶어 때 아닌 나이 탓을 했다. 그러나 나는 뒤이어 솟아나는 호기심에 말려들지 않을 수 없었다. 60대의 신인이라면, 그것도 나와 비슷한 궁핍한 시대의 세대가 2000년대 풍요한 세상의 신인으로 등장했다면 그 모습은 어떤 것일까. 세기말의 내가 새로운 바람으로 환영했던 포스트 모던의 신선한 감수성일까, 한 세대 전 우리의 한 많은 역사와 현실과 씨름했던 1960년대적 건강한 리얼리즘일까. 혹은 근래의 내가 식상해하기 시작한 이른바 21세기적 '칙릿'일까, 지루한 상투어를 늘어놓는 전세대의 낡은 사실주의 소설일까. 문학과지성사 편집위원회의 매운 검토를 거쳐 결정되었을 것이기에 굳이 나쁜 쪽으로 예상할 필요는 없을 것이었다. 그러나 60대의 신인이라는 것, 더구나 리얼리즘 시대에 성인이 되어 해체주의 시대에 문학의 길로 뛰어들어 엇갈린 시대 감각의 사례를 보여줄 처녀소설들은 어떤 모습으로 펼쳐질 것인가는 자못 궁금하지 않을 수 없었다. 나는 그 궁금증을 못 이겨 해설 쓰기를 수락했고 그러고서 인터넷에 들어가 확인해보니, '박찬순'은 예상처럼 여자였고 임용이 늦었는지 대학 영문과의 정년이 몇 해 남지 않은 전임강사였다. 며칠 후 입수된 원고를 읽기 시작하면서 나는 처음에는 그가 데뷔한 지 미처 5년도 안 된 신인의 소설을 본다는 생소한 느낌을 앞세웠지만, 넘긴 페이지가 많아지면서 곧 이순의 나이를 즐기는 작가와 더불어 내가 오늘의 우리 정황을 들여다보고 있다는 생각에 젖어들기 시작했다. 어떻든 나는 나이에서 비롯된 그에의 선입견을 잊어가고 있었고 그가 안내하는, 내게는 익숙지 않은 여행길을 두리번거리며 재미있는 걸음을 걷고 있었다.

두리번거리다, 란 내 고백이 맞다. 나는 때로는 뒷걸음질치고 때로는 다시 꺼내 보며 느릿느릿 그가 보여주는 자리와 거리 들 속에서 찬찬히 들여다보기도 하고 다시 보기도 하다가 거기서 삐져나와 주변을 어슬렁거리며 내 기억들과 회상들을 맞춰보기도 했고, 혹은 사전을 찾아 확인해보기도 하며 앞뒤의 일들을 마주 대보기도 하면서 천천히 소설 속의 이야기들을 거닐었다. 그래야 할 만큼 박찬순의 소설들에는 낯선 고장 이야기가 많았고 내게는 새로운 정보들이 풍성했다. 맨 처음 대하는 그의 작품 「지질시대를 헤엄치는 물고기」는 '자그사니'란 처음 듣는 물고기 이름으로 시작하면서 여러 종의, 그것도 북한에 서식하는 물고기들이 생소하면서도 재미있는 북한 말들과 함께 쏟아져 나왔다. 「지하 삼림을 가다」에서는 나도 가보았지만 그런 곳이 있는 줄은 전혀 몰랐던 백두산의 지하 삼림을 구경시켜주면서 그곳의 갖가지 나무 종류들을 소개하고 있는가 하면, 「흰집칼새 둥지」는 내게는 신비로운 오지의 땅으로만 기억되어온 보르네오Borneo에서 역시 이름을 처음 듣는 흰집칼새의 둥지를 찾으면서 희귀한 새들의 생활상도 듣고 단지증이란 기이한 사례를 보여주기도 한다. 이런 신기한 이야깃거리와 잡다한 지식 들은 이 소설집의 소설마다 이어 나온다. 「가리봉 양꼬치」에서는 지난여름 나도 중국의 청해에서 맛본 양고기 요리에서도 미처 몰랐던 양념들과 그 레시피들을, 「립싱크」에서는 영화나 다큐의 번역과 더빙의 기술을 배우게 되고, 「발해풍의 정원」에서는 우리 전래의 구들로 이어지는 보일러 기술과 또 엉뚱하게도 이슬람인들의 '터번 짓기' 방법을, 「물의 축제」에서는 태국 마사지의 요체를, 「손가락 철학자」에서는 유리 공예 그중에서도 보헤미아 크리스털의 제조법을, 「연밥 따는 시간」에서는 연꽃을 이용한 한과와 차의 맛을, 「우리 집 이사했다」에서는 터만 남은 한 폐사의 연혁과 함께 홰나무의 이력을, 「잭나이프 하는 바퀴」에서는 오토바이 타는 기술을 듣고 본다. 그러니까 이순의 작가 박찬순이 우리를 안내하는 곳은 서울 종로 바닥이거나 시골의 절터이기도 하고, 프라하거나 파타야이기도 하며, 장백산 속이거나 보르네오 험산이기도, 타슈켄트인가 하면 부산이나 경상도 봉화이기도 하다. 거기서 그가 우리에게 보여주며 가르쳐주는 것은 불꽃의 예술인가 하면 안마의 시술이기도 하고, 만두이기도 하고 유과이기도 하며 난방 시설이기도 하고 민물고기 생태이기도 하며, 영화이기도 하고 그 영화에 적힌 자막을 번역하거나 립싱크의 더빙 기술이기도 하다.

물론 우리는 우리 세대가 제대로 못한 다른 나라 여행과 그 풍물들을 젊은 작가들의 소설과 여행기 들에서 자주 접해오긴 했다. 생활이 넉넉해지고 외국 탐방의 기회가 늘어나면서 김찬

삼의 세계 여행기와는 다른, 개인적 호기심과 현장적 흥미로움
이 겹친 기행문과 감상문이 쏟아져나오고도 있다. 그러나 박찬
순의 경우는 그것들과 좀 다르다. 박찬순의 소설은 마치 그 낯
선 땅에서 오래 살아보며 몸과 마음으로 깊이 익혀 그것들에 대
한 지식들을 산 채로 활용하고 있는 모습으로 설명되고 있는 것
이다. 그러니까 낯선 나라들에 대한 단순한 여행기이거나 관찰
기가 아니라 몸에 배이고 느낌에 젖어들어 그의 의식과 내면으
로 구체적으로 끼어들고 마침내 삶의 한 요소로 숙성되며 그래
서 운명의 피할 수 없는 가닥으로 이어져 있기까지 한 것이다.
가령 '자그사니'가 두만강과 압록강의 민물고기에서 청계천의
민물고기로 옮겨올 수 있게 된 과정을 지질학적 고증으로 이해
하게 되거나, 한국전쟁을 소재로 한 피카소의 그림에 대한 자상
한 해설을 통해 자신들에게 가해진 폭력을 회상하게 되는 것은
소설적 구성이기를 넘어 주인공의 의식과 장래를 예시하는 장
치로 기능하고 있다. 소설 속에서 범람하는 이러한 정보들에 그
이야기가 압도당하지 않고 인물을 더 실감 있게 바라보고 사건
의 의미를 새로이 음미하도록 운영하는 것은 작가의 연륜에 걸
맞은 노련한 사유에 영문학을 전공하며 그것들을 숱하게 접한
덕분일 것이다. 나는 이 소설들에서 젊은 작가들처럼 왕성한 지
적 호기심을 발동하며 열심히 찾아내고 메모하며, 정보들을 수
집하고 있는 박찬순의 보이지 않는 모습에서 새로운 시대의 호
기심 많은 젊은 작가상을 발견하면서, 그럼에도 환경과 현실,

지식과 사유를 인간의 운명적인 삶의 형질로 녹여들이는 원숙한 세대의 작가적 내면상을 찾아내고 있었던 것이다.

박찬순의, 21세기다운 경쾌함과 1960년대 세대다운 진지함이 어우러진 장면을 나는 성적 결합이 묘사되는 의외의 자리에서 다시 보게 된다. 섹스에 대한 고백이 없는 유일한 작품이 「지하 삼림을 가다」이지만 여기에도 나이 든 여인과 중국인 소년의 숲길 동행 속에서 죽은 남편의 모습을 떠올리며 성적 친화감을 드러내고 있거니와 나머지 열 편의 작품 속에는 모두 직접적인 성관계가 기록되고 있다. 그리고 그 관계는, 더러 남녀의 애인 사이의 정상적인 관계에서 이루어지기도 하지만 대개는 남편이 있는 여자와, 아내가 있는 남자와의 사이에 맺어지는 사건이다. 그러나 '사건'이라고 썼음에도 그것은 전혀 '사건'답지 않고 '불륜'의 냄새 역시 조금도 나지 않는다. 남편이 병들었거나 홀몸인 여인이기도 하고 가족과 떨어져 외지 근무 중이거나 아내와 별거 중인 남자이기도 하지만 그 관계가 버겁거나 강조되지도 않고, 상스럽거나 심각하게 보이지도 않는다. 소설 속의 남녀간 성적 욕망과 실재의 결합이 아주 자연스럽게 끼어들고 있지만 인물들이 그 관계와 교섭에 대해 깊은 생각이나 느낌을 들이지 않아 윤리적인 문제를 떠올려주지도 않지만, 이런 점들에 앞서 작가의 경쾌한, 요즘의 20대처럼 간결하면서도 상냥한 묘사 때문에, 그것들은 오히려 가볍고 즐거운 장면으로 다가오고 있는 것이다. 가령 「지질시대를 헤엄치는 물고기」의 해란이가 K와 모텔에서 처음 관계를 가진 후 느낀 "상큼함"(p. 198), 「립싱크」에서의 남편을 두고 공동 작업자인 윤과의 관계에서 갖는 '짜릿함'(p. 337), 「발해풍의 정원」의 타슈켄트에서 가족을 두고 파견 근무를 하고 있는 '내'가 조선족 처녀 알료냐에게서 느끼는 소감에 사용된 '뜨거움'(p. 24), '달콤함'(p. 26)과 같은 싱싱한 형용사들 때문에 이들의 불륜은 오히려 밝고 싱그럽다. 실제로 「지질시대를 헤엄치는 물고기」의 해란이는 K에게서 "말은 어눌하지만 그의 몸에서 나오던 뜨겁고 강렬한 느낌. 몸과 마음이 하나가 된다는 것이 무엇을 의미하는지 알 것 같았던"(p. 198) 느낌을 갖게 되고 「손가락 철학자」에서는 여행 안내인인 '내'가 아직 마음으로 허락하지 않고 있는 현장 가이드 장과 "그날 밤 더운 몸을 나누었고 서로 위로받은 게 사실이었다"(p. 112)고 고백하고 있다. 더 보면, 「지하 삼림을 가다」에서는 남편의 간호로 육신이 피폐해진 여인이 중국인 소년에게서 '푸근함'과 같은 성적 친화감을 즐기고 있고, 「잭나이프 하는 바퀴」에서는 K가 묘기를 부리는 오토바이를 함께 타고 위기와 쾌감을 즐기면서 "말로 표현할 수 없는 상쾌함" 그리고는 드디어 "섹스 없는 오르가즘" "정점을 향해 내달리"는 기분 "오줌을 지릴 만큼 흥분"(pp. 227~28)을 느끼기도 한다. 섹스에 대한 부담 없는 접근, 그것을 그 자체로 즐기는 태도, 심리적으로 아무런 거리낌 없음은 요즘의 젊은 세대답게 경쾌하며 심리적으로 자유로울 뿐 아니라 그 성적 행위들마저 바로 그들의 스타일로 묘사되고 있는 것이다. 그럼에도 여기에는, 그 세대라면 간혹 있을 법한, 방만하거나 변태적인 성적 열망이나 관음증적인 호기심은 없다. 오히려 가령 「물의 축제」에서 "야들야들하고 달착지근한 입술"(p. 314)의 맛을 안겨준 리사와 "몸이 얼얼하도록 비벼대"(p. 318)며 그녀의 "내 정액을 모조리 빨아버리려고 작정하는 악착스런 암컷"(p. 325)처럼 그리고 "무엇이 그리 좋은지 깔깔대기까지" 하는 모습과, 취직 시험에 합격하면서 멀어져버린 '영리'가 "무엇에 쫓기는 사람들처럼 항상 허겁지겁 일을 끝내는"(p. 324) 모습을 대비하거나, 혹은 그 리사마저 "씩씩하고 거침없는 도시 아이로 변"하고 "특히 돈벌이에 관심이 많아져 〔……〕 머리가 빨리빨리 돌아"(p. 325)가면서 그와의 관계는 건조하게 바뀌고 말았다는 설명을 보면서 그도 어쩔수 없는 구세대의 보수적인 관점을 말끔히 벗지는 못하고 있다는 생각이 들기도 한다. 근대화 이전의 세대에게 섹스란 단순한 즐김의 놀이가 아니라 삶의 무게를 무겁게 달고 있고 혹은 그 욕망과 열기를 내면적 형상의 표출로 매어두고 있기 마련이다. 「지질시대를 헤엄치는 물고기」의 해란이가 생각한 것처럼 "몸과 마음이 하나가 된다는 것이 무엇을 의미하는지 알 것 같은"(p. 198) 구세대의 감각, 혹은 「발해풍의 정원」의 '나'가 알료냐에게서 느끼는 "그녀와 나 사이에 놓인 길고도 강인한 인연의 줄"(p. 18)에 대한 예감으로써 작가는 전세대의 성적 감수성을 피할 수 없이 드러내고 있는 것이다.

무엇보다 그의 이번 소설집에는 그가 살아온 근대화의 묵은 역사가 틈이 날 때마다 솟아오르고 힘겨운 현실의 어려운 삶이 소설의 움직임을 밀어주고 있음이 보인다. 우선, 그가 들이대는 삶의 무게는 사업의 실패와 남편의 병이다. 먼저 남편의 병은 「지하삼림에 가다」의 '나'와 「흰집칼새 둥지」의 혜리, 「립싱크」의 '나'에게는 남편이 햇수까지 같은 4년 동안 와석 투병을 하고 그러다 세상을 떠나는 사건이 반복으로 나타나는데 그것은 「립싱크」의 '나'와 「연밥 따는 시간」의 '나,' 「잭나이프 하는 바퀴」의 '나'가 모두 더빙과 자막 번역 전문가라는 신원의 중복과 함께 작가의 실제 이력이 될지도 모르겠다는 짐작을 부른다. 나이 든 여인에게는 남편의 병이 동기이지만 작품 속의 남자 주인공들은 「물의 축제」에서처럼 취업이 되지 않거나 「우리 집 이사했다」와 「잭나이프 하는 바퀴」에서처럼 사업이 실패하여 어려운 지경에 처하고 있는데, 앞의 소설에서는 그 때문에 파타야에서 타이 마사지를 배우고 있는 중이고, 뒤의 작품에서는 갚지 못한 사채 때문에 해결사에게 납치되거나 도피하고 만다. 이 현실의 어려움에서 「지질시대를 헤엄치는 물고기」 「가리봉 양꼬치」 등에서는 폭력으로 피해를 입고, 「발해풍의 정원」 「립싱크」 「물의 축제」 「잭나이프 하는 바퀴」에서는 증발과 같은 상태가 발생한다. 이 작품집에서 인물들의 증발은 빈번하게 일어나지만 그 연유도 조금씩 달라서 남편들의 실종은 현실적인 곤경을 감당하기 어려움에서 빚어진 자기 도피에 해당하는 것이지만, 「발해풍의 정원」에서의 알료샤의 사라짐은 이룰 수 없는 사랑의 애절한 단념에서 빚어지는 것이고, 「손가락 철학자」의 KM은 이념 운동의 절망에서 이루어진 자기 포기의 행위로 보인다.

　박찬순의 작품들에서 리얼리즘이 주도한 우리 시대의 가장 중요한 소설적 모티프를 이룬 참담한 민족적 비극이 다시 살아나오고 있음을 우리는 이제 주목해야 할 것이다. 그것들은 현재의 모습으로 나타기도 하고, 오늘의 사태에 대한 오래전의 원인으로 회상되기도 하며 그 슬픔의 연원이 한 세대 전의 것이기도 하고 두 세대 전의 것이기도 하며 때로는 조부대의 것이기도 하다. 「손가락 철학자」는 공장과 탄광에 위장 취업하여 현실 변혁에 참여했다가 고통당한 젊은 운동권의 지난 이야기가 지금 연관되고 있지만, 「발해풍의 정원」은 함경도에서 연해주로, 거기서 다시 중앙아시아로 전전하는 민족의 유랑을 배경으로 하고 있고, 「지질시대를 헤엄치는 물고기」의 해란이는 분단으로 말미암은 탈북자가 남한에서 고아처럼 빌붙어 사는 어려움을 이야기하고, 「지하 삼림을 가다」의 나는 "허리 잘린 나라에서 사회적 금기에 속하는 일로 집안이 풍비박산이 되고 홀로 남은 내가 고아처럼 떨"(p. 263)어야 했던 과거를 회상하고, 「가리봉 양꼬치」의 '나'는 중국의 조선족으로 가리봉에서 식당 일을 하고 있다. 이러한 민족사적 비극을 아주 담담하게 보여주는 것이 「연밥 따는 시간」인데 전통적 미풍의 세련된 아름다움이 조용한 문체로 묘사되고 있는 이 작품 속에는 일제 시대의 농촌운동가였고 해방 후에는 좌파 지식인이었던 아버지가 총살당하고 그 자신은 아버지처럼 목 뒤의 종기로 고통을 받으며 어머니의 외로우면서도 향기로운 삶을 그리워하게 되는 이야기가 이렇게 정성스럽게 그려지고 있다: "연꽃 차가 담긴 찻잔을 내려놓는 그 찰나의 시간 속에 어머니는 수십 년의 가족사를 내 앞에 내려놓고 있었다는 것을 나는 이제야 알 것 같다. 또한 연꽃잎을 다루는 어머니의 정성이 왜 그다지 지극했는지도"(p. 144). 치열하면서도 서정적으로 술회되고 있는 이 이야기는 어머니가 "밤하늘을 지키느라 졸린 별이 마지막 하품을 할 때쯤에 피"(p. 145)어나는 연꽃에서 거두어들인 향기로 뒷목의 종기를 다스리면서 "내 곁에 부재함으로써 도리어 내 인생을 통째로 지배하고 있"(p. 151)는, "우리 근대사를 온몸으로 사"(p. 153)신 아버지의 옛 편지를 속주머니에 소중하게 간직하게 됨으로써 비로소 역사의 아픈 상처를 씻어낼 수 있게 된다. "세상과 불화하고 있는" "뒤틀린 심기를 풀어주려는 어머니 나름대로의 향기 처방"(p. 144)을 몸 안으로 받아들이면서 "연꽃잎으로 되살아난 아버지의 몸을 깨물어 먹으면서 그 몸이 부스러질 때마다 배어나는 향기를 한껏 삼킨"(p. 148) 덕분일 것이다. 그는 과거의 아픔을 회피하지 않고 그 상처를 의연하게 받아들임으로써 현재를 대면할 수 있게 되고 세상과의 불화를 이겨낼 수 있게 되는 것이다.

그러고 보면 「연밥 따는 시간」의 나와 아버지, 어머니만이 아니라 이 소설집의 작품들 속에 등장하는 박찬순의 인물들이 모두 "세상과 불화하고 있는" 사람들이기도 하다. 아니, '불화'란 좀 자극적이다. "가짜 이미지, 빌어먹을, 그런 게 더 무서운 폭력이라구. 소리 없이 번지는 바이러스야"(p. 236)라며 결혼식 비디오나 선거 홍보물을 찍는 「잭나이프 하는 바퀴」의 K는 물론 세상과 불화하고 있다. 그는 자신의 상업 사진에 대한 불만을 터뜨리며 오토바이의 격렬한 묘기로 위험과 싸우지만, "꿈을 꾸지 못하는, 꿈꿀 시간조차 없는" "꿈을 포기한 자는 들판의 소와 다"(p. 230)름없다던 감독의 비수 같은 말에 찔려 견디지 못하고 스스로를 실종시켜버렸다. 그리고 다른 대부분의 인물들은 K와 같은 불화의 인자를 품으면서도 아직은 이 세상에 버려지고 떠밀려 뿌리를 내리지 못하고 떠도는 약자이고 주변인이며 뿌리 뽑힌 사람들이 되어 헤매고 있는 중이다. 「지질시대를 헤엄치는 물고기」의 해란은 연준모치가 "아마도 뭔가가 높아지고 낮아지는 데 따라 어쩔 수 없이 '흐르고 흘러' 왔다는"(p. 192) 것에 깊은 공감을 느끼는 떠돌이로 두 차례나 K의 돈을 훔쳐 달아났다 돌아온 탈북녀이고, 「흰집칼새 둥지」의 나는 "뚜렷한 목적" 없이 "인생을 낭비하"며 "좋아하는 것을 내 의지대로 선택해서 해본 적이 없"(p. 171)이 살아온 "텅 빈 영혼을 가진"(p. 172) "속물적인"(p. 174) 사람이다. 「립싱크」의 부부도 이와 비슷해서 "안정된 직업 없이 그야말로 프리하게" 사는, "모든 악취미를 나누어 가진 악동"(pp. 344~45) 같고, 「손가락 철학자」의 강민은 위장 취업한 유리공예회사의 사장이 자살한 후 풀이 죽어간 끝에 결국 "세상에서는 위험 인물로, 우리 부모에게는 낙오자로 낙인"(p. 120)찍혔고, 「물의 축제」의 화자는 리사가 사라지자 자신은 '없는 존재'(p. 306)로 치부하며 "리사가 없는 나의 세계란 생각할 수가 없다"(p. 320)고 절망하는 마사지사이며, 「우리 집 이사했다」의 남편 역시 "구조조정으로 쫓겨"(p. 281)나 초라한 관광사를 꾸려가다 결국 빚쟁이로 숨어다니는 신세로 전락하고 만다. 그 처지가 다르고 그 모양도 다르지만 이 모두는 한국에 와서 어딘가로 살아진 「가리봉 양꼬치」의 아버지가 꼽은 '경계인'의 부류에 속할 사람들이다: "이쪽에도 저쪽에도 속하지 못하고 겉도는 우리 같은 떠돌이를 흔히들 경계인이라고 말하지"(p. 81). 그래, 매인 자리 없이 떠도는 사람들, 직장을 얻지 못해 외국으로 나가야 하는 사람들, 혹심한 불경기로 직장에서 쫓겨나 생업 없이 하루하루를 고단스럽게 살아야 하는 사람들, 북을 탈출해서 혹은 코리안 드림을 꿈꾸며 한국에 와 이리저리 시달려야 하는 사람들, 무능력하고 무책임해서 그저 무기력하게 남에게 실려 나날을 소비하는 사람들까지, 오늘의 한국인들은 정처 없이 떠돌며 '경계인'으로 사는 것은 아닐까. 40여 년 전 황순원 선생이 『움직이는 성』에서 부른 '떠돌이'로, 그러나 미래학자들이 화사한 이름으로 부르는 '새로운 유목민'과는 전혀 다른 뜨내기의 삶으로, 우리는 '살아지고' 있는 것은 아닐까. 우리도 뿌리 뽑힌 인간들일 수 있다는 두려운 혐의를 박찬순은 "누군가를 겨냥한 소리로" 쏘고 있는 것이다: "굶어 죽을까 걱정돼 시나리오 쓰기를 접었던 사람을, 삶을 결코 위기로 몰아가지 못하는 슬픈 한 마리의 소시민을, 제작자에게 가서 일곱번째 엎어지고 나서 부모의 말대로 '신성한 밥벌이' 길로 들어섰던 어떤 범생이를"(p. 219).

작가는 대체로 이런 뿌리 뽑힌 사람들의 장래를 낙관하지 못하는 듯하다. 소설은 현재의 정황을 설명하기 위해 지난 일들을 길게 술회하면서 그 결말에서 문득 열린 구조로 이야기를 끝내는데 그 서사의 종결 분위기는 밝지 않고 막막하며 쉬운 화해로 독자의 낙관을 허락해주지 않는다. 「가리봉 양꼬치」의 분희나 「발해풍의 정원」의 알료냐, 「물의 축제」의 리사 등 증발한 여자들은 여전히 종적을 찾을 수 없어 재회의 희망을 보여주지 않고, 「가리봉 양꼬치」와 「우리 집 이사했다」의 마지막은 깡패에게 폭행을 당하든가 붙들려가며 「립싱크」에서 마지막 희망이었던 기획안은 거부당하고 「손가락 철학자」의 나는 끝내 전날의 애인과 재회하는 것을 포기한다. 희망은 없는 것일까. 박찬순은 그러나 아주 절망하도록 버려두지는 않는다. 그는 떠돌이도 정처를 잡을 수 있는 가능성을, 경계인도 뿌리를 뻗을 희망을, 무책임하게 살아온 사람에게도 힘찬 보람을 찾아낼 수 있음을, 은근히 그러나 간곡하게 시사해주고도 있는 것이다. 작품집에서 드러나는 그 몇 가지 소망을 순서대로 찾으면 이렇다:

1) 보이지 않는 땅속에서 일어나는 어긋남 같은 것은 나로선 도저히 알 수가 없었다. 나의 화석이 어느 산 꼭대기에서 발견될지 나는 모른다. 내가 아는 것은 단 한 가지, 연한 황갈색의 자그사니가 표범나비 모양의 꼬리지느러미를 흔들며 청계천의 물살을 헤치는 모습이었다. (「지질시대를 헤엄치는 물고기」, p. 212)

2) 난생 처음 누군가를 위해 목숨을 걸고 모험을 했다는 사실이 뿌듯해온다. 홍개미와 코브라가 우글대는 정글을 헤치고 바위산을 넘어 동굴에 이를 때까지 흘렸던 땀이 비로소 보상받는 느낌이다. (「흰집칼새 둥지」, p. 178)

3) 그러면서 아버지는 그런 이들이야말로 상대방의 아픔을 어루만져줄 수 있고, 양쪽을 이어줄 수 있는 사람들이라고 덧붙였다. 안정된 교원 자리를 버리고 한국에 온 것도 어머니를 찾고 나서 중국 동포와 한국인들 사이에서 뭔가 할 일을 찾기 위해서였다. (「가리봉 양꼬치」, p. 81)

4) 청암정의 연밥은 잊힌 지 오래다. 그것은 화연과 나의 해묵은 대화 속에만 남아 있다. 지켜지지 않은 공허한 약속으로만. 연밥도 화연도 모두가 내게서 사라져갔다. 이제 피카소 그림도 화연의 말처럼 별다른 감정 없이 그림 그대로 담담하게 볼 수 있을 것 같은데, 그녀는 떠났다. 있는 것이라고는 달랑 속주머니에 품고 있는 아버지의 편지 한 장뿐. 연이 없어진 것에 놀란 마음을 차분히 가라앉히고 눈을 감는다. 〔……〕 눈을 떴을 때 언

뜻 화연의 얼굴이 보이는 듯했다. 서울에 올라가면 그녀에게 연락을 해야 할까. 목덜미가 다시 근질거리기 시작한다. (「연밥 따는 시간」, pp. 155~56)

1)은 「지질시대를 헤엄치는 물고기」의 탈북자가 두만강의 자그사니가 서울의 민물 속에서 힘차게 헤엄치며 살아나갈 것임을 믿으면서 자신의 장래를 그 물고기의 생명력에 의탁하고 있는 것이다. 여기에는 지오수족관 주인인 어눌하지만 진솔한 K와의 사랑을 예고하고 있다. 2)의 자신감이 차 있는 고백은 이제껏 무책임하게 살아온 '나'가 옛 애인의 곤경을 보며 그녀의 남편 병구완에 약이 될 흰집칼새 둥지를 따오기 위해 보르네오의 열대 우림 속을 뚫고 생명을 건 모험을 한 일에서 비로소 살아 있음의 뿌듯한 자신감을 회복하고 있는 장면이다. 그가 어떻게 돌연 이런 벅찬 모험을 나서게 된 데에는 "내 의식을 깨우던" "아련한 소리"가 "주술처럼"(p. 174) 들려온 때문이며 그것이 내가 보기에는 미약한 동기이긴 하지만, 그럼에도 중요한 것은 거기서 그가 "언제나 엉거주춤한 자세로 있다가 표류하듯 어딘지도 모르게 미끄러져가는"(p. 163) 태도를 과감하게 탈피할 수 있는 계기를 찾아냈다는 점이다. 그는 드디어 자신이 선택했고 그 책임을 스스로 질 수 있게 된 것이다. 3)은 중국에서 한국으로 온 조선족 아버지가 스스로를 '경계인'으로 치부하면서도 그것의 긍정적인 가능성을 제시한 발언이다. 경계에 섰다는

다는 것이 그 어느 쪽에도 뿌리를 뻗을 수 없는, 그래서 어쩔 수 없는 '떠돌이'를 만들 가능성이 훨씬 많겠지만 그럼에도 한 쪽에서는 자신을 내몰고 다른 한쪽에서는 받아들여주지 않는 상충의 존재에서 오히려 양쪽을 화해시킬 빌미로 자부할 수 있 다는 것은 현실적으로 대단한 자기 신뢰의 표현일 것이다. 4)는 어머니가 향기를 추려 얻던 연꽃밭은 없어지는 대신 아버지의 묵은 옛 편지를 간직할 수 있게 됨으로써 자신을 짓누르던 역사 의 무게를 비로소 감당할 힘을 얻게 되고 그럼으로써 이제껏 미 적거리던 화연과의 관계를 회복할 기대를 가지게 된 희망적인 소신을 보여주고 있다. 굳이 말잇기를 하자면 작가는 이 희망 없는 세상에서 먼저 피할 수 없는 운명을 조용히 수락할 것이며 여기서 지혜로써 자신의 위치에 대한 인식의 변화를 이루고 이 것에 의한 결단을 행동으로 수행함으로써 마침내 긍정의 결과 를 향해 화해하는 절차를 이루기를 권고하고 있는 것이다.

소설에서 교훈적인 희망을 찾는 것은 아마도 근대화의 역동 속에서 삶의 의미와 자기신뢰를 가지려는 1960년대 세대의 질 긴 의지일 것이다. 그리고 박찬순은 신진 작가들이 자부하는 신 선한 감수성에 더불어 젖어가면서도 자신이 살아온 근대화 시 대의 리얼리즘 세대가 지녀온 삶의 의미 추구에의 소망을 여전 히 잘 간수하고 있는 듯하다. 나는 그것이 반가웠고, 젊어서 오 히려 희망을 덧없어하는 우리 젊은 작가들의 소침한 전망을 뛰 어넘을 힘을 여기서 발견할 수 있었다. 내가 이순에 데뷔하는

노숙한 신인의 처녀소설집 간행을 진심으로 환영하는 것은 이
때문이다.

녹색 세계에 대한 그리움

잠자는 시간을 빼고는 밥을 위해 내 모든 시간이 생업에 바쳐지고 있을 때 문득문득 쓰고 싶다는 욕구가 턱에 찰 때가 있었다. 그럴 때마다 송충이는 솔잎을 먹어야 산다면서 그 욕구를 꾹꾹 눌러왔다. 어쩌다 운 좋게 늦깎이 등단은 했지만 쓴다는 일의 지엄함을 모르고 함부로 뛰어들었다는 생각에 괴로움이 크다. 준비도 안 된 채 왜 쓰느냐고 내 자신에게 물어본다. 아무래도 그것은 내 생의 첫 기억과 관련이 있을 듯하다. 피난길의 끝에 보았던 녹색 세계에 대한 동경이다.

겨우 네 살 차이 오빠 등에 어설프게 업혀 떠난 피난길이 내 생의 첫 기억이었다. 어머니의 등은 병환 중이던 할머니에게 내어주었다. 아장거리며 길을 나서면 바로 몇 발짝 앞에 폭탄이 떨어져 나는 눈 위에 납작 엎드리는 법을 배웠다. 의사였던 아버지 덕분에 서울 생활은 다복했지만 내겐 전쟁 이전의 기억은 전혀 없다. 갑작스런 아버지의 부재도 전쟁 때문이었다는 것을 나중에야 알게 되었다. 환자가 있었던 우리 가족은 수백 리 길을 걸어서 몇 달 뒤에야 고향에 닿았나 보다. 고향 마을 어귀로 들어섰을 때 그곳에서는 화약 냄새가 나지 않았다. 초록 보리밭과 나무와 풀숲으로 넉넉한 녹색의 세상이었다. 홀연 어린 마음에도 저절로 안도감이 느껴졌다. 이런 세상을 두고 왜 그런 험한 곳을 헤맸는지 나는 이해가 되지 않았다.

그러나 전쟁도 끝나고 인간이 그토록 많은 것을 이루었다는 지금도 세상살이는 녹록지 않아 고통스럽고 위태로운 일들 투성이이다. 내 곁에는 거센 물살을 힘겹게 가르는 작은 친구 물고기들이 있다. 그들은 물살을 따라 내려가다가 또는 거슬러 올라가다가 몸에 생채기가 나고 한쪽 지느러미가 잘려나갔다. 나를 안심시키던 그 푸른 세상이 다시 그립다. 나와 내 이웃 물고기들에게 그런 안도감은 좀체 찾아지지 않을 것만 같다. 우린 모두 서로에게 실오라기 한 올만큼이라도 힘이 되어줄 수 없음을 나는 안다. 이 얽히고설킨 복잡한 세상에서 우리 삶의 조건에 무슨 조화를 부릴 마법은 없다. 다만 이 말만은 할 수 있을 듯하다. 고통의 한가운데를 늠연하게 견뎌내는 이들의 지느러미에는 아무도 범접하지 못하는 눈부심이 깃들어 있을 것이라고. 그것을 찾아내는 일만이 이 혼돈의 세상을 사는 보람이라고. 누군가 그 눈부심을 찾아낼 수 있다면 행운이리라. 그 누군가가 가끔은 나였으면 정말 좋겠다.

　그리하여 나는 땀 냄새에 절은 일터를 사랑하고 싶다. 굵은 땀방울 흠씬 흘린 뒤에도 어이없게 찾아오는 고통에, 홀로 아파하는 이를 만나고 싶다. 그의 몸에서 눈부심의 징후를 맡고 싶다.

　학창시절부터 내게 글쓰기를 부추긴 친구이자 글 스승인 소설가 윤후명 형과 문학의 찬연함을 느끼게 해준 김치수 선생님, 내 무딘 글에 첫번째로 격려의 눈길을 주신 최윤 선생님, 피난 길에서부터 내 생에 변함없는 등짝이 되어준 오빠에게 무한한 사랑을 보낸다. 무엇보다 부족한 글을 책으로 엮어주신 문학과지성사와 미흡한 신인의 작품에 기꺼이 해설을 맡아주신 김병익 선생님께 깊이 감사드린다.

2009년 12월
박찬순